EIN MATHEMATISCHER ZUSTAND DER GRACE VOLLSTÄNDIGE SERIE

BUCH EINS : FRAGMENT; BUCH ZWEI: FINALE FUSION

Cathy McGough

Stratford Living Publishing

WAS DIE LESER SAGEN...

"Der erste Teil des Buches liest sich wie ein Krimi und macht Lust darauf, die Seiten weiterzublättern. Es gibt viele romantische Szenen. Mir hat auch der Humor gefallen, der überall eingestreut ist. Insgesamt gibt es viel zu genießen, darunter tolle Charaktere, coole Fantasyelemente und tolle Beschreibungen."

"Die Geschichte hat eine schwebende Qualität, die den Geist beugt und Möglichkeiten eröffnet."

UK:

"Exzellenter Schreibstil und ein spannender Plot sorgen dafür, dass dieser Roman in einem hervorragenden Tempo voranschreitet."

"Ein streberhaftes Mädchen, ein sportlicher Junge - sie werden in die chaotische Welt der seltsamen Winde und Erdbeben geworfen und müssen sich damit abfinden, dass sie die einzigen Lebewesen auf der Welt sind. Eine Geschichte über das Überleben und die Liebe."

INHALT

QUOTE

"Ich glaube, als wir uns noch näherten,

bevor wir Kontakt aufnahmen,

befanden wir uns in einem Zustand der mathematischen Gnade."

Ian McEwan, ENDLESS LOVE

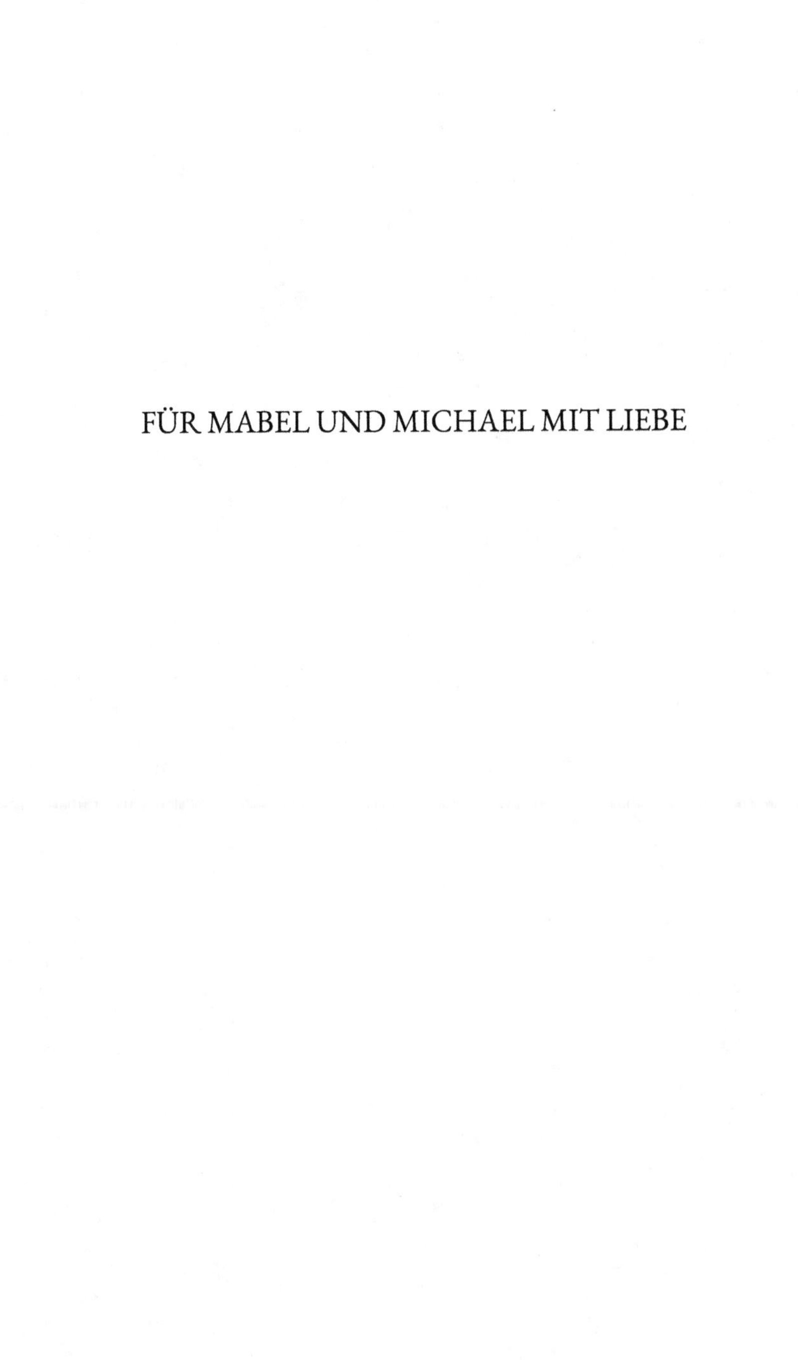

FÜR MABEL UND MICHAEL MIT LIEBE

BUCH 1:

KAPITEL 1

DIE SECHZEHNJÄHRIGE GRACE GREENWAY schlief gerne aus, besonders an Schultagen.

Ihre Mutter, Helen Greenway, riss die Tür auf und marschierte hinein. Die beiden Köpfe auf ihren Koala-Schuhen zeigten ihr den Weg. Die Köpfe flüsterten, während sie über den kühlen Parkettboden liefen.

Als Helen die andere Seite des Raumes erreichte, ließ sie ihre Deckung fallen. Sie nahm das mit Parfüm gefüllte Taschentuch ab, mit dem sie sich die Nase zugehalten hatte. Die Luft im Raum war reif von den Experimenten der letzten Nacht, die, dem Geruch nach zu urteilen, etwas mit Sulphur zu tun hatten.

Als sie am Fenster ankam, hob Helen das Glas weit auf. Sie steckte ihren Kopf nach draußen und füllte ihre Lungen mit reinem Sauerstoff von draußen. Erfrischt zog sie die Vorhänge zurück. Helen deutete mit ihren Hausschuhen in Richtung des Klumpens auf dem Bett: ihre Tochter Grace.

Auf der anderen Seite des Zimmers meldete sich Graces Computer mit einem Alarmton zu Wort. Auf dem Bildschirm blinkten zufällige Zahlen auf. Er las sie laut mit einer Stimme vor, die der von Stephen Hawking nicht unähnlich war.

Helen dachte über die Bedeutung der Zahlen nach. Sie ergaben für ihr nicht-mathematisch orientiertes Gehirn wenig Sinn. Ihre koalaköpfigen Hausschuhe beugten sich vor und taten so, als würden sie sie verstehen. Helen durchquerte den Raum, während die Koalaköpfe nickten und sich gegenseitig etwas zuflüsterten. Helen war selbst ahnungslos, wenn es um Mathematik ging. Sie hatte keine Ahnung, von wem ihre Tochter ihre Zahlengene geerbt hatte. Helen dachte über diese genetische Übertragung nach, während sie die Gestalt ihrer Tochter im Kokon studierte.

"Es ist Zeit, aufzuwachen, Liebes!" sagte Helen.

Grace bewegte sich ein wenig und warf die Decke zurück. Sie streckte sich und gähnte, ohne die Augen zu öffnen.

"Guten Morgen, Schlafmütze", sagte Helen und küsste ihre Tochter auf die Stirn.

"Morgen, Mum", antwortete Grace und öffnete endlich die Augen.

"Der Bus wird in fünfzehn Minuten hier sein! Ihr müsst euch beeilen. Ich werde dir etwas zu essen für die Fahrt vorbereiten.

"Okay, Mum", sagte Grace, als sie sich aus der Bettdecke befreite. Sie setzte sich auf, nur um wieder in ihr Kissen zu fallen. Sie wollte so gerne in ihren Traumzustand zurückkehren - zurück in den Zustand von Vincente Marino.

"Komm schon, Grace!" wiederholte Helen, als sie sich auf den Weg zur Tür machte, "Sei in fünf Minuten unten!"

Grace flüsterte Vincentes Namen laut und leise, fast so, als ob sie sich vorstellte, dass er sie hören könnte. Sie stellte sich vor, wie er das Gitter vor dem Fenster hochkletterte. Klopf-klopf-klopf.

Das Geräusch ihres Computers ließ sie aufwachen. Sie rieb sich den Schlaf aus den Augen. Sie sah auf das Nachthemd hinunter, das sie trug. Sie hasste dieses Ding mit seiner weißen Spitze und der roten Schleife zum Binden. Es war absolut jungfräulich.

Grace fuhr mit dem Finger über das rote Band und es schnitt in ihr Fleisch. Es tat höllisch weh, wie bei einem Papierschnitt, aber das Band war aus Stoff. Sie löste es von ihrem Nachthemd. Sie sah zu, wie es auf den Boden flog und ein paar Sekunden später von purpurnen Blutstropfen gefolgt wurde.

Grace saugte an ihrem blutenden Finger, aber er tropfte weiter auf den Boden. Es vermischte sich mit dem roten Band, das sich wie eine Schlange schlängelte. Sie schloss die Augen und ließ sich zurück auf ihr Kissen fallen. Sie dachte an Vincente Marino. Sie konnte es kaum erwarten, ihn heute zu sehen.

Grace bewegte sich zur Bettkante, wo die Blutstropfen gelegen hatten, aber jetzt waren sie verschwunden. Achselzuckend hob sie die rote Schleife auf. Grace befestigte es wieder am Spitzenkragen ihres Nachthemdes und machte sich auf den Weg ins Bad.

Helen brüllte eine weitere Ermahnung von unten, aber Grace beachtete sie nicht. Stattdessen schloss sie die Tür hinter sich und ließ ihr weißes Nachthemd mit einem Gähnen auf den kalten Kachelboden fallen.

Grace lehnte sich in die Duschkabine und drehte das heiße Wasser voll auf. Sie ließ den Dampf aufsteigen, während sie über ihre Schulter zurückblickte. Ihr Nachthemd lag in einem Haufen auf dem Boden und sah fast wie ein Geist aus, der gekommen und gegangen war.

Dann trat sie in das dampfende heiße Wasser. Nur heiß, niemals kalt. Sie wusch sich die Haare, das Gesicht und den Rest ihres Körpers, dann ließ sie das heiße Wasser über sich laufen.

Als sie so heiß wie ein gebuttertes Brötchen war, stellte sie das Wasser ab und trat zurück. Sie drehte das kalte Wasser auf volle Pulle, zählte bis drei und trat ins Wasser. Der Schock in ihrem Körper war wie eine chemische Reaktion, wie ein elektrischer Schlag. In diesem Moment fühlte sie sich am lebendigsten. Alle ihre Sinne waren geschärft. Es war fast so, als ob sie wiedergeboren worden wäre.

Grace betrachtete das Wasser, das sich auf seinem Weg in den Abfluss befand. Sie bemerkte, dass die rote Krawatte irgendwie in den Abfluss gefallen war. Im Strudel drehte sie sich und drehte sich und drehte sich.

Sie griff nach der roten Krawatte und zerknüllte sie in ihrer Handfläche zu einem Ball, um das überschüssige Wasser ablaufen zu lassen. Als sie ihre Faust öffnete, erwachte es zum Leben und formte sich zu einer Gestalt.

Fasziniert wiederholte sie diesen Vorgang: Zerknittere das Band, mache eine Faust, öffne die Faust. Sieh dir das Ergebnis noch einmal an. Und wieder. Und immer wieder.

Es passierte immer.

Immer wieder formte es sich in die gleiche Form: die Form eines Herzens.

G RACE WARF DAS NACHTHEMD in den schmutzigen
Wäschekorb. Sie begann, ihre Schuluniform anzuziehen
und schob den Rock so hoch, wie sie konnte. Alle Mädchen in der
Schule taten das, um ihn kürzer zu machen, als er eigentlich sein
sollte. Als ihre Uniform akzeptabel war, kehrte sie in ihr Zimmer
zurück und begann, ihr langes, kastanienbraunes Haar zu föhnen
und zu bürsten.

Sie warf einen Blick über ihre Schulter auf den
Computerbildschirm: Immer noch auf der Suche. Grace hoffte,
dass er die Antwort über Nacht finden würde. Sie hatte ihn
mit einem Ziel programmiert: die nächste Fibonacci-Folge zu
finden. Wenn das gelingt, würde Grace Greenways Name in
die Geschichtsbücher eingehen. Ihre Entdeckung würde dem
Goldenen Schnitt Konkurrenz machen.

Grace lächelte und rückte ihr Haar zurecht. Sie erinnerte sich
an ihren Spitznamen für Vincente Marino. Sie nannte ihn ihren
goldenen Mittelweg. Es war ihr kleines Geheimnis.

Zum Schluss griff sie ganz hinten in die Schublade, in der
sie ihr Make-up und ihren Pinsel versteckt hatte. Sie trug etwas
Grundierung und ein wenig Rouge auf. Grace sprühte sich
noch einen kleinen Spritzer Parfüm in den Nacken, bevor sie
sich auf den Weg nach unten machte. Sie hoffte, an ihrer
Mutter vorbeizukommen. Sie hoffte, dass ihre Mutter weder den
verkürzten Rock noch eine ihrer anderen Auffälligkeiten heute
Morgen bemerken würde. Sonst würde es ein Drama geben.

Der Busfahrer hupte am Bordstein und Grace rannte los. Sie
schnappte sich ihre Bücher und ein Stück Toastbrot, als sie an

ihrer Mutter vorbeiflog. Sie lief zur Tür hinaus, vorbei an den Spionageaugen ihrer Mutter, die Treppe hinauf und in den Bus.

Helen sah ihrer Tochter beim Einsteigen zu, wohl wissend, dass ihr Rock kürzer war, als er sein sollte.

Helen beobachtete weiterhin, wie ihre Tochter zum hinteren Teil des Busses schlenderte. Sie erinnerte sich an das erste Mal, als sie dort stand und zusah, wie ihre Tochter in den Bus stieg. Helen hatte mit ihrer Tochter zum Bus gehen wollen. Grace war so aufgeregt und entschlossen, ein großes Mädchen zu werden, dass sie es allein schaffen wollte. Helen erinnerte sich daran, als wäre es gestern gewesen: wie ihre Tochter bereit war, sich abzunabeln. Denn Helen war nicht auf den überwältigenden Schmerz vorbereitet gewesen, der ihr das Herz zerriss. Sie verfolgte den Bus auf seiner Fahrt mit den Augen, bis sie ihn nicht mehr sehen konnte. Eine Träne kullerte ihr über die Wange. Helen wischte sie weg.

Im Bus fand Grace ihren üblichen Sitzplatz und schlug dann ihr Buch auf. Sie versteckte sich hinter dem Lehrbuch, als wäre es eine Wand, eine Verkleidung. Dort konnte sie inkognito auf die Ankunft von Vincente Marino warten.

Als der Bus über die Straße rumpelte, verlor Grace für einen Moment den Überblick, wo sie war. Sie kam in die Realität zurück, als Vincente Marino an Bord kam.

Grace setzte sich aufrecht hin, als ob ein Adrenalinstoß durch sie hindurchgegangen wäre. Sie hielt ein Lehrbuch wie einen Schutzschild vor sich. In ihrem Inneren pochte und hämmerte ihr Herz so stark, als wären ihm Flügel gewachsen und es würde gleich die Flucht ergreifen. Ihr Puls pochte und sie musste an jeden Atemzug denken.

Vincente bewegte sich von Sitz zu Sitz und grüßte, bis der Busfahrer ihm sagte, er solle sich auf eine Bank setzen. Nachdem er so laut gepfiffen hatte, dass jeder Hund in der Nachbarschaft es gehört haben musste, ließ sich Vincente neben seiner Freundin Missy Malone auf seinen Platz gleiten.

Grace war in Vincente Marino verliebt, aber sie liebte ihn nur aus der Ferne. Sie wusste, dass er nicht in ihrer Liga spielte, aber gleichzeitig hatte sie Hoffnung. Sie glaubte, dass die Liebe eine mathematische Gleichung sei. Sie glaubte, dass die wahre Liebe vorbestimmt war.

Sie war wie jede andere mathematische Formel: Man musste nur suchen. So lange suchen, bis man die perfekte goldene Mitte gefunden hat. Wenn alle Zahlen der richtigen Reihenfolge stimmen, wird das Universum dafür sorgen, dass sich zwei Menschen ineinander verlieben. Grace Greenway wartete darauf, dass ihr Goldener Schnitt in die richtige Reihenfolge kam. Dann würden sie und Vincente Marino im perfekten Zustand der Liebe sein.

Grace blickte hinter ihrem Lehrbuch auf. Vincentes Stimme schwebte auf sie zu. Sie beobachtete sein blondes Haar, das im Sonnenlicht schimmerte. Seine goldenen Locken strichen über seine Schultern. Er lachte und flüsterte Missy etwas ins Ohr, dann drehte er sich in Richtung des hinteren Teils des Busses.

Grace blieb das Herz stehen, als sich ihre Blicke für einen Sekundenbruchteil trafen. Ihre Wangen färbten sich purpurrot.

Sie bedeckte ihr Gesicht wieder mit dem Schulbuch, wie mit einem Vorhang. Grace konnte immer noch ihre Füße sehen, ihre Schuhe. Dann berührten die Schuhe von Vincente Marino die ihren. Sie ließ das Buch sinken, und seine kobaltblauen Augen trafen auf ihre haselnussbraunen Augen. Sie hustete, als sie sich endlich daran erinnerte zu atmen.

"Hey, Grace", sagte Vincente. "Ich habe mich gefragt, ob du mir das Leben retten kannst?"

Sie nickte.

"Das Spiel gestern Abend ging bis spät in die Nacht, und dann mussten wir noch feiern gehen, ich meine, wir haben ja gewonnen! Du weißt ja, wie das ist."

"Ja, ich weiß", flüsterte sie.

"Und heute Morgen habe ich gemerkt, dass ich meine Mathehausaufgaben nicht gemacht habe, und du weißt, dass der alte Mr. Dense es auf mich abgesehen hat. Er würde mich am liebsten aus dem Team schmeißen."

"Ja, ich weiß."

"Grace?" Sie atmete tief ein, als er ihren Namen sagte, und fuhr fort. "Wenn du es übers Herz bringen könntest, mir deine Hausaufgaben zu leihen, stünde ich für immer in deiner Schuld. Du würdest mir wirklich das Leben retten."

Ohne zu zögern griff sie in ihre Tasche.

"Ich bringe sie dir vor dem Unterricht zurück." Dann machte er die Bewegung, als würde er sein Herz kreuzen und hoffen, dass er stirbt. Er lächelte in ihre Richtung. "Danke, Babe", sagte er und hauchte ihr einen Kuss zu, während er ihr Buch in seinen

Rucksack steckte. Vincente kehrte zu seinem Platz zurück, wo Missy Malone ein Auge auf die beiden hatte.

Grace und Missy schauten sich kurz über Vincentes Schulter an. Die beiden waren keine Rivalinnen. Missy wusste, dass Grace keine Bedrohung darstellte, aber sie konnte sehen, dass die arme Idiotin in ihren Vincente verliebt war. Jeder wusste, dass sie ihm wie ein streunendes Hündchen hinterherlief.

Grace stellte die Lehrbuchsperre wieder auf und lächelte vor sich hin. Tatsächlich setzte sie das größte und dümmste Grinsen auf, das möglich war. Sie war so aufgeregt, dass sie wieder mit Vincente sprechen würde. Selbst der Gedanke an Fibonacci konnte sie nicht ablenken.

Dann bemerkte sie, dass der Bus angehalten hatte und alle Fahrgäste in den Gang kletterten. Auch sie schaffte es, sich einzugraben, bis sie direkt hinter Vincente stand. Er ließ Missy vor ihm aussteigen. Der Duft von Vincentes Parfüm wehte in ihre Richtung. Grace atmete ihn ein, atmete ihn ein.

Als er ins Sonnenlicht trat, küssten die Strahlen den blutgoldenen Ring an seinem Finger und blendeten sie einen Moment lang. Sie stieß mit ihm zusammen, aber das schien ihn nicht zu stören. Er lachte und strahlte sie mit einem breiten Grinsen an.

Grace vergaß zu atmen.

Missy Malone brüllte, legte ihren Arm um Vincente und führte ihn weg.

Grace kam an ihrem Spind an. Sie holte tief Luft und warf dann ihren Rucksack hinein. Sie sah sich ihren morgendlichen

Stundenplan an: Aboriginal Indigenous Studies, Mathe, Kunst, dann Mittagessen, gefolgt von noch mehr Kunst, Englisch, Freizeit. Sie konnte sich das Spiel ansehen. Die Glocke läutete. Sie knallte ihren Spind zu. Sie rannte den Korridor entlang und setzte sich an die Fenster.

Ihre Lehrerin Miss Smart nahm die Anwesenheit auf und stellte der Klasse dann einen besonderen Gast vor. Die Gastrednerin war eine Frau aus der "Stolen Generation".

Sie erzählte der Klasse, wie sie entführt wurde. Dann wurde sie in eine weiße Familie adoptiert. Wie es ihr nicht erlaubt war, die Traditionen des Gadigal-Volkes zu praktizieren oder zu befolgen.

Grace hatte Mitleid mit ihr. Schließlich sollte kein Kind ausgesetzt, geschweige denn gestohlen werden. Kein Kind sollte von seiner eigenen Geschichte ausgeschlossen werden. Das war absurd.

Grace konnte nicht verstehen, warum die Eltern der Frau dies zugelassen hatten. Grace stellte sich die Situation vor, die sich in ihrem Haus abspielte. Fremde tauchen auf. Sie verlangten, sie mitzunehmen. Graces Eltern hätten jeden Anwalt in der Stadt angeheuert und die Sache verhindert, bevor sie überhaupt angefangen hatte. Sie überlegte, ob sie der Frau diese Frage stellen sollte. Eine andere Mitschülerin kam ihr zuvor.

Die Frau erinnerte sich daran, dass der weiße Mann Waffen mitgebracht hatte, darunter auch Gewehre. Ihre Eltern wussten, dass Blut vergossen werden würde, wenn sie sich wehrten, also taten sie es nicht. Sie sagte, dass es keinen Sinn hatte, sich zu wehren, weil die Wegnahme der Kinder gesetzlich genehmigt worden war.

"Das ist nicht nur in Australien passiert", erklärte die Frau der Klasse. "Es passierte den kanadischen Aborigines, den amerikanischen Ureinwohnern, den indigenen Neuseeländern und vielen anderen Völkern an verschiedenen Orten auf der ganzen Welt. Jeder Fall war anders, aber diese schrecklichen Dinge haben unsere Familien für immer verändert."

Obwohl Grace Mitgefühl empfand, war sie der Meinung, dass die Frau die Vergangenheit vergessen und nach vorne blicken sollte. Sie glaubte, dass das Leben wie eine mathematische Formel sei. Du musst immer weiter suchen und dich bewegen. Sich neu orientieren. Fortschritte machen.

Grace machte sich auf den Weg zum Matheunterricht, wo Vincente ihr gerade noch rechtzeitig die Hausaufgaben überreichte, um sie abzugeben. Mr. Dense war die Art von Lehrer, die alles nach Vorschrift machte. Er schien sich zu freuen, als Vincente Marino als Erster seine Hausaufgaben abgab.

Fibonacci wurde heute im Unterricht behandelt. Da die sechzehnjährige Grace Greenway ein anerkanntes Wunderkind war, wurde sie von ihrem Lehrer früher entlassen. Grace verbrachte die freie Zeit mit Lernen in der Bibliothek. Sie ging zu ihren anderen Klassen, Mittagessen, Englisch. Dann ging sie zurück in die Bibliothek, um ihre Freistunde bis zur Spielzeit zu verbringen.

Nachdem sie gelesen und sich einen Arm voll Lehrbücher zum Ausleihen ausgesucht hatte, machte sie sich auf den Weg zum

Spielfeld, um sich das Kricketspiel anzusehen. In diesem Moment trat Vincente Marino an den Schlag. Die Menge an der High School brach in stürmischen Beifall aus.

Grace war von Vincentes weißer Cricket-Uniform abgelenkt, die das Sonnenlicht des späten Nachmittags reflektierte, und verlor die Kontrolle über ihren Bücherstapel. Sie wiegte die Bände und jonglierte mit ihnen, wie man es in der Hoffnung auf eine erfolgreiche Genesung tut. Doch ihre schiere Entschlossenheit, aufrecht zu bleiben und die kompletten Werke ihrer mathematischen Vorbilder in den Händen zu halten: Sophie Germain, Hypatia, Lise Meitner und Mary Somerville zu halten, sollte nicht sein. Als die Bücher auf dem Boden aufschlugen, wurde auch sie in mehr als einer Hinsicht umgeworfen.

***

ALS GRACE ZU SICH kam, war alles verschwommen und trübe. Ihr war schwindelig und ihr war zum Kotzen zumute. Ihr Kopf schmerzte fürchterlich. Es war, als würde ihr Gehirn versuchen, einen Weg aus ihrem Kopf zu finden. "Tretet alle zurück!", rief jemand, "Grace? Grace! Geht es dir gut? Sprich mit mir, Grace! Kannst du mich hören?"

Als sie die Augen öffnete und zum Himmel schaute, rief ein Engel ihren Namen. Grace fragte sich, ob sie tot war. Könnte sie gestorben und in eine andere Dimension umgezogen sein? Sie weigerte sich, das zu glauben, drückte die Augen zu und öffnete sie wieder. Über ihr schwebte ein Junge mit einem Heiligenschein so groß wie die Sonne.

"Es tut mir so leid, Grace", sagte er und nahm eine ihrer Hände in seine.

Eine Menschenmenge hatte sich um sie herum versammelt und drängte, schubste und schrie. Sie verursachten ein allgemeines Teenager-Chaos.

Grace konnte sehen, wie sie sich über sie beugten - einige mit ihren lachenden Gesichtern auf dem Kopf. In ihrem Kopf war ein ständiges Brummen zu hören. Wäre da nicht ein vertrautes Gesicht gewesen, das des jungen Mannes, hätte sie sich gefühlt oder Angst gehabt.

Sie versuchte, tapfer zu sein und aufzustehen. Ihre Beine wollten nicht mitspielen. Sie wackelten und schwankten wie zerkochte Spaghetti. In ihren Ohren war das Rauschen des Meeres vorherrschend.

Sie setzte sich wieder hin und lehnte ihren Kopf an die Brust des jungen Mannes. Es schien ihn nicht zu stören.

KAPITEL 3

Das Gesicht des Jungen rückte näher an Grace heran, so dass die Sonnenstrahlen die Form seines Heiligenscheins verdeckten. Sie konnte seinen süßen, zimtigen Atem an ihrem Hals spüren. Grace wusste, was er wollte. Sie drehte ihm ihren nackten Hals entgegen. Sie gab ihm die Erlaubnis, sie zu beißen. Sie zu schmecken.

"Jemand soll Triple Zero rufen!", rief der Junge, als er Grace hochhob und ihren Körper festhielt.

Grace fühlte sich schlecht. Sie hatte vorgehabt, ein Abnehmprogramm zu machen. Sie war nicht gerade leicht wie eine Feder. Sie lehnte ihren Kopf an seine Brust, in der Erwartung, seinen Herzschlag zu hören. Alles, was sie hören konnte, war das Rauschen des Meeres.

Grace blickte in sein hübsches Gesicht. Er sah so besorgt aus.

Gemeinsam bewegten sie sich zwischen dem Gemurmel und Geflüster der Menge. An einen ruhigen Ort. Schließlich gingen sie eine Treppe hinauf und durch eine Schwingtür. Dann wurde Grace Greenway auf eine weiche Liege in einem Raum gelegt, der nach Antiseptika und Sportsocken roch. Sie drückte ihr Gesicht in ihn hinein und versuchte, seine Zimtigkeit wieder in Besitz zu nehmen.

"Das ist die Schwesternstation. Warte hier. Ich gehe und hole Hilfe."

"Verlass mich nicht", sagte sie. "Bitte verlass mich nicht."

"Sie atmet nicht!", rief jemand rechtzeitig, um sie daran zu erinnern.

Bald fühlte sich Grace wieder wie sie selbst. Sie wünschte sich nur, dass die Wellen aufhören würden, an den Ufern ihres Geistes zu zerschellen.

"Kannst du mich hören?", fragte eine Frau. Grace nickte. "Ich bin Schwester Hands."

"Krankenschwester, 5. Hands, 5-amazing!" rief Grace aus.

"Sie ist im Delirium!" sagte Schwester Hands. Sie fühlte Graces Puls und ihre Stirn, dann sah sie zu Vincente auf und schüttelte den Kopf.

"Nein, sie denkt nur an den Matheunterricht. Mr. Dense hat sie früher gehen lassen. Wir haben gerade Fibonacci behandelt", erklärte Vincente.

"Weißt du, wie sie heißt?"

"Ja, sie heißt Grace. Grace Greenway."

Grace zerknüllte Vincente's Hemd in ihrer Handfläche.

"Ich muss wirklich zurück zum Spiel."

"Grace", sagte Schwester Hands, "wir warten auf den Krankenwagen. Vincente muss zurück zum Spiel. Bitte lass sein Hemd los."

Grace schrie: "Lasst mich nicht allein!"

Vincente kniete sich wieder neben sie und sah ihr in die Augen.

Er blieb.

Sie seufzte.

Und dann wurde alles schwarz.

KAPITEL 4

IM KRANKENHAUS BLIEB DIE Krankenschwester an Grace' Bett stehen und überprüfte ihre Vitaldaten. Sie war vorerst stabil. Die Krankenschwester zog die Decke über Grace' Arme zurück. Sie holte das Tablett mit den unbenutzten Wassergläsern und warf einen kurzen Blick auf den jungen Mann in der Cricket-Uniform, der auf dem Stuhl unter dem Fenster fest schlief.

Vincente war seit ihrer bewusstlosen Ankunft nicht mehr von Grace' Seite gewichen. Als sie ausstieg, schaute sie auf ihre Uhr und rechnete aus, dass ihre Schicht noch sechs Stunden dauerte. Sie liebte ihren Job, aber das würde ein langer Tag werden.

Zurück in Graces Zimmer begann sich die Patientin zu bewegen und zu rühren. Bald stellte sie fest, dass sie durch eine Reihe von lauten Maschinen an das Bett gefesselt war.

Sie befand sich in einem Krankenhauszimmer. Warum war sie hier? Wie war sie hierher gekommen? Sie schloss ihre Augen und versuchte, sich zu konzentrieren. Sie versuchte, sich zu erinnern, aber es kamen keine Erinnerungen.

Vor lauter Angst, sich von dem Piep-Piep-Piep und dem Tropf-Tropf-Tropf zu befreien, versuchte Grace, sich aufzusetzen.

Als sie sich diesen einfachen Wunsch nicht erfüllen konnte, warf sie sich zurück auf das Kissen. Sie hatte das dringende Bedürfnis zu fliehen.

Warum bin ich hier? dachte Grace. Und warum haben mich alle im Stich gelassen?

Grace bemerkte einen Jungen, der auf dem Stuhl neben ihrem Bett fest schlief. Sie war also doch nicht allein, und sie umarmte sich so gut es ging mit den Maschinen, die an ihrem Körper befestigt waren.

Sie fühlte sich jetzt glücklicher, weil sie wusste, dass jemand da war. Dass sich jemand kümmerte.

Obwohl sie sein Gesicht nicht sehen konnte, beobachtete sie, wie sich sein blondes Haar bei jedem Atemzug bewegte. Er schlief tief und fest. Grace starrte weiter auf ihn und auf die weiße Uniform, die er trug. Sie fragte sich, ob er im Krankenhaus arbeitete. Es erschien ihr seltsam, dass ein Mitarbeiter an der Seite eines Patienten einschläft.

Grace fühlte sich seltsam, als sie die verschränkten Arme des Jungen und seinen frei fallenden blonden Haarschopf betrachtete.

Einige Augenblicke vergingen, und sie starrte weiter. Dann, als hätte er ihre Augen auf sich gespürt, wachte der Junge mit einem Ruck auf. Er warf sein Haar zurück und enthüllte das Gesicht eines Engels.

Grace bedeckte ihren Mund mit ihrer Hand. Er war umwerfend. Der Junge stand auf und ging auf sie zu.

Grace konnte nicht atmen. Als er näher kam, ließen seine dunkelblauen Augen ihr Herz schneller und schneller schlagen.

Sie dachte, sie würde ohnmächtig werden. Und dann sprach er. "Du bist wach, Gracie! Gott sei Dank! Ich habe mir solche Sorgen gemacht. Wir haben uns solche Sorgen gemacht."

"Ja", sagte sie und wusste nicht, was sie sonst sagen sollte. Er gehörte nicht zum Personal. Er bedeutete ihr mehr, das spürte sie in ihrem Herzen, und sie wusste es tief in ihrem Kopf. Aber wer um alles in der Welt war er?

Sie streckte ihm ihre Hand entgegen und erwartete, dass er sie nehmen würde. Er tat es nicht. Stattdessen wich er einen Schritt zurück. Etwas widerwillig zog sie ihre Hand zurück.

Der Junge starrte Grace weiter an, als ob er auf etwas warten würde. Nach dem "Ich will deine Hand halten"-Fehlgriff schützte er sich. Er steckte seine Hände tief in seine Taschen. Nach ein paar Sekunden holte er sie wieder hervor.

Grace fühlte sich heiß und kalt zugleich.

"Geht es dir gut?", fragte er. "Hast du irgendwo Schmerzen?"

Grace wartete und dachte nach, bevor sie antwortete. Sie wollte, dass ihre Antwort kurz und bündig ist, aber nicht scharf. Wie sie sich fühlte, war nicht wichtig! Was sie wissen wollte, war, warum sie hier war? Was sie wissen wollte, war: Wer war er?

"Mein Kopf tut am meisten weh. Es ist, als ob alles gleichzeitig schmerzt, wenn das Sinn macht. Und du?"

Er lächelte und zeigte dabei strahlend weiße Zähne. Grace war der Meinung, dass seine Zähne mit einer Warnung einhergehen sollten: SONNENBRILLE ERFORDERLICH. Er fuhr sich mit den Fingern durch die Haare und ihre Blicke trafen sich.

Grace spürte eine Energie von ihm, die sie zuerst direkt in die Brust traf und dann an den Wänden abzuprallen schien. Wenn sie nicht schon am Boden liegen würde, hätte es sie umgehauen. Sie war verliebt. Dessen war sie sich sicher. Aber er verhielt sich seltsam. Als ob er nicht wüsste, was er sagen oder tun sollte. Es war, als ob er ihr die Hand reichen wollte, aber nicht wusste, wie. "Mir geht's gut, danke", sagte er. Er sah aus wie Winnie the Pooh, der sich mit seiner Hand im Honigtopf verfangen hatte.

Grace ließ sich wieder nach hinten auf das Kissen fallen, ohne den Blickkontakt mit dem Jungen abzubrechen. Sie wollte ihm Fragen stellen, viele Fragen, aber wo sollte sie anfangen? Sollte sie mit ihnen herausplatzen? Er sah so unbehaglich aus. Warum nur?

Sie veränderte ihre Position auf dem Bett. Jetzt lehnte sie sich zu ihm hin, den Kopf auf einen Arm gestützt - so viel Ruhe, wie man haben kann, wenn man an Maschinen angeschlossen ist - und winkte ihn näher zu sich.

Er hielt inne und schaute auf seine Schuhe. Dann schlurfte er vorwärts. Sie wusste, dass er ihr keine Informationen geben würde, sie spürte es, aber sie musste es wissen. Die Zeit drängte. "Was ist mit mir passiert?", platzte sie schließlich heraus.

Der Junge trat einen Schritt zurück, begann etwas zu sagen und hielt dann inne. Er öffnete seinen Mund und schloss ihn dann wieder, wie ein Fisch.

Grace versuchte, mit unverblümteren Fragen zu helfen. "Was mache ich in diesem Krankenhaus? Wie bin ich hierher gekommen?"

Er blieb stumm und fuhr sich mit den Fingern durch die Haare.

Grace fuhr unbeirrt fort: "Und wer bist du?"

KAPITEL 5

ER JUNGE SAH BEI Frage Nummer eins verzweifelt aus und machte sich Gedanken über zwei und drei. Frage Nummer vier löste die erstaunlichste Reaktion aus.

Jeder wusste, wer Vincente Marino war, und Grace Greenway wusste es ganz besonders. Er sah, wie sie ihm Welpenaugen zuwarf. Manchmal, wenn sie dachte, dass er nicht hinsah, folgte sie ihm durch die Schule. Das tat sie sogar manchmal, wenn er mit seiner Freundin Missy Malone zusammen war. Hat sie ihn also verarscht? Vincente war sich ziemlich sicher, dass sie ihn veräppeln wollte.

Er trat auf sie zu und schaute ihr in die haselnussbraunen Augen, um ihr in die Seele zu schauen. Er musste wissen, was sie vorhatte. Er musste herausfinden, ob sie ein Spiel mit ihm trieb oder ihn austrickste, aber Grace blinzelte nicht und verriet nichts.

Grace hatte keine Ahnung, wer er war.

Als der Junge ihr in die Augen schaute, fragte sich Grace, ob sie am falschen Ende des Stabs saß. Vielleicht wusste er auch nicht, wer er war? Immerhin war er blond.

"Ich bin Vincente", sagte er und suchte in Grace' Gesicht nach einem Zeichen der Anerkennung. Als das nicht kam, wiederholte er seinen Namen noch einmal. Er hat ihn sogar fast gesungen: "Vincente Marino".

Eine Gänsehaut machte sich auf Grace' Armen breit und sie fröstelte. Sie kannte seinen Namen nicht, aber etwas tief in ihr regte sich. Vielleicht war es der Klang seiner Stimme.

Sie wiederholte seinen Namen laut. Nichts weckte irgendwelche Erinnerungen. Die Gänsehaut begann zu verblassen. Sie versuchte, seinen Namen zu buchstabieren und ließ jeden Buchstaben auf ihrer Zunge rollen, als würde sie sich im Dunkeln orientieren:

"V- I-N-C-E-N-T."

"Ich schreibe meinen Namen mit einem E am Ende", sagte Vincente. Er erklärte, dass er nach einem der Seefahrer von Christoph Kolumbus benannt wurde. Seine Eltern wollten ihn ursprünglich Christopher nennen. Als seine Mutter es seiner Tante erzählte, ohne zu wissen, dass sie auch schwanger war, stahl seine Tante den Namen. Seine Eltern wählten einen anderen Namen für ihn, Vicente, nach Vicente Pinzon. Als sie ihn sahen, änderten sie ihre Meinung und nannten ihn stattdessen Vincente.

"Das ist interessant", sagte sie. "Aber mal ehrlich, wer bist du für mich?"

"Du machst keine Witze?" fragte Vincente. "Du erinnerst dich wirklich nicht an mich?"

"Ich bin mir nicht sicher. Ich spüre etwas an dir, aber... ich erinnere mich nicht einmal an meinen eigenen Namen."

"Ich heiße Grace. Du bist Grace."

"Aber vor einer Weile hast du mich noch Gracie genannt."

"Ja, das habe ich."

"Warum? Wenn ich Grace heiße, warum hast du mich dann Gracie genannt? Ich mag das nicht."

"Na gut, dann werde ich dich nie wieder Gracie nennen."

Er wich zurück und fuhr sich wieder mit den Fingern durch seine blonden Locken. Das tat er immer wieder. Wahrscheinlich eine nervöse Angewohnheit. Grace wollte auch mit ihren Fingern durch sein Haar streichen. Warum hatte sie nur solche Gedanken? Sie versuchte zu verstehen, was sie fühlte. Die heißen und die kalten Schübe. Sie versuchte, dem Ganzen einen Sinn zu geben. Um eine Erinnerung zu finden, die irgendwo in ihrem Kopf gespeichert war. Doch jedes Mal, wenn er das tat und sich mit den Fingern durch die Haare fuhr, lenkte es sie ab und ließ ihre Knie wie Gelee zittern.

"Du erinnerst dich wirklich und wahrhaftig nicht an mich?" fragte Vincente.

"Ich finde, das ist eine seltsame Wortwahl. Wenn man bedenkt, dass ich im Krankenhaus liege und so."

"Ah, das tut mir leid. Daran habe ich nicht gedacht. Bitte versuche dich daran zu erinnern, wer ich bin, okay? Du machst mir Sorgen. Vielleicht sollte ich losgehen und jemanden holen?"

"Du machst dir Sorgen? Ich habe Angst! Wenn du sagst, dass ich dich kennen sollte, dann muss irgendwo hier hinten eine Erinnerung an dich gespeichert sein." Sie klopfte sich mit der geschlossenen Faust auf den Kopf. "Warum kann ich dich hier drin nicht finden?"

Er hielt ihre Hand fest und verhinderte, dass sie sich erneut schlug. Er zog einen Stuhl neben dem Bett heran und setzte sich.

Er hatte beschlossen, ihr alles zu erzählen. Er wollte ihr erklären, warum sie hier war und dass alles nur wegen ihm war. Wie er sie verletzt und sie dann ins Krankenhaus gebracht hatte.

Wie er tagelang an ihrer Seite saß, während sie bewusstlos war. Wartete. Und betete. "Ich bin der Grund, warum du hier bist."

"Du hast mich verletzt?"

"Ja, ich habe dir wehgetan."

Sie zog eine Grimasse. "Du hast mir wehgetan!"

"Ja, aber es war ein Unfall. Ich spiele Kricket. Du warst bei dem Spiel.

Vor drei Tagen."

"Vor drei Tagen?"

"Ja. Vor drei Tagen habe ich einen Ball geschlagen und er hat dich am Kopf getroffen. Seitdem bist du hier. Ich habe an deiner Seite gestanden. Ich habe gewartet."

"Du hast mich getroffen? Am Kopf? Und jetzt habe ich mein Gedächtnis verloren?"

"Es scheint so."

"Und was dann?"

"Ich habe dich in der Schule zur Krankenstation getragen. Ein Krankenwagen hat dich hierher gebracht."

Grace untersuchte ihren Körper. In ihrer Verfassung konnte sie sich nicht vorstellen, dass er sie getragen hatte. Er war fit, trug eine Uniform, ja, aber sie zu tragen? Unmöglich. "Du hast mich getragen?"

"Ja."

Sie hatte den überwältigenden Drang, ihn zu schlagen und ihn gleichzeitig zu umarmen. Aber ihr Kopf tat noch mehr weh.

"Es tut mir sehr, sehr leid", sagte er.

Der Drang, ihn zu umarmen, überwältigte den Drang, ihn zu schlagen. "Es war ein Unfall, es muss dir also nicht leid tun.

"Danke", sagte er und senkte seinen Kopf. Grace streckte die Hand aus, um ihn zu streicheln, als wäre er ein guter Hund.

Wie ein Wirbelwind drängte sich eine fremde Frau durch die Schwingtüren in den Raum. Sie stürmte auf sie zu. Klein von Statur, aber energisch, bewegte sie sich auf sie zu. Ihre hautengen Bluejeans knitterten und ihre Stiefelabsätze klapperten auf dem antiseptischen Krankenhausboden.

Die Frau starrte Vincente an, als wäre er ein Furunkel, das nur darauf wartet, aufgestochen zu werden.

Er sprach mit auffallend ruhiger Stimme. Er bot an, die beiden in Ruhe zu lassen. Bevor sie etwas erwidern konnten, erhob er sich und verließ den Raum.

"Geh nicht", flehte Grace, aber es war zu spät. Grace beobachtete einen Moment lang die Tür und hoffte, dass er zurückkommen würde. Das tat er nicht. Sie richtete ihre Aufmerksamkeit auf die fremde Frau. Sie fragte sich, in was für einem Krankenhaus sie sich befand, das seinen Angestellten erlaubte, in Jeans und Stiefeln zu arbeiten.

"Und wie geht es dir, meine Liebe?", fragte die Frau, dann beugte sie sich vor und legte ihre Lippen auf Graces Stirn.

Grace hielt das für eine Geste der übertriebenen Vertrautheit und sagte das auch. "Lass das!", rief sie. "Was glaubst du, wer du bist?", verlangte sie, während sie die Keime von der Stelle abwischte, an der die Frau sie mit ihren Lippen berührt hatte.

"Was meinst du damit, wer ich bin?"

"Weißt du das auch nicht?" fragte Grace, beleidigt über den Mangel an Anstand und Professionalität der Frau.

"Wer bin ich?"

"Gibt es hier drin ein Echo?" fragte Grace.

"Dann weißt du wirklich nicht, wer ich bin?"

Grace zuckte mit den Schultern. Die Frau drehte sich um und verließ den Raum. Für eine kleine Frau in hochhackigen Stiefeln konnte sie schnell laufen.

Als sie hinausging, kam Vincente herein. Sie stieß ihn fast um. Grace war entsetzt, als sie die Frau auf dem Flur wie eine Todesfee schreien hörte.

Grace fand, dass sich die Türen drehen sollten und sagte das auch.

Vincente schenkte ihr ein Lächeln, was ihr Herz wieder einmal zum Flattern brachte.

Grace fragte sich, in was für einem Krankenhaus sie sich befand. In einer psychiatrischen Klinik?

"Wer war diese verrückte Frau?"

"Das war keine verrückte Frau. Das war deine Mutter."

✳✳✳

"MEINE MUTTI? WIE KANN sie das sein?" Grace hielt inne und starrte auf ihre Hände. Sie konnte nicht aufhören, sie anzuschauen. Was war es? Irgendetwas lauerte dort. Etwas Wichtiges. Sie musste es sich merken, denn sie spürte, dass es etwas sehr Ernstes war.

Dann geschah es. Sie flog durch die Luft, schnell in den Armen eines Engels. Sie schaute nach oben, zu dem Gesicht über ihr, und die Sonne schien hinter dem Engel herein und bildete einen natürlichen Heiligenschein. Sie strengte ihre Augen an, um seine Identität zu erkennen, aber das Gesicht war verschwommen. Sie fragte sich, ob es möglich war, die Gesichtszüge eines Engels zu erkennen. Sie dachte, dass die Züge eines Engels für die Lebenden vielleicht nicht zu erkennen sind. Das war es! Grace beschloss, dass sie eine Nahtoderfahrung gehabt haben musste.

Sie hielt etwas in ihrer Faust, während sie vorwärts flog, und sie tauchten in einen Tunnel ein. Eine Sekunde lang war es dunkel, oder sie hatte ihre Augen geschlossen. Dann blickte sie auf, und die Identität ihres Engels wurde enthüllt. In Wirklichkeit war es gar kein Engel, sondern der Junge, der neben ihr stand. Sie flüsterte wiederholt seinen Namen. Es war wie Musik, ein Summen. Sie trommelte einen Rhythmus in ihrem Kopf.

"Geht es dir gut?" fragte Vincente.

Grace lächelte.

Er fragte erneut: "Geht es dir gut, Grace? Willst du, dass ich jemanden hole?"

"Ich bin dir dankbar", sagte sie. "Wofür?"

"Na, für dich, natürlich. Für dich, mein Engel."

Vincente schaute auf seine Füße. Dann steckte er die Fäuste in die Taschen. Er sah sehr besorgt aus, als ob er glaubte, dass sie jetzt wirklich den Verstand verloren hatte.

Er glaubte, sie schon einmal gesehen zu haben, wie sie ihn verlassen hatte - zwar nicht körperlich, aber geistig. Sie war in ihren Gedanken weit weg gereist. Wenn jemand "weg" war, konnte man das daran erkennen, dass seine Augen glasig und verträumt wurden.

Vincente wünschte sich, dass Grace Greenways Mutter zurückkehren würde, damit er endlich von dort verschwinden konnte. Sie wurde ihm langsam unheimlich.

Dann platzte Grace aus heiterem Himmel heraus: "Vincente, bist du mein Freund?"

"Nein!", rief er in einem Tonfall, der nicht missverstanden werden konnte. Um sicherzugehen, wich er noch weiter zurück, bis er mit dem Rücken an der Wand stand.

Er sah absolut gedemütigt aus. Grace war verwirrt. Sein Dementi, dieses eine Wort, traf sie mit voller Wucht in die Brust. Das Ausrufezeichen fühlte sich an wie der Schnabel eines Raben, der ihr Herz durchbohrt. Sie fühlte sich verwundet, aber ihre Verwirrung war überwältigend. Sie beobachtete ihn und wartete darauf, dass er etwas tat, etwas sagte. Irgendetwas.

"Hör zu, Grace, du musst wissen, dass ich nicht dein Freund bin. Ich habe dich nur hierher gebracht, weil ich derjenige war, der dich verletzt hat."

"Also bist du normalerweise zu cool, um mit mir zu reden?"

"Grace, du hast mir bei meinen Mathe-Hausaufgaben geholfen und du hast mir geholfen, im Team zu bleiben. Ich bin dir dankbar für deine Hilfe, aber..."

"Dankbar..." Sie lehnte sich in das Kissen zurück und schloss ihre Augen.

Sie wollte in dem federnden Kissen verschwinden.

Er wollte aus dem Zimmer verschwinden.

Sie blieben zusammen, teilten denselben Raum, obwohl sich jeder von ihnen wie eine Insel fühlte.

"Ich werde deine Mutter holen, okay? Ich denke, du solltest bei deiner Familie sein." Er drehte sich um und verließ den Raum.

Grace kam sich wie eine Närrin vor. Sie wusste nicht, wer er war, aber irgendwo in ihrem Herzen wusste sie, dass sie ihn liebte. Wie dumm von ihr, dass sie so damit herausgeplatzt war. Vielleicht hatte sie ihn aus der Ferne geliebt? Vielleicht war er in eine andere verliebt und jetzt hatte sie sich selbst in Verlegenheit gebracht, indem sie ihm sagte, was sie fühlte.

Sie drückte ihr Gesicht in das Kissen und schluchzte.

***

GRACE WOLLTE VINCENTE MARINO hinterherlaufen. Sie zerrte an den Maschinen und versuchte vergeblich, sie zu lösen, als die Kavallerie eintraf.

"Was in aller Welt tust du da, Grace?" forderte Helen Greenway.

"Du hättest sie fast abgerissen, du dummes, dummes Mädchen", schimpfte die Krankenschwester.

Vincente, der zurückgekommen war, sagte nichts. Er schlurfte mit den Füßen und kramte mit den Fäusten in seinen Taschen, als ob er nach Kleingeld suchen würde.

"Ich war -" begann Grace.

Sie konnte nicht zu Ende sprechen, weil die Krankenschwester begann, das Bett zu kippen und zu verstellen. Grace verlor das Gleichgewicht und fiel zur Seite, so dass sie fast auf dem Boden aufschlug. Sie wäre auf dem Boden aufgeschlagen, wenn Vincente nicht seine Fäuste aus den Taschen genommen und sie aufgefangen hätte.

Er hielt sie noch einmal in seinen Armen, wie in ihrer Erinnerung. Er war ein Geschenk, ein Geschenk von oben, und wieder einmal kamen Graces Erinnerungen zurück. Die

Erinnerungen kamen wie Flashbacks zurück. Vincente im Schulbus. Vincente beim Kricketspiel auf dem Sportplatz. Vincente lächelte sie an und nahm ihr seine Hausaufgaben ab. Vincente, Vincente, Vincente. Eine Flut von Erinnerungen überschwemmte sie und durch sie wusste Grace zwei Dinge ganz sicher.

Nummer eins: Sie liebte Vincente Marino. Zweitens: Er liebte sie nicht.

Sie schaute in seine Augen. Sie waren leere, leuchtende Becken, die sich ihr entgegenstreckten, weil er sie vor Schaden bewahren wollte, weil er ein Held sein wollte. Aber hinter diesen dunkelblauen Augen gab es keine Liebe. Keine Liebe für sie.

Grace war die Sonne, die ihre Strahlen ausstreckte und nach dem Mond tastete: die dunkle Seite des Mondes. Sie befanden sich auf entgegengesetzten Seiten und drehten sich von einander weg.

"Ähm", Helen räusperte sich, woraufhin Grace und Vincente sie auseinander blinzelten.

"Sehen Sie, Schwester, sie ist völlig außer Kontrolle geraten. Sie weiß nicht, wie ernst ihre Lage ist. Wie krank sie wirklich ist." Helen begann zu weinen. Keine kleinen Tränen. Nein, es war eine Flut von Schluchzern.

"Ist schon gut, Mama", sagte Grace und ergriff die Hand ihrer Mutter.

"Du erinnerst dich an mich?"

"Natürlich", sagte Grace und log. Sie kannte sie nicht und hatte auch keine Erinnerung an sie, genauso wenig wie an die Krankenschwester, die immer noch mit offenem Mund dastand.

"Der Arzt ist auf dem Weg", verkündete die Krankenschwester. Sie hob Grace' Arm an und fühlte ihren Puls. "Deine Vitalwerte sind ausgezeichnet, aber du musst dich ausruhen. Vielleicht ist es an der Zeit, dass dein Freund nach Hause geht. Er braucht auch seine Ruhe."

Sie warf einen Blick auf Vincente.

Die Feinheit ihrer Besorgnis ist ihm nicht entgangen.

"Ja, ich denke, ich sollte gehen." sagte Vincente. Er entfernte sich ein paar Schritte vom Bett. Er fuhr sich mit den Fingern durch sein Haar. Er ging zurück zum Bett, als ob er auf Graces Zustimmung warten würde. "Ich könnte auch bleiben, wenn du das möchtest."

"Nur wenn du willst", sagte Grace mit einem Hoffnungsschimmer in ihrer Stimme. Ihr war klar, dass er nur aus Schuldgefühlen blieb, aber sie beschloss, dass sie ihn so nehmen würde, wie er es wollte. "Vielleicht nur bis ich einschlafe?"

Helen plauderte mit der Krankenschwester, als wären sie längst vergessene Freunde, als sie aus dem Zimmer gingen.

"Sie wird in wenigen Minuten entlassen", sagte die Krankenschwester. "Ich habe ihr genügend Beruhigungsmittel gegeben, damit sie gut schlafen kann."

Helen warf einen Blick zurück auf die beiden und gab ihrer Tochter einen Kuss.

Grace fand es schwierig, dass ihre Mutter sie mit einem Fremden allein ließ. Ihre Mutter hat sich nicht beschwert. Sie trug es wie eine Kampfnarbe.

✳✳✳

E S DAUERTE NICHT LANGE, bis Grace einschlief.

Vincente nutzte die Gelegenheit, um sein Handy einzuschalten und seine Mutter anzurufen. Er schrieb ihr eine SMS, um sie über Graces Zustand zu informieren. Er wollte nicht von ihrer Seite weichen, bis er sicher war, dass sie außer Gefahr war. Er musste nach Hause gehen und duschen, ganz zu schweigen davon, dass er endlich seine Cricket-Uniform ausziehen wollte.

Schon bald fiel Grace in einen tiefen, tiefen Schlaf, in dem sie sich Stimmen um sie herum vorstellte. Flüsternde Stimmen. Dann wurden die Stimmen lauter und lauter. Sie erfüllten ihren Geist mit Gelächter. Teuflisch lautes Lachen, gefolgt von Schreien und Kratzen, als ob jemand lebendig begraben worden wäre. Die Stimmen waren gefangen. Sie schrien und kratzten, schrien und kratzten.

Grace wachte mit einem Schreck auf, Schweiß rann ihr über die Stirn. Ihr Bettzeug war feucht und kalt. Sie war verwirrt. Sie hatte zu viel Angst, um ihre Augen zu öffnen. Sie fragte sich, ob das, was sie in ihren Träumen gehört hatte, jetzt bei ihr im Zimmer war. Wenn sie ihre Augen öffnete, würde sie es sehen, und wenn sie es sah, musste sie weg. Sie lauschte angestrengt. Die einzigen Geräusche waren das Tick-Tick-Tack und das Rutschen der medizinischen Geräte.

Sie öffnete die Augen und wiederholte die ganze Zeit über das Tick-Tick-Tack-Geräusch für sich. Grace war allein. In dem kalten Raum begann sie zu frösteln. Sie musste sich umziehen. Sie konnte nicht dorthin gelangen, wo sie hinwollte, also drückte sie den Panikknopf. Innerhalb von Sekunden war die Krankenschwester da und half ihr, einen sauberen Kittel anzuziehen.

"Müssen Sie... gehen?", fragte die Krankenschwester. Sie war kleiner und freundlicher als die andere und lächelte sie freundlich an. Grace wurde rot, als die Krankenschwester die Bettpfanne unter sie stellte.

Danach fragte Grace, ob sie näher an das Fenster rücken könne. Die Krankenschwester schob das Bett nach vorne, so dass die Ausrüstung intakt blieb. Sie zog die Vorhänge zurück und ließ das Tageslicht herein. Es blendete Grace mit seiner plötzlichen Intensität. Sie blickte auf die Gräser hinunter, die sich in der Brise bogen. Sie blickte hinauf in den tiefblauen, wolkenlosen Himmel. Nach so langer Zeit im Krankenhaus fühlte sie sich lebendig.

"Wenn du noch etwas brauchst, lass es mich wissen", sagte die Krankenschwester.

Grace nahm ihre Hand in die ihre und sagte: "Danke."

Wieder war sie allein, aber dieses Mal schaute sie weiter den Weg entlang. Sie entdeckte einen kleinen Blumengarten und gleich dahinter einen Baum. Neben ihm sah sie ein Stück Papier, das spöttisch nach oben schwebte. Es schwebte an den stehenden

Blumen vorbei, als ob es sagen wollte: "Schau mich an! Du magst hübsche Blütenblätter und leuchtende Farben haben, aber ich kann etwas, was du nicht tun kannst. Du bist gefesselt, aber ich kann fliegen. Schau mir beim Fliegen zu!

Das Stück Papier setzte seine Reise fort. Grace folgte ihm, während es hoch und höher flog, bis sie es nicht mehr sehen konnte. Grace lachte. Es war, als würde man Magie beobachten.

"Was machst du da?" rief Grace' Mutter, als sie ihre Tochter fast stehen sah. Helen Greenway scheuchte ihre Tochter zurück auf ihr Kissen und schob das Bett zurück an die Wand. Dann steckte sie ihre Tochter ins Bett. Grace freute sich über die Streicheleinheiten. Sie dachte, es könnte eine Erinnerung wachrufen - eine Erinnerung an diese Frau, die vor ihr stand. Aber wieder einmal kamen keine Erinnerungen.

KAPITEL 6

"Ich hoffe, du bist bereit für einen Besuch von Dr. Christiansson", sagte Helen. "Er wird bald kommen, um über deinen Zustand zu sprechen."

"Ich habe eine Krankheit?" sagte Grace.

"Das hast du in der Tat, Grace."

Grace war besorgt, als der Arzt den Raum betrat. Er begrüßte sie und zog einen Stuhl heran. Er setzte sich für einen Moment und stand dann auf. Er fühlte den Puls von Grace. Er fühlte Grace' Stirn. "Hmmm. Wie fühlst du dich, Gracie?"

"Bitte nenn mich Grace."

"Oh, Entschuldigung. Dann eben Grace. Wie geht es dir heute?"

"Ich fühle mich besser. Die Kopfschmerzen sind nicht mehr so schlimm, aber Herr Doktor, ich kann mich an nichts mehr erinnern."

"An nichts?"

Grace sah verlegen aus. Sie wollte nicht, dass ihre Mutter wusste, dass sie sich nicht an sie erinnerte. Sie zögerte. "Ich habe Erinnerungsfetzen."

"Erinnerungsfetzen?"

"Ja."

"Erzähl mir mehr", sagte er, während er Notizen auf ein Klemmbrett kratzte.

"Erinnerungsfetzen, meistens an einen Jungen. Vincente Marino", sagte Grace.

Der Arzt sah Helen mit einer hochgezogenen Augenbraue an.

"Der Junge. Derjenige, der sie mit dem Ball getroffen hat", sagte Helen.

"Oh, ja. Das ist normal, denn er war die letzte Person, die du gesehen hast, bevor du das Bewusstsein verloren hast." Er zögerte und kritzelte etwas auf. Dann erinnerst du dich doch an deine Mutter, oder?"

Grace hatte gehofft und gebetet, dass er sie diese Frage nicht stellen würde. Sollte sie weiter lügen, um ihre Mutter bei Laune zu halten? Sie wusste, dass sie ihrem Arzt die Wahrheit sagen musste, die ganze Wahrheit und nichts als die Wahrheit, damit er ihr helfen konnte. Sie schüttelte den Kopf. Helen begann zu schluchzen.

Der Arzt tätschelte Helens Hand, dann richtete er seine Aufmerksamkeit auf die Patientin. "Grace, Sie haben eine traumatische Hirnverletzung erlitten, wie wir es nennen. Was, glaubst du, bedeutet das?"

"Ich weiß es nicht."

"Dann lass es mich dir erklären", sagte der Arzt. "Du wurdest von einem Kricketball getroffen." Er zögerte und sah dann zu Helen hinüber. Sie schluchzte so sehr, dass ihre Brust bebte. Es war offensichtlich, dass sie versuchte, ihre Gefühle unter Kontrolle zu bringen.

Grace wollte, dass er auf den Punkt kommt.

"Der erste Aufprall des Balls, die schiere Wucht des Aufpralls, hat ausgereicht, um die Verletzung zu verursachen. Es gibt Komplikationen. Schwerwiegende Komplikationen."

Erst ein Zustand. Jetzt Komplikationen. Was war hier noch los? War ihr Leben in Gefahr?

"Ja, Komplikationen in Form von Blutgerinnseln oder Aneurysmen in der Nähe des Gehirns. Der Druck der Aneurysmen könnte die Ursache für deinen Gedächtnisverlust sein. Wir hoffen, dass dies nur ein vorübergehender Zustand sein wird."

"Vorübergehend?"

"Ja. Wenn wir sie entfernen, kehren hoffentlich alle deine Erinnerungen zurück. Aber die Operation ist extrem gefährlich."

"Sie meinen, ich könnte sterben?"

Helens Schluchzen wurde lauter.

"Um es ganz offen zu sagen, ja. Du könntest sterben, wenn wir operieren, Grace. Aber die Sache ist die: Du könntest auch sterben, wenn wir nicht operieren."

"Häh?"

"Die Gerinnsel wachsen und verursachen Schmerzen und Gedächtnisverlust. Sie sind gefährlich. Es können sich noch mehr bilden, aber wir wissen nicht, wann. Leider werden sie nicht verschwinden, es sei denn, sie platzen, lösen sich auf und gelangen in deinen Blutkreislauf."

"Und wie werde ich sie wieder los?" fragte Grace und versuchte, nicht zu weinen.

"Wir geben dir Blutverdünner. Und schließlich operieren wir. Heute. Oder morgen. Sobald du deine Zustimmung gibst. Wir werden unser Bestes tun, um sie alle loszuwerden. Wir haben die Experten hier zu deiner Verfügung. Eine Operation ist deine beste Chance zu überleben und vollständig zu genesen."

"Und wenn ich nein sage?"

"Du bist sechzehn, also kann deine Mutter die Papiere für dich unterschreiben. Wir denken wirklich, dass du die Entscheidung treffen und mitmachen solltest. Das wäre für alle Beteiligten besser. Deshalb sage ich dir die Wahrheit, ganz offen."

"Habe ich wirklich eine Wahl?"

"Wenn du nein sagst, werden sich die Gerinnsel trotzdem auflösen, wenn sie dazu bereit sind. Das Ergebnis könnte tödlich sein, und das ohne Vorwarnung."

"Warum können wir nicht warten und später operieren? Wenn es nötig ist."

"Das können wir. Es liegt an dir. Du kannst warten. Du wirst höchstwahrscheinlich jeden Tag stärker und gesünder werden. Aber wir würden ein Risiko eingehen. Wenn du einen Rückfall erleidest und schwächer wirst, könnten sich deine Chancen auf eine vollständige Genesung ebenfalls verringern."

"Also, je früher, desto besser?"

"Grace, du nimmst das alles sehr gelassen", sagte Helen, die immer noch schluchzte. "Mein starkes kleines Mädchen. So tapfer." Sie umarmte sie.

"Ich will nicht sterben. Ich bin erst sechzehn."

"Wir werden alles tun, was in unserer Macht steht, um dich da durchzubringen", sagte der Arzt.

"Wie werden wir wissen, wann es dringender wird?" fragte Grace.

"Wenn die Gerinnsel platzen, kommst du auf unsere Liste der kritischen Fälle. Wir bringen dich dann sofort in den Operationssaal. Dann geht es um Leben und Tod."

Grace kämpfte gegen die Tränen an. Sie wollte leben. Sie wollte nicht sterben, nicht auf diese Weise. Sie brauchte Zeit, aber die Zeit war nicht auf ihrer Seite. Sie wollte allein sein. Sie wollte Zeit für sich haben. Zeit zum Nachdenken. Zeit zum Nachdenken.

"Ich habe dir viel zum Nachdenken gegeben, Grace. Das ist eine Menge für einen Erwachsenen, ganz zu schweigen von einem Teenager. Sprich mit deiner Familie und deinen Freunden. Du wirst ihre Unterstützung und Liebe brauchen. Oh, und noch etwas. Dein Zustand, die Gerinnsel, kann schon seit einiger Zeit so sein. Vielleicht schlummern sie schon seit Monaten oder sogar Jahren. Vielleicht haben sie dich emotional beeinträchtigt. Sie haben dich müde gemacht und dir Kopfschmerzen bereitet. Bis der Junge dich mit dem Ball getroffen hat, wussten wir nichts davon. Jetzt, wo wir es wissen, müssen wir diesen Unfall als einen glücklichen Katalysator betrachten, der dir hilft, wieder gesund zu werden."

So hatte Grace das noch nicht gesehen. Sie nickte.

"Du verstehst, dass wir handeln müssen?"

"Du hast es deutlich gemacht, Doc."

"Braves Mädchen", sagte er. "Sprich mit deiner Mutter. Sie hat dich sehr lieb. Dann ruhe dich ein wenig aus. Denk darüber nach. Ich komme morgen wieder und beantworte alle deine Fragen."

Grace nickte. Helen rückte näher an ihre Tochter heran. "Und du, Helen, ruh dich aus. Grace wird deine Kraft brauchen. Wann hast du zuletzt geschlafen?"

"Ich schlafe in letzter Zeit nicht besonders gut", gab Helen zu.

"Ich werde eine der Krankenschwestern bitten, dir etwas zu geben, das dir beim Schlafen hilft. Du musst dich ausruhen, essen und auf dich aufpassen, nicht nur um deiner selbst willen, sondern auch um Grace willen.

"Ja, ich verstehe. Danke, Dr. Christiansson", sagte Helen.

Er drehte sich um und ging. Graces Mutter stand am Bett und war in ihre eigenen Gedanken versunken.

"Mama, ich möchte gerne eine Weile allein sein, um nachdenken zu können."

"Aber du bist nicht allein. Du musst diese Entscheidung nicht ganz allein treffen."

"Ich weiß, Mama, und ich danke dir."

Helen küsste ihre Tochter auf die Stirn und verließ den Raum.

Endlich allein, flossen Grace die Tränen in Strömen. Sie umarmte sich ganz fest. Sie ließ es zu, dass sie sich ausschluchzte.

✳✳✳

Die Nachtluft war eiskalt. Sie peitschte um sie herum. Sie zerriss ihr Nachthemd, das sich hinter ihr wie ein Schleier wölbte. Grace verbarg ihr Gesicht in Vincentes Brust. Sie flogen weiter nach oben. Höher und höher. In die Dunkelheit hinein. Sie ließen alles hinter sich.

Grace zitterte.

Vincente zog sie eng an sich. Seine Arme legten sich um sie. Er hielt sie fest. Sie fühlte sich sicher.

Jetzt war es soweit. Jetzt oder nie.

Sie zog das hochgeschlossene Nachthemd von ihrem Hals und löste die rote Spitzenschnürung. Sie lehnte sich zurück und wartete auf ihn. Wartete auf den Schmerz und das Vergnügen.

Vincente fletschte seine Zähne und dann begann sie zu fallen. Sie ließ sich treiben.

Nach unten. Absturz. Nach unten.

Sie konnte ihn tief, tief unter ihrer Haut spüren, als sie auf den wartenden Bürgersteig stürzte.

Sie öffnete ihre Augen und schrie.

KAPITEL 7

ALS GRACE WIEDER ZU sich kam, hatte ihr jemand die Decke um den Hals gewickelt. Sie spürte, wie eine kühle Hand über ihre Wange strich. Der Mann fragte: "Bist du wach?"

Grace öffnete blinzelnd ihre Augen und versuchte, sich zu konzentrieren. Sie konnte seine Augen erkennen - tief und haselnussbraun. Seine Wangen erregten ihre Aufmerksamkeit, denn wenn er lächelte, wurden sie breiter wie bei einem Kind. Sie versuchte, sich die Augen zu reiben, aber der Mann hatte ihre Arme verschränkt. Sie konnte sie nicht unter den Decken hervorholen. Sie fühlte sich gefangen. Sie fühlte sich nicht verängstigt.

"Grace", sagte er.

"Äh, ich kriege meine Arme nicht raus."

"Oh, das tut mir so leid. Ich habe dich zu fest zugedeckt", sagte er, während er die Decke herunterzog und es Grace ermöglichte, sich die Augen zu reiben und sich zu konzentrieren. Jetzt bemerkte sie einen zweiten jüngeren Mann, der näher an sie herantrat. Er hatte die Arme vor der Brust verschränkt.

"Danke."

"Grace, möchtest du ein Glas Wasser trinken?"

"Ja, das wäre schön", sagte sie, als der Mann ihr etwas einschenkte und den Becher in ihre zitternde Hand drückte. Er hielt ihn wie ein Elternteil, der die Hand seines Kindes hält, wenn es zum ersten Mal alleine trinken kann. Nachdem sie den Inhalt geleert hatte, nahm er ihn ihr ab und stellte ihn auf den Nachttisch. Er wartete.

Grace sah sich im Zimmer um, denn sie wusste genau, dass sie wissen sollte, wer diese beiden Menschen waren. Sie erwarteten, dass sie es wusste.

"Ich bin dein Vater", sagte der lächelnde Mann, "und das ist dein großer Bruder Daryl."

Grace konnte es jetzt sehen: die Ähnlichkeit mit der Familie, die haselnussbraunen Augen.

Ja, sie hatte die gleichen Augen wie ihr Vater.

"Deine Mutter hat gesagt, dass du dich vielleicht nicht mehr an uns erinnerst", sagte er. Er tätschelte die Hand seiner Tochter. Daryl trat näher an die Seite des Bettes heran. Er streckte seine Hand nach Grace aus.

"Du siehst gut aus, mein Mädchen", sagte Benjamin Greenway.

Grace fühlte sich unbehaglich und getröstet zugleich. "Danke."

"Wir haben uns solche Sorgen um dich gemacht, als wir davon hörten." Ihr Vater wischte sich eine Träne weg. "Es tut mir leid, dass ich nicht früher hier sein konnte. Ich war auf Geschäftsreise, weißt du."

"Das verstehe ich."

"Aber für mein kleines Mädchen ist nichts zu gut, und wir werden die besten Experten herholen. Wir werden alles tun, was wir können, um dich wieder normal zu machen."

"Normal?"

"So wie du vorher warst..."

"Äh, danke", sagte Grace und schlurfte mit ihren Füßen unter die Bettdecke, um sie aus dem Tiefschlaf zu wecken. Das war in letzter Zeit immer so. Ein Teil ihres Körpers war wach, während andere Teile tief schliefen.

"Wir wollen, dass du wieder so wirst, wie du vorher warst", sagte ihr Bruder. Er beugte sich vor und küsste sie auf die Stirn. Seine Lippen fühlten sich kühl an, als hätte er gerade einen Softdrink getrunken.

"Mir geht's gut", sagte Grace. "Ich bin nur müde... und dann ist da natürlich noch die Sache mit dem Gedächtnisverlust."

"Ja, das ist echt blöd, wenn man sich an niemanden oder nichts mehr erinnern kann." erwiderte Daryl. Dann summte er ein wenig und lachte.

Peinlich.

Grace schloss für einen Moment die Augen und öffnete sie dann wieder.

Ihr Vater und ihr Bruder sahen irgendwie verlegen aus. Sie versuchte wieder, eine Erinnerung heraufzubeschwören, irgendeine Erinnerung, aber es gelang ihr nicht.

"Hast du dich also entschieden, die Operation durchzuführen?" fragte Papa.

"Ich habe mich noch nicht entschieden."

"Alles zu seiner Zeit, meine Liebe, alles zu seiner Zeit", sagte er. Er streckte seine Hand aus und berührte Grace' Hand. Als sich ihre Haut berührte, erwartete sie, Wärme zu spüren, aber seine Haut war kühl.

"Ich habe gestern mit dem Arzt gesprochen", sagte ihr Vater. "Ich habe ihm gesagt, er soll alle Register ziehen. Ich habe ihm gesagt, dass Geld keine Rolle spielt. Ich sagte ihm, er solle die großen Geschütze auffahren. Er soll alles tun, um mein kleines Mädchen zurückzubringen."

"Ich bin hier, Papa", sagte sie, als Vincente seinen Kopf durch die Tür zu ihrem Zimmer steckte.

"Komm rein, Vincente", forderte sie ihn auf, "du störst nicht."

Er sah sich im Zimmer um und ging auf sie zu. Er fuhr sich mit den Fingern durch sein Haar. Er steckte die Hände tief in die Taschen seiner schwarzen Levi's.

"Ich möchte dir gerne meinen Vater und meinen Bruder Daryl vorstellen."

"Dein Vater und dein Bruder?"

"Ja."

"Äh, deshalb bin ich nicht direkt reingekommen. Ich dachte, ich hätte dich mit jemandem reden hören."

Grace fand, dass er sich sehr seltsam verhielt, fast schon unhöflich.

"Möchtest du, dass ich jemanden anrufe? Deinen Arzt? Eine der Krankenschwestern? Brauchst du Hilfe?"

"Was meinst du?" Grace fühlte sich wirklich sauer auf ihn, aber sie lächelte. "Papa, das ist Vincente Marino, der Junge, der mich ins Krankenhaus gebracht hat. Daryl, das ist Vincente Marino. Vincente, mein Vater und mein Bruder."

Vincente schaute sich um. Es war niemand in dem Raum. Nicht eine einzige Seele. Aber die arme, verblendete Grace dachte, es gäbe jemanden. Sollte er sich ihren Wahnvorstellungen anschließen? So tun als ob? Seine Hand ausstrecken? Eine imaginäre Hand schütteln, um sie zu erwidern? Vincente war kein medizinischer Fachmann. Er hatte keine Ahnung, wo er suchen oder was er tun sollte. Er wollte nicht die Verantwortung dafür übernehmen, Grace Greenway in den Abgrund zu stürzen. Er hatte ihr schon genug angetan.

"Ich werde den Arzt für dich holen, okay?" sagte Vincente, während er sich mit den Fingern durch die Haare fuhr.

"Warum? Weil ich dich in meine Familie einführe? Es ist ja nicht so, dass ich dich frage, ob du mich heiraten willst oder so!"

"Grace? Was wäre, wenn ich dir sagen würde..."

"Ja?"

"Was wäre, wenn ich dir sagen würde, dass außer dir und mir niemand hier im Raum ist?"

Grace schaute erst ihrem Vater und dann ihrem Bruder in die Augen. Sie bestätigten sie mit einem Nicken.

"Was meinst du? Sie stehen doch genau hier!"

"Grace, jetzt hör mir zu. Bitte! Dein Vater und dein Bruder sind bei einem Autounfall ums Leben gekommen. Es war ein Frontalzusammenstoß. In der Schule gab es einen Gedenkgottesdienst."

"Sie können nicht getötet worden sein", sagte Grace. "Es sei denn... Ich sehe tote Menschen!"

"Ich bin sicher, es gibt eine ganz harmlose Erklärung, Grace. Wahrscheinlich ist es nur eine Nebenwirkung der Schmerzmittel. Bitte lass mich Hilfe rufen."

Grace streckte die Hand nach ihrem Vater aus. Er wich zurück. Sie griff nach Daryl. Auch er wich zurück.

"Schatz, wir sollten jetzt wirklich gehen... jetzt, wo Vincente hier ist. Wir werden ein anderes Mal wiederkommen. Ein anderes Mal, wenn du allein bist", sagte ihr Vater. Er und Darryl lehnten sich mit dem Rücken an die Wand. Sie verschwanden.

Grace hielt sich die Augen zu und begann zu schreien. Sie schrie und schrie und schrie.

$$***$$

ALS DAS MEDIZINISCHE PERSONAL endlich eintraf, war es zu spät. Grace hatte bereits einige der Schläuche herausgezogen.

Nachdem man ihr ein Beruhigungsmittel gegeben hatte, beruhigte sie sich sofort. Bald darauf schlief sie ein.

Vincente blieb an Grace' Seite, bis Helen eintraf. Er erklärte ihr, was passiert war.

Helen war verärgert, weil sie nicht dabei gewesen war. Sie fragte sich, was das alles zu bedeuten hatte. Hatte ihre Tochter ihren Verstand verloren? Sollte sie mit dem Arzt darüber sprechen, sie in ein anderes Krankenhaus zu bringen? Eines, in dem sie rund um die Uhr überwacht würde? Der Gedanke daran ließ sie erschaudern.

Vincente versuchte, sie zu beruhigen, dass Grace nicht verrückt war. Gleichzeitig versuchte er auch, sich selbst zu überzeugen.

Er schaute aus dem Fenster auf eine Plastiktüte, die wie ein Gespenst im Wind segelte. Er dachte an Bücher, die er über Tote gelesen hatte, die zurückkommen und die Lebenden zurückholen. Könnte es eine übernatürliche Erklärung geben?

Helen betrachtete die schlafende Gestalt ihrer Tochter. Sie sah aus wie eine unschuldige Seele, die dort ruhte. Helen verschränkte ihre Arme um sich. Es war so lange her, dass sie miteinander geredet hatten, wirklich geredet. Sie warf einen Blick auf den Jungen, der neben ihr stand, und fragte sich, ob er ihre Tochter vielleicht besser kannte als sie selbst. Sie hasste den Gedanken, dass sie und ihre Tochter sich eines Tages auseinanderleben könnten.

Grace rührte sich im Schlaf. Dann begann sie laut zu zählen.

Helen hörte zu, bis Grace fast bei hundert angelangt war. Dann hörte ihre Tochter auf zu zählen. Sie war immer bei der Zahl Hundert stehen geblieben. Grace war schon ihr ganzes Leben lang in Zahlen verliebt. Sie fand Trost in Zahlen.

Helen dachte darüber nach. Obwohl ihre Tochter ihr Gedächtnis verloren hatte, tat sie immer noch normale Dinge wie das Zählen im Schlaf. Helen glaubte, dass dies ein gutes Zeichen war. Fast hätte sie es mit dem Marino-Jungen geteilt. Er war damit beschäftigt, aus dem Fenster zu schauen, also beschloss sie, sich eine Tasse Tee zu holen.

Vincente versicherte Helen, dass er im Zimmer bleiben würde, bis sie zurückkam. Helen war dankbar für seine Hilfe.

Vincente blätterte in einer Zeitschrift und starrte weiter aus dem Fenster.

Grace rief: "Bitte nehmt mich nicht mit. Bitte nicht!"

Vincente hob sie hoch und hielt sie fest. Sie schlief immer noch fest, sie hatte nur einen Albtraum. Als sich ihr Körper entspannte, legte er ihren Kopf auf das Kissen.

"Bitte stirb nicht", flüsterte Vincente. Er öffnete die Tür und hielt nach Helen Ausschau. Er wünschte sich ernsthaft, aus dieser Situation gerettet zu werden. Wo war Helen Greenway?

Grace rührte sich wieder im Schlaf.

Seufzend schloss er die Tür und kehrte auf seinen Posten zurück.

KAPITEL 8

GRACE WACHTE VERWIRRT AUF. Sie hatte eine Nacht voller schrecklicher Träume.

Sie träumte, dass sie zwei Besucher hatte: ihren toten Vater und ihren Bruder. Das Zimmer war stockdunkel, und als sie die Augen öffnete, lag der Geruch von Seife und Antiseptika in der Luft. Sie fragte sich, wie lange sie schon geschlafen hatte.

Grace fühlte ihre Stirn, die extrem heiß war. Sie hatte Fieber und brauchte wieder einmal einen Wechsel des Nachthemdes. Sie griff über das Bett, drückte den Summer und wartete. Nichts.

Sie versuchte, sich ein Glas Wasser einzuschenken, aber der Krug war leer. Sie wartete darauf, dass die Krankenschwester ins Zimmer kam, aber es kam niemand. Sie drückte den Summer erneut. Ihr Durst wurde immer größer. Sie fühlte wieder ihre Stirn und drückte auf den Summer.

Sie setzte sich aufrecht hin und entdeckte Vincente. Er schlief tief und fest und lag auf zwei Stühlen direkt unter dem Fenster. Seine Füße und Beine lagen auf dem einen Stuhl. Sein Oberkörper lag auf dem anderen. Das Problem war, dass seine Mitte nach unten durchhing. Er würde bald auf dem Boden aufschlagen. Die einzige Möglichkeit, dies zu verhindern, war, ihn aufzuwecken.

Grace rief seinen Namen. Erschrocken schob sein Körper die Stühle auseinander. Seine Mitte schlug auf dem Boden auf.

Er sprang auf. "Was? Wo?"

Grace konnte sich ein Lachen nicht verkneifen.

Er blickte kurz in ihre Richtung, dann strich er sich mit den Händen über seine Kleidung. Schließlich kämmte er sich mit den Fingern durch die Haare. Er sah sie noch ein oder zwei Sekunden an, dann rieb er sich die Augen und erkannte, wo er war. Er fuhr sich noch einmal mit den Händen durch die Haare, bewegte sich dann auf Grace zu und sagte: "Entschuldigung. Ich bin wohl weggedriftet."

"Das ist schon okay. Ich hatte gehofft, dich vor dem Sturz zu bewahren, aber leider habe ich es nur schlimmer gemacht.

"Nichts passiert." sagte Vincente. Er machte ein paar Hampelmänner, um wieder wach zu werden.

"Es ist wirklich spät! Warum sind sie nicht gekommen und haben mich geholt? Deine Mutter sollte das übernehmen. Nach zehn Uhr ist nur noch die Familie erlaubt. Krankenhausregeln."

"Ich rufe schon eine ganze Weile nach einer Krankenschwester", sagte Grace, "aber bis jetzt ist nichts passiert. Hier, ich versuche es noch einmal." Sie drückte den Summer und blieb einfach dran.

Vincente konnte hören, wie das Geräusch durch den Korridor hallte. Seltsam. Er beschloss, nachzusehen. Wo zur Hölle war Helen? Vincente hatte Helen Greenway ausdrücklich darauf hingewiesen, dass er pünktlich um zehn Uhr aus dem Haus sein musste. Sie hatte versprochen, ihn zu wecken. Seine Mutter holte ihn ab, und am nächsten Tag hatte er ein Kricketspiel. Er brauchte eine gute Nachtruhe. Sie nahm ihn als selbstverständlich hin. Sie behandelte ihn wie einen Angehörigen. Was zum...?

Vincente ärgerte sich immer mehr, während er durch die Gegend lief. Zuerst schien alles normal zu sein, aber die Abwesenheit des Krankenhauspersonals beunruhigte ihn. Er griff in seine Tasche und holte sein Mobiltelefon heraus. Er schaltete es ein und wartete darauf, dass das 4G-Netz anspringt, aber das Signal war schwach, nur ein Balken. Er schaute nach Textnachrichten und E-Mails, aber es gab keine. Er warf einen Blick auf die Uhr am Ende des Flurs. Sie zeigte 2:30 Uhr. Was zum Teufel?

Neugierig öffnete er eines der Krankenzimmer, bereit, sich für sein Eindringen zu entschuldigen, aber es war leer. Er öffnete eine Tür nach der anderen, aber das Ergebnis war jedes Mal dasselbe: leer.

Er betrat den Aufzug. Er fuhr eine Etage tiefer: dasselbe wie oben. Wo waren denn alle hin? Langsam wurde es unheimlich. Er fuhr mit dem Aufzug in das Erdgeschoss. Dort sah es genauso aus. Sogar der Schreibtisch der Empfangsdame war leer. Weder im Wartezimmer noch in der Notaufnahme waren Patienten oder Familienangehörige zu sehen.

Er trat ins Freie und atmete tief ein. Die Luft hatte einen seltsamen Geruch, eine Mischung aus Autoabgasen und Eukalyptus. Alles, was er hören konnte, war ein unaufhörliches Brummen.

In der Ferne erblickte er den Vollmond, dessen Helligkeit den Nachthimmel erhellte. Die Sterne waren in voller Pracht zu sehen. Er verweilte einige Augenblicke bei diesen Dingen, denn sie waren das, was er zu sehen erwartete, also normal.

Ein paar Sekunden später holte ihn das Brummen in die Realität zurück und seine Augen suchten den Parkplatz ab. Er hustete, als er sich auf das nächstgelegene Fahrzeug zubewegte, aus dessen Auspuff die Abgase herausströmten.

Die Tür auf der Fahrerseite des Autos war weit geöffnet, also beugte er sich hinein, aber sie war leer. Er schaute auf dem Rücksitz nach und stellte fest, dass auch dieser leer war. Er schaltete die Zündung aus, aber das Auto sprang sofort wieder an. Schließlich zog er den Schlüssel ab, und das schien zu funktionieren.

Er ging zum nächsten Auto, das ebenfalls leer war, aber der Motor lief noch. Er stellte sich in die Mitte des Parkplatzes. Alle Fahrzeuge liefen, aber es war weder ein Fahrer noch ein Beifahrer in Sicht. Vincente fröstelte und lief zurück ins Haus, um Grace zu suchen.

✳ ✳ ✳

GRACE SASS IMMER NOCH dort, wo er sie verlassen hatte. Er war noch nie in seinem Leben so froh, jemanden zu sehen. Er biss sich auf die Oberlippe, als er den Raum betrat und überlegte, ob er ihr sagen sollte, was los war. Andererseits wusste er sowieso nicht, was los war. Er ließ sich die Fakten durch den Kopf gehen:

Tatsache: Das Krankenhaus war menschenleer.

Tatsache: Der Parkplatz war verlassen.

Das waren die kalten, harten Fakten.

Vincente überlegte, wie er ihr die Situation vermitteln sollte. Sollte er es ihr schmackhaft machen? Oder sollte er Grace alles erzählen? Er fragte sich, wie es um ihre geistige Gesundheit bestellt war. Noch vor kurzem schien sie so kurz vor dem Abgrund zu stehen. Er wollte nicht derjenige sein, der sie zu Fall bringt. Er hatte ihr schon genug Schaden zugefügt.

Vincente bemerkte, dass Grace stark schwitzte. Sie schien bereits besorgt und ängstlich zu sein, und er hatte ihr noch nicht einmal etwas gesagt... noch nicht. Er fragte sie, ob sie einen Schluck kaltes Wasser wolle, und sie bejahte.

Er füllte den kleinen Krug mit Wasser und schenkte ein Glas voll ein. Grace, die dachte, es sei für sie, streckte ihre Hand danach aus. Aber Vincente schien in seiner eigenen Welt zu sein und statt es ihr zu geben, leerte er das Glas selbst. Dann wiederholte er den ganzen Vorgang und leerte auch das zweite Glas bis auf den letzten Tropfen aus.

Als er in die Realität zurückkehrte, bekam Grace immer mehr Angst. Irgendetwas stimmte definitiv nicht. Vincente hatte etwas gesehen, und er hatte Angst, ihr davon zu erzählen. Es war so schlimm.

Vincentes Augen trafen die von Grace. Er schenkte ihr ein Glas Wasser ein und drückte es ihr in die wartende Hand. Sie trank und beobachtete, wie sich Vincentes Gesichtsausdruck von einem Moment auf den anderen veränderte.

Grace konnte es nicht mehr ertragen. Sie wollte, dass Vincente wieder zu sich kommt. "Ich muss dringend auf die Mädchentoilette gehen." Sie lehnte sich wieder an den Summer. Sie hoffte, dass eine der Krankenschwestern gleich in den Raum kommen würde.

Vincente lief die Zeit davon. Er beobachtete Grace. Sie wartete darauf, dass eine Krankenschwester kam und ihr half, obwohl keine Krankenschwestern in der Nähe waren. Was sollte er bloß tun? Sie befand sich in einer schweren gesundheitlichen Krise und brauchte Medikamente. Er war kein Arzt und hatte keine Ahnung, wie er sich um sie kümmern sollte.

Dann hatte er eine Idee: Er wollte sie in ein anderes Krankenhaus bringen.

Ja, genau das würde er tun.

"Tut mir leid wegen gestern. Ich meine die Sache mit den toten Menschen", sagte Grace.

"Das ist schon okay."

Er würde es ihr sagen müssen. Je früher, desto besser.

✳✳✳

"DIESE KRANKENSCHWESTER SOLLTE GEFEUERT werden!" rief Grace aus. Sie musste wirklich gehen.

"Wann hast du zuletzt deine Medikamente bekommen?" fragte Vincente.

"Ich weiß es nicht. Ich schlafe so viel, dass ich manchmal nicht weiß, ob es Tag oder Nacht ist."

"Es ist jetzt Nacht. Die Besuchszeit ist längst vorbei."

"Du darfst also wieder länger bleiben?"

"Das glaube ich nicht. Deine Mutter sollte mich eigentlich wecken. Sie wollte die Nacht mit dir verbringen. Wenn man bedenkt..."

"In Anbetracht von was? Denkt sie, ich verliere den Verstand?"

"Äh, irgendwie, irgendwie. Ich meine, sie will nur ein Auge auf dich haben."

"Dann sollte sie dafür sorgen, dass ich meine Medikamente bekomme", sagte Grace.

"Damit das Blut nicht gerinnt, brauchst du deine Medikamente."

"Ich weiß", sagte Grace genervt, "sie tragen die Dinge immer in die Tabelle am Ende des Bettes ein. Sieh mal nach. Da steht alles drin, was du wissen musst."

"Gute Idee", sagte Vincente, als er das Klemmbrett hochhob. Es enthielt Abkürzungen, die an einen Geheimcode erinnerten. Er schaffte es, sie zu entziffern.

Grace hatte seit über vierundzwanzig Stunden niemanden mehr gesehen - weder Krankenschwester noch Arzt.

Sie musste dringend auf die Toilette gehen. Das Tropfen-Tropfen-Tropfen der Maschine neben ihr half ihr nicht. Sie versuchte, nicht daran zu denken. Sie versuchte, nicht an die Vampirversion von Vincente Marino zu denken. Und sie versuchte, nicht daran zu denken, dass sie tote Menschen sah, aber es war schwer, an nichts davon zu denken. Vor allem, wenn ihre Blase voll war.

Vincente beschloss, dass es jetzt oder nie hieß. Er musste es ihr sagen. Er musste ihr die Wahrheit sagen. Er musste sie aus diesem Krankenhaus herausholen, sie irgendwo anders hinbringen. An einen Ort, an dem Grace die Pflege bekommen konnte, die sie brauchte.

Er ging zum Fenster und zog die Vorhänge zurück. Er beschloss, dass er keinen Moment länger zögern konnte. Er musste es ihr sagen... jetzt.

✳✳✳

"Grace, wir beide sind allein hier im Krankenhaus", platzte Vincente heraus. Brutal, dachte er. Absolut brutal.

"Was?"

"Sie sind alle ... weg."

"Das ist unmöglich! Krankenschwester! Schwester!", rief sie und drückte erneut auf den Notfallknopf.

"Ich habe mich vor ein paar Minuten umgesehen, und das Krankenhaus ist menschenleer. Völlig."

"Willst du mir Angst einjagen?"

"Ja. Ich meine, nein, aber ich denke, wir sollten hier verschwinden."

"Aber draußen... ich meine, außerhalb des Krankenhauses, hast du da Leute gesehen?" fragte Grace.

"Nein. Ich konnte niemanden hier drinnen oder außerhalb des Gebäudes finden. Wir müssen gehen. Raus hier. Geh in die Stadt. Ich habe da draußen Autos gesehen, mit laufenden Motoren, aber es sitzen keine Menschen hinter den Rädern. Keine Passagiere. Jede Menge leere Autos."

"Aber ich kann das Krankenhaus nicht verlassen. Was ist mit meinem Zustand?" rief Grace aus. Sie sah Vincente an und fragte sich einen Moment lang, ob sie wieder träumte. Sie schloss ihre Augen und öffnete sie dann wieder. Nein, sie war hellwach. Vielleicht war es Vincente, der schlief, und sie war in seinem Traum? Oder noch schlimmer: Vielleicht war das, was sie hatte, ansteckend? Vielleicht waren sie dabei, den Verstand zu verlieren?

"Wenn wir jetzt gehen, können wir unsere Familien finden. Sie werden wissen, was zu tun ist."

"Aber ich bin damit verbunden", sagte sie und zeigte auf die Maschinen und die Kabel.

"Kein Problem, ich werde dich abklemmen", sagte Vincente.

"Weißt du, was du tun musst?"

"Es scheint offensichtlich zu sein, aber du musst mir vertrauen."

KAPITEL 9

G RACE ÜBERLEGTE IHRE OPTIONEN. Wenn Vincente Recht hatte und warum sollte er lügen? Dann hatten sich alle in und um das Krankenhaus herum in Luft aufgelöst. Selbst nachdem sie dies erkannt hatte, zweifelte Grace immer noch an ihrem eigenen Verstand. Erst glaubte sie, dass Vincente ein Vampir sein könnte. Dann glaubte sie, ihr Bruder und ihr Vater hätten sie besucht, obwohl sie tot waren. Und jetzt kam das hier.

"Natürlich vertraue ich dir, Vincente. Aber ich habe Angst. Ich verstehe nicht, was mit mir passiert."

"Das passiert nicht nur mit dir. Es passiert auch mit mir. Du und ich stecken da zusammen drin. Es gibt hier niemanden außer dir und mir."

"Aber träume ich? Bist du sicher, dass das kein Traum ist, Vincente? Sag mir, dass es kein Traum ist! Ich glaube, ich verliere den Verstand!"

Vincente zog Grace dicht an sich heran und hielt sie fest. Sein warmer Atem kitzelte ihr Ohr. Er flüsterte: "Du verlierst nicht deinen Verstand. Das hier ist echt. Du und ich stecken da zusammen drin ... und wir müssen hier raus."

"Was ist, wenn das Gerinnsel platzt? Was, wenn?" begann Grace.

"Dann werden wir uns darum kümmern. Ich bringe dich in ein anderes Krankenhaus. An einen anderen Ort."

Grace nickte, als Vincente den Herzmonitor abnahm. "Ich habe Angst", gestand sie.

"Und ich habe Angst davor, was passiert, wenn wir hier bleiben", sagte Vincente. Er löste den letzten Klettverschluss, woraufhin die Maschine eine heftige Nulllinie zog. Die Maschine kreischte und blinkte, bis Vincente den Stecker aus der Wand zog.

Dann herrschte Stille im Raum.

"Jetzt kommt der schwierige Teil", sagte Vincente. "Ich muss die Nadel aus deiner Hand entfernen, und das wird weh tun.

"Sprich mit mir. Lenk mich ab."

"Okay. Habe ich dir erzählt, dass ich ein großes Spiel vor mir habe? Ich habe mich so darauf gefreut, zu spielen. Es kommt mir vor, als wäre mein letztes Spiel schon eine Weile her." Vincente zögerte. "Alles erledigt."

"Es hat mir kein bisschen wehgetan. Danke", sagte Grace, während sie ihre Beine über das Bett schwang. Es waren nackte Beine, die sich bis jetzt unter der Decke versteckt hatten.

Vincente schaute weg, als sie auf den kalten Linoleumboden trat. Die Kühle verursachte einen unwillkürlichen Schauer, der ihren geschwächten Körper beherrschte. Vincente hielt sie hoch und stützte sie. Sie betrachtete die Badezimmertür. Sie bewegte sich auf sie zu. Er stützte sie, bis sie sicher drinnen war.

Grace entleerte ihre Blase. Sie spülte und ging zum Waschbecken, um sich die Hände zu waschen. Als sie ihr

Spiegelbild betrachtete, zuckte sie zusammen. Ihr Haar war ein einziges Durcheinander und ihr Teint war blass. Sie sah sehr krank aus - und das war sie auch. Grace putzte sich die Zähne und kämmte ihr Haar. Sie öffnete die Tür und sah, wie Vincente die Wohnung durchwühlte.

Bevor sie etwas sagen konnte, fragte er: "Wo sind deine Sachen?"

"Ich habe keine Ahnung. Vielleicht hat Mama sie zum Waschen mit nach Hause genommen?" Sie machte sich auf den Weg zurück zum Bett. "Ich habe mir überlegt, dass wir vielleicht einfach hier bleiben und warten sollten, bis sie zurückkommen? Sicherlich werden sie zurückkommen. Oder vielleicht wache ich auf, oder du wachst auf und alles ist wieder normal?"

"Nein, Grace. Wir müssen hier raus... sofort. Du träumst nicht und du verlierst auch nicht den Verstand - es sei denn, ich verliere meinen auch! Mach dir keine Sorgen um deine Kleidung. Dein Krankenhauskittel wird reichen, bis wir etwas anderes für dich gefunden haben."

Sie zitterte wieder. Vincente wickelte ihr eine Decke um die Schultern.

"Komm schon, Grace. Lass uns aufhören, über das zu reden, was war, und an das Hier und Jetzt denken. Wir müssen unseren Hintern hier rausschaffen."

"Vielleicht solltest du mich einfach verlassen. Ich werde dich nur aufhalten."

"Ich verlasse dich nicht, Grace. Wir müssen zusammenbleiben. Wir stecken da jetzt zusammen drin. Komm schon."

"Aber Vincente, wenn ich mich hier auf das Bett lege und eine Weile schlafe, kannst du vielleicht selbst Hilfe finden. Ich bin wirklich müde." Sie bewegte sich auf das Bett zu und begann, darauf zu klettern.

Vincente streckte die Hand aus und zog sie zu sich heran. Er legte seine Hände auf ihre Schultern. "Grace, vertraust du mir nicht?"

"Doch, aber..." Grace stand zitternd da und schaute Vincente in die dunklen Augen. Sie hatte Angst. Sie hatte Angst davor, wach zu sein. Sie hatte Angst davor, einzuschlafen. Sie wollte Ablenkung, und sie wollte mehr über ihn wissen, mehr über sein Leben. Sie wollte sich zurückhalten, um sicher zu sein, dass er der echte Vincente Marino war. Sie hatte angefangen, alles in Frage zu stellen.

"Wo hast du gelebt, bevor du hierher gezogen bist?"

"Meine Familie ist viel herumgezogen", sagte Vincente. "Wir sind jetzt seit fast fünf Jahren hier in Sydney, und fünf Jahre sind eine lange Zeit für meine Familie, um an einem Ort zu bleiben."

Grace erinnerte sich überraschenderweise an das allererste Mal, als Vincente in die Schule kam. Es war ein Geschenk der Erinnerung. Sie ließ es in ihr Bewusstsein fließen und erlebte die Szene noch einmal. Sie sah sie immer wieder in ihrem Kopf.

"Geht es dir gut, Grace?"

Sie war so sehr in ihre Erinnerungen vertieft. Sie vergaß, dass der echte Vincente direkt vor ihr stand. Grace zögerte, ihm den Traum zu offenbaren. Sie wollte ihn für sich selbst und nur für sich selbst haben. Aber schließlich beschloss sie, dass sie nichts zu befürchten hatte.

"Ich habe mich an den ersten Tag erinnert, an dem du in unsere Schule gekommen bist. Es war, als ob ein Lichtstrahl mitten durch mein Herz ging und meine Seele durchbohrte. Ich konnte nicht mehr atmen."

Vincente wusste nicht, was er auf dieses Geständnis antworten sollte, also sagte er nichts.

Grace war sich sicher, dass er sich nicht daran erinnern konnte, sie an seinem ersten Schultag gesehen zu haben. Warum sollte er auch?

"Ich erinnere mich an dich", sagte er.

"Das sagst du nur, damit ich mit dir mitkomme", sagte Grace.

"Warum sollte ich lügen? Es war auf der Wiese vor der Schule. Du hast dich hingesetzt. Du hast ein Buch gelesen. Du warst unter einem Baum, ganz allein."

"Ja. Ich habe Sturmhöhe gelesen."

"Ich ging vorbei und tat so, als würde ich stolpern. Ich habe einen Stift in deiner Nähe fallen lassen."

"Ich habe ihn aufgehoben und ihn dir zurückgegeben."

"Ja, aber Grace, du hast mich angeschaut, als wäre ich ein Wesen von einem anderen Planeten."

"Ja, diese ganze Sache mit dem Erwachen meines Herzens und meiner Seele. Ich war sprachlos."

"Aber du hast mich doch gar nicht gekannt."

"Ich kannte dich, Vincente. Ich habe dich immer gekannt."

"Grace, denk darüber nach, was du gerade zu mir gesagt hast. Du hast bestimmte Erinnerungen an mich in deinem Gehirn gespeichert. Ich denke, das ist ein unglaublich positives Zeichen. Ein Zeichen dafür, dass es dir besser geht."

Sie dachte darüber nach und strahlte dann von einem Ohr zum anderen. "Okay", sagte sie, "jetzt lass uns von hier verschwinden."

"Ich werde dich nicht verlassen, Grace. Wir müssen zusammenbleiben. Wir stecken da zusammen drin. Komm schon."

Das Telefon neben Grace' Bett begann zu klingeln. Grace griff nach dem Hörer. Vincente hielt sie davon ab, abzunehmen, weil ein anderes Telefon im Zimmer ebenfalls zu klingeln begann. Dann klingelte ein weiteres im Zimmer nebenan. Dann klingelte ein weiteres und dann noch eines. Das Klingeln der Telefone hallte die Flure rauf und runter. Das Geräusch war ohrenbetäubend.

"Los geht's!" rief Vincente, als sie in den Flur gingen. Das Klingeln hallte nach und wurde immer lauter.

Sie hielten sich die Ohren zu und erreichten den Aufzug. Die Türen öffneten und schlossen sich, dann öffneten und schlossen sie sich wieder. Es war zu riskant, hineinzugehen. Sie machten sich auf den Weg zum Treppenhaus.

Das Klingeln wurde leiser, während sie die Treppe hinunterstiegen. Als sie im Erdgeschoss ankamen und die Tür öffneten, war das Geräusch lauter als je zuvor.

"Komm schon!" rief Vincente, als sie sich auf den Weg zur Vordertür machten. Sie fanden ein Auto. Er schnallte Grace auf dem Beifahrersitz an.

Er drückte das Gaspedal durch und sie fuhren in die stille, dunkle Nacht hinaus.

****

VINCENTE SANG EIN LIED über die Fahrt zu einem unbekannten Ziel. Sie fuhren durch Sydneys Inner West. Er bemerkte, dass Grace ruhig war und eingeschlafen war. Das war wahrscheinlich gut so, dachte er, denn er brauchte Zeit zum Nachdenken. Um einen Plan zu machen.

Überall standen die Autos Stoßstange an Stoßstange und blockierten die Hauptfahrbahn. Er musste ausweichen und ausweichen. Manchmal musste er auf den Bürgersteig fahren, um durchzukommen.

Auf dem Weg sah er viele verlassene und fahrende Fahrzeuge. Es gab auch Transportfahrzeuge, Taxis, Polizeiautos und Krankenwagen. Alle standen im Leerlauf auf der Straße - sogar Flugzeuge und Hubschrauber. Die Luft war dick mit Abgasen. Es war wie in einem Stephen King Roman, eine absolute Apokalypse.

Zuerst blieb Vincente an den Zebrastreifen stehen und hielt Ausschau nach Kindern, Erwachsenen und sogar Hunden, die die Straße überquerten. Als er nichts sah, gab er es auf.

Es schien niemand mehr übrig zu sein. Trotzdem hoffte Vincente, seine Familie und seinen Freund zu finden, die in den Vorstädten warteten. Er versuchte, seine Mutter auf seinem Handy anzurufen, aber es ging niemand ran. Er hinterließ eine Nachricht. Das Gleiche tat er bei seinen Großeltern.

Grace wachte auf und fragte: "Wo sind wir?"

"Wir sind gerade in Sydney unterwegs. Wir erkunden die Gegend. Während du geschlafen hast, bin ich zum Royal Hospital gefahren und habe es mir angeschaut."

"Du hättest mich wecken sollen."

"Nein, das war nicht nötig. Ich konnte auch dort die Telefone klingeln hören. Ich wusste, dass das Krankenhaus leer war, ohne überhaupt hineinzugehen. Vincente bog in eine Kreuzung ein. Grace packte ihn am Arm und sagte ihm, er solle anhalten.

Er trat auf die Bremse. Sie warteten, denn es war ein Fußgängerüberweg, aber es gab niemanden, der ihn überquerte.

Grace erwähnte die im Wind flatternde Wäsche, die schon wer weiß wie lange draußen gelegen hatte. Sie bemerkte, dass keine Vögel am Himmel zu sehen waren. Keine Hunde bellten. Sie sah, dass die Geschäfte noch geöffnet waren, aber es gab kein Personal und keine Kunden, die etwas kaufen wollten.

Außerdem gab es ausgebrannte Fahrzeuge.

"Die Stadt ist völlig verlassen", sagte Vincente.

"Es ist hoffnungslos", brummte Grace.

"Gib die Hoffnung nie auf."

✳✳✳

"ALLES WIRD GUT", VERSICHERTE Vincente, als er Grace' Hand berührte. Sie spürte einen Ruck, als seine Haut die ihre berührte.

"Was machen wir jetzt?" fragte Grace.

"Nun, wir werden mit Plan A weitermachen", sagte Vincente.

"Wir haben einen Plan A?"

"Während du geschlafen hast, Grace, habe ich mir Plan A ausgedacht. Er sieht vor, das andere Krankenhaus und die bekannten Vororte zu überprüfen. Ich dachte, wenn jemand unsere Hilfe braucht, werden wir ihn höchstwahrscheinlich finden."

"Das war ein guter Plan."

"Bis jetzt wurde nichts gesichtet, weder tot noch lebendig."

"Wo sind die Vögel hin?" fragte Grace.

"Wahrscheinlich in Richtung Wasser. Sie wollen bestimmt weg von den lauten Autos, die die Luft verschmutzen", sagte Vincente.

Er bemerkte, dass der Tank fast leer war. Er füllte ihn an einer Tankstelle auf. Dann schnappte er sich ein paar Dinge im Supermarkt. Vincente warf Grace einen Schokoriegel zu, und er öffnete einen Mars-Riegel. "Ich habe das Geld auf dem Tresen liegen lassen."

"Du hast Geld liegen lassen?" Grace war wirklich überrascht.

"Ja. Ich kann nicht einfach tanken, ohne zu bezahlen. Es wäre das Ende der Zivilisation, wie wir sie kennen, wenn wir uns einfach nehmen würden, was wir wollen! Außerdem kennt der Besitzer der Tankstelle meine Familie, seit wir hierher gezogen sind. Er hat Mama schon ein paar Mal geholfen, als sie Probleme mit dem Auto hatte und Papa nicht in der Stadt war."

"Deine Logik gefällt mir."

"Ja, wir wollen doch keine Anarchie, oder?", lachte er.

Grace hatte jetzt mehr Ehrfurcht vor Vincente als zuvor. Sie bewunderte seine selbstbewusste Haltung. Seine Ehrlichkeit. Aus welchem Grund auch immer, das Schicksal hatte sie zusammengeführt. Sie und Vincente befanden sich in einem Abenteuer. Es war aufregend, beängstigend und seltsam zugleich.

Vincente bog schnell in ein lebkuchenähnliches Haus ein. "Da sind wir", sagte er.

KAPITEL 10

"E**S IST DAS HAUS** meiner Großeltern. Ich wohne hier immer in den Schulferien und wenn meine Eltern geschäftlich unterwegs sind. Da meine Familie oft umgezogen ist, war das hier schon immer mein zweites Zuhause."

Während sie den Eukalyptusduft in der Luft aufnahm, sagte Grace: "Es ist noch sehr früh am Morgen. Meinst du, es macht ihnen etwas aus?"

"Ich habe gestern Abend versucht, anzurufen, aber es hat niemand abgenommen. Ich habe eine Nachricht hinterlassen. Wenn sie schlafen, wird es ihnen nichts ausmachen. Wir können aber auch einfach reingehen, ich habe meinen eigenen Schlüssel. Außerdem ist das hier eine Art Notfall."

Vincente zog die Tür auf.

Grace schaute immer noch in den Garten und konzentrierte sich auf einen großen Baum in der Mitte des Gartens. Der Baum war umgekippt und seine Wurzeln lagen größtenteils frei. Sie zitterte und schlang ihre Arme um sich.

Vincente, der bereits drinnen war, rief: "Komm rein!"

Drinnen versuchte Grace, es sich gemütlich zu machen. Plötzlich kam ein Windstoß durch die offene Tür und erwischte den Rücken ihres Krankenhauskittels. Sie war bis auf die Knochen durchgefroren und zitterte erneut.

Vincente griff über die Rückenlehne des Sofas und zog einen handgehäkelten, bunten Afghanen hervor, den seine Großmutter genäht hatte. Er legte sie ihr um die Schultern.

Grace kuschelte sich hinein und atmete den herrlichen Duft ein.

"Warte hier", sagte Vincente. "Ich gehe nach oben und sehe nach ihnen."

"Okay", sagte Grace und sah zu, wie Vincente die Treppe hinaufstieg und am Ende des Flurs ankam.

Als er außer Sichtweite war, ging Grace zum Fenster und spähte durch die Vorhänge. Die Wurzeln des Baumes schienen sich zu bewegen. Die Äste begannen zu schwanken. Sie fröstelte erneut und zog die Vorhänge zu.

Sie schaute sich um, ohne zu neugierig zu sein. Das Haus war ein Schrein für Vincente. Überall hingen Fotos von ihm. Vincente als Baby. Vincente als kleiner Junge. Vincente in seinen Sportuniformen. Vincente mit seinen Eltern. Vincente mit seinen Trophäen. Die Fotos gingen weiter und weiter. Sie bemerkte eine bestimmte Art von Fotos, die sie bei den anderen nicht sah, nämlich Vincente und eine Freundin. Das war ein gutes Zeichen.

Vincente kam die Treppe herunter. An seinem Gesichtsausdruck und seiner Eile konnte sie erkennen, dass seine Großeltern nicht im Haus waren.

"Sie sind nicht hier und es gibt auch keine Anzeichen dafür, dass sie letzte Nacht hier waren. Das Bett ist unbenutzt und im Wäschekorb ist nichts zu finden. Oma war immer sehr darauf bedacht, schmutzige Wäsche in den Korb zu legen, bevor wir ins Bett gingen."

Er setzte sich hin, fuhr sich mit den Fingern durch die Haare und legte dann die Hände auf den Kopf, wobei er die Finger verschränkte. In dieser Position zu sitzen, half ihm, sich zu konzentrieren. Das tat er oft, wenn er bei einem seiner Spiele die Menge ausblenden musste.

Grace stand in der Nähe und war mucksmäuschenstill.

Vincente riss sich zusammen und sagte: "Ah!", bevor er aufsprang und schnell durch das Haus lief.

Grace folgte ihm den Flur entlang, vorbei an der Küche und dem Badezimmer in einen kleinen Raum am Ende des Flurs. Es war ein Büro.

Er überprüfte, ob der Computer eingeschaltet war und lief. Er war es nicht - der Stecker war aus der Wand gezogen worden. "Opa hat wohl wieder am Strom gespart", sagte er. "Es wird ein paar Minuten dauern, bis er wieder hochgefahren ist, also können wir in der Zwischenzeit einen Snack und einen Kaffee trinken. Komm schon."

Grace und Vincente machten sich auf den Weg in die Küche, die mit avocadogrünen Geräten ausgestattet war. Auf den Geschirrtüchern waren Früchte und Gemüse abgebildet. In der Mitte des Tisches standen Salz- und Pfefferstreuer in Hasenform, die sie schelmisch angrinsten.

"Oma hat immer einen gut gefüllten Kühlschrank", sagte Vincente, als er die Tür aufzog. Er warf Grace eine Hähnchenkeule zu und mampfte die andere selbst, während er den Wasserkocher zum Kochen brachte. Als Nächstes holte er Kaffee und Zucker, den Kaffeeweißer und zwei Tassen. Als das Wasser heiß war, schenkte er ihnen ein und sie machten sich auf den Weg zurück in den Flur zum Computerraum.

Dort setzte sich Vincente hin und begann, auf der Tastatur zu klicken. Als Facebook auftauchte, ging er in sein Profil, um es zu aktualisieren, und überprüfte dann, ob einer seiner Freunde online war. Keiner war es.

Er klickte ein paar Mal und sah sich den Newsfeed an. Seit über vierundzwanzig Stunden hatte keiner seiner Freunde etwas gepostet oder aktualisiert.

"Ich kann nicht glauben, dass niemand hier gewesen ist. Nicht einmal Liz, meine Cousine in den USA, die ihr Profil mindestens fünfmal am Tag aktualisiert. Ich habe Angst, dass es nicht nur uns hier in Sydney trifft. Es könnte überall sein."

Grace hielt sich den Mund zu und versuchte, ein Keuchen zu unterdrücken, aber es entwich und erfüllte den stillen Raum. "Vielleicht sind sie alle irgendwo zusammen? Im Untergrund oder irgendwo in Sicherheit, irgendwo ohne Computer, und warten."

"Die ganze Welt, unter der Erde und wartend? Das wäre wirklich etwas", sagte Vincente, während er sich bei Facebook ausloggte. "Ich checke meine E-Mails", erklärte er.

"You've Got Mail!", begrüßte ihn der Browser. Es war eine kurze Nachricht von seiner Oma, die ihn nach seinem Kricketspiel fragte.

"Also, was sollen wir jetzt machen? Wo sollen wir noch nachsehen?" fragte Grace.

"Ich weiß es nicht", sagte Vincente und legte wieder seine Hände auf den Kopf und legte seinen Kopf zwischen die Knie.

Grace streckte ihre Hand aus und legte sie auf seine Schulter. Er nahm ihre Hand in die seine und nahm ihren Trost dankbar an. "Ich weiß, es ist noch früh am Morgen", sagte sie, "aber ich bin erschöpft. Vielleicht sollten wir ein Nickerchen machen und uns hier ein wenig ausruhen. Wenn wir aufwachen, haben sich die Dinge vielleicht geändert oder wir haben eine tolle Idee, was wir als Nächstes tun können."

"Ja, ich bin auch erschöpft, und du hast Recht, vielleicht kommt in der Zwischenzeit eine E-Mail, oder jemand geht auf Facebook. Wer weiß? Wir haben ja nichts zu verlieren.

"Lasst mich noch etwas versuchen", sagte Vincente, als er sein Handy herausholte. Er schickte eine GruppensMS an alle in seinem Adressbuch. "Da", sagte er. "Wenn jemand sein Handy dabei hat, wird er antworten. Jetzt können wir uns etwas ausruhen. Sie werden nicht antworten, wenn wir nur rumsitzen und auf den Computer und das Telefon schauen." Er steckte sein Handy ein, um es aufzuladen, und ging dann zur Treppe.

"Wo soll ich schlafen?" fragte Grace.

"Komm mit nach oben, ich zeige dir alles."

Vincente und Grace stiegen die Treppe hinauf und betraten ein Schlafzimmer mit einem Himmelbett. "Das ist das Zimmer meiner Großeltern, und du kannst hier schlafen. Ich habe mein eigenes Zimmer am Ende des Flurs. Ein paar Türen weiter."

Um ehrlich zu sein, hatte Grace ein wenig Angst und wollte nicht ganz allein in dem Zimmer sein. Aber was sollte sie tun? Vincente bitten, auf dem Stuhl neben dem Bett zu schlafen oder mit ihr das Bett zu teilen? Sie nickte und fiel dann, dankbar für das weiche Bett vor ihr, hinein und schlief sofort ein.

Vincente merkte, wie müde Grace war, aber er war nicht müde genug, um selbst gleich einzuschlafen. Um das zu ändern, schlenderte er durch das Haus und aß ein paar Vegemite-Sandwiches. Er kehrte an den Computer zurück und hoffte, dass sich die Dinge geändert hatten. Das hatten sie nicht.

Er schaltete den Fernseher ein und hoffte auf ein wenig Ablenkung. Alle Kanäle waren abgeschaltet und mit schneeweißem Rauschen gefüllt. Das Gleiche passierte, als er das Radio anschaltete: nur Rauschen. Er begann zu glauben, dass die Welt untergegangen war - für alle, außer für ihn und Grace Greenway.

Wie seltsam, dass so etwas passiert, bei zwei Menschen, die sich kaum kannten. Sie wurden in eine so seltsame Situation gebracht. Sie war ein nettes Mädchen und er mochte sie, aber sie war nicht sein Typ. Er fragte sich, ob er ihr mit seinem Wissen über ihre Gefühle für ihn noch mehr schaden könnte, indem er sie verführt. Er wusste schon seit einiger Zeit, dass Grace in ihn verknallt war.

Obwohl sie gleich alt waren, lagen Welten zwischen ihnen, was ihr soziales Umfeld und ihre Erfahrungen betraf.

Vincente dachte an ihren Matheunterricht. Grace war immer allen voraus, auch dem Lehrer. Sie war dazu bestimmt, Mathematikerin zu werden - daran gab es keinen Zweifel. Er war dazu bestimmt, ein professioneller Sportler zu werden - auch daran gab es keinen Zweifel. Was würden die beiden tun oder sein, wenn sie die Einzigen wären, die noch auf der Erde lebten? Was würde die Zukunft für sie bereithalten?

Er schüttelte den Kopf und verdammte sich selbst für solche negativen Gedanken. Er ging die Treppe hinauf und schaute nach Grace. Sie schlief tief und fest. Er machte sich auf den Weg in sein eigenes Zimmer.

Er ging zur Kommode, um seine Kleidung zu suchen, aber sein Pyjama war nicht da. Seltsam. Er hatte die ganze Nacht in seinen Kleidern geschlafen und war bereit, etwas anderes anzuziehen. Er sah in der anderen Schublade nach und fand ein Paar schwarze Unterwäsche und ein Paar Socken. Er zog beides an und fiel ins Bett. Schon bald schlief er fest ein.

***

"VINCENTE! VINCENTE!" RIEF GRACE. Augenblicke später war er an ihrer Seite.

"Geht es dir gut?", fragte er.

"Ich habe vergessen, wo ich war", sagte Grace. Sie rückte vom Bett ab und warf ihre Arme um ihn. Bald befanden sie sich in einer unerwarteten, heftigen Umarmung. Als sie es merkte, zog sie sich zurück und entschuldigte sich.

"Das muss dir nicht leidtun", sagte er. Er sah an sich herunter und bemerkte, dass er praktisch nackt war.

Dann bemerkte sie es auch. Sie errötete tief. "Ich werde mich jetzt anziehen, wenn du einverstanden bist, okay?"

Als Vincente sich auf den Weg machte, begannen die Lichter über ihnen zu wackeln. Die an der Decke befestigten Lampen fingen an zu zittern und blinkten auf und ab. Das Zimmer seiner Großeltern glich einem schäbigen Motelzimmer mit Stroboskoplicht.

Die Dinge auf der Kommode fingen an zu zittern und schüttelten sich in einem rhythmischen Tanz - dann kam der Fußboden dazu.

"Ich glaube, das ist ein Erdbeben!" rief Vincente. "Komm schon! Hier oben ist es nicht sicher."

Die beiden traten auf die Treppe, und auf einmal begann sie zu beben. Sie bewegte sich in einem rhythmischen Zweischritt von einer Seite zur anderen. Grace versuchte, sich am Geländer festzuhalten, aber es fiel ihr schwer, sich vorwärts zu bewegen. Vincente ergriff ihre Hand, und sie ging die Treppe hinunter.

Als sie im Erdgeschoss ankamen, hörte das Zittern auf. Die Treppe war nicht mehr in Ordnung und ihr Untergang stand unmittelbar bevor.

"Es wird bestimmt ein Nachbeben geben", sagte Vincente. "Lass uns vorsichtshalber in der Nähe der Eingangstür bleiben."

Ein zweites Beben setzte ein. Nur war es dieses Mal kritischer. Die Treppe verwandelte sich in eine Rolltreppe. Die Stufen stürzten in einem riesigen Haufen ins Erdgeschoss.

Vasen und Bilder flogen durch den Raum. Stühle begannen zu wackeln. Ein Spiegel zerbrach mit einem ohrenbetäubenden Knall. Grace schrie auf.

Sie rannten zur Eingangstür.

***

BEVOR VINCENTE DIE HAUSTÜR öffnen konnte, wurde sie von einem starken Windstoß aufgeschleudert. Die beiden hielten sich aneinander fest, als sie auf die Veranda traten.

Direkt vor ihnen drehte und wendete sich der riesige Baum, den Grace schon vorher bemerkt hatte. Seine Äste streckten sich wie alte, arthritische Finger aus. In einer unheimlichen Pose streckte er sich in alle Richtungen. Seine Wurzeln bewegten sich wie Schlangen.

Vor ihnen zischten leblose Gegenstände vorbei, die eigentlich nicht fliegen sollten. Regenschirme, Mülleimer, Grills und Wäschebäume peitschten herum. Sie krachten in alles hinein. Eine fliegende Schaufel traf die Seite des Baumes und ein fast menschliches Stöhnen erfüllte die Luft.

"Das ist nur der Wind", beruhigte Vincente, als er Grace wieder ins Haus zog. "Wir können nicht rausgehen - es ist zu gefährlich. Das ist wie ein Hagelsturm aus Baumarktartikeln!"

Der Wind drückte auf die Rückseite der Tür und nur mit ihrem gemeinsamen Gewicht konnten sie die Tür schließen. Sie standen mit dem Rücken fest dagegen. Sie bewegte sich und drückte gegen ihre Rücken. Vincente und Grace blieben standhaft.

"Und was machen wir jetzt?" fragte Grace. Sie zitterte. Ihre Knie hielten sie nicht mehr aufrecht. Trotzdem hielt sie Seite an Seite mit Vincente die Stellung.

"Nun, ich habe über Erdbeben gelesen, und normalerweise werden sie schlimmer, bevor sie besser werden. Meistens gibt es ein paar Vorbeben, und dann kommt ein großes Beben. Ich schätze, wir müssen uns entscheiden, ob das das große Beben war, oder ob wir von hier verschwinden sollten, solange es noch gut geht.

"Ich glaube, es wird noch schlimmer werden."

"Dann lass uns auf unser Bauchgefühl hören, denn meines sagt mir genau dasselbe. Nimm zuerst das Telefonbuch, damit wir deine Adresse und Telefonnummer herausfinden können. Sobald wir diese Informationen haben, kannst du deine Mutter anrufen. Okay, und jetzt lass uns hier verschwinden!" rief Vincente, als ein weiteres Beben einsetzte.

Dieses Beben hatte eine phänomenale Kraft. Es folgten ein Krachen, ein Knacken und ein Knirschen. Dann fiel der große Baum auf das Haus und drückte sich durch das Dach. Die beiden standen da und starrten auf den Baum, der nun fest im Wohnzimmer verankert war. Es schien eine Ironie des Schicksals zu sein, dass die Tür, die sie geschützt hatten, noch intakt war, während die Decke nun der Himmel war.

"Kommt schon!" rief Vincente, als sie aus der Haustür rannten.

Die umherfliegenden Gegenstände flogen um sie herum, als sie sich auf den Weg in die Sicherheit ihres Autos machten. Als

Vincente sich bewegte, um die Tür zu öffnen, bemerkte Grace, dass der Ring an seinem Finger wie ein drittes Auge glitzerte und leuchtete. Er schien das Licht vom Himmel anzusaugen.

Seltsame Gedanken flogen in Graces Kopf umher, während Gegenstände um sie herum verstreut wurden und auf sie einschlugen. Sie sah Vincente an und überlegte, dass er, wenn er ein Vampir war, unsterblich war. Er könnte auch sie in einen Vampir verwandeln. Wenn das geschah, würde keiner von ihnen jemals wieder allein sein. Der Gedanke war verrückt, das wusste sie.

Dann blitzte etwas Seltsames, aber Eindeutiges in ihrem Kopf auf. Eine ferne Erinnerung an das Töten von Vampiren mit Holzpflöcken. Sie starrte Vincente an, als ein Ast auf sie zuflog. Er würde Vincente in den Rücken stechen, wenn sie nicht etwas unternahm.

"Steig ein!", rief sie. "Pass auf deinen Rücken auf!"

Er sprang gerade noch rechtzeitig hinein, als das Stück Holz das Auto verbeulte.

"Danke! Das war ganz schön knapp!" rief Vincente aus.

Im Inneren des Autos segelte ein wirbelnder Derwisch in Form eines metallenen Regenschirms direkt vor ihren Augen vorbei.

Ein dröhnender Knall. So laut, dass sie sich die Ohren zuhalten mussten. Ein weiteres Krachen folgte. Die Erde begann sich vor ihnen zu öffnen wie eine zerbrochene Kokosnuss. Der Riss in der Erde bewegte sich die Straße entlang und kam gefährlich auf sie zu. Dinge fielen hinein, ganze Häuser, Bäume und Autos.

"Los!" schrie Grace, als sich der verheerende Riss immer näher an sie heranschob.

Vincente wich zurück und gab dann Vollgas. Ihre Hälse flogen wie Gummibänder zurück, als sie in einer Staubwolke davonflogen.

"Schaut nicht zurück!" brüllte Vincente.

Er fuhr, wie er noch nie zuvor gefahren war. Er wich verlassenen Autos und Trümmern aus wie ein professioneller Rennfahrer. Er fuhr immer weiter; er hielt sie in Sicherheit und aus der tödlichen Zerstörungsspur des Erdbebens heraus.

Sie fuhren und fuhren und fuhren, ohne zurückzuschauen.

✳✳✳

Es dauerte eine ganze Weile, bis sie aufhörten. Bis sich ihre Atemmuster wieder normalisiert hatten.

"Wir können zurückgehen, wenn es sicher ist", sagte Grace.

"Ich fürchte, das hat keinen Sinn", sagte Vincente, während er tief durchatmete. "Das Haus ist sicher in dem Loch. Es ist weg. Alles ist weg."

"Es tut mir so leid, Vincente."

"Schon gut, ich habe ein paar gute Erinnerungen an das Haus. Sie sind hier drin." Er deutete auf sein Herz. "Und hier drin." Er deutete auf seinen Kopf. "Niemand kann sie mir wegnehmen."

Grace dachte über ihre aktuelle Situation nach. Wie man ihr die Erinnerungen genommen hatte. Eine einzelne Träne rann ihr über die Wange.

"Es tut mir leid, Grace. Ich wollte nicht..."

"Ich weiß, dass du das nicht wolltest, aber es ist wahr. Meine sind mir weggenommen worden."

"Aber du wirst sie zurückbekommen. Ich weiß, dass du das wirst."

"Danke, dass du das sagst, aber niemand weiß genau, ob ich sie zurückbekomme oder nicht, vor allem nicht, wenn keine Ärzte in der Nähe sind."

"Ich weiß, dass die Erinnerungen noch irgendwo in dir sind. Sie sind nicht völlig verloren. Du musst nur einen Weg finden, sie anzuzapfen."

Grace willigte ein. Sie mochte den Gedanken, ihre Erinnerungen anzuzapfen.

"Apropos", sagte Vincente. "Warum blätterst du nicht in den Weißen Seiten und suchst die Telefonnummer und Adresse deiner Familie heraus? Dann können wir deine Mum anrufen."

Grace lächelte und begann mit ihren Fingern durch die Seiten zu blättern, bis sie Greenway gefunden hatte. Vincente gab ihr sein Handy, und sie begann zu wählen. Als sie eine Stimme am anderen Ende hörte - die Stimme ihrer Mutter - lächelte sie. Sie begann zu sprechen, wurde aber nach dem Piepton angewiesen, eine Nachricht zu hinterlassen.

"Es ist nur eine Maschine."

"Bei mir zu Hause war es genauso. Es ist alles in Ordnung. Wir haben die Adresse, also können wir dorthin fahren und es überprüfen."

"Klingt, als hätten wir einen Plan C."

KAPITEL 11

"OH MEIN GOTT!" RIEF Grace aus. "Pass auf!"

Vincente richtete seine Aufmerksamkeit auf die Straße. Grace griff auf der anderen Seite nach dem Lenkrad. Das Fahrzeug kippte scharf nach rechts. Vincente versuchte, die Kontrolle über das Auto zu behalten, aber mit Graces Händen, die seine umklammerten, gelang ihm das nicht.

"Pass auf!", rief sie erneut.

Vincente kämpfte mit Grace. Er gewann die Kontrolle über das Auto zurück. Zu diesem Zeitpunkt war es zu spät, um ihn zu stoppen - die Weichen waren bereits gestellt. Die Reifen gerieten ins Schlingern und bald kam das Auto zum Stehen, als es in den Stamm eines Baumes krachte.

"Bist du verrückt?" brüllte Vincente.

"I-" sagte Grace.

"Was zum Teufel glaubst du, was du da tust?" Er schüttelte seinen Kopf hin und her, als wäre er gerade aus einer Dusche gestiegen. "Wir haben die andere Situation gerade noch so überstanden und jetzt, verdammt noch mal, Grace! Was zum...?"

"I-" sagte Grace.

"Warum hast du das getan?"

"Möchtest du, dass ich dir jetzt antworte?" sagte Grace ganz ruhig.

"Da hast du verdammt Recht, das möchte ich." sagte Vincente. "Du hast uns fast umgebracht. K-I-L-L-E-D!"

"Ich weiß, wie man "getötet" buchstabiert, vielen Dank. Willst du, dass ich mich erkläre oder nicht?"

"Ja", sagte Vincente verärgert. Er versuchte, sich zu beruhigen, indem er tief durchatmete.

"Zuerst", sagte sie, "muss ich dorthin zurückgehen und sehen, ob ich sie finden kann. Dann werde ich es erklären."

"Sie?"

"Das kleine Mädchen", erklärte sie.

Und schon rannte sie los. Ihr Krankenhauskittel flatterte im Wind, aber das war ihr egal. Alles, was sie interessierte, war das kleine Mädchen.

Vincente rannte hinter ihr her. Er war ihr auf den Fersen. Er dachte, sie hätte ihren Verstand verloren. Ein kleines Mädchen? Er hatte niemanden gesehen. Grace musste sie sich eingebildet haben.

Grace blieb stehen. Sie drehte sich immer wieder im Kreis und suchte in jedem Busch, in jedem möglichen Versteck nach dem kleinen Mädchen. Grace war außer Atem und konnte sie nicht finden und blieb stehen. Noch immer hörte sie aufmerksam zu.

"Sie war ein Kind, gekleidet in ein weißes Nachthemd mit Spitzen an den Rändern und einer roten Bindung am Kragen. Sie hatte langes, dunkles Haar, das ihr über die Schultern floss, und die größten olivgrünen, mandelförmigen Augen."

Vincente stand neben ihr und hörte sich ihre Beschreibung an. Er hörte ihr aufmerksam zu und versuchte zu verstehen, aber er verstand nicht.

"Sie war genau hier. Wir hätten sie fast überfahren."

"Ein kleines Mädchen?"

"Ja."

"Grace, es war kein kleines Mädchen hier."

"Sie war da! Ich habe sie gesehen! Sie stand da, mitten auf der Straße. Sie war wunderschön."

"Grace, ich habe sie nicht gesehen. Sie war nicht real."

"Sie war real, so real wie du für mich jetzt hier stehst."

"Willst du damit sagen, dass sie dir nur erschienen ist?" fragte Vincente und hoffte, sie damit aus der Reserve locken zu können.

"Ich weiß es nicht. Daran habe ich noch nicht gedacht."

Vincente wollte es nicht tun, aber er musste sie wieder auf den richtigen Weg bringen. Er zögerte. "So richtig, wie es dein Vater und dein Bruder waren?"

"Das ist ein Tiefschlag und du weißt es!" sagte Grace, während sie über die Straße und durch die Bäume rannte. Weg.

Vincente war sich sicher, dass sie ihren Verstand verlor.

Grace versuchte, ein kleines Mädchen vor Schaden zu bewahren. Sie sah das kleine Mädchen ganz deutlich, wie es da stand. Was hätte sie tun sollen - ihn sie schlagen lassen? Sie wollte ihn so gerne schlagen und zwar kräftig. Stattdessen rannte sie einfach weiter. Sie rannte irgendwohin. Irgendwohin weg.

✳✳✳

ALS ER SIE SCHLIESSLICH einholte, saß sie im Gras auf einer Wiese und beobachtete die Wolken, die über sie hinwegzogen.

"Darf ich mich zu dir setzen?", fragte er.

"Sicher."

Er fühlte das weiche Gras und nahm ihren Duft in sich auf. Sie schwiegen einen Moment lang.

"Erzähl mir noch einmal, was du auf der Straße mit dem kleinen Mädchen gesehen hast."

Sie blieb still.

"Ich verspreche dir, dass ich dir zuhören werde, was du zu sagen hast."

"Sieh dir die Wolken da oben an, die weiterziehen, als ob nichts geschehen wäre. Sie sind so schön, hoch am Himmel, schwerelos schwebend."

"Grace, sag es mir."

Sie atmete tief ein, schaute Vincente an und sagte dann, als sie wieder zum Himmel blickte: "Da war ein kleines Mädchen. Sie hat mich gesehen. Sie erkannte mich an. Sie machte mir ein

Zeichen wie dieses." Sie hielt ihre Hand hoch und machte damit das Stopp-Zeichen in der Zeichensprache.

"Wann hast du die Gebärdensprache gelernt?" Vincente runzelte die Stirn, als er merkte, dass sie sich nicht daran erinnern würde, wann oder warum sie es gelernt hatte. "Tut mir leid, dumme Frage."

Grace schwieg, beobachtete die Wolken und schenkte ihnen ihre volle Aufmerksamkeit.

"Moment mal, du kannst dich nicht an deine Telefonnummer erinnern, aber du kannst die Zeichensprache?"

"Ich denke schon."

"Ist dir nicht klar, was das bedeutet, Grace?"

Sie blieb stumm.

"Es bedeutet, dass ich Recht hatte. Du kannst auf deine Erinnerungen zugreifen, wenn du willst", sagte Vincente mit Aufregung in seiner Stimme.

"Ich glaube, das habe ich bei meinem Vater und meinem Bruder getan."

"Und jetzt, dieses kleine Mädchen. Wer war sie? Was war sie für dich?"

"Ich weiß es nicht, aber jetzt denke ich darüber nach, wie ich uns in solche Gefahr gebracht habe. Wir hätten sterben können, als wir gegen den Baum geprallt sind."

"Ja."

Grace stand auf und fühlte sich wieder hoffnungsvoll. Sie fragte sich, ob das Kind sich versteckte und Angst hatte. Sie rief: "Kleines Mädchen, wo immer du bist, komm raus und rede mit mir. Wir werden dir nichts tun. Du bist in Sicherheit. Wir können dir helfen."

Nur das Rauschen der Blätter und das Pfeifen des Windes erfüllten die Luft. Grace stemmte die Hände in die Hüften. Sie hatte das starke Gefühl, dass sich das kleine Mädchen nicht in Luft aufgelöst haben konnte. Sie musste irgendwo dort sein.

Vincente war immer noch skeptisch. Er versuchte, Grace zu berühren, aber sie wischte ihn weg wie ein Insekt.

Sie rief weiter, dass das kleine Mädchen herauskommen solle. Grace konzentrierte sich voll und ganz auf ihre Aufgabe und schrie, bis ihre Stimme heiser war.

✳✳✳

GRACE' GANZE ENERGIE WAR nun aufgebraucht. Immer noch kein Zeichen von dem kleinen Mädchen. Es war an der Zeit, aufzugeben, also machte sie sich auf den Weg zurück zum Auto. Vincente folgte ihr schweigend. Ihre Körpersprache sagte alles, was es zu sagen gab: Sie verstand jetzt die Wahrheit. Das kleine Mädchen war eine Illusion gewesen. Die Frage war nur: Warum?

Vincente trat gegen den Reifen des Autos und sah dann zu Grace auf. Sie war erschöpft und peinlich berührt. Sie konnte nicht einmal Augenkontakt mit ihm aufnehmen. Trotzdem fand er sie irgendwie extrem attraktiv, wie sie da stand. Sie sah so hoffnungslos aus und so allein. Als ob sie gerettet werden müsste.

Er ging auf sie zu und nahm eine Locke ihres Haares zwischen seine Finger. Er wickelte sie um sie herum und zog Grace immer näher zu sich heran. Dann küsste er sie. Sanft und zärtlich. Ein kleiner Kuss, aber genug, um ihr Lust auf mehr zu machen. Zuerst erwiderte sie den Kuss, doch dann wich er zurück. "Es tut mir leid."

"Mir nicht", sagte Grace und lächelte innerlich und äußerlich. "Aber wenn ich dir das nächste Mal sage, dass du anhalten sollst, hältst du einfach an, okay?"

"Das werde ich, versprochen."

"Auch wenn du niemanden sehen kannst?"

"Auch, wenn ich niemanden sehen kann."

"Okay."

"Okay."

"Ich glaube, wir sollten noch eine Weile hier bleiben, falls sie zurückkommt."

"Grace, sie wird nicht zurückkommen. Bitte, steig einfach ins Auto."

Der Motor sprang sofort an. Sie fuhren los. Grace versuchte, sich nicht umzudrehen, aber der Drang war übermächtig.

KAPITEL 12

WÄHREND DAS AUTO WEITERFUHR, konzentrierte sich Grace auf die Gegenwart. Sie kurbelte das Fenster herunter und streckte ihren Arm aus. Der Fahrtwind kitzelte die Haare auf ihrem Unterarm und verursachte eine Gänsehaut. Sie fühlte sich lebendig. Vielleicht hatten sie und Vincente jetzt die Chance, das zu werden, was sie sich erträumt hatte. Trotzdem hatte sie Angst, zu viel darüber nachzudenken, sich zu sehr darauf zu konzentrieren, weil sie es nicht heraufbeschwören wollte.

Grace lachte, als der Wind durch ihre Finger strich. Für eine Sekunde blitzte sie zurück in diesen Moment. Der Moment des Kusses: ihr erster Kuss. Es war schön gewesen, sanft, warm, klebrig, und sie konnte spüren, wie sein Verlangen nach ihr gegen sie drängte.

Es war seltsam, an einer Welle von unbeweglichen Fahrzeugen entlang zu fahren. Keine Hupen bliesen. Keine heulenden Sirenen. Keiner schrie. Sie vermisste diese Geräusche nicht. Die Geräusche, an die sie nur eine vage Erinnerung hatte, waren im Allgemeinen irritierend. Aber sie vermisste das Singen der Vögel. Sie vermisste deren Aktivität, die Lieder, das Flattern von Baum zu Baum. Sie vermisste das Summen der Bienen. Sie fragte sich, wie die Natur dafür sorgen würde, wie die Bestäubung jetzt ablaufen würde. Die Natur war anpassungsfähig an viele Veränderungen. Mutter Natur würde einen Weg finden, um zu überleben.

Grace schaute zu Vincente hinüber. Er konzentrierte sich auf das Fahren.

Er schien tief in Gedanken versunken zu sein.

Vincente war besorgt und wütend auf sich selbst. Zuerst sagte er sich, dass er sie nicht verführen sollte. Er wusste, dass sie nicht sein Typ war. Überhaupt nicht sein Typ. Sie war Grace Greenway: ein schlaues mathematisches Phänomen. Sie dachte in Zahlen.

Wahrscheinlich träumte sie sogar in Zahlen.

Er versuchte, nicht an den Kuss zu denken, ihren ersten Kuss. Er beschloss, dass ihr erster Kuss auch ihr letzter war. Auch wenn er unerwartet schön gewesen war. Süß. Unschuldig. Sie hatte es nicht erwartet, und dann war da noch… Ach, er wollte nicht daran denken, wie er sich gefühlt hatte, als sie ihn geküsst hatte. Wie er so schnell erregt wurde, bei einem einzigen Kuss. Wahrscheinlich lag es daran, dass er draußen in der Welt war und in seiner Unterwäsche herumlief. Sein Verlangen nach ihr war wahrscheinlich nur ein unkontrollierbares Verlangen, eine natürliche Reaktion. Er wollte nicht, dass das passiert.

Er hielt einen Moment inne, als er ihren Blick auf sich spürte, und richtete seinen Griff am Lenkrad. Er versuchte, an andere Dinge zu denken, um sich von den Gedanken an sie abzulenken. Er dachte an Filme. Videospiele. Essen.

Währenddessen dachte Grace über die Welt nach. Die große Welt da draußen, die sie, sie und Vincente allein teilen mussten. Sie dachte über ihre Vergangenheit nach und wie unvollständig sie sich fühlte, wenn sie nicht über all ihre Erinnerungen verfügte. Sie dachte auch darüber nach, dass das eine gute Sache ist, anstatt etwas Negatives zu sein. Es war eine Möglichkeit, sich neu zu erschaffen. Gleichzeitig wusste sie, dass sie ohne die Wiederherstellung des größten Teils ihrer selbst niemals ganz sein würde. Der Teil, der ihre mathematische Natur war: der mathematische Zustand der Gnade.

Sie versuchte, sich an alles zu erinnern, was sie einst über Pythagoras wusste. Früher wusste sie alles über sein Leben und seine mathematischen Theorien. Jetzt waren die Fakten und Zahlen in ihrem Kopf verschwommen. Sie versuchte, sich an die Fibonacci-Zahlen zu erinnern, aber auch diese waren nicht mehr klar in ihrem Kopf. Sie beschloss, in eine Bibliothek zu gehen und sich über diese beiden und andere wie Einstein und Galileo zu informieren. Sie würde sich alles, was sie früher wusste, selbst beibringen und hoffte, auf diese Weise ihre Gedächtnisbank zu öffnen und anzuzapfen.

"Ich habe vor langer Zeit diesen Film gesehen", sagte Vincente. "Es ging um Außerirdische, die mit ihren Raumschiffen auf die Erde kamen und angriffen."

Grace war erschrocken. Sie hatte sich an das angenehme Schweigen gewöhnt, das sie miteinander teilten. Sie ermutigte ihn, ihr mehr über den Film zu erzählen. "Klingt faszinierend."

"Genau das war es. Aber den faszinierendsten Teil habe ich dir noch nicht erzählt."

"Dann mach es doch nicht so spannend."

"In dem Film gab es nur noch zwei Überlebende, einen Mann und eine Frau."

"Das gibt's doch nicht!"

"Und warum haben die Außerirdischen sie nicht getötet?" fragte Vincente? Grace zuckte mit den Schultern. "Weil sie sie beobachten wollten. Um sie zu studieren." Er blieb stehen und beobachtete Grace aus den Augenwinkeln. "Und dann setzten sie die beiden Menschen in einen Käfig, wie in einem Zoo. Um sie bei der Fortpflanzung zu beobachten."

"Und wenn sie sich nicht fortpflanzen wollten?" sagte Grace und ihre Stimme zitterte.

"Sie haben sie gemacht."

"Wie konnten sie sie zu so etwas zwingen?"

"Sie wollten nicht sterben und sie brauchten Nahrung zum Überleben. Also taten sie, was sie tun mussten, und die Außerirdischen beobachteten sie, um zu sehen, wie die Menschen ticken.

"Ekelhaft."

"Nun, wenn du mal darüber nachdenkst, sperren die Menschen schon seit Jahrhunderten Tiere in Käfige. Sie beobachten, wie sie sich fortpflanzen. Sie studieren sie und benutzen sie manchmal sogar für Experimente, um die Medizin voranzubringen und so weiter. Wären sie also wirklich schlimmer?"

"Nein, ich denke nicht, nicht wenn du es so ausdrückst. Aber du und ich, wir haben hier die Möglichkeit, Dinge zu ändern. Wir können die Vergangenheit nicht ändern."

"Stimmt. Wenn wir die letzten beiden Überlebenden sind", mutmaßte Vincente, "dann können wir so leben, wie wir wollen."

"Was ist passiert... Ich meine, am Ende des Films?"

"Ich habe das Ende nie gesehen. Ich war bei einer Übernachtung bei einem Freund. Wir waren Kinder und hätten nicht so lange aufbleiben dürfen. Als wir von seinen Eltern entdeckt wurden, rannten wir in sein Schlafzimmer. Ich habe den Film nie wieder gefunden."

"Was haben die Außerirdischen mit all den anderen Erdenbewohnern gemacht, wenn sie die einzigen beiden sind, die noch übrig sind?"

"Das weiß ich genau. Sie haben sie weggezappt! Irgendwie ironisch, wenn man darüber nachdenkt, denn im Film haben die Außerirdischen sie alle mit einer Phaserpistole abgeschossen - und dann sind sie einfach verschwunden. Nichts wurde zurückgelassen, keine Überreste. Ich meine, keine Knochen, keine Leichen und keine Asche. Es war, als hätten sie nie existiert."

Grace verschränkte die Arme vor sich und merkte zu spät, dass sie sich dabei unwohl fühlte. Sie hoffte, dass er jetzt fertig war, damit sie sich wieder ihren schönen Gedanken über die Zukunft, ihre gemeinsame Zukunft, widmen konnte.

Vincente unterbrach ihre Glückseligkeit mit einem weiteren Filmgespräch. "Ich erinnere mich noch an einen Film über Außerirdische, die auf die Erde kamen und alle Menschen verbrannten. Alles, was übrig blieb, war ein Haufen Staub an der Stelle eines jeden Menschen. Das war der einzige Beweis für die, die gelebt hatten. Ein Beweis dafür, dass es einmal Menschen gab." Er hielt inne. Sie gab keinen Kommentar ab. Sie hoffte, dass er jetzt fertig war. "Dann gab es noch einen, in dem sie alle menschlichen Gehirne anzapften, indem sie ihnen einen Chip ins Gehirn pflanzten und sie kontrollierten. Diese Filme wurden immer gruseliger."

"Vergiss E.T. nicht." sagte Grace.

"Was?" Vincente schnappte fasziniert nach Luft und wartete darauf, dass Grace merkte, dass sie unwissentlich eine Erinnerung angezapft hatte.

"Du weißt schon, 'E.T. phone home'?"

"Ja, ich weiß", sagte er und lächelte so breit, dass Grace sich einen Moment lang fragte, warum er lächelte.

Dann wurde es ihr klar. Sie hatte eine Erinnerung aufgedeckt. Es war zwar nicht die faszinierendste Information, aber es war trotzdem eine Erinnerung. Sie strahlte ihn an.

Er war so stolz, dass er ihre Hand für einen Moment in seine nahm, dann schwiegen sie wieder.

✳✳✳

Wᴇɴɴ Vɪɴᴄᴇɴᴛᴇ ᴀɴ ᴇɪɴᴇᴍ Kreisverkehr oder einer Kurve abbiegen musste, ließ er Grace' Hand los. Ihre Blicke trafen sich für eine Sekunde, dann konzentrierte er sich wieder auf die Straße.

Er war stolz auf sie.

Grace war mächtig stolz auf ihre kleine Erinnerungspause. Sie stellte sich das Innere ihres Geistes als Bibliothek vor. Sie ging in den Gängen auf und ab und suchte nach Erinnerungen. Sie griff nach den Regalen, hob sie auf und betrachtete sie einzeln. Sie wählte ein dickes Buch mit rotem Einband und hoffte, darin etwas über sich selbst zu finden, aber nichts geschah. Sie hatte nicht vor, diese Technik aufzugeben. Sie hatte vor, es weiter zu versuchen.

Vincente dachte über die technologischen Fortschritte nach, die im Laufe der Jahre gemacht wurden. Es wurden so viele Erfindungen gemacht, manche gut und manche weniger gut. Als er sich umschaute, fragte er sich, wofür all die harte Arbeit eigentlich gut war.

In der Ferne ertönte der Klang einer Glocke. Sie wurde immer lauter, als sie vor einem Gebäude hielten. "Erkennst du es?", fragte er.

Grace las das Schild: "Queen Victoria's High School, The School Where You Make Your Dreams Come True." Sie konnte sich nicht erinnern.

"Das ist unsere High School", sagte er.

"Ich dachte, es könnte sein, aber ich war mir nicht sicher", sagte Grace. Sie sah sich auf dem Campus um und entdeckte schließlich das Cricketfeld im hinteren Teil: Das Feld, auf dem sie an ihrem letzten Schultag verletzt worden war. "Ich frage mich, wofür diese Glocke war?" fragte Grace.

"Ich habe auch gerade darüber nachgedacht. Wahrscheinlich ist sie nur auf einen Timer eingestellt. Automatisch. Aber es besteht die Möglichkeit, dass jemand drinnen gefangen ist und Hilfe braucht, also würde ich gerne nachsehen. Willst du hierbleiben?"

"Nein, ich möchte mit dir kommen."

"Okay, aber bleib hinter mir. Wir wissen nicht, was uns erwartet. Wahrscheinlich ist es nichts, aber man weiß ja nie", sagte Vincente. Er hatte sich jemanden vorgestellt, der drinnen festsitzt und zu viel Angst hat, herauszukommen.

Grace stellte sich die Außerirdischen vor, wie in den Filmen, die darauf warten, die letzten beiden Menschen auf der Erde zu fangen und in eine Falle zu locken. Sie zitterte, als Vincente die Tür aufschwang und sie in den langen Korridor traten. Es war sehr still; die einzigen Geräusche waren ihre Füße, die über den kühlen Linoleumboden klatschten.

Vincente erinnerte sich daran, wie viel Spaß er in diesen Mauern hatte. Er war schon immer ein kleiner Sportheld gewesen, um nicht zu sagen ein Held. Er kam an seinem Spind an, öffnete ihn und holte seine Sporttasche heraus. Er zog sich eine Cricket-Shorts über seine schwarze Unterwäsche und sein Trikot an. Man konnte seine schwarze Unterwäsche noch durch die Shorts sehen. Grace lachte.

"Es ist ja nicht so, dass du sie nicht schon gesehen hättest", sagte Vincente, obwohl auch er lachte.

Die meisten Spindtüren standen weit offen, und der Inhalt lag überall verstreut herum. "Das kommt wahrscheinlich von dem Erdbeben", vermutete Vincente.

Grace zitterte immer noch.

"Atme tief ein", sagte er und versuchte, sie zu beruhigen und zu besänftigen.

Grace' Herz schlug immer schneller. Sie hatte ein ungutes Gefühl bei diesem Ort.

Vincente fragte laut: "Hallo, ist hier jemand?"

Seine Stimme hallte die Gänge auf und ab und blieb unbeantwortet. Dann läutete die Schulglocke erneut. Weil sie drinnen waren, hallte das Geräusch noch nach.

Weiter den Korridor entlang schob Vincente die Türen zurück und betrat die Turnhalle. Sie war in Vorbereitung auf ein Basketballspiel verlassen worden. Die leeren Tribünen und das Spielfeld wirkten irgendwie traurig.

"Warst du auch gut im Basketball?" fragte Grace.

"Ich war überraschend gut in den meisten Sportarten. Ich liebte die Aufregung. Den Jubel der Menge. Den Rausch, den ich bekam, wenn ich einen Korb warf oder wenn wir ein Spiel gewannen. Sehr aufregendes Zeug."

"Ja, das kann ich verstehen. Das klingt nach einer starken Droge."

"Manchmal fühlte es sich wie eine Droge an, aber das ist nur die Highschool, wenn man bei einem großen Spiel mitspielt, weißt du? Profi zu werden - das war nur ein Traum."

"Du wolltest Profi werden?"

"Ja, aber das kommt mir jetzt irgendwie albern vor."

"Träume sind nie albern", sagte Grace ernst.

"Das ist genau das, was meine Eltern zu mir gesagt hätten."

"Ich wünschte, ich hätte sie kennengelernt", sagte Grace. "Das wirst du, eines Tages."

Sie sprangen auf, als die Glocke erneut ertönte.

"Lasst uns hier verschwinden, das ist mir zu unheimlich", sagte Grace.

"Nein, zuerst sehen wir uns die Büros am Ende des Flurs an. Vergewissere dich, dass alles in Ordnung ist, dann können wir gehen."

Grace folgte Vincente aus der Turnhalle. Das ungute Gefühl in Grace' Magen veränderte sich von einem Grummeln zu einem Brüllen.

✱✱✱

OH NEIN, OH NEIN, oh nein, ging es Grace durch den Kopf. Sie hatte keine Kontrolle darüber, als sie hinter Vincente weiterging.

"Das ist das Büro der Sekretärin. Da drüben ist das Büro des Beratungslehrers." Er warf einen Blick hinein, denn die Tür stand weit offen und bestätigte, dass sie leer war. "Das ist das Büro des stellvertretenden Schulleiters. Und das ist das Büro des Rektors." Er probierte die Tür aus. Sie war verschlossen. "Hallo!", rief er.

Sie hörten etwas. Es war ein Klopf-Klopf-Klopfen. Schwach, aber beständig. Es kam aus dem Büro des Schulleiters.

Vincente klopfte an die Tür. "Ist da jemand?"

Keine Antwort.

"Die Aliens können wahrscheinlich kein Englisch sprechen", sagte Grace.

Vincente stieß mit seiner Schulter gegen die Tür, aber sie rührte sich nicht.

Das Klopfen hörte auf. Sie warteten und hielten den Atem an. Es fing wieder an.

Was auch immer es war, ihm ging die Energie aus. Sie mussten da rein. Es hatte keine Zeit mehr.

✳✳✳

"**D**ENK! DENK NACH!" SAGTE Vincente zu sich selbst, während er hin und her lief. Ein paar Sekunden später sagte er: "Okay, ich hab's. Folge mir."

Grace tat wie ihr geheißen. Bald waren sie wieder in der Turnhalle. Vincente wies Grace an, sich hinter die Tribüne zu stellen, während er einen der Basketballkörbe umschob. Sie fingen an, ihn den Gang entlang zu schleifen.

Vincente erklärte, dass sein Boden mit Sand gefüllt war. Sobald sie ihn im Büro hatten, konnten sie ihn benutzen, um die Tür aufzubrechen.

"Was für ein toller Plan!" sagte Grace. "Ich glaube, es könnte klappen."

"Wir müssen maximale Gewalt anwenden. Ich meine, wir müssen alles geben, was wir haben."

Als sie gerade an der Damentoilette vorbeikamen, merkte Grace, dass sie schon länger gehen musste und zögerte, bevor sie versuchte, die Tür zu öffnen.

"Auf keinen Fall!" Vincente rief: "Du gehst da nicht rein, ohne dass ich es mir vorher angesehen habe."

"Es wird schon gut gehen."

"Du erinnerst dich wahrscheinlich nicht, aber die meisten schlimmen Dinge in Gruselfilmen passieren auf der Mädchentoilette. Ich sehe mir das an und wenn es in Ordnung ist, kannst du nach mir reingehen. Also, du bleibst hier. Rühr dich nicht vom Fleck."

"Okay, Boss", sagte Grace.

Vincente kam zurück und teilte Grace mit, dass alles in Ordnung sei.

Sie ging hinein, merkte aber, dass sie gar nicht mehr gehen konnte, obwohl sie wusste, dass sie es musste. Sie ließ das Wasser erst ein, zwei und dann drei Mal laufen, bis ihre Nieren darauf reagierten. Nachdem sie sich erleichtert und gespült hatte, verließ sie die Toilette.

Sie gingen weiter, mit ihrer Sportwaffe im Schlepptau. Vor dem Büro blieben die beiden stehen und überlegten, wie sie in das Büro kommen könnten.

"Lass uns zuerst die Seiten wechseln", sagte Vincente. Er dachte, es wäre am besten, wenn er das hintere Ende, den schwereren Teil ihrer Waffe, hätte, um maximale Wirkung auf das Ziel zu erzielen: die Bürotür. Als sie in Position waren, erklärte Vincente weiter, was er vorhatte.

"Wenn ich bis drei zähle, stößt du sie mit aller Kraft, die du aufbringen kannst, nach vorne. Dann halte an. Ich zähle wieder bis drei und wir schieben ihn noch einmal. Und so weiter und so fort, bis wir durchbrechen."

"Klingt wie ein Plan", sagte Grace und bekam die Vorderseite des Geräts gut in den Griff.

Vincente zählte mit, und ihr erster Treffer war genau richtig, rührte die Tür aber nicht an. Beim zweiten Treffer verschob sich die Tür im Rahmen und sie spürten, wie eines der Scharniere an der Oberseite zerbrach. Sie versuchten es noch einmal, gewannen an Kraft und beim vierten Mal fiel die Tür nach innen und krachte auf den Schreibtisch des Schulleiters. Die beiden standen nun vor einem neuen Problem: Die Tür war halb offen und halb geschlossen, und zwar senkrecht. Sie kamen nicht weiter, um hineinzukommen.

"Ist da jemand drin?" fragte Vincente.

Schweigen war die einzige Antwort.

✳ ✳ ✳

"THINK! THINK!" VINCENTE SAID to himself as he paced back and forth. A few seconds later, he said, "Okay, I've got it. Follow me."

Grace did as she was told. Soon they were back in the gym. Vincente directed Grace to stand behind the bleachers while he moved one of the basketball hoops. They started dragging him down the aisle.

Vincente explained that his floor was filled with sand. Once they had it in the office, they could use it to break down the door.

"What a great plan!" said Grace. "I think it might work."

"We'll have to use maximum force. I mean, we have to give it everything we've got."

Just as they passed the ladies' room, Grace realized she'd had to go longer and hesitated before trying to open the door.

"No way!" Vincente shouted, "You're not going in there without me checking it out first."

"It'll be fine."

"You probably don't remember, but most of the bad things in scary movies happen in the girls' restroom. I'll watch it and if it's okay, you can go in after me. So, you stay here. Don't move a muscle."

"Okay, boss," Grace said.

Vincente came back and told Grace that everything was fine.

She went inside but realized she couldn't walk at all, even though she knew she had to. She ran the water once, twice and then three times until her kidneys responded. After she had relieved herself and flushed, she left the toilet.

They walked on, with her sports gun in tow. Outside the office, the two stopped and thought about how they could get into the office.

"Let's switch sides first," said Vincente. He thought it would be best if he had the back end, the heavier part of their weapon, for maximum impact on the target: the office door. Once they were in position, Vincente went on to explain what he was going to do.

"When I count to three, you push her forward with all the force you can muster. Then stop. I'll count to three again and we'll push it once more. And so on and so forth until we break through."

"Sounds like a plan," Grace said, getting a good grip on the front of the device.

Vincente counted along, and her first hit was spot on, but didn't touch the door. On the second hit, the door shifted in the frame and they felt one of the hinges on the top break. They tried again, gained strength and on the fourth time the door fell inwards and crashed onto the principal's desk. The two were now faced with a new problem: the door was half open and half closed, vertically. They couldn't get any further to get in.

"Is anyone in there?" asked Vincente.

Silence was the only answer.

***

D IE ÄSTE STIEGEN WEITER in die Höhe. Es herrschte eine bedrohliche Stille im Büro, als der Vogel seine Reise fortsetzte. Er war immer noch von Ästen umgeben, die ihn umschlossen und ihn aufhoben, als wäre er schwerelos. Dann begannen die Äste mit ihren krebsartigen, arthritischen Fingern, den Vogel in sich zu wiegen und ihn hin und her zu schaukeln.

Der Anblick war so schrecklich, dass Grace am liebsten geschrien hätte. Stattdessen begann sie hin und her zu schaukeln, genau wie Vincente. Es war Schönheit in Bewegung, das Aufstehen. Das Schaukeln. Das Schaukeln und das Aufstehen.

Sie mussten weitergehen, näher zum Fenster, um es zu sehen. Sie achteten darauf, nicht auf die Glasscherben zu treten, die den Boden um sie herum bedeckten, als sie ihre Hälse durch die Glasscherben und aus dem Fenster reckten. Höher und höher, der Vogel schaukelte immer noch sanft und wurde in den Himmel getragen.

Dann kam alles zum Stillstand, mitten in der Luft.

Stille erfüllte die Szene.

Der Stamm des Baumes bewegte sich.

Zuerst war es nur eine kleine Bewegung.

Kaum merklich.

Er schüttelte sich, wie jemand, der gerade aufgewacht war.

Er hustete. Er stotterte.

Es schwankte und krampfte.

Und dann gähnte es aus einem grotesken Gesicht heraus. Einem Gesicht mit einem riesigen, klaffenden Mund, in den der tote Rabe hineinfiel.

Es gab knirschende Geräusche. Schreckliche Geräusche, als würden Knochen brechen und knirschen.

Er rülpste. Ein paar schwarze Federn flogen aus seinem Maul. Eine davon flog nach unten und landete auf der Fensterbank, auf der Grace und Vincente standen und starrten.

Dann setzten sich die Äste wieder in Bewegung. Sie änderten die Richtung. Sie zeigten nach unten.

***

"L AUF!" RIEF VINCENTE.

Hinter ihnen konnten sie hören, wie sich der Baum schnell bewegte. Als die Äste wieder durch das Fenster eindrangen, krachten weitere Glassplitter auf den Boden.

Vincente hielt sich an den Händen und zog Grace den Korridor entlang. Sie flogen, als ob der Geist des Raben in ihre Körper eingedrungen wäre.

Die arthritischen, hölzernen Finger tasteten sich den Korridor entlang, folgten, klopften, zerstörten und kratzten an allem, was in ihre Reichweite kam.

Als Vincente und Grace die Schule verließen, holte er die Schlüssel aus seiner Tasche und warf sie ihr zu. Er sagte ihr, sie solle die Tür öffnen, das Auto starten und dass er gleich wieder bei ihr sein würde. Wenn nicht, sollte sie wegfahren.

"Ich weiß nicht, wie man fährt."

"Das wirst du schnell lernen!"

Im Auto angekommen, sah sie ihm zu, wie er sein Hemd auszog. Sie beobachtete, wie er das Trikot um die Türgriffe band. Er wickelte es so oft wie möglich ein und aus, in der Hoffnung, ihnen etwas Zeit zu verschaffen.

Als die Äste am Ende des Ganges um die Ecke bogen, drehte sich Vincente um und rannte los. Er sprang ins Auto, schlug die Tür zu und gab Gas.

Das Auto schoss davon, als die Äste durch die Türen krachten.

"Wow, das war ein bisschen zu knapp", sagte Grace, als sie nur noch wenige Blocks von der Schule entfernt waren. Sie atmete immer noch laut und hatte Schwierigkeiten, wieder zu Atem zu kommen.

"Ohne Scheiß! Alles daran, das Ding war verrückt!"

"Was war das überhaupt für ein Baum?" fragte Grace.

"Ich glaube, es war ein Olivenbaum. Die Frage ist, warum hat er sich von Vögeln ernährt? Warum hatte er einen fast menschenähnlichen Mund und das Bedürfnis, Fleisch zu essen?"

"Ich habe schon von Vögeln gehört, die in Bäumen nisten, aber noch nie von Bäumen, die Vögel fressen!"

"Ja, nun, wir sind jetzt in einer ganz anderen Welt, Grace, und ich denke, dass wir uns vielleicht ein paar Waffen besorgen sollten. Wer weiß, was es da draußen noch alles gibt? Wir müssen darüber nachdenken, wie wir uns schützen können. Je früher, desto besser."

"Woher sollen wir Waffen bekommen?"

"Ich kenne einen Laden in der Stadt. Wir können Waffen, Messer, was auch immer wir brauchen, besorgen. Eigentlich ist jetzt der beste Zeitpunkt dafür. Ich bin aufgewühlt genug, um die Waffen jetzt zu besorgen."

"Ich bin erschöpft, aber ich glaube nicht, dass ich bald einschlafen werde", sagte Grace und verschränkte die Arme vor der Brust.

Als sie die von Bäumen gesäumten Straßen entlang fuhren, hatten sie jetzt eine Angst in ihren Herzen, die es vorher nicht gegeben hatte: Bäume! Fleischfressende Bäume.

"Ich dachte immer, dass Olivenbäume symbolisch für den Frieden stehen. Und ich erinnere mich an Geschichten von Olivenbäumen in der Bibel und in der Mythologie", sagte Vincente.

"Sind sie in Australien heimisch?"

"Definitiv nicht. Aber warum sollte das eine Rolle spielen?"

Keiner von beiden wusste es genau. Sie wussten auch nicht, warum der fleischfressende Baum eine so untypische Eigenschaft angenommen hatte.

Sie versuchten, nicht daran zu denken, als sie sich auf den Weg zum Waffenladen im Herzen Sydneys machten.

KAPITEL 13

E IN BLINKENDES SCHILD VOR der Tür pulsierte Guns! Gewehre! Gewehre! Darunter stand: Erlaubnis erforderlich nach NSW State Law. Das war nicht mehr das Gesetz des Landes.

Vincente Marino und Grace Greenway hatten keine Erlaubnis. Sie waren nicht 18 Jahre alt. Sie hatten keinen Ausweis und kein Geld. Aber das spielte keine Rolle. Sie waren hier, um sich selbst zu schützen. Nichts konnte sie aufhalten.

Vincente stieß die Tür auf, und sie gingen hinein. Grace stand hinter Vincente und fühlte sich von den vielen Waffen überwältigt. Sie sah sich um und versuchte, sich in die Situation hineinzuversetzen, aber das überstieg ihre Vorstellungskraft.

"Das ist eine gute Waffe", sagte Vincente. "Du kannst sie mit vielen Kugeln füllen, dann musst du nicht so oft nachladen. Es wäre gut, wenn du es in einem Kampf dabei hättest. Sie kann leicht den Stamm eines jeden Baumes durchbohren."

"Hmmm", sagte Grace unverbindlich, weil ihr nichts anderes einfiel, was sie hätte sagen können.

Dann ging Vincente weiter und nahm eine andere Waffe in die Hand. "Diese hier ist auch gut, denn sie ist klein und leicht zu verstecken. Ich kann sie mir vorne in die Hose stecken und niemand würde merken, dass ich sie trage."

"Aber ist das nicht gefährlich? Für dich, meine ich. Könnte sie nicht aus Versehen losgehen?"

Vincente lächelte: "Ich würde sie sichern lassen. Ich will ja nichts wegschießen."

Grace lächelte und wurde rot. Sie konnte nicht glauben, dass sie dieses Gespräch führten, als Vincente ihr die Waffe in die Hand drückte. "Sie ist auch klein genug, damit du sie in deine Handtasche stecken kannst."

Sie fühlte die Waffe. Sie hatte überhaupt kein Gewicht und sie passte gut in ihre Handfläche. Sie war überrascht, dass sie sich nicht noch fremder anfühlte, aber sie war auch nicht zu beängstigend, wahrscheinlich weil sie sich wie ein Spielzeug anfühlte.

"Sie ist nicht geladen", sagte Vincente. "Eigentlich ist keine der Waffen geladen. Habt keine Angst, sie in die Hand zu nehmen und sie euch genauer anzusehen."

"Testen, bevor wir kaufen?"

"Ja, sehr witzig. Lass uns weitersuchen."

Er beobachtete, wie Grace ihren Geist öffnete und die Tatsache akzeptierte, dass ihre neue Realität Waffen erforderte.

Grace nahm einen Plastikkorb in die Hand und sah sich die Messer an. Es gab sie in allen Größen und Formen, und auch Schwerter waren dabei. Fasziniert schnappte sie sich ein paar Messer in Metallhüllen und legte sie in den Korb. Im

Notfall konnte sie sie zum Schneiden von Möhren und Zwiebeln verwenden.

"Wow, dieses Baby", Vincente zeigte auf eines der Messer, die Grace in ihrem Korb hatte, "könnte wahrscheinlich einen Baumstamm in zwei Hälften schneiden. Tolle Wahl."

Grace strahlte. Vincente hatte eine ganze Reihe von Waffen in einen militärisch anmutenden Kofferraum gestopft. Unter seinem Arm trug er mehrere große tragbare Zielscheiben.

"Wenn wir aus der Stadt raus sind, bringe ich dir bei, wie man die Waffen benutzt. Ich muss auch einen Auffrischungskurs mit echten Waffen machen, denn meine ganze Erfahrung mit Waffen stammt aus Computerspielen."

"Wir könnten einen Schuss auf der George Street abfeuern und niemand würde es hören", sagte Grace.

"Stimmt, stimmt, aber es würde sich einfach zu komisch anfühlen. Unzivilisiert, wenn du weißt, was ich meine?"

"Ja, ich weiß", sagte Grace. "Schließlich ist Sydney unser Zuhause. Wir müssen es mit dem Respekt behandeln, den es verdient."

"Ja, es ist unsere Stadt, unser Sydney, und ich kann mir keine schönere Stadt vorstellen, als mit dir hier zu stranden, Grace."

Sie errötete, als er auf sie zukam. Er nahm den Plastikbehälter mit den Messern und machte sich auf den Weg zum Auto. Sie hatte ihn noch nie so sehr geliebt. Je mehr er das Kommando übernahm, desto mehr verströmte er Sinnlichkeit und Testosteron. Sie wünschte sich, sie könnte einfach auf ihn zugehen und ihn offen küssen. Er würde wahrscheinlich denken, dass sie zu dreist war und den Verstand verloren hatte - mal wieder.

Vincente dachte daran, wie sexy Grace aussah, als sie die Waffe in ihrer Handfläche hielt. Er dachte, sie wäre noch sexier, wenn er ihr das Schießen beibringen würde. Er hielt sich zurück. Grace war nicht sein Typ. Sie war vorhin im Büro des Schulleiters sehr mutig gewesen. Sie blieb cool, als viele andere völlig durchgedreht wären. Trotzdem machte er sich Sorgen, vor allem, weil er zu viel an sie dachte. Und warum? Sie waren doch schon rund um die Uhr zusammen. Warum sehnte er sich nicht nach etwas Zeit allein?

Mit Missy Malone wurde es ihm nach ein paar Stunden langweilig - wenn sie nicht gerade rumknutschten. Er wollte Sport treiben oder mit den Jungs abhängen. Sie war sein Typ: hübsch und beliebt. Sie war nicht der hellste Funke, aber das machte nichts, solange sie gut zusammenpassten.

Die Realität war, dass Missy jetzt wahrscheinlich weg war, genau wie all die anderen. Er vermisste sie und fragte sich, ob die Dinge anders sein würden, wenn sie die letzten waren, die noch übrig waren. Anders als jetzt zwischen ihm und Grace. Er fühlte sich wohl mit Grace und sie war nicht anspruchsvoll.

"Können wir JETZT gehen?" forderte Grace und holte ihn in die Realität zurück.

"Ja, tut mir leid. Ich bin nur kurz weggedriftet."

"Es wird schon dunkel. Vielleicht sollten wir uns einen Platz für die Nacht suchen?"

"Ja. Ich weiß genau den richtigen Ort. Lass uns in Sydney Harbour übernachten. Dort können wir uns entspannen und so tun, als wären wir Touristen."

"Klingt perfekt."

Sie fuhren in Richtung The Quay und hielten direkt vor dem Marriott. Sie gingen hinein und nachdem sie sich in der leeren Hotelküche etwas zu essen gemacht hatten, gingen sie die Treppe hinauf in die Penthouse-Suite mit mehreren Schlafzimmern.

In ihren getrennten Zimmern schliefen sie ein und träumten von fleischfressenden Bäumen.

Und davon, sich gegenseitig zu küssen.

KAPITEL 14

Am nächsten Morgen stand Vincente auf seinem Balkon. Er blickte auf die Sydney Harbour Bridge, dann scannte er den Horizont und sah das Opernhaus. Alles schien normal zu sein, so wie früher. Die meisten Fähren im Hafen lagen am Kai vor Anker und wurden von den Wellen hin und her geworfen. Sie warteten auf Passagiere. Aus der Nähe sah alles so aus, wie er es in Erinnerung hatte. Dann weitete er seinen Blick und erkannte, dass einige Fähren gegen das Ufer geprallt waren. Sie lagen halb im Wasser und halb an Land.

Grace rief nach ihm. Als er zurückrief, kam sie durch sein Zimmer herein und setzte sich zu ihm auf den Balkon. Er machte ihnen beiden eine Tasse Kaffee. Sie saßen draußen.

Grace hatte bereits geduscht. "Ich glaube, wir sollten uns heute wirklich ein paar neue Klamotten zulegen."

"Ja, finde ich auch. Daran hätten wir gestern schon denken sollen."

"Lass uns spazieren gehen, ein paar Sachen besorgen und dann können wir versuchen, den Tag und den Sonnenschein ein bisschen zu genießen."

"Das ist ein guter Plan für den Vormittag. Nachmittags setze ich dich dann wieder hier ab und du kannst dir vielleicht ein Buch holen oder wir suchen dir einen Laptop."

"Ich glaube, ich bleibe lieber bei dir."

"Ah, dann geht es dir heute Morgen bestimmt schon viel besser", bemerkte Vincente.

"Ja, das tue ich. Ich fühle mich... Nun, ich fühle mich heute wirklich sehr glücklich."

"Lass uns etwas zum Frühstück holen und dann ein bisschen einkaufen gehen."

"Los geht's!"

✳✳✳

S IE PROBIERTEN VIELE KLAMOTTEN an, sowohl schicke als auch praktischere Sachen, aber Einkaufen war nicht dasselbe, wenn man alles haben konnte, was man wollte. Nach einer Weile wurde es ihnen langweilig und sie nahmen nur noch mit, was sie brauchten.

Zurück im Zimmer schlüpfte Grace in ein Paar Röhrenjeans, ein himmelblaues Halstuch und ein Paar Nike-Laufschuhe. Außerdem fand sie ein paar knallrote, bequeme Flip-Flops.

Vincente trug eine schwarze Levi's Jeans, ein weißes T-Shirt und ein Paar Reebok Pumps.

Im Auto war es auffallend ruhig, als sie die von Bäumen gesäumten Straßen entlang fuhren. Sie bemerkten alle möglichen toten Bäume, die sie auf ihrer Fahrt zu verhöhnen schienen. Die Skelette der Bäume, die im Sterben lagen oder bereits tot waren, ließen sie etwas weniger hoffnungsvoll fühlen. Die langen, knochigen Finger der Äste streckten sich ihnen entgegen und verhöhnten sie.

Es schien, als würde sich die Natur gegen sie wenden. Ein fleischfressender Baum. Die Bäume tot oder sterbend. Keine

Äpfel mehr. Keine Orangen. Keine Birnen. Keine Zitronen. Keine Limetten. Keine Oliven. Keine Weihnachtsbäume. Keine majestätischen Eichen, die sich in der Brise wiegen.

Neben der Straße fanden sie die verbogenste und verdrehteste Holzkonstruktion, die sie je gesehen hatten. Seine gequälten, verrottenden Gliedmaßen reckten sich in den Himmel, als würde es nach dem greifen, was es nicht haben konnte - für die Ewigkeit.

Grace fröstelte und entdeckte dann einen einzelnen Baum in der Ferne. Dieser Baum war anders als die anderen. Seine Arme waren in Form eines Kreuzes über den Stamm geschwungen.

Vincente hielt das Auto an. "Meine Mutter ist eine Künstlerin", sagte Vincente. "Ich glaube, ich erinnere mich an ein Gemälde von jemandem, vielleicht Delacroix, mit ähnlichen Bäumen und Jakob, der mit einem Engel kämpft."

"Glaubst du, es ist ein Zeichen?"

"Wenn es ein Zeichen ist, weiß ich nicht, wie ich es lesen soll."

"Vielleicht ist es einfach so aus dem Boden gewachsen."

"Vielleicht."

Grace bemerkte noch etwas anderes. Es war eine Ansammlung von Büschen. Rosensträucher. Am Ende eines Zweiges wuchs eine einzelne rote Rose. Es war die letzte Rose. Vielleicht die letzte Blume überhaupt.

Grace beugte sich neben ihr nieder, als würde sie vor ihr knien. Sie betete zu ihr.

Vincente sah zu und wusste nicht, was er tun oder sagen sollte.

Grace roch an ihrem duftenden Parfüm und hielt sie in der Hand. und schützte ihn vor dem Wind. Grace dachte, dass sie sich am liebsten daneben legen würde, um beim Anblick dieser schönen, einzelnen roten Rose zu verweilen.

"Komm schon, Grace", unterbrach Vincente ihre Gedanken. "Es wird immer dunkler."

"Ich will hier bleiben."

"Wir können nicht hierbleiben. Wir können die Zeit nicht stillstehen lassen."

"Das weiß ich doch! Ich bin nicht verrückt. Ich will nur hier bleiben und diese Rose festhalten." Sie hielt sie in der Hand. "Ich möchte Teil von etwas wirklich Schönem sein. Ich möchte etwas halten, das aus dem Boden gewachsen ist, aus der Erde, die wir einst kannten. Ich möchte die Erinnerung an diesen blutrünstigen Baum durch die Erinnerung an diese Rose ersetzen. Ein Ding der Schönheit -"

"- ist eine ewige Freude", sagte Vincente. "Englischunterricht. John Keats."

Grace war immer noch wie gebannt von der Rose.

Vincente machte sich Sorgen, weil es jetzt so dunkel war und sie sich auf einem Feld befanden, das von allen möglichen Bäumen und Sträuchern umgeben war.

Was, wenn einer davon wie der andere Baum war, den sie für einen Olivenbaum hielten? Was, wenn sie alle so waren? Er wollte da raus, um sie beide da rauszuholen. Aus der unmittelbaren Gefahr.

"Grace", sagte er und beugte sich neben sie, "diese Blume wird fallen, wenn sie soweit ist. Du kannst sie jetzt pflücken und mitnehmen. Auf diese Weise wird sie bei dir bleiben. Die

Schönheit wird dir für ein paar Tage erhalten bleiben. Oder du überlässt sie dem Schicksal, dem Zufall, der Natur oder Gott, wenn es einen gibt, und gehst einfach weg."

Der Wind nahm an Stärke zu und Grace begann zu zittern.

"Es braut sich ein Sturm zusammen, Vincente. Sieh dir die Wolken da oben an. Sie türmen sich auf, fast so, als wollten sie sich gegenseitig vom Himmel schieben."

Er schaute nach oben, aber alles, was er sehen konnte, war Dunkelheit.

"Spürst du es nicht?", fragte sie. Sie zitterte wieder und ihre Zähne begannen zu klappern. Sie schlang ihre Arme um sich und ließ die Rose los.

Gemeinsam standen sie auf dem Feld, bis der nächtliche Himmel sich zu drehen und zu winden begann. Dann begann der Regen in schwarzen, dunklen Tropfen zu fallen, sodass sie ihre Gesichter verbargen und in Deckung gingen.

Lichtstrahlen wurden vom dunklen Himmel in Z-förmigen Speeren auf die Erde geschleudert und schlugen wahllos ein, wohin sie gerichtet waren.

Überall um sie herum schlugen Blitze in Bäume und Häuser ein, die in Flammen aufgingen. Der Regen fiel stärker, und die Blitze schlugen erneut ein.

"Sie musste lernen, für sich selbst zu kämpfen, um zu überleben", sagte Grace. Sie bezog sich auf die Rose, aber sie wusste, dass auch sie kämpfen muss und dass die Natur selbst den Kampf ihres Lebens führen würde.

"So viel zu unseren neuen Kleidern", sagte Vincente.

Sie flohen von diesem Ort und spielten die ganze Zeit über Dodgem mit den Blitzen.

KAPITEL 15

Als sich der Nachthimmel durch die Blitze und den Regen endlich verfinstert hatte, hielten Grace und Vincente am Straßenrand an. Gemeinsam beobachteten sie, wie die Sonne am Horizont aufging.

"Es ist ein brandneuer Tag", sagte Grace.

"Ja, und heute ist der Tag, an dem wir einen Ausflug zum Haus deiner Mutter machen sollten - zu deinem Haus."

"Wirklich? Das ist irgendwie unheimlich. Meinst du, es ist zu früh für mich, dorthin zurückzukehren, um mein Zuhause wieder zu erleben? Was wäre, wenn...?"

"Heute gibt es kein 'was wäre wenn'. Lass uns einfach gehen, und wir werden sehen, was wir finden, wenn wir dort sind, okay?"

"Wie weit ist es?"

"Nicht weit von da, wo wir vorher waren, bei der Schule."

Grace dachte einen Moment lang über ihr Zuhause nach. Sie stellte sich vor, wie ihre Mutter an der Haustür stand und sie öffnete. Sie begrüßte sie mit einer großen Umarmung. Sie freute sich, sie zu sehen. Grace spürte, wie ihr eine Träne über die Wange lief und sie wischte sie mit der Handfläche weg, in der Hoffnung, dass Vincente es nicht bemerkt hatte.

"Es ist in Ordnung, wenn du an deine Mutter denkst. Du solltest keine Angst haben, dich zu erinnern."

"Es ist nur... ich bilde mir Dinge ein, erfinde sie, anstatt echte Erinnerungen zu haben, nach denen ich leben kann. Es kommt mir wie eine Lüge vor."

"Hey, du bist nicht der erste Mensch, der sich selbst belügt, und du wirst auch nicht der letzte sein! Als Kind träumte ich davon, Künstlerin zu werden, wie meine Mutter, und jetzt sieh mich an: Ich bin eine Sportlerin. Und wenn ich künstlerisch statt sportlich gewesen wäre, denkst du, ich wäre dann beliebt gewesen? Wäre ich akzeptiert worden?"

"Warum ist das so wichtig für dich? Ich meine, von anderen Menschen akzeptiert zu werden, von denen du einige wahrscheinlich nicht einmal kennst?"

"Darüber habe ich noch nie nachgedacht", sagte Vincente. Jetzt belog er nicht nur sich selbst, sondern auch Grace. Er konnte ihr nicht sagen, dass er tatsächlich ein Künstler war, denn er hatte es nie jemandem erzählt oder seine Arbeiten gezeigt. Er hat sie immer in seinem Zimmer versteckt gehalten. Niemand wusste davon, außer seinen Eltern und seinen Großeltern.

Er schaute zu ihr hinüber. Grace Greenway, das Mädchen, das einmal seine Mathehausaufgaben für ihn erledigt hatte. Grace Greenway, das Mädchen, dessen Fähigkeit, mathematische Gleichungen zu formulieren, weit über ihr Alter hinausging.

Und hier war er, Vincente Marino, der sportliche Typ, der verehrt und bewundert wurde, der sich auf ihre Hilfe verließ, um seine Noten so gut zu halten, dass er weiter Sport treiben konnte. Denn wenn er keinen Sport trieb, war er nichts und er war niemand. Es war Grace, die es ihm ermöglichte, weiter zu spielen, und sie verlangte dafür nicht einmal seinen Dank oder seine Anerkennung. Tatsächlich hat sie ihn nicht ein einziges Mal abgewiesen, selbst als er sich in die Menge einreihte und nicht immer der netteste Kerl zu ihr war. Das heißt, er hat sie nie offen unterstützt, selbst wenn die anderen Jungs sich über ihr Gewicht und ihren überlegenen Verstand lustig machten.

Jetzt schätzte er sie jedoch mehr, als sie ahnte, und er war entschlossen, nicht in dieselbe Falle zu tappen wie früher. Er wollte nicht mehr der Typ sein, der Grace Greenway als selbstverständlich ansah.

"Das ist es", sagte Vincente, als sie in die Einfahrt der Wheat Field Lane 15 fuhren.

"Bevor wir reingehen, muss ich noch etwas sagen." Grace zögerte und fuhr dann fort: "Hattest du vorhin das Gefühl, dass etwas leidet? Diese schwarzen Regentropfen, ich meine schwarze Regentropfen!? Ich kann es immer noch spüren, aber nicht mehr so stark. Es ist, als ob etwas unter der Oberfläche brodelt und darauf wartet, sich zu rächen - aber an wem, weiß ich nicht. Es ist, als ob die Natur selbst Schmerzen hat und um Hilfe schreit.

"Grace, ich glaube, du könntest Recht haben, und wir müssen darüber nachdenken. Wir sollten wirklich darüber nachdenken und vielleicht sogar ein paar Nachforschungen über diese

Regentropfen anstellen. Sie waren nur vorübergehend und wurden direkt aus unserer Kleidung gewaschen. Aber lass uns erst einmal auf die Gegenwart konzentrieren. Du bist zu Hause, und was auch immer da draußen passiert ist, ist jetzt ruhig. Lass uns den neuen Tag genießen."

"Ich werde es versuchen", sagte Grace, "aber was auch immer da draußen ist, ich denke, wir müssen bereit sein."

"Wir sind bereit. Wir haben Waffen. Aber vor allem haben wir einander. Keiner von uns ist hier allein. Wir sind jetzt ein Team."

"Ein Team", wiederholte Grace, als sie aus dem Auto stieg und zum ersten Mal ihr Haus betrachtete. Sie fuhr mit der Hand die rötlich-gelben Ziegelsteine entlang, bis sie die Haustür erreichte.

Sie blieb einen Moment lang stehen und betrachtete die Schönheit des Hauses. Sie erwartete, sich an eine so bedeutende Haustür zu erinnern, aber es kamen keine Erinnerungen.

"Es ist ein..." sagte Grace und bewunderte die Glasmalerei, die die Form eines fliegenden Vogels hatte. Grace fuhr mit den Fingern an den Außenkanten entlang, in der Hoffnung, eine Verbindung zu ihm zu finden.

"Phönix", bemerkte Vincente. "Der Legende nach geht er in Flammen auf und wird wiedergeboren."

"Ein brennbarer Vogel. Meine Eltern haben einen brennbaren Vogel an unserer Haustür?"

"Sieht so aus. Ich finde ihn total cool. Er ist auch ein Symbol für Frieden und Wahrheit. Ich schätze, das ist ein weiterer Grund, warum sie ihn gewählt haben könnten."

"Ja, es klingt wirklich nach einem netten Vogel, der dein Haus bewacht." Grace trat vorsichtig auf den grasbewachsenen Rasen und sah sich alles genau an.

"Versuche nicht, dich zu überfordern, Grace. Öffne deinen Geist einfach für die Erinnerungen. Lass sie wissen, dass du bereit bist, sie zu empfangen."

"Ich bin schon seit dem Tag, an dem ich aufgewacht bin, bereit, sie zu empfangen!" rief Grace aus, aber sie verstand genau, was er meinte. Sie wollte keine Zweifel und unnötigen Hindernisse verstärken. Sie wollte wie ein Fluss sein, ein Fluss, in den ihre Erinnerungen ungehindert zu ihr zurückfließen konnten.

"Lass dich von deinen Gefühlen leiten", sagte Vincente. "Lass deine Sinne die Kontrolle übernehmen."

"Okay, okay", sagte Grace. "Bei dir klingt es so einfach, aber das ist es nicht. Ich fühle mich wie eine leere Leinwand, und so sollte ich mich nicht fühlen. Nicht, wenn ich zu Hause bin."

"Gib dem Ganzen Zeit. Sei geduldig. Lass uns jetzt reingehen. Vielleicht drinnen..." Grace wusste genau, was er dachte. Sie griff nach dem Griff. Er rührte sich nicht. Sie klopfte an die Tür und läutete, aber es war klar, dass niemand zu Hause war.

"Vielleicht gibt es hier irgendwo einen Schlüssel", schlug Vincente vor. "Denk mal nach - wo würde deine Mutter einen Schlüssel hinterlassen?"

"Ich habe keine Ahnung", sagte Grace. Aber sie hatte einen Gedanken, eine Ahnung, dass ihre Mutter ihn im Briefkasten hinterlassen haben könnte. Sie folgte dem Impuls, öffnete die Klappe, aber die Suche war erfolglos.

"Das machst du gut!" sagte Vincente.

Grace wusste, dass er sie damit ermutigen wollte. Sie fühlte sich nur so überfordert, dass es ihr schwer fiel, seine kleinen aufmunternden Botschaften zu würdigen oder anzunehmen, ohne dass sie sich herablassend vorkamen.

Grace schloss ihre Augen und versuchte, sich einen Schlüssel vorzustellen. Sie stellte sich vor, dass er unter einer Matte lag, aber an der Haustür gab es keine Matte.

"Vincente, ich glaube, er liegt unter einer Matte."

"Da legt meine Mutter den Schlüssel immer für mich hin. Bist du sicher, dass du nicht in meinen Erinnerungen herumstocherst?" Vincente scherzte.

Sie lachten.

"Vielleicht ganz hinten?"

Sie fanden eine Matte und den Schlüssel. Grace Greenway war endlich zu Hause.

KAPITEL 16

G RACE ZÖGERTE, BEVOR SIE den Schlüssel ins Schloss steckte. Sie dachte daran, wie dankbar sie war, dass sie den Schlüssel gefunden hatten. Sie hatte sich schon gefürchtet, was passieren würde, wenn sie keinen finden würden. Sie würden ein Fenster einschlagen oder eine Tür aufbrechen müssen. Sie würde ihr eigenes Haus wie ein Einbrecher betreten, und der Gedanke daran ließ sie selbst jetzt noch frösteln.

"Wir sind gleich da", sagte Vincente und versuchte, Grace dazu zu bewegen, die Tür zu öffnen. Er wusste genau, wie verängstigt sie sein musste. Es war eine ganze Welt, ihre eigene Welt, und wenn sie keine Erinnerungen mehr daran hatte? Nun, das wäre hart, aber gemeinsam würden sie es schaffen.

"Bist du bereit?", fragte er und drehte sich zu ihr um.

"Ich denke gerade daran, wie dankbar ich bin, dass wir den Schlüssel gefunden haben."

"Nicht wir haben ihn gefunden, sondern du, und das ist ein gutes Zeichen, aber wir sind nicht in Eile. Wann immer du bereit bist." Er setzte sich auf die oberste Stufe und ließ ihr den Freiraum, die Tür in aller Ruhe zu öffnen. Zeit hatten sie jetzt reichlich. Das war früher nicht so gewesen, als sie zum Unterricht mussten, den Bus erwischten, mit Freunden abhingen, Hausaufgaben und Prüfungen machten, Sport trieben und auch noch Familienangelegenheiten zu erledigen hatten. Die Tage waren immer voll mit Dingen, die sie tun mussten.

"Okay, es geht los", sagte Grace. Sie drehte den Schlüssel im Schloss und stieß dann die Tür auf. Sie lud Vincente ein, sich zu ihr zu gesellen, und wieder ging ihr durch den Kopf, dass Vampire eine Einladung brauchen, bevor sie ein Haus betreten können.

Sie lächelte und fragte sich, warum ihr das Vampirthema immer wieder in den seltsamsten Momenten durch den Kopf ging. Wenn er ein Vampir war, wie konnte er dann etwas essen? Wenn sie die einzigen beiden warmen Körper auf der Welt waren? Es sei denn, was auch immer passiert war, hatte sein System so verändert, dass er kein Blut mehr zum Überleben brauchte? Warum konnte sie sich an all diese Vampirgeschichten erinnern und an nichts anderes?

Grace schüttelte den Kopf. Sie versuchte, die seltsamen Vampirgedanken zu verdrängen, damit sie sich wieder auf den Moment konzentrieren konnte. Den Moment, in dem sie ihr eigenes Haus wieder betrat. Vielleicht war es aber auch genau das, woran sie nicht denken wollte.

Am Ende des Hauses befand sich ein Atrium mit vielen Pflanzen und Polstern. Ein Ort, an dem man sitzen, in den Garten schauen und sich entspannen konnte. Grace drehte sich um und entdeckte eine Schaukel und eine Rutsche, die hinter dem Gartenhaus versteckt waren.

Einen Moment lang stellte sie sich vor, wie sie als kleines Mädchen hinuntergerutscht und geschaukelt war. Sie versuchte, sich daran zu erinnern, wie ihre Mutter oder ihr Vater sie auf der Schaukel anschubsten oder wie Daryl und sie selbst im Garten herumliefen. Sie konnte sich das alles vorstellen, aber es war nur das: ihre Fantasie. Es waren keine Erinnerungen an das, was wirklich passiert war.

Vincente stand neben ihr, beobachtete sie und beobachtete sie gleichzeitig nicht. Er war der Meinung, dass sie ihren Freiraum brauchte, und er wollte ihr nicht im Weg sein oder sie in Verlegenheit bringen. Gleichzeitig wollte er aber auch, dass sie den Weg vorgibt. Denn auch wenn sie sich nicht mehr daran erinnerte, war es ihr eigenes Zuhause und er war hier nur ein Fremder. Ruhig beobachtete er sie, während sie gedankenverloren den Garten musterte.

"Ich kann mich nicht erinnern", sagte Grace schließlich.

"Das kommt schon noch." sagte Vincente. "Lass uns reingehen und versuchen, uns zu entspannen."

"Okay", sagte Grace und machte sich auf den Weg durch den Flur. Sie kam an einem Raum mit einer geschlossenen Tür vorbei. Neugierig öffnete sie sie und fand nur die Waschküche vor. Ein Stück weiter betrat sie die Küche. Es fühlte sich an, als würde sie einen Sonnenstrahl betreten. Die Küche war ganz in Gelb gehalten. Kanariengelb, einschließlich der Geräte, Vorhänge, Tapeten, Tischdecken und Tischsets. Grace ging näher heran und bemerkte kleine Abdrücke von Sonnenblumen auf fast allem. Ihre

Mutter war eindeutig ein großer Fan von Gelb und ein noch größerer Fan von Sonnenblumen.

"Sonnenblumen", sagte Grace und lächelte strahlend. Sie nahm die trockenen Stängel aus der Vase, füllte sie am Waschbecken auf und stellte sie dann wieder in frisches Wasser. Sie blühten sofort auf. Grace schaute aus dem Fenster und entdeckte eine Reihe toter Sonnenblumen, die an der Seite des Hauses entlangliefen. Die, die sie gerade berührt hatte, waren von ihrer Mutter gepflückt worden. Vielleicht auch von ihr selbst. Sie hatte sie in die Küche gebracht und in genau diese Vase gestellt.

"Deine Mutter wusste, wie man den Sonnenschein ins Haus holt", sagte Vincente und versuchte Grace zu beruhigen, die wieder einmal in ihren Gedanken versunken war. Er setzte sich an den Esszimmertisch und achtete darauf, nicht zu viel Lärm zu machen, als er den Stuhl zurückschob. Er schaute sich im Zimmer um und fand, dass es zwar schön, aber für seinen Geschmack ein bisschen übertrieben eingerichtet war. Etwas Sonnenschein im Haus war gut, aber das hier war wirklich, nun ja, hell. In diesem Moment vermisste er ernsthaft seine Sonnenbrille.

Grace fuhr mit ihrer Hand über die Arbeitsplatte und versuchte, sich wieder zu sammeln. Sie öffnete einige der Schränke und fand einen Kaffeebecher mit ihrem Namen darauf. Auf einem stand "#1 Dad", auf einem anderen "World's Best Mum" und auf einem weiteren Becher stand nur ein Wort: Daryl. Das war ihr Haus. Es gab Beweise. Beweise. Warum konnte sie sich nicht erinnern?

Bitte lass mich mich erinnern, dachte sie, irgendetwas, egal was. Bitte!

Vincente fand, dass Grace lange genug in ihren Gedanken versunken war und beschloss, dass es Zeit für eine Ablenkung war. Er schob den Stuhl zurück, diesmal nicht leise, sondern mit einem schabenden Geräusch, als er sagte: "Ups, tut mir leid, aber mein Magen knurrt so sehr, ich könnte wirklich einen Snack gebrauchen."

Grace dachte kurz an den Vampir, dann drehte sie sich um und öffnete den Kühlschrank. Es war nicht viel drin, da ihre Mutter die meiste Zeit im Krankenhaus verbracht hatte. Sie öffnete den obersten Schrank, holte ein Glas Kaffee heraus und kochte für jeden von ihnen einen Kaffee. Sie löffelte etwas falsche Kaffeesahne hinein. Sie nippten einige Augenblicke lang schweigend an dem Kaffee.

"Wenn du irgendetwas essen könntest, egal was, was würdest du essen?" fragte Grace. Wenn er eine Flasche Blut antworten würde, würde sie sofort in Ohnmacht fallen.

"Ich würde ein großes, saftiges Steak essen, das blutig gebraten ist, und eine Ofenkartoffel, die mit saurer Sahne und Butter überzogen ist, und zum Nachtisch einen Lamington."

"Lass uns das nächste Mal, wenn wir in einem Hotel übernachten, ein Festessen machen, okay?" sagte Grace.

"Bist du eine gute Köchin?"

"Ich habe absolut keine Ahnung! Aber ich bin bereit, es zu versuchen."

"Ich habe noch nicht viel gekocht. Normalerweise kocht meine Mutter, und wenn sie nicht da ist, benutze ich die Mikrowelle oder hole mir etwas zu essen.

Sie schwiegen wieder für ein paar Augenblicke. Grace schaute den Flur hinunter, bereit, sich im restlichen Haus umzusehen. Sie schaute auf die Uhr über der Spüle, die ihr sagte, dass es kurz nach sechs war.

Bald würden sie jedoch müde sein und etwas Schlaf brauchen. Bald würde es dunkel werden. Sie konnten zwar das Licht anmachen, aber sie zog es vor, sich jetzt im Haus umzuschauen, solange sie noch das schöne natürliche Licht hatten, mit dem sie arbeiten konnten.

"Okay, ich bin bereit, die Erkundung fortzusetzen", sagte Grace. Sie stand auf und spülte die leeren Tassen in der Spüle aus. Dann verließ sie die Küche und ging den Korridor entlang.

Vincente folgte ihr schweigend und ließ ihr wieder einmal Zeit und Raum, sich frei zu bewegen. Er gab ihr die Gelegenheit, ihren Gedanken freien Lauf zu lassen.

KAPITEL 17

GRACE ZÖGERTE, BEVOR SIE den Schlüssel ins Schloss steckte. Sie dachte daran, wie dankbar sie war, dass sie den Schlüssel gefunden hatten. Sie hatte sich schon gefürchtet, was passieren würde, wenn sie keinen finden würden. Sie würden ein Fenster einschlagen oder eine Tür aufbrechen müssen. Sie würde ihr eigenes Haus wie ein Einbrecher betreten, und der Gedanke daran ließ sie selbst jetzt noch frösteln.

"Wir sind gleich da", sagte Vincente und versuchte, Grace dazu zu bewegen, die Tür zu öffnen. Er wusste genau, wie verängstigt sie sein musste. Es war eine ganze Welt, ihre eigene Welt, und wenn sie keine Erinnerungen mehr daran hatte? Nun, das wäre hart, aber gemeinsam würden sie es schaffen.

"Bist du bereit?", fragte er und drehte sich zu ihr um.

"Ich denke gerade daran, wie dankbar ich bin, dass wir den Schlüssel gefunden haben."

"Nicht wir haben ihn gefunden, sondern du, und das ist ein gutes Zeichen, aber wir sind nicht in Eile. Wann immer du bereit bist." Er setzte sich auf die oberste Stufe und ließ ihr den Freiraum, die Tür in aller Ruhe zu öffnen. Zeit hatten sie jetzt reichlich. Das war früher nicht so gewesen, als sie zum Unterricht mussten, den Bus erwischten, mit Freunden abhingen, Hausaufgaben und Prüfungen machten, Sport trieben und auch noch Familienangelegenheiten zu erledigen hatten. Die Tage waren immer voll mit Dingen, die sie tun mussten.

"Okay, es geht los", sagte Grace. Sie drehte den Schlüssel im Schloss und stieß dann die Tür auf. Sie lud Vincente ein, sich zu ihr zu gesellen, und wieder ging ihr durch den Kopf, dass Vampire eine Einladung brauchen, bevor sie ein Haus betreten können.

Sie lächelte und fragte sich, warum ihr das Vampirthema immer wieder in den seltsamsten Momenten durch den Kopf ging. Wenn er ein Vampir war, wie konnte er dann etwas essen? Wenn sie die einzigen beiden warmen Körper auf der Welt waren? Es sei denn, was auch immer passiert war, hatte sein System so verändert, dass er kein Blut mehr zum Überleben brauchte? Warum konnte sie sich an all diese Vampirgeschichten erinnern und an nichts anderes?

Grace schüttelte den Kopf. Sie versuchte, die seltsamen Vampirgedanken zu verdrängen, damit sie sich wieder auf den Moment konzentrieren konnte. Den Moment, in dem sie ihr eigenes Haus wieder betrat. Vielleicht war es aber auch genau das, woran sie nicht denken wollte.

Am Ende des Hauses befand sich ein Atrium mit vielen Pflanzen und Polstern. Ein Ort, an dem man sitzen, in den Garten schauen und sich entspannen konnte. Grace drehte sich um und entdeckte eine Schaukel und eine Rutsche, die hinter dem Gartenhaus versteckt waren.

Einen Moment lang stellte sie sich vor, wie sie als kleines Mädchen hinuntergerutscht und geschaukelt war. Sie versuchte, sich daran zu erinnern, wie ihre Mutter oder ihr Vater sie auf der Schaukel anschubsten oder wie Daryl und sie selbst im Garten herumliefen. Sie konnte sich das alles vorstellen, aber es war nur das: ihre Fantasie. Es waren keine Erinnerungen an das, was wirklich passiert war.

Vincente stand neben ihr, beobachtete sie und beobachtete sie gleichzeitig nicht. Er war der Meinung, dass sie ihren Freiraum brauchte, und er wollte ihr nicht im Weg sein oder sie in Verlegenheit bringen. Gleichzeitig wollte er aber auch, dass sie den Weg vorgibt. Denn auch wenn sie sich nicht mehr daran erinnerte, war es ihr eigenes Zuhause und er war hier nur ein Fremder. Ruhig beobachtete er sie, während sie gedankenverloren den Garten musterte.

"Ich kann mich nicht erinnern", sagte Grace schließlich.

"Das kommt schon noch." sagte Vincente. "Lass uns reingehen und versuchen, uns zu entspannen."

"Okay", sagte Grace und machte sich auf den Weg durch den Flur. Sie kam an einem Raum mit einer geschlossenen Tür vorbei. Neugierig öffnete sie sie und fand nur die Waschküche vor. Ein Stück weiter betrat sie die Küche. Es fühlte sich an, als würde sie einen Sonnenstrahl betreten. Die Küche war ganz in Gelb gehalten. Kanariengelb, einschließlich der Geräte, Vorhänge, Tapeten, Tischdecken und Tischsets. Grace ging näher heran und bemerkte kleine Abdrücke von Sonnenblumen auf fast allem. Ihre

Mutter war eindeutig ein großer Fan von Gelb und ein noch größerer Fan von Sonnenblumen.

"Sonnenblumen", sagte Grace und lächelte strahlend. Sie nahm die trockenen Stängel aus der Vase, füllte sie am Waschbecken auf und stellte sie dann wieder in frisches Wasser. Sie blühten sofort auf. Grace schaute aus dem Fenster und entdeckte eine Reihe toter Sonnenblumen, die an der Seite des Hauses entlangliefen. Die, die sie gerade berührt hatte, waren von ihrer Mutter gepflückt worden. Vielleicht auch von ihr selbst. Sie hatte sie in die Küche gebracht und in genau diese Vase gestellt.

"Deine Mutter wusste, wie man den Sonnenschein ins Haus holt", sagte Vincente und versuchte Grace zu beruhigen, die wieder einmal in ihren Gedanken versunken war. Er setzte sich an den Esszimmertisch und achtete darauf, nicht zu viel Lärm zu machen, als er den Stuhl zurückschob. Er schaute sich im Zimmer um und fand, dass es zwar schön, aber für seinen Geschmack ein bisschen übertrieben eingerichtet war. Etwas Sonnenschein im Haus war gut, aber das hier war wirklich, nun ja, hell. In diesem Moment vermisste er ernsthaft seine Sonnenbrille.

Grace fuhr mit ihrer Hand über die Arbeitsplatte und versuchte, sich wieder zu sammeln. Sie öffnete einige der Schränke und fand einen Kaffeebecher mit ihrem Namen darauf. Auf einem stand "#1 Dad", auf einem anderen "World's Best Mum" und auf einem weiteren Becher stand nur ein Wort: Daryl. Das war ihr Haus. Es gab Beweise. Beweise. Warum konnte sie sich nicht erinnern?

Bitte lass mich mich erinnern, dachte sie, irgendetwas, egal was. Bitte!

Vincente fand, dass Grace lange genug in ihren Gedanken versunken war und beschloss, dass es Zeit für eine Ablenkung war. Er schob den Stuhl zurück, diesmal nicht leise, sondern mit einem schabenden Geräusch, als er sagte: "Ups, tut mir leid, aber mein Magen knurrt so sehr, ich könnte wirklich einen Snack gebrauchen."

Grace dachte kurz an den Vampir, dann drehte sie sich um und öffnete den Kühlschrank. Es war nicht viel drin, da ihre Mutter die meiste Zeit im Krankenhaus verbracht hatte. Sie öffnete den obersten Schrank, holte ein Glas Kaffee heraus und kochte für jeden von ihnen einen Kaffee. Sie löffelte etwas falsche Kaffeesahne hinein. Sie nippten einige Augenblicke lang schweigend an dem Kaffee.

"Wenn du irgendetwas essen könntest, egal was, was würdest du essen?" fragte Grace. Wenn er eine Flasche Blut antworten würde, würde sie sofort in Ohnmacht fallen.

"Ich würde ein großes, saftiges Steak essen, das blutig gebraten ist, und eine Ofenkartoffel, die mit saurer Sahne und Butter überzogen ist, und zum Nachtisch einen Lamington."

"Lass uns das nächste Mal, wenn wir in einem Hotel übernachten, ein Festessen machen, okay?" sagte Grace.

"Bist du eine gute Köchin?"

"Ich habe absolut keine Ahnung! Aber ich bin bereit, es zu versuchen."

"Ich habe noch nicht viel gekocht. Normalerweise kocht meine Mutter, und wenn sie nicht da ist, benutze ich die Mikrowelle oder hole mir etwas zu essen.

Sie schwiegen wieder für ein paar Augenblicke. Grace schaute den Flur hinunter, bereit, sich im restlichen Haus umzusehen. Sie schaute auf die Uhr über der Spüle, die ihr sagte, dass es kurz nach sechs war.

Bald würden sie jedoch müde sein und etwas Schlaf brauchen. Bald würde es dunkel werden. Sie konnten zwar das Licht anmachen, aber sie zog es vor, sich jetzt im Haus umzuschauen, solange sie noch das schöne natürliche Licht hatten, mit dem sie arbeiten konnten.

"Okay, ich bin bereit, die Erkundung fortzusetzen", sagte Grace. Sie stand auf und spülte die leeren Tassen in der Spüle aus. Dann verließ sie die Küche und ging den Korridor entlang.

Vincente folgte ihr schweigend und ließ ihr wieder einmal Zeit und Raum, sich frei zu bewegen. Er gab ihr die Gelegenheit, ihren Gedanken freien Lauf zu lassen.

✳✳✳

DER KORRIDOR WAR LANG und nicht so hell wie die Küche. Allerdings hatte Graces Mutter Beistelltische, Spiegel und Bilder, die einem Gesellschaft leisteten, als man sich auf den Weg in die absolute Dunkelheit des Wohnzimmers machte. Grace schritt über den Teppichboden und warf die Vorhänge mit einem Ruck zurück. Sie drehte sich um, um zu sehen, was sie verpasst hatte. Sie hoffte, dass ihr durch diese plötzliche Bewegung alles wieder einfallen würde.

Vincente beobachtete sie, ohne es sich anmerken zu lassen, dass er das tat. Er wollte nicht noch mehr Druck auf die Situation ausüben.

Grace stemmte die Hände in die Hüften und für einige Momente keimte Hoffnung in ihrem Herzen auf.

Sie hielt ihren Atem an.

Auch Vincente bemerkte einen Hoffnungsschimmer und machte einen Schritt auf sie zu.

Sie hielt ihn mit ihrer Handfläche auf. Sie begann auf und ab zu gehen.

Grace war wie ein Vogel, der von oben nach Nahrung sucht. Sie drehte eine Pirouette durch den Raum und wieder zurück.

Bald war der Hoffnungsschimmer aus ihren Augen verschwunden und sie fiel auf einen Haufen.

Sie schlug die Hände über ihr Gesicht und weinte.

KAPITEL 18

V INCENTE KNIETE VOR GRACE nieder. Er suchte nach den richtigen Worten. Er konnte sie nicht finden, denn sein Verstand drehte sich, und sein Herz raste. Er war außer Atem, weil er den Drang zurückhielt, sie in seine Arme zu nehmen und…

Vincente kontrollierte sich selbst. Er unterhielt sich mit sich selbst darüber, dass sie nicht die Art von Mädchen war, zu der er sich hingezogen fühlte. Dass es wirklich keine Rolle spielte, wie sehr er sich von ihrem emotionalen Aufruhr beeinflussen ließ. Manchmal war er ein einfühlsamer Mensch. Nicht oft, aber manchmal. Wenn er in den Nachrichten von Menschen sah, die verletzt wurden, von Menschen, die gefangen gehalten wurden, von Ländern, in denen Krieg herrschte, von Kindern oder Tieren, die missbraucht wurden, weinte er.

Grace hier und jetzt vor sich zu sehen, war für ihn wie ein Blick in die Nachrichten geworden. Er wollte ihr die Hand reichen und sie trösten, so wie er es bei einem Kind tun würde. Aber warum fühlte er dann noch etwas anderes? Etwas anderes? Und was war es? Er untersuchte sein Gefühl einen Moment lang und erkannte genau, was es war. Er verspürte das Bedürfnis, sich um Grace zu kümmern. Sie zu beschützen. Ja, das muss es gewesen sein! Das andere konnte es nicht sein. Das Gefühl, das er in diesem Moment in seinen Lenden hatte. Es konnte nicht die Lust sein. Nein, das war es nicht.

Als Vincente wieder in die Gegenwart zurückkehrte, stand Grace da. Sie fuhr mit ihren Fingern über den Kaminsims und die gerahmten Fotos. Als Grace aufhörte, ging Vincente zu ihr und stellte sich neben sie.

Als er das Foto sah, lächelte er und hob es auf. Gemeinsam betrachteten sie es genauer. Es war Grace. Sie war wahrscheinlich etwa vier oder fünf Jahre alt und hielt einen Abakus in der Hand.

"Das bist eindeutig du", sagte Vincente. "Ich kann deine Augen in ihren Augen sehen."

Grace lächelte und kämpfte sich durch den Nebel in ihrem Kopf.

"Ich weiß, dass sie ich ist. Ich kann sehen, dass sie ich ist. Aber ich kann mich weder an sie noch an den Abakus erinnern."

Vincente nahm ihre geschlossenen Falten in seine Hände und öffnete sie eine nach der anderen, als würde er zwei Rosen öffnen. Er zog sie in seine Arme.

Sie schmiegte sich an ihn, hörte auf sein Herz und spürte eine neue Art von Verbindung. Sie zog sich zurück.

"Sieh mal hier!", rief sie aus. "Das sind mein Vater und mein Bruder." Unter dem Foto befand sich eine Gedenktafel: Benjamin Greenway, geliebter Ehemann von Helen, lieber Vater von Grace und Daryl. Mit 55 Jahren viel zu früh von uns gegangen.

Auch auf dem anderen Foto war eine Tafel angebracht: Daryl Greenway, geliebter Sohn von Helen und Benjamin Greenway. Im Alter von 21 Jahren bei seinem Vater zur Ruhe gekommen.

Grace holte tief Luft, als sie sich an die beiden im Krankenhaus erinnerte. Sie schüttelte den Kopf. Sie hatten sie nicht besucht, korrigierte sie sich, weil sie beide tot waren. Das muss sie sich eingebildet haben.

"Es ist so traurig", sagte Grace. "Zwei Menschen, die mir die Welt bedeuteten, und ich fühle nichts. Außer Traurigkeit über mich selbst, weil ich mich nicht an sie erinnern kann. Ich bin so ein egoistischer Mensch!"

"Du bist nicht egoistisch! Es ist nur so, dass du dich im Moment nicht erinnern kannst, und das ist nicht deine Schuld."

"Ich würde mich so gerne an etwas erinnern. An irgendetwas!"

"Das wirst du auch, sei einfach geduldig. Gib dem Ganzen Zeit."

"Ich glaube nicht, dass es passieren wird, Vincente. Ich glaube nicht, dass ich mich jemals erinnern werde."

Vincente stemmte die Hände in die Hüften. "Sie sind aus einem bestimmten Grund zurückgekommen, um dich im Krankenhaus zu besuchen. Vielleicht sind sie zurückgekommen, um dir zu helfen."

"Wie? Indem sie mich glauben lassen, ich würde den Verstand verlieren?"

"Nein, um zu beweisen, dass du sie noch kennst, obwohl sie auf die andere Seite gewechselt sind. Du hast mit ihnen gesprochen. Du hast dich mit ihnen unterhalten."

"Ja, aber es war sinnlos."

"Weil ich sie unterbrochen habe. Vielleicht hatten sie dir noch nicht gesagt, was sie zu sagen hatten."

"Es wäre interessant, wenn es wahr wäre, Vincente. Aber ich glaube nicht, dass es sehr glaubwürdig klingt. Trotzdem danke", sagte Grace. Sie durchquerte den Raum und stellte sich an den Fuß der Treppe.

"Vielleicht", sagte Vincente. Grace drehte sich wieder zu ihm um. "Vielleicht wollten sie dir eine Nachricht übermitteln. Sie bringen dich zurück in eine Zeit deines Lebens, in der du beide bei dir hattest: eine glücklichere Zeit. Eine Zeit, in der du eine Vergangenheit hattest, an die du dich erinnern konntest, eine Gegenwart, in der du leben konntest, und eine Zukunft, auf die du dich freuen konntest."

"Also zwei von drei", sagte Grace.

Vincente lachte und begann zu singen und zu tanzen.

"Mach weiter", forderte Grace ihn auf.

Vincente rutschte über den Boden, benutzte eine Vase als Mikrofon und brachte Grace auf einem Knie ein Ständchen, die begeistert applaudierte.

Ihre Wangen waren tiefrot, als sie sich auf ihn zubewegte und ihn auf den Mund küsste.

Er küsste sie zurück. Seine Hände wanderten und ihre Hände wanderten und ihre Zungen erkundeten sich.

Sie wurden sich beide gleichzeitig bewusst, was geschah, und wichen gleichzeitig zurück.

"Was versuchst du mit mir zu machen?" fragte Grace. "Es tut mir leid, so leid", sagte Vincente.

"Es waren wir beide..."

"Ja, es war der Moment. Ich stimme zu, dass wir beide..."

"Lass uns einfach vergessen, dass es je passiert ist", sagte Grace.

"Gute Idee", stimmte Vincente zu. Er sah Grace zu, wie sie die Treppe hinaufging.

Als sie oben ankam, drehte sie sich um und lächelte über ihre Schulter. "Wir sehen uns bald. Ich suche nur noch mein Zimmer und mache mich ein bisschen frisch."

"Toll", sagte Vincente, während er sich mit den Fingern durch die Haare kämmte. Als sie aus seinem Blickfeld verschwunden war, ging er zurück zum Klo und spritzte sich Wasser ins Gesicht. Er betrachtete sich im Spiegel und fragte sich, wer die Person war, die ihn da ansah? Wer war diese Person? Wer hatte Gefühle, echte Gefühle, für jemanden, der ihm noch vor wenigen Tagen nichts bedeutet hätte, außer einem Mädchen, das ihm bei den Mathehausaufgaben helfen konnte, damit er im Team bleiben konnte? Jetzt hatte er sie ganz schön verführt, und sie hatte darauf reagiert und sich ihm geöffnet. Er schämte sich so sehr dafür, dass er Grace ausgenutzt hatte, besonders in dieser Zeit, in der sie so verletzlich war.

Dann dachte er an ihre weichen Lippen, daran, wie sie gezögert und sich ihm dann geöffnet hatten. Sie küsste ihn, wie kein anderes Mädchen ihn zuvor geküsst hatte. Sie verliebte sich noch mehr in ihn, und er wusste es.

Das Problem war nur, dass er sich auch in sie verliebte.

KAPITEL 19

O BEN SPRITZTE SICH GRACE ebenfalls kaltes Wasser ins Gesicht. Sie strahlte, sowohl innerlich als auch äußerlich. Für einen Moment war es ihr egal, ob sie sich überhaupt an ihre Vergangenheit erinnerte, denn ihre Zukunft war ihr wichtiger. Vincente war ihr jetzt wichtiger, als jede Erinnerung es je sein könnte.

Sie ging den Flur entlang, vorbei an Räumen mit geschlossenen Türen. Ihre Gedanken kreisten um den Kuss und das Fieber, das wie Feuer durch ihren Körper geschossen war, bis sie ihr Schlafzimmer fand. Es musste ihres sein, denn dort gab es einen Computer, der vor sich hin tickte, Bilder von Einstein und Fibonacci, Schulbücher und einen Abakus und... nun, es musste einfach ihr Zimmer sein.

Auf der Kommode entdeckte sie ein kleines Schmuckkästchen. Als sie es öffnete, begann ein Lied zu spielen.

"Brauchst du Hilfe?" rief Vincente.

Grace kam mit einem kleinen Kissen in der Hand die Treppe hinauf. Sie warf es ihm zu. Es war ein Kissen in Form eines Herzens.

Zurück in ihrem Zimmer drehte sie die Schmuckschachtel um, die das Lied als ein berühmtes Liebeslied auswies. Sie ließ das Kästchen offen und hörte zu, wie es die Melodie immer wieder spielte, während sie sich auf den Weg zur Dusche machte.

Sie hielt einen Moment inne, als sie ein seltsames Geräusch hörte. Ein Murmeln. Ein Flüstern. Sie lauschte. Sie schloss den Deckel der Schmuckschatulle. Hörte wieder hin. Sie dachte, es müsse in ihrem Kopf sein. Sie machte noch einen Schritt. Sie hörte es wieder. Sie blieb stehen. Hörte zu.

Die Lautstärke wurde lauter, aber nur leicht.

"Geht es dir gut da oben?" fragte Vincente, als er sah, dass Grace regungslos und mit leerem Blick den Korridor hinunter starrte.

Grace nickte. Sie kehrte in ihr Zimmer zurück. Sie zog sich gerade noch rechtzeitig um, als Vincente oben auf dem Treppenabsatz ankam.

"Mir geht's gut", sagte Grace. "Ich habe nur..." Sie zögerte. "Hast du etwas gehört?" Sie wandte den Kopf ab und wartete, bis sie das Geräusch wieder hörte.

"Ich habe Musik gehört", sagte Vincente.

"Ja, das war mein Schmuckkästchen, es spielt Musik. Aber sonst noch etwas?"

"Was zum Beispiel?" sagte Vincente und schaute auf seine Füße hinunter.

Grace dachte, er hätte etwas gehört, aber er wollte es ihr nicht sagen, falls sie es nicht gehört hatte. Sie merkte aber, dass er sich Sorgen machte. "Wie ein Flüstern", sagte Grace.

"Ja, ich habe etwas gehört."

"Ich dachte, es war in meinem Kopf", gestand Grace. "Am Anfang. Aber jetzt..."

"Nein, ich kann es auch hören. Es ist, als ob..." Vincente hielt inne und blieb wie eine Statue stehen.

"Shhhh", sagte Grace, als es wieder anfing. Noch ein bisschen lauter.

Fast wie ein Stöhnen.

Es flüsterte ihren Namen, Grace, immer wieder, als wäre es der Refrain eines Liedes. "Vielleicht ist es meine Mum?" schlug Grace vor.

"Vielleicht."

"Vielleicht ist sie verletzt."

"Vielleicht."

"Schhhh."

Ein starker Windstoß schien durch die Eingangstür zu wehen und die Treppe hinauf zu Grace und Vincente zu drängen. Seine schiere Kraft war so groß, dass er sie flach gegen die Wand drückte. Das Haus wurde erschüttert und das Fundament ächzte.

Ein weiteres Erdbeben?

Sie beschlossen, dass es nicht der beste Ort war, im obersten Stockwerk zu sein. Sie ergriffen die Hand des anderen und machten sich auf den Weg zum Treppenhaus.

"Lasst uns hier verschwinden!" rief Vincente.

Grace wusste, dass sie das tun mussten, und zwar sofort. Aber sie machte sich Sorgen um ihre Mutter, die in dem Haus gefangen war. Was, wenn sie verletzt war?

Als sie die Treppe erreichten, hielten sie sich an den hölzernen Geländern fest, während die Treppe hin und her schwankte. Das Haus begann zu wackeln und sich zu verdrehen, als ob es die Flucht ergreifen wollte. Die Treppe begann wie die Tasten eines Klaviers zu spielen und brach auseinander, so dass sie ihren Plan, nach Terra Firma zurückzukehren, aufgeben mussten.

Erneut rief die Stimme: "Grace".

***

G RACE STOLPERTE DEN KORRIDOR entlang und schien dem Klang der Stimme zu folgen. Sie kam aus einem Zimmer mit einer geschlossenen Tür am Ende des Flurs.

"Ich glaube, das ist meine Mutter", sagte Grace, als sie an einem Zimmer vorbeikamen, dessen Tür leicht angelehnt war.

Es war Daryls Zimmer, wie sie an den vielen Musikinstrumenten, CDs, dem ungemachten Bett und dem leeren Korbstuhl erkannte. Der Stuhl stand direkt unter dem Fenster, als würde er auf die Rückkehr ihres Bruders warten. Das Fenster war weit geöffnet, und ein neuer Windstoß wehte herein. Sie hinderten ihn daran, sie über das Geländer zu stoßen, indem sie die Schlafzimmertür gerade noch rechtzeitig zuknallten.

Sie hörten die Stimme wieder flüstern: "Grace".

Sie zitterten und hielten sich an den Händen. Gemeinsam machten sie sich auf den Weg durch den Korridor. Sie gingen auf die geschlossene Tür am Ende des Flurs zu, während das Haus um sie herum schrie und tobte.

✳✳✳

Das Stöhnen wurde lauter und lauter.

Das Flüstern war nicht länger ein Flüstern.

Es war eindeutig die Stimme einer Frau.

Es war die Stimme von Helen Greenway, die nach ihrer Tochter rief.

"Vielleicht solltest du antworten?" schlug Vincente vor.

"Mum!"

"Grace!"

"Mum!"

"Grace, Grace!"

Sie kamen direkt vor der Tür an. Sie fühlte sich warm an und war unversehrt. Sie hing noch in den Angeln.

Das Haus hatte aufgehört zu zittern und zu brüllen.

Sie stießen die Tür auf.

Etwas glitt an ihnen vorbei und betrat den Raum vor ihnen.

Es war wie ein eisiger Windhauch.

Sie zitterten, als sich die Tür hinter ihnen schloss und der Schließmechanismus von selbst einrastete.

$$***$$

Ihre Zähne klapperten, als sich ihre Augen an das Licht gewöhnten und sie sich umsehen konnten. Grace war sich sicher, dass sie nicht allein waren, aber sie konnte ihre Mutter nicht sehen, und die Stimme rief oder flüsterte nicht mehr ihren Namen.

Sie fühlte sich kalt an. Kalt wie der Tod.

"Kannst du etwas sehen, irgendetwas?" fragte Vincente.

"Ich kann kalten Atem sehen. In Form von Fibonacci-Schneeflocken."

"Was?"

"Siehst du, da? Schneeflocken."

Die Schneeflocken fielen um sie herum. Sie zitterten noch mehr und legten ihre Arme um sich, als ihre Haut spürte, wie sich die nass schmelzenden Flocken von kristallweiß in Tränen verwandelten.

"Ich kann etwas spüren, eine Präsenz hier bei uns. Vielleicht habe ich mich deshalb an die Fibonacci-Sache erinnert."

"Ja, gut gemacht, aber ist es gefährlich?" fragte Vincente, "Ich meine, wird es versuchen, uns etwas anzutun?"

"Nein, ich habe nicht das Gefühl, dass es uns etwas antun will. Aber ich habe das Gefühl, dass es mich kennenlernen will."

"Was?"

"Es will, dass ich es tröste."

"Bleib hier, neben mir. Beweg dich nicht", sagte Vincente.

"Es versucht, mich zu erreichen, in meinem Kopf. Es dachte, wenn es mich hierher bringt, uns hierher, dann würde es bekommen, was es von uns will, aber jetzt, wo wir hier sind, weiß es nicht, was es tun soll." Grace hörte auf zu sprechen, ihre Hände flogen vor Schmerz zu ihrem Kopf.

"Du redest mit ihm? Tut es dir weh?" fragte Vincente. Grace' ganzer Körper zitterte als Antwort.

"Es kommuniziert mit mir über eine Art von ESP. Es scannt mein Gehirn, meinen Körper. Es hört meine Gedanken und Gefühle ab."

"Geh weg von ihr!" rief Vincente, während er einen Stuhl aufhob und ihn gegen die Wand warf.

Grace schrie vor Schmerz auf, während Vincente in die Luft gehoben und gewaltsam auf das Bett geschleudert wur

KAPITEL 20

GRACE SAH WEITERHIN ENTSETZT zu, wie Vincente hin und her geschüttelt wurde, als wäre er von einem Dämon besessen. Sie konnte nicht anders, als sich durch den verschleierten Schmerz, der ihren Körper hin und wieder durchzuckte, zu fragen, was dies verursachte. War es eine Kreatur aus einer anderen Dimension? Ein Werwolf? Ein Vampir? Ein Geist? Ein Dämon? Grace scannte den Raum auf der Suche nach einer Waffe. Da sie keine fand, wartete sie, bis sich Vincentes Körper beruhigt hatte. Dann wurden seine Füße und Arme von einem unsichtbaren, unbekannten Wesen gefesselt.

Vincente blieb jetzt ganz ruhig. Grace versuchte, zu ihm zu laufen, aber es war, als wären ihre Füße plötzlich in eine Bodenplatte einzementiert worden. Ihr Oberkörper bewegte sich nach vorne, als wäre sie ein Zirkusfreak, aber ihre Beine waren einfach unbeweglich.

"Geht es dir gut, Vincente?"

"Ich habe keine Schmerzen mehr."

"Das ist gut."

"Und wie geht es dir?

"Ich fühle mich wieder normal, aber ich habe wirklich Angst, Vincente. Ich kann meine Füße nicht bewegen."

"Außerdem wird es hier drin bald dunkel werden. Kannst du das Licht erreichen?"

Grace bemühte sich, ihren Oberkörper in Richtung des Schalters an der Wand zu beugen. Sie reckte und streckte sich und stellte sich vor, dass sie in Wirklichkeit ein Zirkusfreak aus Gummi war, berührte ihn und hörte das Klicken, aber nichts passierte. Der Strom war abgestellt worden.

"Es funktioniert nicht, Vincente. Bald wird es hier drin stockdunkel sein!" Grace schlang ihre Arme um sich und versuchte, das Zittern zu stoppen.

"Kannst du sie noch spüren, die Präsenz um dich herum?"

Grace versuchte, ihre Gefühle zu verdrängen und stellte sich vor, dass sie wie Tentakel nach etwas Unsichtbarem und Unbekanntem suchen.

"Es ist jetzt ruhig, Vincente. Vielleicht hat es bekommen, was es von uns wollte und ist jetzt weitergezogen. Oder vielleicht waren wir nicht das, was es sich erhofft hat."

"Ja, zum ersten Mal in meinem Leben würde es mir nichts ausmachen, eine Enttäuschung für dieses Ding zu sein. Aber lass uns mal nachdenken. Was könnte es von uns wollen? Was könnte es sein?"

"Ein Werwolf?" schlug Grace vor.

"Es ist kein Vollmond, jedenfalls nicht für ein paar Tage. Aber hey, ich glaube nicht, dass sie unsichtbar sein können."

"Was ist mit einem Vampir?"

"Ja, die kommen nur nachts raus, nicht wahr?" sagte Vincente und gluckste leise vor sich hin. Das Seil war sehr eng um seine Gliedmaßen geschnürt, und der Drang, sich zu bewegen, war überwältigend. Das Problem war, dass sich die Fesseln noch enger zogen, wenn er sich bewegte, und dann schnitten sie durch seine Haut. Er konnte sehen, wie sich Blutstropfen auf dem Bettlaken an seinen Knöcheln sammelten.

Auch Grace bemerkte, wie das Blut auf das Laken tropfte. Sie beobachtete, wie sich die rote Blutung auf dem weißen Laken ausbreitete. Sie war verwirrt von den Bewegungen, die von unter dem Teppich auf sie zukamen. Eindeutig eine Bewegung. Schlangenartig. Langsam. Schlängelnd. Sie kam auf sie zu.

"Vincente!", schrie sie, als das Ding sich langsam auf sie zubewegte.

Ihr Oberkörper wich zurück. Zurück, zurück, so weit wie es nur ging.

Leider war das für Grace nicht weit genug.

.

✳✳✳

GRACE SAH WEITERHIN ENTSETZT zu, wie Vincente sich hin und her schüttelte, als wäre er von einem Dämon besessen. Durch den verschleierten Schmerz, der hin und wieder durch ihren Körper zuckte, konnte sie nicht umhin, sich zu fragen, was dies verursachte. War es eine Kreatur aus einer anderen Dimension? Ein Werwolf? Ein Vampir? Ein Geist? Ein Dämon? Grace durchsuchte den Raum auf der Suche nach einer Waffe. Als sie keine fand, wartete sie, bis Vincentes Körper sich beruhigt hatte. Dann wurden seine Füße und Arme von einem unsichtbaren, unbekannten Wesen gefesselt.

Vincente blieb nun ganz still. Grace versuchte, zu ihm zu laufen, aber es war, als wären ihre Füße plötzlich in eine Bodenplatte einzementiert worden. Ihr Oberkörper bewegte sich vorwärts, als wäre sie ein Zirkusfreak, aber ihre Beine waren einfach unbeweglich.

"Bist du in Ordnung, Vincente?"

"Ich habe keine Schmerzen mehr."

"Das ist gut."

"Und wie geht es dir?

"Ich fühle mich wieder normal, aber ich habe wirklich Angst, Vincente. Ich kann meine Füße nicht bewegen."

"Außerdem wird es hier drin bald dunkel werden. Kannst du das Licht erreichen?"

Grace bemühte sich, ihren Oberkörper in Richtung des Schalters an der Wand zu beugen. Sie streckte und dehnte sich und stellte sich vor, sie sei wirklich ein Zirkusfreak aus Gummi, berührte ihn und hörte das Klicken, aber nichts geschah. Der Strom war abgestellt worden.

"Es funktioniert nicht, Vincente. Bald wird es hier drin stockdunkel sein!" Grace schlang ihre Arme um sich und versuchte, das Zittern zu stoppen.

"Kannst du sie noch spüren, die Präsenz um dich herum?"

Grace versuchte, ihre Gefühle zu unterdrücken und stellte sie sich wie Tentakel vor, die nach etwas Unsichtbarem und Unbekanntem suchen.

"Es ist jetzt ruhig, Vincente. Vielleicht hat es bekommen, was es von uns wollte und ist jetzt weitergezogen. Oder vielleicht waren wir nicht das, was es sich erhofft hat."

"Ja, zum ersten Mal in meinem Leben würde es mir nichts ausmachen, eine Enttäuschung für dieses Ding zu sein. Aber lass uns darüber nachdenken. Was könnte es von uns wollen? Was könnte es sein?"

"Ein Werwolf?", schlug Grace vor.

"Es ist kein Vollmond, zumindest nicht für ein paar Tage. Aber hey, ich glaube nicht, dass sie unsichtbar sein können."

"Was ist mit einem Vampir?"

"Ja, die kommen nur nachts raus, nicht wahr?", sagte Vincente und lachte leise vor sich hin. Das Seil war sehr eng um seine Gliedmaßen gebunden und der Drang, sich zu bewegen, war überwältigend. Das Problem war, dass sich die Fesseln noch enger zogen, wenn er sich bewegte, und dann schnitten sie durch seine Haut. Er konnte sehen, wie sich Blutstropfen auf dem Laken an seinen Knöcheln sammelten.

Auch Grace bemerkte das Blut, das auf das Laken tropfte. Sie beobachtete, wie sich die rote Blutung auf dem weißen Laken ausbreitete. Sie war verwirrt von den Bewegungen, die von unter dem Teppich auf sie zukamen. Eindeutig eine Bewegung. Schlangenähnlich. Langsam. Schlängelnd. Es kam auf sie zu.

"Vincente!", schrie sie, als sich das Ding langsam auf sie zubewegte.

Ihr Oberkörper wich zurück. Zurück, zurück, so weit wie es ging.

Leider war das nicht weit genug für Grace.

***

KÄMPFE NICHT DAGEGEN AN, sagte Grace zu sich selbst, denn sie wusste genau, dass Vincente genau dieselben Worte zu ihr sagen würde, wenn er nur könnte.

Entspann dich, dachte sie, lass es tun, was es tun muss, dann wird es vielleicht verschwinden.

Sie versuchte, alles zu verdrängen, bis auf Vincente, der mit weit aufgerissenen Augen auf dem Bett lag. Von dort, wo sie stand, konnte sie eine kleine Ansammlung von Blut sehen, die sich an seinem rechten Knöchel sammelte. Sie sah, wie sich sein Brustkorb auf und ab bewegte.

Das Ding drehte und wendete sie, bis es ihr das Gefühl gab, nicht mehr sie selbst zu sein.

Seine Kraft hatte zugenommen. Zuerst war der Schmerz erträglich, wie ein leichtes Brennen. Fast wie ein heißer Kuss. Er machte süchtig; sie wollte noch einen Kuss, und dann noch einen, und noch einen. Dann wurde es zu etwas anderem. Ein deutlicheres Brennen. Wie ein Brandzeichen. Heiß. Noch heißer. Brutzelnd.

Ihr Gesicht errötete und sie hielt ihre Fäuste fest umklammert. Ihr Kampfeswille drängte sich auf, aber der Schmerz war zu groß, um ihn zu ertragen.

Als er ihren Beckenbereich erreichte, wurde das Brutzeln noch stärker und die Temperatur stieg weiter an. Es war, als stünde sie in Flammen. Auf dem Scheiterhaufen brennen. Sie konnte nicht mehr denken. Sie war wie ein einziger Nerv - ein roher Nerv. Der Schmerz war mehr als quälend. Sie konnte es nicht mehr aushalten, und doch wurde er stärker. Sie blieb bei Bewusstsein, als er sich seinen Weg nach oben zu ihren Brüsten bahnte. Auch sie standen in Flammen, als die Hitze weiterzog und den Schmerz synchronisierte, so dass er durch ihren ganzen Körper pulsierte.

Alles verblasste zu Schwarz.

KAPITEL 21

ALS SIE WIEDER ZU sich kam, war Grace nicht mehr in ihrem Körper. Langsam verstand sie, was passiert war. Der Schmerz hatte ihren Geist zersplittern lassen.

Von irgendwo über der Szene konnte sie immer noch sehen, wie sie sich in einer imaginären, kokonartigen Hülle windete, während der Wirbelwind des Schmerzes sie herumwirbelte und drehte und ihren Körper verdrehte und sich immer noch in ihr bewegte. Er hielt sie in seiner brennenden Umklammerung gefangen.

Als sie das Brennen spürte, ihr eigenes Fleisch brutzelnd roch, konnte Grace es nicht länger ertragen, sich selbst zu beobachten, und wandte ihre Aufmerksamkeit Vincente zu.

Auch er krümmte sich. Sein Körper wogte hin und her und er zitterte, als ob er mitten in einem epileptischen Anfall wäre. Sie bewegte sich auf ihn zu, schwebend. Sie berührte seine glühende Stirn mit ihren Lippen.

Seine Augen flogen auf, als hätte er ihre Anwesenheit gespürt. Sie schrie nach ihm und versuchte, die Barrieren zu durchbrechen, aber seine gedämpften Schreie wurden nicht gehört. Die Intensität ihrer Schreie, die durch den Körper drangen, von dem sie kein Teil mehr war, kühlte den heißen Raum ab und bereitete ihm noch mehr Kummer.

Grace wollte das Ding umbringen. Was auch immer es war, sie wollte es nehmen und das Leben aus ihm herauswürgen, den Geist abschneiden. Sie wollte, dass es aufhört. Dann wusste sie, was sie zu tun hatte. Sie musste in ihren Körper zurückkehren, um sich der schrecklichen Kreatur direkt zu stellen. Sie musste zurückgehen. Sie konnte nirgendwo anders hin.

Ja, das Ding hatte ihren Körper, aber es hatte nicht ihren Verstand und es hatte nicht ihren Geist. Das Gleiche galt für Vincente. Ja, sie wurden beide gefoltert, aus unbekannten Gründen. Vielleicht, weil sie die letzten beiden menschlichen Wesen auf der Erde waren. Genau wie in dem alten Film, den Vincente erwähnt hatte, in dem die Außerirdischen herausfinden wollten, wie die Menschen ticken. Oder vielleicht wollten sie sie auch umbringen!

Was auch immer der Grund war, Grace wollte nicht zulassen, dass sie bekamen, was sie wollten. Sie wollte nicht zulassen, dass sie sich kampflos das Leben nehmen.

Für den Bruchteil einer Sekunde stellte sie sich vor, aus dem Fenster zu fliegen. Sich selbst und Vincente zurückzulassen. Aber sie konnte es nicht tun. Sie liebte diesen Körper, auch wenn er seine Schwächen hatte. Er hatte zwar viele, aber er gehörte ihr und nur ihr. Und dann war da noch Vincente. Sie liebte ihn, daran gab es keinen Zweifel. Sie musste zu sich selbst zurückkehren. Sie musste ihn retten. Vielleicht rettete sie sie be ide.

Draußen vor dem Zimmer wehten die hohen Bäume in der magnetischen Kraft des Windes vor und zurück, vor und zurück. Sie und Vincente waren wie diese Bäume, sie bewegten sich mit dem Schmerz, wie sie sich mit dem Wind bewegten.

Sie atmete tief ein und kehrte dann in ihren Körper zurück. Der Schmerz schnitt durch sie wie ein Messer. Sofort wollte sie sich losreißen, doch bald merkte sie, dass sie geschwächt war, ihre Kontrolle und Kraft verloren hatte. Ihre Essenz war verändert worden. Sie verstand nun, dass sie dem Ding durch die Fragmentierung zusätzliche Macht über ihr physisches Selbst gegeben hatte. Sie war nun entschlossen, sich die Macht zurückzuholen!

In ihrem Körper, ihrem Zuhause, sammelte sie all ihre positiven Gedanken und Energien sowie all die Liebe, die sie in ihrem Herzen finden konnte. Sie rief diese Dinge aus ihrer Gedächtnisbank ab, die weit außerhalb ihrer Reichweite lag.

Sie verdrängte den Willen, sich wieder zu lösen, und konzentrierte ihre ganze Energie nicht auf den brutzelnden, unerbittlichen Schmerz, sondern auf die Erschaffung einer eigenen, mächtigen Lichtquelle.

Sobald sie es sich vorstellte, bewegte sie es wie einen Sonnenball. Sie hielt ihn in ihrer Handfläche, bis der Lichtball die Form eines Herzens hatte: das gemeinsame Herz von Grace und Vincente.

Sie projizierte die gesamte Energie des Balles auf Vincente. Sie schwebte durch den Raum und leuchtete galant. Für ein paar Sekunden hörte Vincentes Körper auf, sich zu krümmen. Als der stechende Schmerz sie wieder übermannte, zog sie das Herz zurück und hielt es fest. Es gab ihr die Kraft, das zu ertragen, was sie brauchte.

Und irgendwo in ihrer Seele begann ein Lied zu spielen, ein Lied, das sie nicht kannte. Ein Lied, das sie nicht kannte und das ihr völlig fremd war. Als es erklang und sie es sang, brannten ihre Lippen nicht mehr, und ihre Augen streckten sich nach Vincente aus. Ihr Herz forderte ihn auf, in das Lied einzustimmen, es mit ihr zu singen.

Gemeinsam sangen sie in ihren Köpfen und Seelen, und der Lichtball wurde immer stärker und stärker und stärker.

"Ich habe dich nie hierher eingeladen, Geist, oder was auch immer du bist. Du hast kein Recht, in meinen Körper einzudringen. In den Körper meines Freundes einzudringen. Und jetzt verschwinde!"

Und das tat er. Er ging.

Grace sackte zu Boden.

KAPITEL 22

S TUNDEN SPÄTER FÜHLTE SICH Grace nicht mehr wohl und fragte sich immer wieder: Wo bin ich?

Wenn sie versuchte, sich zu bewegen, schmerzte jeder einzelne Teil ihres Körpers. Ihre Arme und Beine waren in unnatürliche Positionen verdreht, wie tote oder abgetrennte Baumstämme. Sie versuchte, ihren Körper zusammenzunehmen, aber bei jeder Bewegung krümmte sie sich vor Schmerzen.

Sie versuchte aufzustehen - die Betonung liegt auf "versuchte" - aber sie brach nur wieder zusammen. Grace blickte auf den Teppich. Sie versuchte zu denken, sich zu erinnern. Was hatte es mit diesem Teppich auf sich? Sie schaute sich im Zimmer um. Sie fand das Bett. Sie fand Vincente.

Alles über die Tortur, die sie durchgemacht hatten, kam ihr wieder in den Sinn.

Sie zwang sich nach oben und lief wie ein Kleinkind, weil sie ihrem Körper die Bewegungen neu beibringen musste. Schließlich erreichte sie Vincente und starrte auf seinen reglosen Körper hinunter. Auf die Blutflecken, die jetzt braun waren. Sie breiteten sich nicht mehr aus.

Ihr Blick fiel auf seine Lippen. Seine ach so küssbaren Lippen. Sie beugte sich vor, hielt aber inne, als sich seine Augen erst weit und dann noch weiter öffneten. Er war nicht erfreut, sie zu sehen. Er war erschrocken.

"Was ist los, Vincente? Was auch immer es war, jetzt ist es weg. Wir sind in Sicherheit. Uns geht es gut. Es wird alles wieder gut."

Obwohl Grace ihm diese positiven Worte immer wieder zuflüsterte, schien sich Vincentes verängstigter Gesichtsausdruck nur noch zu verstärken. Seine Augen huschten hin und her, hin und her. Er wollte ihr etwas sagen. Warnt er sie?

flüsterte sie und fragte, ob da etwas hinter ihr sei? Er nickte.

Sie dachte einen Moment lang nach, streckte die Hand aus und tastete nach dem Ding, aber sie konnte es nicht finden. Sie wollte weglaufen, fliehen, aber sie wusste, dass das Ding für sie da war. Es war für sie zurückgekehrt.

Oder war es etwas anderes? Ein anderes Ding? Sie fürchtete sich vor dem Gedanken, dass dieses Ding stärker und mächtiger sein könnte, dass es sie brechen könnte. Sie zerstören könnte.

Vincentes Augen blieben starr und starrten nur über ihre Schulter. Seine Angst war ansteckend, und sie zitterte und bebte. Dann wurde ihr klar, dass sie dieses Ding nur gemeinsam besiegen konnten.

Grace beugte sich vor und begann, mit einer Hand die Seile zu lösen, die ihn festhielten, während sie mit der anderen Hand auf dem Nachttisch nach einer Waffe suchte. Etwas, das sie benutzen konnte. Sie hoffte, dass ihre Mutter dort etwas hatte, ein Werkzeug, das ihr in dieser ernsten Lage helfen konnte.

Vincente's Augen schrien. Seine Augen wurden zu ihren Augen.

In der Schublade war eine Pinzette das einzige nützliche Werkzeug, das sie fand, und Grace begann, die Seile durchzuschneiden. In diesem Tempo würde es allerdings ewig dauern, Vincente zu befreien. Sie beugte sich vor und biss mit den Zähnen in die Seile. Sie kam gut voran, bis Vincente wieder anfing zu zittern und sich zu winden. Seine Augen trafen die ihren und dann schloss er sie.

Sie wirbelte herum und schrie: "Was bist du und was willst du von mir? Von uns? Wir wollen dir nichts Böses. Sag uns, was du willst, und wir werden es dir geben! Wir werden versuchen, dir zu helfen, aber bitte hör auf, uns wehzutun. Hört auf, meinem Vincente wehzutun. Ich werde euch alles geben!"

Vincente hörte auf, sich zu winden.

Seine Augen weiteten sich, als Grace von ihren Füßen in die Luft gehoben wurde.

Die Kraft schleuderte sie gegen die Decke. Dann knallte sie gegen die Wände. Aufprall. Aufprall. Aufprall.

Schließlich fiel sie auf den Boden, wo sie leblos wie eine Stoffpuppe liegen blieb.

✳✳✳

Zerbrechendes Glas. Zersplittert. Fliegt überall hin. Trifft ihre Haut. Sie durchbohrte ihre Haut.

Grace schützte sich so gut sie konnte mit ihren Armen und Händen.

Etwas hob sie auf und trug sie aus dem Fenster. Sie befand sich auf dem Rücken eines fliegenden Wesens. Sie hielt sich fest. Es fühlte sich weich an. Nicht gefedert, sondern haarig, pelzig.

Es war sehr dunkel, so dunkel, dass sie die Gestalt des Dings, auf dem sie transportiert wurde, nicht erkennen konnte.

Sie glitten hinein und hinaus und über Dinge: schwarze, formlose, schattenhafte irdische Behausungen und Türme und Brücken. Sie spürte, dass sie an Höhe gewannen und immer höher hinaufstiegen, bis es nichts mehr gab, in das sie nicht hineinlaufen konnten. Sie waren oben in den Wolken.

Vielleicht war sie tot?

$$* * *$$

GRACE UND DIE KREATUR flogen durch den Nachthimmel. Als die Kreatur plötzlich nach rechts abbog, verlor sie fast den Halt. Das Ding gab ein beruhigendes "Gwap-Gwap" von sich. Es schleuderte sie zurück in Sicherheit. Sie warf ihre Arme um es.

Gleiten. Grace war sich immer noch nicht sicher, ob sie tot war oder träumte, als sie das Bewusstsein verlor. Sie flogen weiter, immer tiefer und tiefer in die Schwärze der Nacht.

Grace öffnete die Augen und stellte sich für ein paar Sekunden vor, dass sie sich in einem Tunnel aus Metall befanden.

Sie schnupperte an der Luft, roch das Meer und verlor dann das Bewusstsein.

Es schien, als wären sie ein ganzes Leben lang unterwegs gewesen und nun ging die Sonne auf. Sie reflektierte das Licht wie ein gespiegeltes Raumschiff, als sie begannen, nach unten zu driften.

Ihr Magen sank, als sie an den seltsam festen Wolken abprallten. Sie prallten ab und fielen. Grace verspürte in diesem Moment keine Angst. Sie fühlte sich sicher. Sie war dankbar, dass sie am Leben war.

Dann ließ die Kreatur sie fallen.

Auf dem Weg nach unten kämpfte sie gegen den Wind an.

$$\text{\Large ✳✳✳}$$

Die Sonne stand hoch am Himmel, das war normal. Wo Grace war, war es nicht.

Sie lag in den Armen eines riesigen Baumes, und wenn sie nach unten blickte, drehte sich ihr der Magen um. Sie war froh, dass sie etwas berühren konnte. Sie strich mit ihrer Hand über den stabilen Ast, auf dem sie abgesetzt worden war.

Die Sonne warf ihre Strahlen auf ihre Schultern. Sie zupfte sich Glassplitter aus der Haut und vermied es, nach unten zu schauen.

Ohne sich ablenken zu lassen, folgte sie der Linie des Baumstamms. Er ging weiter und weiter und weiter. Der Baum war sehr hoch, mindestens 145 Meter.

Grace untersuchte ihre Umgebung und ließ ihre Augen in einem Kreis herumlaufen. Ein Kreis aus Bäumen. Sie wusste instinktiv und ohne jeglichen logischen Grund, dass ihr Baum der Königsbaum war. Die anderen waren Ritter. Sie suchte nach einem Königsbaum, konnte ihn aber nicht entdecken.

Sie versuchte, sich an das zu erinnern, was sie über Bäume wusste. Baum des Wissens. Faktor-Bäume. Binäre Bäume. Baum von Gut und Böse. Wunschbaum. Weihnachtsbaum. Baum der Weisheit.

Sie dachte über die Göttlichkeit der Bäume nach. Sie stellte sich vor, wenn sie wieder ein kleines Mädchen wäre, würde sie diesen Baum bewundern. Er war viel mehr als nur prächtig. Dieser Baum war so groß, dass er fast bis zum Himmel reichen könnte, wenn es ihn gäbe.

Grace schüttelte den Kopf. Sie war von seiner Pracht abgelenkt, als sie einen Weg nach unten brauchte.

Ganz zu schweigen von dem fleischfressenden Baum. Was war das für ein Baum?

Der Gedanke quälte sie nur einen Moment, denn sie lehnte sich zurück und beobachtete die vorbeiziehenden Wolken. Sie spürte ihre Anwesenheit in sich, als ob sie auf einer von ihnen über den Himmel schwebte. Sie vergaß alles andere, an das sie sich eigentlich erinnern sollte, als sie sich vorstellte, wie sie auf eine Marshmallow-ähnliche, kissenartige Form trat.

Sie befand sich darin und schwebte, als sie wieder in den Schlaf trieb.

$$***$$

DIE SONNE WAR FAST verschwunden und die Abenddämmerung zeichnete sich am Horizont ab. Sie streckte sich und gähnte, weil sie sich wohl fühlte. Sie vergaß völlig, wo sie war, aber nur für eine Sekunde.

Unter ihr stand der Kreis von Bäumen - die Ritter - mit ihren Gliedmaßen an der Seite. Es waren alles tote Bäume. Der Baum, in dem sie sich befand, hatte jedoch einige Blätter und war sehr lebendig.

Sie folgte dem Stamm ihres Baumes bis zum Boden. Sie bemerkte, dass die Erde am Boden aufgewühlt worden war. Es gab neue Wege, die vom Baum wegführten. Pfade, die zu den anderen Bäumen, den Rittern, führten. Es schien klar, dass die anderen Bäume einst lebendig gewesen waren, aber ihre Nahrungs- und Energiequellen umgeleitet hatten, um den König zu retten. Sie waren für den Königsbaum gestorben. Sie hatten das ultimative Opfer gebracht.

Aber warum?

Auf diese Frage hatte Grace keine Antwort.

Sie schaute in das Gesicht des Mondes. Das Gesicht von Albert Einstein spiegelte sich in ihr. Sie lächelte ihn an und erwartete fast, dass er eine formelhafte wissenschaftliche und mathematische Antwort ausspucken würde.

Sie war von Symmetrie umgeben, in den Ästen und in jeder anderen Lebensform. Es war tröstlich, die Vertrautheit der Symmetrie zu spüren.

Obwohl sie keine Antworten lieferte, genauso wenig wie der Einstein-Mond.

***

EINSTEIN WURDE VON FUNKELNDEN Sternen eingerahmt. Sie blinzelten in Anerkennung seiner Genialität. Sie fühlte sich getröstet, dass er über sie wachte.

Sie öffnete ihren Geist für alles und jeden auf einmal.

Sie fühlte sich nicht müde und suchte den Himmel nach Antworten ab. Wenn sie versuchte, hinunterzuklettern, könnte sie fallen. Oder sie könnte es bis zum Boden schaffen. Sie könnte sich langsam nach unten bewegen. Langsam.

Wenn sie sprang, würde sie sich zweifellos das Genick brechen. Sie war nicht so erpicht darauf, wieder auf festem Boden zu sein, sondern eher darauf, tot auf ihm zu liegen.

Sie überlegte, ob sie um Hilfe schreien sollte, aber wer konnte ihr helfen? Vincente? Nein, er war immer noch an das Bett gefesselt, soweit sie wusste.

Oder sie könnte warten. Vielleicht wollte das Ding, das sie zu dem Baum gebracht hatte, zu ihr zurückkehren? Vielleicht würde es sie zu Vincente zurückfliegen? Vielleicht wollte es sie aber auch einfach nur umbringen.

Sie betrachtete die Symmetrie des Baumes; er war ein wunderschönes Kunstwerk. Es würde Zeit brauchen, aber sie könnte ihn wie eine Leiter benutzen.

Sie atmete den Duft des Baumes ein. Sie erschauderte, als sie daran dachte, dass es ein Olivenbaum sein könnte, der einen toten Vogel fressen könnte. Ein Baum, der lebende Beute mit seinen Ästen aufspießen konnte. Sie beschloss, dass sie lieber zu Boden fallen und ihr Ende finden würde, als aufgespießt und gefressen zu werden.

Es war zu dunkel, um mit dem Herunterklettern zu beginnen. Grace war sich sicher, dass sie bei Tageslicht mehr Glück haben würde, obwohl sie die Ironie zu schätzen wusste, dass Einstein da war, um sie zu führen.

Sie lehnte sich in den Armen der Äste zurück und dachte an Vincente. Sie vermisste ihn. In der letzten Woche hatten sie jeden Tag zusammen verbracht und er war zu einem wichtigen Teil ihres Lebens geworden.

Sie ruhte ihre Augen aus, benutzte ihre Hände als Kopfkissen und dachte sich einen Plan aus: Einen, der eine wirklich große Axt beinhaltete.

KAPITEL 23

Als der neue Tag anbrach und die Sonne am Horizont auftauchte, saß Grace wie gebannt. Wie ein Engel auf der Spitze eines ziemlich riesigen Baumes, der keineswegs weihnachtlich aussah.

Sie war schon seit Stunden wach und hatte es satt, still zu sitzen und darauf zu warten, dass ihr eine glänzende Idee oder ein neuer Fluchtplan in den Sinn kam. Die ganze Nacht hindurch hatte sie telepathische Nachrichten an alle Mathematiker und Wissenschaftler geschickt, die über die Erde hinaus in eine andere Dimension gelangt waren. Sie forderte sie auf, ihr eine Idee zu schicken oder zu übermitteln, egal wo sie sich befanden, aber es kam nichts.

Niedergeschlagen stellte Grace fest, dass sie ganz allein war. Sie konnte sich auf niemanden verlassen, außer auf sich selbst.

Sie schaute nach unten, nach unten, nach unten. Sie wippte so weit sie konnte auf dem Ast, der bewiesen hatte, dass er ihr ganzes Gewicht halten konnte. Sie zog sich zurück.

Es war ein langer Weg nach unten, ein furchtbar langer Weg nach unten. In diesem Moment ging ihre Fantasie mit ihr durch. Sie stellte sich vor, wie Vincente mit einem Hubschrauber vorbeikam, um sie zu retten. Er kletterte auf einer großen Leiter in den Himmel hinunter, und gemeinsam stiegen sie wieder in die brummende Maschine. Sie küssten sich leidenschaftlich, und dann stiegen sie in den Himmel auf, wo sie bis ans Ende ihrer Tage glücklich leben konnten.

Grace ärgerte sich über sich selbst, dass sie sich solche kindischen Fantasien ausdachte. Vincente war nicht in der Lage, sie zu retten. Er hatte nicht mehr die Kontrolle! Das Ding, was auch immer es war, hielt ihn dort hinten im Bett fest, als wäre er ein Sexsklave.

Sie wurde immer wütender und fuchtelte mit den Fäusten in der Luft herum, was auch immer das bringen sollte. Niemand konnte sehen, wie sie ihre Fäuste schwang.

Doch irgendwo in ihrem Hinterkopf glaubte ein Teil von ihr immer noch, dass Vincente sie retten könnte und würde. Sie brauchte nur zu warten. Sie wusste, dass das idiotisch war, und sie wusste, dass nur sie die Kraft hatte, es zurück auf den Boden zu schaffen, und trotzdem konnte sie sich nicht genug motivieren, um den Abstieg zu beginnen.

Den ganzen Tag beobachtete sie, wie die Sonne mit den Schatten spielte und zwischen den Ästen hin und her tanzte. Die Blätter lachten, als ob sie gekitzelt würden, und sie verschwendete einen ganzen Tag damit, absolut nichts zu tun, um sich selbst zu helfen.

Die Sterne funkelten um sie herum, als sie in den Schlaf sank. In ihren Gedanken spielte ein Lied,

"Rock a bye Gracie, on the treetop,

Wenn der Wind bläst, wird die Wiege schaukeln,

Wenn der Zweig bricht, wird die Wiege fallen,

Und Gracie wird herunterfallen, mitsamt der Wiege."

Sie wachte mit einem Schreck auf und stellte fest, dass sie an den Rand des sicheren Platzes gerutscht war, an dem sie sich befand. Sie klammerte sich mit aller Kraft an den Stamm und schob sich wieder in Position, während die Blätter um sie herum den ganzen Baumklatsch zu flüstern schienen, den sie verpasst hatte.

Sie hatte gehofft, dass alles nur ein schlechter Traum war. Sie versuchte, sich einzureden, dass Vincente herbeireiten und sie retten würde.

KAPITEL 24

DIE ARME GRACE WEINTE, bis sie ganz weinerlich war. Sie stellte sich vor, wie es wäre, wenn sie ein Paar Flügel hätte. Sie könnte direkt aus dem Baum fliegen. Sie könnte sicher entkommen. Sie könnte Vincente retten, und gemeinsam könnten sie fliehen.

Als die Sonne sich wieder einmal bemerkbar machte, beschloss Grace, sofort zu klettern. Der Baum schien sich mit seinen schlaksigen Ästen der Sonne entgegenzustrecken, und einen Moment lang stellte Grace sich vor, dass er tatsächlich mit hölzernen Fingern nach ihr griff.

Die Aussicht von der Sitzstange, auf der sie saß, raubte ihr immer noch den Atem. Er reichte, so weit das Auge reichte. Alles war still. Nichts bewegte sich, außer mit Hilfe des Windes.

Grace fühlte sich warm und sicher, als sie sich im Licht der Sonne ausruhte. Fast so, wie sie sich vorstellte, dass es sich anfühlt, wenn man in den Mutterleib zurückkehrt. Sie hatte das Gefühl, eins mit der Welt zu sein: eins mit dem Universum. Und doch war sie so allein wie noch nie in ihrem Leben. Wie kann das sein?

Grace fühlte sich wie gelähmt von ihrem tiefen Wunsch, an eine Macht zu glauben, die größer ist als sie selbst, und auf einmal wusste sie auch warum. Bevor es Physik, Wissenschaft und Symmetrie gab, muss es das Bedürfnis nach einer Seele gegeben haben. Das Bedürfnis nach dem Überleben der Seele: eine einzige Seele. Eine.

Sie drückte ihre Knie tief in die Brust und ließ ihren Geist alle ihre Sinne übernehmen. Sie wusste ohne den Schatten eines Zweifels, dass sie noch einmal das Gras am Fuße dieses Baumes berühren würde, und sie wusste auch, dass sie von all dem weggehen würde.

Eine weitere Sache, die sie mit Sicherheit wusste, war, dass Vincente nur ein Junge war. Er hatte keine besonderen Kräfte oder Fähigkeiten, die man haben würde, wenn man unsterblich wäre. Er fühlte Schmerz. Er konnte verletzt werden. Und vor allem verstand Grace, dass Männer manchmal auf Hilfe angewiesen waren. Ja, sogar ein so sportlicher und starker Mann wie Vincente brauchte manchmal die Hilfe eines Mädchens.

Die Hilfe eines Mädchens, in einer Zeit wie dieser.

Die Hilfe eines Mädchens wie Grace Greenway.

*** *** ***

S IE STÜTZTE SICH AB. Sie ließ sich nach unten gleiten und prüfte, ob die Äste unter ihr ihr Gewicht halten konnten. Der Ast bog sich mit ihr und knarrte sogar ein wenig, aber er hielt stand.

Sie ließ sich noch ein bisschen weiter darauf fallen und merkte, wie fremd sich das Klettern auf einem Baum anfühlte. Sie war sich sicher, dass sie als kleines Mädchen nie von Natur aus eine Baumkletterin gewesen war. Notiz an mich selbst, dachte Grace, wenn du jemals eine Tochter hast, baue ihr unbedingt ein Baumhaus, wenn sie ein kleines Mädchen ist, damit sie lernen kann, wie man richtig klettert.

Grace stellte sich vor, eine professionelle Baumkletterin zu sein. Jemand, der schon viele Bäume hoch und runter geklettert war und dies mit Leichtigkeit tat. Ihr wurde klar, dass sie wahrscheinlich nicht so kletterte, wie ein professioneller Baumkletterer klettern würde. Nein, dachte sie, er oder sie würde den Baumstamm benutzen. Den dicken Teil des Baumes, der für Stabilität sorgt.

Und genau das tat sie auch. Sie kletterte weiter, Stück für Stück. Zentimeter für Zentimeter.

Sie war zentriert. Die Splitter steckten in ihrer Jeans und ihre Hände bluteten, weil sie ihr Gewicht auf der rauen Rinde halten musste.

Als sie zu müde war, um sich weiter nach unten zu bewegen, schlang sie ihre Arme und Beine um den Baumstamm und ruhte sich aus. Der Schmerz und das pochende Blut dröhnten in ihrem Gehirn, aber sie war zu müde, um zuzuhören, und so schlief sie.

✳✳✳

"L ASS EINFACH LOS", SAGTE eine Stimme, als sie immer wieder in den Schlaf fiel. "Es ist Zeit, Grace, dass du einfach loslässt."

Sie hielt sich fest, noch fester als zuvor. Sie drehte ihren Kopf und verdeckte die Stimme mit ihren Armen.

"Lass los, Grace", sagte sie.

Sie wurde immer müder, sich festzuhalten. Ihre Arme und Beine pulsierten. Sie vermied es, nach unten zu schauen.

Sie rutschte aus. Und sie stolperte.

Ein riesiger Splitter bohrte sich in ihre Hand und Blut floss heraus und tropfte den Baum hinunter.

Sie sah sich das Blut an und ging unbeirrt weiter nach unten.

***

A LS SIE WEITER NACH unten ging, wischte sie über das Blut, das von ihrer Kleidung aufgesaugt wurde. Sie hielt inne, um zu Atem zu kommen. Sie setzte sich wieder in Bewegung. Kaum war sie wieder auf ihrem triefend roten Abstieg, floss noch mehr Blut, das sich mit Hilfe der Schwerkraft seinen Weg nach unten bahnte.

Graces Blutstropfen schimmerten und tanzten im Sonnenlicht wie Saphire.

Sie konnte nicht mehr nach unten gehen. Sie sehnte sich nach der Sicherheit des Raumes über ihr, wo sie sich ausruhen konnte. Sie stellte fest, dass sie ein gutes Stück weitergekommen war, als sie den Baum hinunterging. Ja, es war noch ein weiter Weg nach unten, aber sie hatte neue Hoffnung in ihrem Herzen.

Sie würde es schaffen.

Sie breitete sich so weit wie möglich am Baumstamm aus. Sie stützte ihre Beine ab, indem sie sie um nahe gelegene Äste wickelte. Sie sah aus wie eine Brezel, aber sie hielt sich wacker und war stolz auf ihre Fortschritte.

Ihre Gedanken schweiften ab, und sie merkte, wie durstig und hungrig sie war. Sie hielt sich fest und versuchte, ihre Gedanken auf andere Dinge zu richten. Sie stellte sich Vincente vor, wie er aussah, wenn er zum ersten Mal aufwachte. Wie er immer mit den Fingern durch sein Haar fuhr. Wie sein Gesicht aufleuchtete, wenn er lächelte. Wie seine kobaltblauen Augen ihr tief in die Seele zu blicken schienen.

"Vincente!" rief sie, "Vincente!"

Sie war im Delirium - oder fast so weit -, als sie niemandem etwas zurief: "Wenn ich von diesem Baum herunterkomme, werde ich mich nur noch von Baumrinde ernähren - Lecker, lecker!" Sie lachte wie eine verrückte Frau.

Die ständige Sonneneinstrahlung hatte ihr Gehirn gebraten. Sie hielt sich fest und lachte hemmungslos, bis etwas Seltsames mit dem Baumstamm passierte: Er atmete.

Sie wollte loslassen. Sie bewegte sich auf einem schmalen Grat. Sicherlich war sie dabei, den Verstand zu verlieren. Sie dachte, dass sie die Handlungen des Baumes vielleicht falsch gedeutet hatte. Sie bewertete die Dinge neu und entschied, dass es eher ein Seufzen war. Der Baum hatte geseufzt.

Bäume, die anderen Bäumen dienen. Bäume, die Fleisch fressen.

Der Baum nieste.

Es war ein kurzer und schneller Nieser, nicht zu laut und nicht zu lang. Grace fragte sich, ob das Herz eines Baumes aufhörte zu schlagen, wenn er nieste. Sie zügelte sich und kam zu der Erkenntnis, dass Bäume keine Herzen haben.

Sie klammerte sich an den Baumstamm und wurde ohnmächtig.

✳✳✳

G RACE WAR SICH NICHT sicher, was passiert war, als sie aufwachte. Sie konnte spüren, wie der Baum pochte. Sie spürte sein Herz, das durch das dicke Holz schlug und schlug und schlug. Sie verstand, dass sie das Maul des Baumes finden musste, um zu verhindern, dass sie selbst zum Snack des Baumes wurde.

Sie stellte sich das Maul vor, in das der tote Vogel geworfen worden war. Es war ein außergewöhnlich großes Maul, wenn man bedenkt, wie groß der Baum im Vergleich zu diesem war. Das Maul musste ein Krater sein.

Dann hatte sie eine Idee. Ohne über die Folgen nachzudenken, zog sie einen großen Splitter aus dem Baum und stach ihn in ihren Oberarm. Das Blut floss am Stamm des Baumes entlang. Zuerst waren es nur ein paar einzelne Tropfen, aber schon bald schlossen sich die Tröpfchen zu einem großen Gerinnsel zusammen.

Sie beobachtete, wie er sich seinen Weg den Baum hinunter bahnte, und dann geschah das, was sie gehofft - und befürchtet - hatte.

Ein riesiges, schwarzes, zungenartiges Ding ragte aus einem klaffenden Loch heraus, und zwar mit der Beredsamkeit der Zunge eines Aspis. Es flackerte und drehte sich, während es Grace' Blut leckte und verschlang.

Als kein Blut mehr übrig war, streckte sich die Zunge suchend höher und höher am Stamm empor. Sie war immer noch hungrig.

Grace hielt sich mit all ihrer Kraft fest. Sie wollte jetzt nicht umfallen, nicht, solange es dort auf sie wartete.

Sie brauchte einen Plan B.

KAPITEL 25

SIE KLAMMERTE SICH MIT aller Kraft an den Baumstamm und lauschte, während ihr eigener Atem immer flacher wurde. Sie wollte unbedingt hinabsteigen. Um der Gefahr zu entkommen. Und sie brauchte dringend Erleichterung.

"Grace."

Diesmal schaute sie auf, als sie ihren Namen hörte.

Sag mir nicht, dachte sie, dass der Baum auch sprechen kann und dass er meinen Namen kennt. Sag mir das nicht!

Sie war dehydriert. Sie war hungrig und erschöpft. Obwohl sie etwas geschlafen hatte, war es nicht die Art von Schlaf, die sie brauchte.

"Du warst schon immer ein störrisches Kind", sagte die Stimme.

Es war die Stimme eines Mannes. Die Stimme des Mannes, der sie im Krankenhaus besucht hatte. Die Stimme des Mannes, der vor Jahren bei einem Autounfall gestorben war. Die Stimme ihres Vaters.

Sie war dabei, ihren Verstand zu verlieren. Dieses Mal gab es keinen Zweifel daran. Sie war definitiv dabei, den Verstand zu verlieren.

"Grace", flüsterte er.

Als sie seine Anwesenheit nicht bestätigte, flüsterte er ihren Namen, wieder und wieder. Oder vielleicht war es der Wind. War es nur der Wind, der ihren Namen rief?

"Lass einfach los", sagte ihr Vater. "Das ist nicht das Richtige für dich und diesen Jungen. Er ist auch nicht der Richtige für dich."

Der Hinweis auf Vincente erregte ihre Aufmerksamkeit.

Ihr Vater lachte. "Grace, hör mir zu. Du und Vincente seid nicht füreinander bestimmt. Er ist auf einem anderen Weg. Lass einfach los. Lass das Hier und Jetzt los."

"Sprich nicht über Vincente. Du kennst ihn doch gar nicht."

"Grace, ich kann dir nicht sagen, was ich weiß oder woher ich es weiß, aber es muss bezahlt werden, und der Preis ist zu hoch für dich. Hinzu kommt, dass du manipuliert wurdest, um die Vergangenheit zu bereinigen."

"Was?"

"Ich kann dir nicht alles sagen, was ich weiß. Du wirst es zu gegebener Zeit herausfinden, aber ich rate dir, jetzt aufzugeben. Sag jetzt, dass es dir leid tut. Dann lass los. Du bist nur ein Kind, ein Unschuldiger. Die Vergangenheit kannst du nicht auslöschen. Die Wiedergutmachung liegt nicht in deiner Hand."

"Ich verstehe das nicht."

"Das wirst du, und dann wird es zu spät sein. Bitte lass los. Lass es jetzt geschehen. Das ist der einzige Weg, dich von deinem Schicksal zu befreien."

Sie klammerte sich noch fester an den Baumstamm. Es machte keinen Sinn.

"Lass einfach los", flüsterte er.

Sie hielt sich immer noch fest. Sie gab alles, was sie hatte. Sie konnte seine zwanghaften, manipulativen Worte nicht mehr ertragen.

Sie nahm all ihre Kraft zusammen und begann, langsam wieder nach unten zu gehen, Zentimeter für Zentimeter. Ihr Überlebensinstinkt setzte ein und sie wehrte sich.

"Grace, hast du mir nicht zugehört? Du bist ein dummes, dummes Mädchen!"

In Grace' Kopf explodierte etwas und sie sagte ihm im Geiste, er solle die Klappe halten. Die ganze Zeit über sammelte sie ihre Kräfte und bewegte sich weiter und weiter am Baumstamm entlang.

Sie hatte keine Angst mehr. Sie war nicht schwach. Und sie würde nicht kampflos untergehen.

Ohne auf ihren hinterhältigen Vater zu achten, schmiedete Grace einen Plan in ihrem Kopf. Sie zog ihre gesamten Unterarme an den rasiermesserartigen Ästen entlang, öffnete eine Wunde nach der anderen und ließ das Blut entweichen.

Das herabfließende Blut bildete einen großen Klumpen, von dem sie wusste, dass er das hungrige Maul wieder aufwecken würde. Sie schwebte genau über der Stelle, an der sie ihn zuvor gesehen hatte, und überlegte, was sie tun konnte. Es war riskant, aber es würde zwei Probleme auf einmal lösen. Sie hatte keine andere Wahl.

Als sich die salzigen Tropfen der geschwärzten Zunge näherten, leckte sie sie gierig auf. Und dann begann sie, nach oben nach mehr zu suchen. Es war eine sehr gefräßige Zunge, gierig nach Grace' Blut.

Sie ließ eine neue Gruppe von Tropfen aus der Wunde fließen, beobachtete und wartete auf den perfekten Moment, in dem die Zunge in Erwartung eines weiteren Tropfens positioniert war - und dann wollte sie eine Bombe auf sie herabschicken.

Ihr Vater schimpfte immer noch mit ihr. Grace ignorierte ihn weiterhin. "Er mag dein Blut, Grace", flüsterte eine Stimme weit über ihr.

Es war nicht ihr Vater. Es war die Stimme eines kleinen Mädchens.

Grace schaute nach oben und erkannte das Mädchen. Sie war diejenige, die neulich mitten auf der Straße gestanden hatte. Grace war mit dem Auto ausgewichen, um ihr auszuweichen. Sie saß sicher in dem Astnest, von dem aus Grace diese Reise begonnen hatte, und wickelte das rote Band an ihrem weißen Nachthemd um ihre Finger.

Grace blinzelte, damit das kleine Mädchen wieder verschwindet, aber dieses Mal blieb sie.

"Hilf mir, Grace", sagte sie.

"Wer bist du? Wie heißt du?"

Sie lachte. "Du kennst mich, Grace. Erinnerst du dich nicht?"

Grace schüttelte den Kopf. Sie versuchte, eine Erinnerung zu finden.

Dann sprach das kleine Mädchen ganz leise. "Ich bin die Sehne."

Grace empfand sofort Bedauern und Traurigkeit und irgendwie auch Liebe für das Kind.

Das kleine Mädchen wippte am Rand des Astes wie eine Marionette und sang,

"Ich bin die Frau, die zieht,

Ich bin der Schrei;

Ich bin die geheime Stimme,

ich bin der Seufzer;

Ich bin das, was gehört wird

Tief in der Dämmerung;

Die Vögel antworten mit einem Ton,

Die Blumen im Moschus;

Ich bin die traurige Pflanze,

Die ruft, wo sie ruft

Ein einsamer Vogel, der durch

Düsteren Wasserfällen;

Ich bin die Frau, die schöpft,

Geh nicht an mir vorbei;

Ich bin die geheime Stimme,

Hört meinen Schrei;

Ich bin die Kraft, die die Nacht

in die Ferne vertreibt;

Ich bin die Wurzel des Lebens;

Ich bin der Akkord." *

Grace, die von der süßen Stimme des kleinen Mädchens und der Schönheit ihres Tons fasziniert war, reichte ihr die Hand.

Das kleine Mädchen beendete das Lied. "Vergiss nicht, Grace, manches wird gegeben, manches wird genommen. Erinnere dich." Das kleine Mädchen sprang vom Ende des Astes.

Der Schrei von Grace war das einzige Geräusch, das zu hören war.

Außer dem Flügelschlag, als sich das kleine Mädchen in einen Raben verwandelte und davonflog.

KAPITEL 26

Unfähig, Fakten von Fiktion zu unterscheiden, fand Grace Trost im Schlaf. Bis sie aufwachte, dann kam alles zurück.

Sie konnte sich kaum noch am Baum festhalten und war in ihrem Zustand.

Auf der rechten Seite baumelte etwas Kleines, Grünes und schwankte. Es war eine Olive, die fast zum Greifen nah war.

Sie brauchte nur ihr Gewicht zu verlagern und sich ein wenig zu bewegen, dann konnte sie danach greifen wie die Gummifrau im Zirkus. Ihr Magen grummelte. Sie brauchte dringend etwas zu essen.

Als sie sich darauf zubewegte, hielt sie für einen Moment inne. Irgendetwas tief in ihrem Bauch fühlte sich verdächtig an. War es plötzlich aufgetaucht, oder hatte sie es vorher nicht bemerkt? Wie absurd! Es war zu viel für sie, um es zu verarbeiten. Wieder einmal fragte sich Grace, ob sie ihren Verstand verlor.

Meiner, dachte sie.

Sie drängte sich immer weiter vor, ohne ihre Sicherheit zu gefährden, bis die Olive zum Greifen nah war.

Sie zog daran.

Sie gab fast nach, und dann begann der Baum zu wackeln, als ob er einen Anfall hätte. Sie schaute direkt unter sich und bemerkte einen stacheligen Ast, der direkt auf sie gerichtet war. Wenn sie jetzt herunterfiel, würde sie auf dem Ast aufgespießt werden, genau wie der arme Rabe.

Grace kämpfte darum, sich festzuhalten. Sie klammerte sich mit aller Kraft, die sie in ihren Armen und Beinen aufbringen konnte, an den zuckenden Baum. Sie war jetzt auf dem Baum gespreizt.

Plötzlich verwandelten sich die Zuckungen in etwas anderes. Der Baum hatte einen Anfall. Er befand sich inmitten einer riesigen Wut. Oder hatte er Schmerzen? Grace kannte Schmerzen. Sie erinnerte sich daran, wie sie dadurch die Kontrolle über alles verlor, sogar über ihre eigene Menschlichkeit.

Der Baum beruhigte sich kurz und begann dann noch heftiger zu zucken.

Grace dachte über die fünf Sinne nach. Sie fragte sich: "Wenn dieser Baum einen Mund zum Essen und eine Zunge zum Schmecken hatte, welche anderen menschlichen Eigenschaften besaß er dann? Hatte er ein schlagendes Herz? Konnte er fühlen?

Sie neigte ihren Kopf nach vorne, atmete tief ein und ließ ihn am Stamm des Baumes aus. Es schien zu helfen, wenn auch nur für einen Moment.

Sie versuchte etwas anderes. Sie streichelte den Ast, der ihr am nächsten war. Der Ast, an dem die Olive hing. Während sie den Zweig streichelte, dachte sie daran, wie dankbar sie war, am Leben zu sein.

Und da wusste Grace, dass der Baum ihre Aufmerksamkeit davon abgewendet hatte, seine Frucht, sein Kind, zu pflücken. Das war das Einzige, wofür er lebte.

Es war also doch kein Königsbaum. Der König hatte seine Türme geschickt, um diesen Baum, die Königin, zu retten. Sie war die Hoffnung. Sie war die Zukunft.

Und nun lag auch sie im Sterben.

Grace ging vorsichtig nach unten, ohne sich weiter für die Olive zu interessieren. "Es tut mir so leid", sagte Grace hörbar. "Es tut mir so leid."

Die Tränen kullerten ihr die Wangen hinunter und fielen auf die wartenden Äste unter ihr. Und bald drehte sich der Ast nach unten und stellte keine Bedrohung mehr für sie dar. Dann war alles still. Alles war friedlich. Und Grace war sich sicher, dass sie sehr bald wieder mit Vincente zusammen sein würde.

Grace kehrte zum Baumstamm zurück und ruhte sich aus. Sie war erschöpft, fühlte sich unwohl und war hungriger als je zuvor, aber sie bereute es nicht.

Der Baum begann zu husten. Dann begann der Baum zu stottern. Grace begann, nach unten zu fallen. Es war, als ob ihre Finger in Butter getaucht worden wären. Sie konnte sich nicht mehr festhalten.

Sie schaute hinauf in die Nachtsterne, in Einsteins mürrisches Gesicht, und sie war einverstanden mit dem, was passieren würde. Sie hatte sich damit abgefunden, denn sie hatte alles getan, was sie hätte tun können, um ihr Überleben zu sichern.

Sie rutschte ein Stückchen näher an den Boden heran.

Sie bemerkte, dass sich die Äste um sie herum drehten. Sie wirbelten. Die Zweige, die früher in den Himmel zeigten, neigten sich jetzt nach unten und gestikulierten in ihre Richtung.

Sie ließ sich weiter nach unten fallen, wohl wissend, dass auch der Baum im Sterben lag.

Während er sich in sporadischen Zuckungen krümmte, rutschte Grace und rutschte und rutschte und beobachtete dabei den endlosen Himmel und die wirbelnden Wolken über ihr, die unbekümmert weiterzogen.

Die nervendünnen Äste stöhnten und schmerzten nach dem Ende.

Schon bald ging die Sonne am Horizont auf und verbreitete ihre Strahlen in Richtung des sich windenden Baumes und erfüllte ihn mit einem zarten, harmonischen Licht, bis die Äste erwärmt und ruhig waren.

Als das Sonnenlicht den Baum küsste, vielleicht zum letzten Mal, bogen und krümmten sich die Äste und bildeten eine Treppe. Eine Treppe, die Grace zurück auf den Boden führen würde.

Sie löste ihre klammen Hände vom Stamm des Baumes und trat vorsichtig auf die erste Stufe. Sie hielt ihr Gewicht problemlos aus. Sie ging schnell eine Stufe nach der anderen hinunter und hielt sich dabei am Baumstamm fest, wenn es nötig war.

Unterhalb von ihr konnte sie das Gras sehen. Sie war fast am Ziel. Es war ein Wettlauf mit den Sonnenstrahlen: Würde Grace ankommen, bevor sie den Boden berührten? Wer würde zuerst landen?

Als Grace herunterkam, küssten sie und das Sonnenlicht gleichzeitig den Boden. Sie lachte, als das Gras an ihren Füßen kitzelte, und sie genoss den erdigen, moschusartigen Geruch.

Sie stellte sich unter den riesigen Baum und zeigte zum Himmel.

Am Anfang war sie ein unwillkommener Gast in diesem Baum gewesen, und jetzt war es, als würde sie einen lang vermissten Freund verlassen. Seine Äste waren gebogen und verdreht, und sein Rückgrat deutete darauf hin, dass er nicht mehr lange stehen würde.

Es gab ein lautes Knarren und dann einen erschütternden Knall, als die Treppe ins Rutschen geriet. Sie schlug auf dem Boden auf und hüpfte wie ein Kind auf einem Trampolin, gefolgt von einem hölzernen Hagel, dessen Splitter wie Schrapnells überall hin spritzten.

Grace stand still, zu verängstigt, um sich zu bewegen, während die Königin zu ihren Füßen in die letzte Ruhestätte fiel.

Eine kleine Sache war noch in Bewegung. Sie stieg hinab.

Sie fing die Olive in ihrer Hand auf, steckte sie in ihre Tasche und ging zu Vince.

***

ALS SIE SICH AUF den Weg nach Hause machte, fühlte sie sich orientierungslos und erschöpft, aber glücklich, dass sie noch am Leben war.

Es dauerte nicht lange, bis sie merkte, dass sie gar nicht mehr weit von ihrem Haus entfernt war. Als sie ihr Zuhause in Sichtweite hatte, brach sie in Tränen aus. Sie konnte nicht mehr aufhören, als sie die Haustür aufriss und sich auf den Weg nach oben machte, indem sie auf das kletterte, was von der kaputten Treppe übrig geblieben war. Oben angekommen, schnüffelte sie und stellte fest, dass sie schlecht roch. Sie duschte schnell, zog sich um und reinigte ihre Wunden.

Dann riss sie die Schlafzimmertür auf (sie war nicht mehr verschlossen) und sah, dass Vincente immer noch ans Bett gefesselt war. Er befand sich in genau derselben Position, in der sie ihn zurückgelassen hatte. Zuerst befürchtete sie, er sei tot.

Als sie ihren Kopf an seine Brust lehnte, konnte sie seinen Atem in ihrem Nacken spüren. Sie konnte sein Herz klopfen hören.

Sie küsste seine Augen, seine Wangen, seine Stirn und seinen Mund. Sie weckte ihren hübschen Prinzen auf. Sie holte ihn zurück in die wache Welt. Tränen kullerten über ihre Wangen.

Vincente öffnete seine Augen. "Träume ich?"

Grace antwortete nicht. Sie küsste ihn einfach auf seine süßen Lippen, immer wieder. Dann kletterte sie zu ihm ins Bett, legte ihre Arme um seinen Hals und schlief ein.

KAPITEL 27

Noch immer an den Baumstamm gekuschelt, wachte Grace auf. Es war stockdunkel. Aus Angst, sich zu bewegen, klammerte sie sich noch fester an den Baum. Dann spürte sie heißen Atem auf ihrer Stirn. Sie wich zurück. Sie schlug um sich.

Der Baumstamm bewegte sich.

Sie hörte seinen Herzschlag.

"Daran könnte ich mich gewöhnen."

Grace schrie auf.

"Geht es dir gut, Grace? Wach auf!" sagte Vincente.

Sie zog sich zurück und schaute direkt in sein bärtiges Gesicht. Obwohl es dunkel war, konnte sie sehen, dass sie bei Vincente war. Sie war wieder zu Hause, und sie waren wieder zusammen.

Sie hatte einen Traum im Traum - aber das war die Realität. Sie umarmte ihn ganz fest.

"Ich muss ganz schön fertig aussehen", sagte Vincente.

"Für mich siehst du wunderschön aus."

"Ah, das sagst du wahrscheinlich zu allen Typen, die du ans Bett gefesselt findest."

"Ja, ich sage ihnen immer, dass sie sehr schön sind, damit sie mich mit ihnen machen lassen." Sie lachte.

"Wir müssen reden, über das, was hier passiert ist und darüber, was passiert ist, als du... weg warst."

"Darüber möchte ich jetzt nicht reden, Vincente. Vielleicht will ich auch nie wieder darüber reden."

"Das liegt an dir, Grace, aber ich hoffe, dass du es mir eines Tages erzählen kannst."

"Es war furchtbar und großartig zugleich."

"Wenn du mich losbindest, kann ich vielleicht duschen und mich umziehen. Dann können wir das nachholen."

Sie fand eine Schere in der Küche und schnitt Vincente los. An den Stellen, an denen die Seile ihn gefesselt hatten, war getrocknetes Blut zu sehen, aber die Schnitte schienen zu heilen.

Sie half ihm auf, als er frei war, aber seine Beine spreizten sich unter ihm.

"Ich hab's", sagte Vincente, als er langsam aus dem Zimmer ging. Sie folgte ihm, öffnete die Badezimmertür und begann dann, durch den Schutt zu klettern, um wieder ins Erdgeschoss zu gelangen.

"Meine Mutter hat alle Klamotten meines Bruders aufbewahrt. Schau mal, ob du etwas findest, das dir passt." Vincente nickte und schloss dann die Badezimmertür hinter sich. Sie hörte, wie die Dusche ansprang und machte sich bereit, Frühstück zu machen.

In der Küche beschloss Grace, ein Picknick vorzubereiten. Sie wählte den Platz im Garten. Dann kochte sie eine Kanne Kaffee und schnappte sich ein paar Tassen und Zucker. Sie steckte etwas

Brot aus dem Gefrierschrank in den Toaster und holte Marmelade, Vegemite, Erdbeermarmelade und Butter aus dem Kühlschrank. Dann rührte sie ein paar Eier um und trug alles nach draußen.

Es war ein Picknick, aber was noch fehlte, waren Servietten und eine Tischdecke. Sie durchsuchte die Schubladen und fand beides. Sie richtete alles so her, dass es schön aussah und stellte sogar eine Vase mit Trockenblumen in die Mitte des Tisches.

Als sie Bewegung in der Küche sah, rief sie Vincente zu: "Ich bin hier draußen!" Und als er herauskam, rief sie: "Überraschung!"

Sie aßen zunächst schweigend zusammen.

Vincente schaute zu Grace hinüber und zum ersten Mal sah er sie in einem ganz anderen Licht. Bis vor kurzem hatte er sie nur aus der Ferne gesehen, obwohl sie direkt neben ihm gestanden hatte. Vielleicht, weil er vorher blind für sie gewesen war. Seitdem hatte sie Stärke und Mut bewiesen und eine Leidenschaft für das Leben, die er nie zuvor gekannt hatte. Sie küsste tief, als ob sie mit dem Herzen küsste, und er wusste - und hatte es immer gewusst - dass sie ihn liebte. Trotzdem hatte er nicht geglaubt, dass er dasselbe empfindet. Bis jetzt.

"Ich wusste gar nicht, dass Kaffee so gut schmecken kann", sagte Vincente und versuchte, seinen Gedankengang zu ändern. Aber seine tiefen Gefühle verrieten sich, und er beugte sich über die Decke und küsste Grace sanft auf die Lippen.

Ihr Körper gab sich ihm hin, und gemeinsam küssten sie sich tief und unbeugsam. Vincente strich Grace die Haare aus dem Gesicht und hielt sie fest an sich gedrückt. Er hörte, wie ihr Herz im Gleichschritt mit seinem schlug, und er war von einer Liebe überwältigt, die er noch nie zuvor gespürt hatte.

Vincente schaute ihr in die Augen, während er sprach. "Als du weg warst..."

Sie versuchte, ihn zu unterbrechen, weil sie etwas sagen wollte. Er wusste, was sie dachte, dass sie nicht darüber reden wollte, was passiert war, als sie getrennt waren, aber das war nicht sein Ziel.

Er legte seinen Zeigefinger auf ihre Lippen und befahl ihr: "Schhhh". Er musste es ihr jetzt sagen, bevor er die Nerven verlor. "Als du weg warst, sind mir ein paar Dinge klar geworden, vor allem, dass ich in dich verliebt bin."

Sie schnappte nach Luft. Es war unkontrollierbar.

Er winkte ihr zu, wieder zu schweigen.

"Vor nicht allzu langer Zeit habe ich dich mit einem Cricket-Ball am Kopf getroffen und du wurdest ohnmächtig. Ich habe mir Sorgen um dich gemacht, aber für den Bruchteil einer Sekunde dachte ich: 'Wer hilft mir jetzt bei meinen Mathe-Hausaufgaben?' Ich war egoistisch, ich weiß. Ganz und gar."

Wieder wollte sie ihn unterbrechen. "Dann habe ich dich beobachtet, das dumme kleine Mädchen, das mich immer so seltsam ansah und mir manchmal mit den Augen folgte. Das offensichtlich in mich vernarrt war..."

Bei dieser Bemerkung verzog sie das Gesicht und fühlte sich peinlich berührt. Sie fragte sich, warum er nicht einfach bei "Ich bin in dich verliebt" stehen geblieben war. Das wäre so perfekt gewesen.

Er fuhr fort: "Du hast mir in Mathe geholfen. Du warst der Schlüssel dazu, dass ich in der Mannschaft bleiben konnte, aber ich war dir nicht dankbar. Nicht wirklich. Ich hatte das Gefühl, dass du es mir irgendwie schuldig bist. Ich hatte das Gefühl, dass jeder mir etwas schuldig ist. Damals war ich anders. Aber ich habe mich verändert. Du hast mich verändert. Wenn ich jetzt in den Spiegel schaue, sehe ich einen Mann, der alles für dich tun würde. Einen Mann, der mit dir zusammen sein will, und ich meine nicht nur heute oder morgen, sondern immer und für immer. Du denkst vielleicht, dass ich nicht dein Typ bin, und du denkst vielleicht, dass du nicht gut genug für mich bist, aber ganz ehrlich, ich bin nicht gut genug für dich! In der Vergangenheit habe ich einfach das gemacht, was von mir erwartet wurde, ohne es zu hinterfragen. Ich habe mich mit dem Mädchen verabredet, von dem erwartet wurde, dass es mit mir ausgeht. Ich war der stereotype Sportler, und ich bin nicht stolz darauf, das zu sagen. Du, Grace, hast mich dazu gebracht, über das Morgen nachzudenken, unser Morgen, unsere Zukunft, und ich kann es kaum erwarten, alles mit dir z u teilen."

Grace spürte, wie ihr die Tränen über das Gesicht liefen. Sie hatte jahrelang darauf gewartet, dass Vincente diese Worte zu ihr sagte, und jetzt, wo sie sie hörte, zweifelte sie an ihm und sagte: "Aber Vincente, vielleicht fühlst du nur so, weil wir die einzigen beiden Menschen sind, die noch übrig sind? Weißt du, als wären wir auf einer einsamen Insel gefangen, und selbst das schlichteste Mädchen sieht nach einer Weile gut aus."

Ihre Antwort auf seine Liebeserklärung war wie ein Schlag ins Gesicht. Sie wünschte sich, die Worte zurückzunehmen, aber es war zu spät. Der Schaden war bereits angerichtet.

"Sieh mal, Grace, ich weiß, dass du Angst hast, und jetzt stößt du mich weg. Ich habe auch Angst, also versuch nicht, mich mit diesem 'einfachsten Mädchen' von dir wegzustoßen. Das entwertet alles, was ich gerade zu dir gesagt habe, und egal, was du sagst und tust, ich werde dich immer lieben. Ich liebe dich, Grace."

"Ich liebe dich auch, Vincente."

Sie fielen sich in die Arme, und dieses Mal waren die Küsse feurig. Sie tranken einander ein, wie zwei Alkoholiker, die seit Monaten keinen Alkohol mehr getrunken hatten. Ihre Leidenschaft erfüllte die Luft.

Vincente zog sich zuerst zurück. Er hatte keine andere Wahl, er musste sich zurückziehen, sonst würden sie zu weit und zu schnell gehen.

"Wo hast du gelernt, so zu küssen?", fragte er, während er ihren Rücken streichelte und das Brennen ihrer heißen Haut an seinen Fingern spürte.

Grace zuckte mit den Schultern. Sie reagierte nur auf sein Feuer. Sie versuchten, zum Essen zurückzukehren, aber der Geschmack auf ihren Lippen, der Geschmack des anderen, ließ alles andere im Vergleich dazu fade erscheinen.

Als es Nacht wurde, legten sie sich auf die Decke und beobachteten die Sterne, die über ihnen funkelten, hielten sich an den Händen und küssten sich. Es war eine perfekte Welt, eine Welt, die nur für zwei gemacht war.

✳✳✳

Grace sah Vincente an, der neben ihr schlief. Ihre Beine waren ineinander verschlungen und sie konnte sich nicht befreien, ohne ihn aufzuwecken. Sie wusste, dass sie schlechten Atem haben musste, aber sie konnte nichts dagegen tun, also sah sie ihm einfach beim Schlafen zu. Seine Brust hob und senkte sich, und er war friedlich. Er sah zufrieden aus.

Sie fühlte sich euphorisch. Niemals in ihren kühnsten Träumen hätte sie sich vorgestellt, dass die Dinge so laufen würden, wie sie es taten. Vincente Marino war in sie verliebt, und sie war in ihn verliebt.

Vincente wachte auf und gähnte. Sein Atem berührte Grace. Er war süß, und sie hoffte, dass ihrer auch süß war, denn sie wusste, dass sie nach ihm schmeckte.

"Wie lange bist du schon wach?" fragte Vincente.

"Nicht lange. Es war eine wunderschöne Nacht, und jetzt haben wir einen tollen Tag vor uns. Was sollen wir tun?"

"Zuerst sollten wir über uns reden", begann Vincente. "Darüber, wo wir hinwollen und wie schnell. Gestern Abend wollte ich dich unbedingt, aber ich war mir nicht sicher, wie schnell du gehen willst. Ich habe viel über uns nachgedacht, während du weg warst. Ich habe mich danach gesehnt, dich zu halten. Das hat mich aufrecht gehalten, ehrlich gesagt. Von uns zu träumen, uns zu verbinden."

"Ich denke, wir sollten es langsam angehen."

"Ich bin dafür, solange du mir versprichst, es mir zu sagen, wenn du bereit bist."

"Wenn ich so weit bin, erfährst du es als Erste!" sagte Grace lächelnd, und sie umarmten und küssten sich innig.

Sie räumten das Picknick auf und gingen nach drinnen.

"Ich denke, wir sollten heute weiterziehen", sagte Vincente. "Ja, ich glaube, wir brauchen einen Neuanfang. Aber wo?"

"An einem besonderen Ort, und ich glaube, ich weiß auch schon, wo."

"Wo? Sag es mir!"

"Nein, du musst warten, bis wir dort sind. In der Zwischenzeit werde ich ein paar Sachen packen. Es sei denn, du hast Lust, du weißt schon..." Er lächelte, als sein Blick die Treppe hinaufschweifte.

Sie ging auf ihn zu, legte ihre Hände auf seine Schultern und sah ihm direkt in die Augen. "Damit eines klar ist, Vincente Marino, ich bin bereit, willig und fähig. Aber ich will nicht, dass es hier und jetzt passiert. Nicht an diesem Ort. Aber eines Tages, bald."

Er küsste sie und machte sich auf den Weg durch die Trümmer in das obere Stockwerk des Hauses. Er drehte sich zu ihr um und sagte: "Wenn du packst, sieh zu, dass du eine große Axt findest, nur für den Fall, dass wir noch mehr verrückte Bäume treffen."

"Mach ich."

"Mach ich."

KAPITEL 28

"WANN HAST DU ZUM ersten Mal gewusst, dass du mich liebst?" fragte Vincente, als sie die Parramatta Road in Richtung des Sydney Central Business District entlangfuhren.

"Ich habe dich geliebt, als ich dich das erste Mal gesehen habe", gab sie zu.

"Aber es war keine echte Liebe, oder? Es war eine Schwärmerei. Eine Verliebtheit. Ich meine, wann wusstest du, dass du mich wirklich liebst, als einen Menschen? Als einen echten Menschen?"

Er konnte sich nicht vorstellen, dass Liebe auf den ersten Blick echt sein kann. Er hatte sie nie gespürt. Er kannte niemanden, der nicht in einem Film oder in einem Theaterstück zum Ausdruck gebracht hatte, dass Liebe augenblicklich sein kann.

Sie legte ihre Hand auf seine, die auf dem Getriebe ruhte.

Er schaute sie seltsam an. Sie schien sich unwohl zu fühlen, aber sie hatte einen schönen weißen, fast elfenbeinfarbenen Hals.

"Es gibt keinen anderen für mich, Vincente. Es hat nie eine gegeben. Mein Herz ist so voll von dir; es könnte nie jemand anderes darin sein. Ich bete dich an."

Er hielt den Wagen an und näherte sich ihrem nackten weißen Hals. Seine Zähne waren kühl, als sie sie berührten, und dann begannen sie zu brennen. Ihr Herz schlug so schnell, dass sie dachte, es würde ihr aus der Brust springen, und sie fühlte sich heiß, weil sie das Gefühl hatte, ihn zu verschlingen.

Nach ein paar Augenblicken erholten sie sich wieder und fuhren los. Die Straßen waren voll mit ausgebrannten Fahrzeugen, bis auf einen Land Rover. Vincente hielt daneben an und die beiden sahen ihn sich genauer an. Er war fast neuwertig, hatte weiße Ledersitze und bot hinten viel Platz für ihre Waffen und Vorräte.

Vincente drehte den Schlüssel im Zündschloss und er sprang sofort an. "Ich glaube, das ist besser als unser Fahrzeug, viel geräumiger und zuverlässiger, und wir sollten es... nehmen."

Grace gefiel der Gedanke nicht, ein Fahrzeug zu stehlen, aber es machte Sinn, etwas Größeres und Besseres für ihre Bedürfnisse zu kaufen. "Ich frage mich, warum dieses hier nicht ausgebrannt ist wie die anderen?", fragte sie. Vincente zuckte mit den Schultern und die beiden begannen, ihre Sachen aus dem anderen Auto zu holen und in den Land Rover zu packen.

Es war noch etwas Benzin übrig, aber nicht viel. Vincente hielt an der nächsten Tankstelle an, um zu tanken.

Grace ging mit Vincente hinein, und sie nahmen eine Kiste Wasser und ein paar andere Kleinigkeiten mit.

"Wohin gehen wir?" fragte Grace erneut, als sie sich auf den Weg über die Sydney Harbour Bridge machten.

Vincente grinste. Er war so zufrieden mit sich selbst. Grace war sehr neugierig und aufgeregt.

Vincente wechselte das Thema. "Wir hatten Glück, dass wir dieses Fahrzeug gefunden haben. Es ist in einem wirklich guten Zustand und sollte uns überall hinbringen, wo wir hinwollen."

"Wir haben noch mehr Glück, dass du deinen Führerschein hast."

"Eigentlich habe ich keinen", sagte Vincente und sah zu Grace hinüber. "Aber wer soll mich denn aufhalten?"

Grace dachte über ihre Situation nach. Es fiel ihr schwer zu glauben, dass es nicht noch andere Menschen irgendwo da draußen im Land oder in einem anderen Teil der Welt gab. Sie konnte nicht glauben, dass sie wirklich die einzigen beiden Menschen auf der Erde waren.

"Glaubst du nicht, dass es irgendwo da draußen noch andere Menschen geben muss?" fragte Grace.

"Ich glaube, wir sind es", sagte Vincente.

"Aber wenn es noch andere gibt?"

"Dann werden wir sie finden, oder sie werden uns finden. In der Zwischenzeit sollten wir uns keine Sorgen machen, okay? Wir sind fast da", sagte er, als sie um die Ecke bogen und auf eine Straße abbogen, die parallel zum Strand verlief. Die Landschaft war atemberaubend. Grace sehnte sich danach, aus dem Auto auszusteigen und mit ihren nackten Füßen über den weißen Sand zu laufen.

Vincente hielt direkt vor dem Manly Hotel am Wasser an. Wie kleine Kinder konnten die beiden es kaum erwarten, ihre Schuhe auszuziehen und durch den heißen weißen Sand zu laufen. Er küsste ihre Füße und wirbelte auf wie Zucker am Boden einer

Kaffeetasse, und als ihre Füße das kalte Wasser berührten, zitterten sie und lachten.

"Glaubst du, es ist sicher?" fragte Grace.

"Sicher? Vor?"

"Du weißt schon, vor Haien und Quallen."

"Wir haben seit Tagen kein Lebewesen mehr gesehen, keine Ameisen oder Spinnen, keine Mücken, nicht einen einzigen Vogel... Und du machst dir Sorgen wegen Haien und Quallen?"

"Ja, nun, die Bäume waren hungrig, also wer weiß, ob die..."

Vincente küsste ihre Sorgen weg. Gemeinsam spielten sie im Wasser wie zwei Kinder, planschten und jagten sich gegenseitig, bis sie Seite an Seite im Sand einschliefen.

$$* * *$$

AM MORGEN WACHTEN GRACE und Vincente mit Sand bedeckt und sehr, sehr hungrig auf.

"Ich bin bereit", sagte sie, stürzte sich auf ihn, küsste ihn kräftig auf die Lippen und drückte ihn zurück in den Abdruck, den sie im Sand hinterlassen hatten.

"Ich... denke, es ist zu früh", sagte er, schob sie sanft zur Seite, stand auf und schüttelte den Sand aus seiner Kleidung.

Sie stürzte sich wieder auf ihn. "Ich dachte, du hast gesagt, ich soll dir sagen, wann ich bereit bin. Ich bin bereit, so sehr bereit", sagte sie, während sie nach den Knöpfen seines Hemdes tastete.

Er wich zurück. Er lächelte sie an. Grace stürzte sich wieder auf ihn. Er wich zurück.

"Du bist so ein Quälgeist", rief sie frustriert, als er sich umdrehte und in die entgegengesetzte Richtung lief. "Feigling!", rief sie und folgte ihm. Sie keuchte. Ihr Herz raste. Sie wünschte sich nichts sehnlicher, als ihm die Kleider vom Leib zu reißen, es mit ihm zu treiben und seinen Körper an ihrem zu spüren. Mit ihm eins zu werden.

"Wenn der richtige Zeitpunkt gekommen ist, werden wir es beide wissen", sagte Vincente, als er den Kofferraum öffnete und die Wasserflaschen herausholte. Er betrat die Hotellobby, und Grace folgte ihm. Sie hatte keine andere Wahl, als ihm zu folgen, in den Aufzug, den Korridor entlang und in das riesige Penthouse.

Drinnen angekommen, zog Vincente die Vorhänge ganz zurück. Von ihrem Aussichtspunkt aus konnte er über alles nachdenken, was sich seit seinem letzten Besuch in Manly mit seiner Mutter und seinem Vater verändert hatte. Es hatte sich so viel verändert.

Früher gab es Menschenmassen, die an der Promenade entlang spazierten, lachten und Spaß hatten. Es gab Boote, deren Segel im Wind wehten, wie Flecken am Horizont. Es wurde gelacht und getrunken. Kinder schwammen, spielten und bauten Sandburgen. Es gab Surfer, viele von ihnen, die die großen Wellen erwischten.

Es gab Delfine und Vögel, vor allem Möwen, die herumflatterten, aus dem Wasser sprangen, fütterten und schrien.

Ganz zu schweigen von Grillpartys, Cafés und Restaurants, in denen Menschen speisten, tranken, tanzten, sich unterhielten und sich verliebten. Damals war alles so anders, so lebendig und so auffallend geschäftig gewesen. Vincente erinnerte sich an die langen Wartezeiten in einigen der besten Restaurants von Manly. Jetzt hatten er und Grace den ganzen Ort für sich allein.

Er erzählte Grace von Manly und davon, wie seine Familie ein Haus am Strand gemietet hatte. Sie hatten die Walbeobachtung aus erster Hand erlebt. Wie die Wale mit ihren Schwänzen winkten. Diese Pracht. Eine solche Kraft.

Er erzählte ihr auch, dass sie manchmal in einem Oceanside Hotel übernachtet hatten, bevor sie ein Haus kauften. Es war wie ein kleiner Urlaub. Sie packten ihre Sachen und nahmen die Fähre. Wie aufgeregt er war und wie sie immer auswärts aßen und im Pool auf dem Dach schwammen und dann an den Strand gingen und Fish and Chips aßen und im Sand saßen und viel redeten.

"Du vermisst sie wirklich, deine Eltern, nicht wahr?" sagte Grace und nahm seine Hand in ihre. Sie liebte ihn noch mehr, wenn das überhaupt möglich war, wenn er über seine Familie und seine Erinnerungen sprach. Wenn er seine Erinnerungen und Erfahrungen mit ihr teilte, hatte sie das Gefühl, dass es auch ihre waren.

"Jetzt", sagte er, "haben wir diesen Ort ganz für uns allein, Grace. Wir können hier bleiben, hier leben und hier tun, was wir wollen.

"Ja", stimmte Grace zu, "das würde ich gerne."

Nachdem sie sich ein wenig abgekühlt hatten, beschlossen sie, einen Spaziergang an der Promenade zu machen. Hier gab es keine Anzeichen für ein Trauma durch die Erdbeben. Sie spazierten Hand in Hand und unterhielten sich. Sie kamen sich von Minute zu Minute näher.

Das Schwelgen in Erinnerungen hatte einen leichten Nebel erzeugt. Gemeinsam fühlten sie sich sehr allein.

"Lass uns schwimmen gehen." schlug Vincente vor, während er zum Wasser rannte und den Sand überall hinschleuderte, während er sich Hemd, Shorts, Unterwäsche, Schuhe und Socken auszog.

Grace sah ihn, wie er mit nacktem Hintern ins Wasser rannte, als wäre er noch nie am Strand gewesen. Auch sie begann sich auszuziehen, und als sie alles ausgezogen hatte, begann sie ins Wasser zu waten.

Sie trafen sich und reichten sich die Hände, als sie hüfttief im kühlen Wasser standen. Die Wellen rauschten über sie hinweg und drückten sie zusammen und auseinander, zusammen und auseinander. Sie küssten sich und hielten sich fest, während die Gischt des Meeres sie als offiziell Verliebte taufte.

Wenn es noch Fische gab, die sie schreien hörten, waren sie zu höflich, um sich zu melden.

KAPITEL 29

J ETZT LAGEN SIE SEITE an Seite im Penthouse des Hotels und schliefen einen Schlaf, wie ihn nur Verliebte erleben können. Grace hatte ihren Kopf an Vincentes Brust geschmiegt.

Er schaute auf sie herab, während sie schlief. Er dachte daran, dass sie für ihn heute noch schöner war als gestern. Er schob ihr das Haar aus dem Gesicht und steckte es hinter ihr Ohr. Sie regte sich.

"Guten Morgen, Schlafmütze", sagte er. Er küsste sie auf die Stirn.

"Guten Morgen." Grace echote, als sie sich streckte und gähnte und sich mit der Hand den Mund zuhielt, während sie sich fragte, ob sie Morgenluft hatte - den schlimmsten Atem des Tages. Sie fragte sich, wie sie zum Hotel gekommen waren.

Sie dachte kurz nach, versuchte sich zu erinnern, wie sie dorthin gekommen waren, konnte sich aber nicht daran erinnern, das Hotel überhaupt betreten zu haben. Es war, als wäre sie auf einem Saufgelage gewesen und hätte nun ihre Erinnerung an dieses Ereignis völlig verloren, zusätzlich zu all den anderen Ereignissen, die sie aus der Vergangenheit vergessen hatte. Sie ärgerte sich, weil sie sich an jeden einzelnen Moment mit Vincente erinnern wollte.

"Falls du dich fragst, wie du hierher gekommen bist", sagte Vincente. "Du hast am Strand geschlafen und die Flut kam, also habe ich dich hochgehoben und hierher getragen und dich dann zugedeckt."

"Danke", sagte sie und kuschelte sich an ihn. Dann entschuldigte sie sich und duschte. Vor dem Bad klopfte es an die Tür. Sie zog sich den Hotelbademantel an und fragte: "Wer ist da?"

"Ich bin's, Dummerchen!" antwortete Vincente, als Grace die Tür öffnete und ihn in seiner Kochuniform - inklusive Mütze - vorfand, der ein Festmahl auf einem Wagen schob.

"Du warst ja fleißig." bemerkte Grace, während sie einen Bissen Marmeladentoast nahm und ein Stück knusprigen Speck in ein weich gekochtes Ei tauchte.

Sie aßen und aßen, bis sie nicht mehr magenfähig waren, dann stand Vincente auf und überreichte Grace eine Schachtel.

"Ein Geschenk? Für mich?"

"Für wen sonst? Ich hoffe, es gefällt dir", sagte Vincente und sah zu, wie Grace die Schleife abriss und das Papier zurückschob, um das Geschenk zu enthüllen.

Grace hielt das schönste trägerlose Sommerkleid hoch, das sie je gesehen hatte, und drückte es an ihren Körper. Es war aus Seide, grün und sehr sexy. Sie flog auf Vincente zu und küsste ihn auf die Lippen, dann warf sie den Bademantel ab und zog ihr neues Kleid an. Es passte perfekt.

"Danke", sagte sie.

"Jetzt lass uns mal sehen, wie du ohne Kleid aussiehst!" rief Vincente, bevor er sie auf das Bett schob und sie noch einmal miteinander schliefen.

Als sie aufwachten und wieder etwas Hunger verspürten, stellte Vincente das Schokoladenfondue bereit, das er zuvor gefunden hatte, und sie tauchten aufgetaute Erdbeeren hinein. Sie waren köstlich süß und sie fütterten sich gegenseitig damit. Als sie gesättigt waren und genug Energie getankt hatten, liebten sie sich noch einmal.

✳✳✳

SPÄTER AN DIESEM TAG spazierten sie Hand in Hand die Promenade entlang, während die Wellen neben ihnen ans Ufer schlugen. Die Flut war gekommen, und ihre Kraft wogte um sie herum.

"Wir könnten hier sehr glücklich sein, weißt du", sagte Vincente. "Im Hotel haben wir genug zu essen, um uns monatelang zu versorgen. Zusammen mit den anderen Hotels und Restaurants haben wir hier wahrscheinlich genug zu essen, um uns jahrelang zu versorgen. Und wir könnten im Luxus leben, uns im Hotel bewegen und müssten nie aufräumen! Wir können einfach in ein anderes Zimmer ziehen, wenn unseres schmutzig wird!"

Grace dachte über alles nach, was Manly zu bieten hatte. Auch sie fand, dass der Ort ein schönes Zuhause sein könnte. Sie hatten alle Zeit der Welt und nichts zu verlieren. Warum also nicht einen Versuch wagen?

"Ich denke, du hast Recht, wir sollten hier bleiben und es zu unserem Zuhause machen. und sehen, was passiert. Aber..." Sie hielt inne und starrte in den Himmel. Dann drehte sie sich um und sah ihm direkt in die Augen. "Aber was ist, wenn wir nicht die Einzigen sind? Was ist, wenn es da draußen noch andere gibt, im ganzen Land? Auf der anderen Seite der Welt? Sollten wir so glücklich sein, wenn wir nur an uns denken, während andere da draußen Hilfe brauchen könnten? Wenn wir da draußen sein könnten, um sie zu suchen?"

Vincente antwortete ihr nicht sofort. Auch er schaute in den Himmel. Er vermisste die Geräusche der Kookaburras und Möwen. Er vermisste sogar den Lärm von fliegenden Flugzeugen und hupenden Autos. "Ich verstehe, was du sagst, Babe. Aber wir haben eine Verantwortung für uns selbst, für uns selbst. Vor allem, wenn wir nicht wissen, wie lange wir noch hier sind."

"Du denkst, unsere Zeit ist begrenzt?"

"Wer weiß? Ist sie das nicht immer? Ich möchte jeden Moment mit dir verbringen und dich glücklich machen. Dich zu lieben. Dich zu lieben ist jetzt meine Priorität."

Sie legte ihren Arm um seine Taille und sie gingen weiter, bogen dann um die Ecke, duckten sich unter der Brücke und rannten wie zwei Kinder. Als sie den versteckten Spielplatz erreichten, kletterte Grace die Rutsche hinauf, rutschte hinunter und sprang dann auf eine Schaukel. Vincente nahm die Schaukel neben ihr und sie kletterten höher und höher und höher, während ihr Gespräch weiterging.

"Du bist auch für mich das Wichtigste. Dich zu lieben, mit dir zusammen zu sein. Aber vielleicht wären wir glücklicher, wenn wir versuchen würden, andere zu finden. Ich meine, wenn wir wüssten, dass wir es wenigstens versucht haben", sagte Grace.

"Du hast mich gerade auf eine Idee gebracht, Grace. Vielleicht sollten wir versuchen, in Übersee anzurufen, per Ferngespräch. Mal sehen, ob wir auf diese Weise eine Verbindung herstellen können. Wir könnten es mit einem Anruf quer durchs Land versuchen und dann Neuseeland, vielleicht Europa, England, dann Kanada und die USA. Wir können hier Zeit verbringen, die Tage genießen und zuerst auf diese Weise suchen. Bist du damit einverstanden?"

"Ich denke, das ist ein guter Anfang. Aber jetzt lass uns erst einmal schwimmen gehen", sagte Grace, während sie von der Schaukel sprang und loslief. Vincente flog hinter ihr her und folgte der Spur von Kleidung, die sie hinter sich ließ. Er sammelte alles ein und sah zu, wie Grace ins Wasser watete. Sie schwamm auf und ab und tauchte dann unter. Sie kam mit nassen Haaren wieder hoch, als würde sie sich für ein Fotoshooting in einer Zeitschrift vorbereiten.

Vincente zerrte an seinen eigenen Kleidern, während er auf sie zuging.

Sie tauchten gemeinsam unter, während die Wellen über ihre Körper schlugen.

✳ ✳ ✳

"M EINST DU, WIR WERDEN es jemals vermissen?" fragte Grace, während sie gähnte und sich aufsetzte und die Arme auf den Knien verschränkte. Sie war jetzt wieder vollständig angezogen und sie hatten schon eine ganze Weile die Sterne beobachtet und sich im Nachglühen ausgeruht.

"Vermisst du was?" fragte Vincente, als er sich aufsetzte und sich im Schneidersitz neben ihr niederließ.

"Das Lernen, den Sport, alles, was mit der Schule zusammenhing. Glaubst du, dass wir das jemals vermissen werden?"

"Ich für meinen Teil vermisse es nicht, in Mathematik zu versagen, und genau das habe ich getan, bevor Coach Anderson mir vorschlug, mir von dir helfen zu lassen. Ich hatte wohl Glück, aber ich vermisse das Lernen nicht. Ich vermisse das Spielen, den Jubel der Menge, wenn ich die perfekte Kugel geworfen habe."

"Du vermisst die Möglichkeit, Profi zu werden?"

"Irgendwie schon. Die einzige Möglichkeit, auf die Universität zu kommen, war ein Stipendium. Mum und Dad konnten es sich nicht leisten, mich zu schicken. Nicht, dass wir arm wären oder so

- wir hatten Geld - aber es wäre eine Notlage gewesen, weißt du? Ich wollte es schaffen, es aus eigener Kraft schaffen.

"Ja, das kann ich verstehen, dass du es dir verdienen wolltest. Du hast schon einmal gesagt, dass ich Mathematikerin werden wollte. Vielleicht habe ich wieder Lust darauf, wenn mein Gedächtnis zurückkehrt."

"Der Himmel war die Grenze für dich." Er hielt kurz inne, als er sah, wie bei dem Wort "war" eine Wolke über ihre Züge zog, und fuhr dann fort: "Das ist er immer noch!"

"Ich kann mich jetzt an nichts mehr erinnern. Als ich dort oben auf dem Baum war, fühlte ich mich oft wie..." Sie zögerte, weil sie Angst hatte, es zuzugeben. "Nein, du wirst lachen."

"Und was ist, wenn ich doch lache? Sag es mir, komm schon! Du musst es mir sagen!" Dann beugte er sich vor und begann sie zu kitzeln und zu kitzeln. "Wirst du es mir jetzt sagen?", fragte er und kitzelte sie erneut, bis sie einwilligte, es ihm zu sagen.

"Albert Einstein", sagte sie, "ich dachte, ich könnte sein Gesicht im Mond sehen."

Er lachte nicht. Er schaute hinauf in das Gesicht des Mondes. Jetzt, wo sie es erwähnte, konnte er einen Schnurrbart und Augen erkennen. Er dachte an Mark Twain, oder, ja, es könnte auch Albert Einstein sein. "Ich kann es sehen", bestätigte er. "Es könnte entweder Albert Einstein oder Mark Twain da oben sein."

"Du kannst ihn also sehen, den Schnurrbart?"

"Auf jeden Fall, aber ich habe noch nie ein Gesicht so deutlich gesehen. Ich habe schon vom Mann im Mond gehört, aber warum sehe ich ihn erst jetzt?"

"Ich weiß es nicht genau", sagte Grace. Schweigend starrten sie gemeinsam den Mond an, bis Grace sagte: "Ich weiß nur, dass ich, als ich auf dem Baum war und Hoffnung brauchte, sie in Albert Einsteins Gesicht fand. Es hat mich stärker gemacht. Es gab mir Hoffnung. Es gab mir die Gewissheit, dass ich ohne Zweifel von dort herunterkommen und dich wiedersehen würde. Ich wusste sogar, dass es dir gut geht und dass ich dich retten werde."

"Alles nur wegen einer Verbindung zu Albert Einstein, was? Hat er... hat er mit dir gesprochen? Von da oben, meine ich?"

"Nicht mit Worten", sagte Grace, "aber es gab definitiv eine Verbindung. Als wäre er am anderen Ende des Universums und würde mir die Hand reichen. Um mir Kraft zu geben. Ich weiß, dass es sich jetzt albern anhört, aber damals, als ich so hoch oben auf dem Baum saß, schien es ganz normal zu sein, dass Albert Einstein auf mich aufpasst."

"Nun, danke, Albert Einstein!" erklärte Vincente und rief zum Mond hinauf: "Danke, dass du mein Mädchen sicher zurück auf den Boden und zu mir gebracht hast!"

"Ja, ich danke dir, Albert Einstein!" fügte Grace hinzu.

"Du kennst ihn wahrscheinlich schon mit Vornamen, oder?" sagte Vincente und rannte den Strand hinunter. Grace rannte hinter ihm her, und sie lachten und planschten im Wasser.

Keiner von beiden bemerkte das Zwinkern von Professor Einstein.

✳✳✳

DAS PAAR KEHRTE INS Hotel zurück und war entschlossen, einige Anrufe zu tätigen. "Ich bin mir sicher, wenn es in Australien jemanden gibt, der sich meldet, werden wir ihn erreichen", sagte Vincente.

Sie saßen zusammen im Büro und ließen das Telefon klingeln und klingeln und klingeln. Keiner ging ran.

"Lass uns etwas anderes versuchen", schlug Vincente vor. Vincente entdeckte ein Handbuch auf dem Schreibtisch, blätterte es durch und fand den Code, um Neuseeland zu kontaktieren. Das Gleiche: keine Antwort.

"Wo sollen wir es als nächstes versuchen?", fragte er.

"Versuchen wir es...", sagte sie mit einer Weltkarte vor sich, schloss die Augen, wählte Frankreich aus und Vincente tippte den Code ein. Sie ließen es klingeln und klingeln, aber wieder kam keine Antwort.

"Wohin jetzt?" fragte Vincente.

"Südamerika!" rief Grace, und Vincente tippte die Zahlen ein. So viel Spaß hatten sie schon lange nicht mehr gehabt, und mit jedem Land, das sie ausprobierten, wuchs die Hoffnung: China,

Russland, Norwegen, Irland und England. Ihre Hoffnungen schwanden jedoch, nachdem sie Kanada und die Vereinigten Staaten ausprobiert hatten.

"Wir sind die Einzigen", waren sie sich einig und kehrten erschöpft in ihr Zimmer zurück. Keiner von ihnen war hungrig oder durstig.

Zum ersten Mal wollten sie nicht miteinander schlafen und sie wollten auch nicht reden. Sie saßen allein zusammen und tranken Wein. Das war jetzt ihre Welt. Das Alter spielte keine Rolle mehr. Sie konnten alles haben und tun, was sie wollten. Es war ein wahr gewordener Traum.

✳ ✳ ✳

VINCENTE WACHTE MIT EINEM Schreck auf. Grace redete im Schlaf:

"E ist gleich MC zum Quadrat, zwei mal zwei ist vier, vier Jahreszeiten, ausgeglichene Skala, drei mal zwei ist sechs, ist eine weibliche Zahl, drei ist eine männliche Zahl, also ist sechs gleich Ehe. Sechs, zehn, fünfzehn sind dreieckige Zahlen, vier, neun, sechzehn sind quadratische Zahlen, der psychogene Würfel ist sechs hoch drei oder sechs mal sechs mal sechs gleich zweihundertsechzehn, Pythagoras glaubte, dass wir alle zweihundertsechzehn Jahre wiedergeboren werden, daher Zyklus. Wiederkehr."

Sie blieb stehen, schnarchte ein wenig und Vincente kuschelte sich an sie. Er dachte über ihre Gabe nach, die jetzt in ihrem Unterbewusstsein ihre Magie entfaltete. Ihre Genialität drang in ihre abendlichen Gedanken ein und kehrte während ihrer Ruhezeiten zu ihr zurück. Das war das erste Mal, dass er von solchen Gedankengängen geweckt wurde. Es war, als ob Grace in einer anderen Sprache sprechen würde. Er überlegte, ob er es ihr gegenüber erwähnen sollte. Aber wenn er es tat, würde dann die

Macht der Suggestion und nicht ihre eigene Selbsterkenntnis den Heilungsprozess verzögern?

Als der Morgen anbrach, war Vincente noch wach und lauschte der Stille um ihn herum. Grace hatte wieder nicht gesprochen, aber sie wurde ein paar Mal unruhig, und er musste sich von ihr entfernen. Sie wälzte sich im Schlaf, aber als sie über Mathematik gesprochen hatte, war sie ganz ruhig und konzentriert. Ihre Stimme war von so viel Leidenschaft erfüllt. Sie triefte förmlich vor Hoffnung und ehrfürchtigem Staunen, obwohl er nichts von dem verstand, was sie sagte. Er machte sich Gedanken darüber, was er tun würde, wenn sie aufwachte. Er wollte ihr nicht von dem Gespräch im Schlaf erzählen. Zumindest nicht heute. Aber er hatte einen Plan, und er hoffte, dass er ihr helfen würde. Gleichzeitig hatte er auch eine Idee, wie er sie überraschen konnte. Er war optimistisch, dass heute der beste Tag ihres Lebens werden würde.

KAPITEL 30

"Ich habe mir gedacht, Grace, es wäre gut, heute nach Sydney zu fahren. Wir könnten der öffentlichen Bibliothek einen Besuch abstatten. Wir müssen nicht aufhören zu lernen. Wir haben eine ganze Bibliothek und Tausende von Büchern ganz für uns allein. Wir können fast den ganzen Tag dort verbringen!"

"Ja, mir gefällt deine Denkweise. Perfekt!" Grace hielt einen Moment inne und betrachtete sich im Spiegel. "Ich würde auch gerne ein paar Dinge kaufen, vielleicht sogar neue Kleidung. Vielleicht sollte ich mir die Haare färben? Willst du mich als Blondine?"

"Auf keinen Fall blond, aber ich könnte auch ein paar neue Sachen gebrauchen. Wir könnten einen Einkaufsbummel machen! Außerdem könnte ich mir vorstellen, dass wir ein CB-Funkgerät finden könnten. Das ist zwar eine primitivere Form der Kommunikation, aber..."

"Du glaubst also immer noch, dass es da draußen auch andere geben könnte?"

"Ich glaube, wir sind die Einzigen, Babe. Aber wenn wir ein CB-Funkgerät haben und es aktiv nutzen können, und wenn es eine Chance gibt, auch nur eine kleine, dass andere uns auf diese Weise kontaktieren können, dann steht uns dieser Weg offen. Für sie."

"Ich liebe dich, Vincente", sagte sie, während sie ihre Arme um ihn schlang und ihn tief küsste. Dann machte sie sich auf den Weg zur Tür. "Was du heute kannst besorgen, das verschiebe nicht auf morgen. Wir können genauso gut da rausgehen!"

"Da bin ich ganz deiner Meinung!" rief Vincente aus. Er legte seinen Arm um ihre Taille und gemeinsam machten sie sich auf den Weg aus dem Gebäude und zu ihrem Auto. Sie hatten vor dem Hotel geparkt, wo normalerweise nur Taxis und Limousinen Passagiere einladen durften. Es hatte einige Vorteile, in einer Welt ohne Regeln zu leben.

"Vincente", begann Grace, "ich habe nachgedacht. Obwohl das Hotel schön ist und alles, könnte es nie mein Zuhause sein. Weißt du, was ich meine?"

"Ja, ich weiß, was du meinst. Du hast das Bedürfnis, dich niederzulassen, zu nisten. Und ein Hotel passt psychologisch gesehen nicht dazu."

"Für den Moment schon, aber nicht auf lange Sicht." Vincente hielt den Wagen an und riss die Tür auf. Sie sah zu, wie er auf das Fenster eines Salvos-Ladens zulief. Sie stieg aus dem Auto, um zu sehen, was seine Aufmerksamkeit erregt hatte, und sah, dass es ein CB-Funkgerät war!

Vincente ging in den Laden und sah sich das Funkgerät genau an. Dann fand er eine Steckdose und schloss es an. Er suchte den Äther ab. Gemeinsam hörten sie aufmerksam zu, aber es gab nur

Rauschen und Rückkopplungen. Vincente hob es auf, legte es in den Kofferraum und sie fuhren weg. Sie wussten beide, dass das Radio nicht funktionieren würde, aber sie sprachen nicht darüber.

Sie fuhren durch die Straßen von Manly und hatten sich inzwischen daran gewöhnt, die einzigen beiden Menschen in ihrer Welt zu sein. Sie hatten alles, was sie wollten oder brauchten, zum Greifen nah: alle Touristenattraktionen und Sydneys natürliche Verheißungen und Schönheit. Die Stadt war ihr kleines Paradies und Manly ganz für sich allein zu haben, war eine Art Bonus.

Als der Land Rover über die Sydney Harbour Bridge fuhr, schien das Opernhaus ihre Anwesenheit zu bestätigen, und Grace nutzte die Gelegenheit, um an ihr vorheriges Gespräch anzuknüpfen. "Es wäre schön, wenn wir uns das Haus aussuchen könnten, das wir wollen. Wir könnten uns ein eigenes Haus schaffen", sagte sie optimistisch.

"Dem stimme ich voll und ganz zu, und wir könnten uns jedes Haus, jede Villa aussuchen, die wir wollen. Aber ich glaube, wir sollten erst einmal über etwas noch viel Persönlicheres reden. Etwas, worüber wir bisher noch nicht wirklich gesprochen haben."

Vincentes Gesichtsausdruck hatte sich verändert. Er war zutiefst ernst geworden, ernster als Grace ihn je zuvor gesehen hatte, und sie machte sich Sorgen. Sie wartete darauf, dass er fortfuhr, denn sie wollte seinen Gedankengang nicht unterbrechen. Sie merkte, dass er versuchte, die richtigen Worte zu finden. Als er ein paar Minuten lang nicht sprach, begann Grace sich noch mehr Sorgen zu machen. Als er den Wagen auf der George Street anhielt und ihr in die Augen schaute, aber immer noch schwieg, wurde sie wirklich sehr besorgt.

"Sag es mir, Vincente! Du machst mir Angst!"

"Wir haben nicht verhütet, und du könntest jetzt schwanger sein. Ich könnte dich als frischgebackene Mutter sehen und ich könnte Vater sein. Und ich habe gerade darüber nachgedacht, was für ein Leben es wäre, wenn wir ein Kind bekommen würden? Ja, wir würden es lieben und für es sorgen, aber was ist mit seiner Zukunft? Ihre Zukunft?"

"Was genau meinst du? Wir würden unser Kind vergöttern!"

"Ja, aber wen würde unser Kind anhimmeln? Wen würde es außer uns jemals lieben?"

"Oh, du meinst jemanden, den es heiraten kann. Um seine Zukunft mit ihm zu verbringen, wenn wir nicht mehr da sind?" Sie zog ihn in eine feste Umarmung und streichelte ihm über den Kopf, als wäre er ein Kind. "Liebling, du hast dir sehr viele Gedanken gemacht. Du hättest sie mit mir teilen sollen. Du solltest dir über so etwas Großes nicht alleine den Kopf zerbrechen müssen. Was auch immer auf uns zukommt, wir werden es gemeinsam angehen."

"Aber ein kleiner Mensch, der keine Zukunft hat, außer mit uns zusammen zu sein? Das wäre grausam. Das wäre nicht richtig!"

"Vielleicht sollten wir dann einfach aufhören, uns zu lieben? Ja, lass uns zölibatär werden!", rief sie aus, während sie seinen Kopf streichelte und ihn küsste, als wäre er ein kleiner Junge. "Wenn es so sein soll, wird es passieren. Wir können uns jetzt nicht um etwas sorgen, das vielleicht nie eintritt. Wir lieben uns. Ich würde alles für dich geben. Ich würde mein Leben für dich geben, Vincente, und ich könnte nicht zölibatär leben, es sei denn, wir würden uns trennen. Es sei denn, wir wären getrennt. Dann, vielleicht."

"Das wird nie passieren! Ich werde dich nie verlassen! Nicht absichtlich", schwor Vincente.

"Dann haben wir es also. Und wenn wir Kinder haben, werden wir tun, was das Beste für sie ist. Was auch immer wir tun müssen. Aber jetzt lass uns erst einmal einkaufen und dann in die Bibliothek gehen. Und später lass uns etwas Leckeres essen gehen! Aus unserer Liebe kann nichts Schlechtes entstehen", sagte Grace.

"Ich bete dich an, Grace."

Sie gingen Hand in Hand ins Kaufhaus David Jones, wo sie den ganzen Vormittag einkauften. Dann aßen sie in einem italienischen Restaurant zu Mittag und kochten gemeinsam Spaghetti Bolognese.

Nach dem Essen erkundeten sie die Bibliothek und nahmen sich ein paar Romane heraus. Grace ging nicht in die Nähe der Mathematikabteilung, und Vincente drängte sie auch nicht dazu.

Danach stiegen sie ins Auto und fuhren die George Street entlang. Unerwartet hielt Vincente an, nahm Grace' Hand in seine und sagte ihr, dass er ihr etwas zeigen wolle. Etwas Wichtiges.

Grace schaute auf das Schild über der Tür: "Antique Jeweller of Fine Quality Bought and Sold Here".

Fasziniert folgte Grace Vincente nach drinnen.

✳ ✳ ✳

ALS SIE DEN LADEN betrat, war es, als wäre sie in einen glitzernden Kronleuchter getreten. Alles um sie herum war von Licht erfüllt. Jede erdenkliche Art von Schmuck, von Tiaras über Armbänder und Uhren bis hin zu einer diamantbesetzten Aktentasche, war im Laden ausgestellt. Sie war so überwältigt, dass sie sich einen Moment lang nicht bewegen konnte. Geld war für sie jetzt kein Thema mehr. Früher wäre dieser Schmuck viel zu teuer für sie gewesen.

"Komm schon", sagte Vincente, "viel Spaß, schau dich um! Siehst du etwas, das dir gefällt?"

Grace ging nach vorne, beugte sich vor und schaute in die dicken Glasvitrinen. Sie trug jetzt keinen Schmuck mehr. Sie war sich sogar nicht sicher, welche Art von Schmuck ihr gefiel.

Sie ging die Reihen der Vitrinen auf und ab, blieb bei ein paar Dingen stehen, ließ sich dann aber ablenken und ging weiter. Es gab zu viele schöne Dinge, als dass sie sie alle auf einmal betrachten konnte. Als sie am Ende des Ladens ankam und sich umdrehte, als wolle sie zur Tür hinausgehen, hielt Vincente sie auf.

"Hier gibt es bestimmt etwas, das dir gefällt!"

"Es ist nur ein bisschen überwältigend für mich. Ich weiß nicht viel über Schmuck. Vielleicht kannst du erst mal mit mir darüber reden. Erzähl mir von deinem Ring. Woher hast du ihn?" fragte Grace.

"Okay, ja, ich sehe, dass du überwältigt bist, aber du musst wissen, was dir gefällt. Also können wir zusammen suchen. In der Zwischenzeit wurde mein Ring viele Jahre lang in meiner Familie vererbt. Er ist ein Familienerbstück. Er wurde immer an den ersten Sohn des ersten Sohnes weitergegeben. Ich wusste gar nicht, dass er dir überhaupt aufgefallen ist."

"Klar, sie verändert ihre Farbe im Sonnenlicht, genau wie deine Augen manchmal. Hey, ich mag das hier. Er ist absolut wunderschön!" Grace nahm einen Ring in die Hand, und als sie ihn an ihren Finger stecken wollte, hielt Vincente sie auf. Er nahm den Ring in die Hand und fiel auf ein Knie.

"Grace Greenway, ich liebe dich mehr als alles andere auf der Welt. Willst du mich heiraten?"

Sie schrie wie ein kleines Mädchen und rannte auf ihn zu, wobei sie ihn rückwärts auf den Boden stieß. Sie antwortete mit Ja und er steckte ihr den Ring an den Finger. Er passte perfekt, als wäre er für sie gemacht worden. Der große Diamant hatte die Form eines Herzens, mit winzigen Diamanten am Rand. Er funkelte, wenn er in das Licht fiel.

"Jetzt sind wir offiziell!" verkündete Vincente. "Ich meine, offiziell verlobt."

"Danke, ich liebe es!"

Sie wirbelten durch den Raum und umarmten sich dabei. Dann wurde Grace schwindelig und sie stolperte nach vorne und untersuchte die Glasvitrine links neben der Tür. Die kleine Vitrine war zuvor von der offenen Tür verdeckt worden. Ihr Blick fiel sofort auf ein goldenes Band mit einem Herz und kleinen Diamanten rundherum. Diamanten, die wie winzig kleine Sterne eingefasst waren. Es war ein wunderschöner Ring, und Grace wusste sofort, dass er für sie bestimmt war.

Vincente stimmte ihr zu, und bevor sie ihn an ihren Finger stecken konnte, nahm er ihn ihr aus der Hand und legte ihn behutsam in eine Schachtel. Er steckte die Schachtel in seine Hosentasche und tätschelte sie sanft. "Zur sicheren Aufbewahrung", sagte er, "bis wir eines Tages heiraten."

"Könnte ich es nicht einfach tragen?", fragte sie, während sie in seine Tasche griff, "Ich meine, wer würde es wissen? Außerdem gibt es hier sowieso niemanden, der uns heiraten will!"

"Darum geht es doch gar nicht, oder? Es wird halten."

"Necken."

***

"WAS IST MIT DIR?" fragte Grace, während sie die Kisten durchstöberte und nach einem Ehering für Vincente suchte. Sie fragte sich, ob Männer Verlobungsringe trugen oder ob das nur etwas für Frauen war, eine weibliche Sache, um zu zeigen, dass sie verlobt war? "Ich möchte dir einen Verlobungsring schenken!" sagte Grace aufgeregt, aber Vincente schien etwas zögerlich zu sein. "Okay, dann wenigstens einen Ehering", sagte sie. Sie schubste ihn weg, damit sie ihn sich genauer ansehen konnte.

"Äh, kann ich Ihnen helfen, Madam?" fragte Vincente, der seine Rolle als pompöser Juwelier spielte.

"Nein danke, gnädiger Herr", sagte Grace. "Ich habe den Ring, den ich wollte, schon gestohlen!" Sie hatte den Ring gerade in eine Schachtel und in ihre Tasche gesteckt.

"Danke, dass du uns bestohlen hast. Bitte komm wieder", lachte Vincente, als sie die Boutique verließen.

Draußen angekommen, begann Vincente mit immer größeren Schritten zu laufen. Grace konnte kaum mit ihm mithalten. Sie rannte hinter ihm her und war ganz außer Atem.

Dann drehte er sich plötzlich um und nahm sie in seine Arme. Dann ließ er sie atemlos und aufgeregt los.

"Ich habe die tollste Idee", sagte er.

"Teile sie!"

"Du brauchst ein Hochzeitskleid und so was, und ich auch. Na ja, kein Hochzeitskleid für mich, aber du weißt ja, ich brauche auch Hochzeitskleidung. Wir haben hier die besten Läden zur Verfügung, also lass uns gleich alles besorgen, was wir brauchen!"

"Aber die Läden werden doch nicht verschwinden, oder? Warum warten wir nicht einfach?"

"Nein, ich sage immer, es gibt keine Zeit wie die Gegenwart, und ich finde, wir sollten sie heute holen", sagte Vincente.

In Wahrheit ging es Grace genauso, aber ein stärkeres Verlangen überwältigte sie. Er überwältigte ihren Wunsch nach einer Hochzeit. Sie wollte Vincente ausziehen und dann leidenschaftlich mit ihm schlafen.

Sie zog ihn näher an sich heran, in eine enge Umarmung. Sie küsste ihn und gab ihm alles, was sie konnte, aber er war mit seinen Gedanken ganz woanders.

"Du schaust hier, ich schaue dort und wir treffen uns in einer Stunde wieder hier, okay? Genau hier an dieser Stelle." Er hielt inne, warf ihr einen Kuss zu und sagte: "Viel Spaß."

"Bist du sicher, dass wir nicht zusammen Hochzeitskleidung einkaufen können?", rief sie ihm nach.

Er blieb stehen, schüttelte den Kopf und drehte sich wieder in ihre Richtung. "Auf keinen Fall! Es bringt Unglück, wenn der

Bräutigam das Hochzeitskleid vor der Hochzeit sieht. Da bist du auf dich allein gestellt, Babe."

"Aber du wirst doch sicher Hilfe brauchen?" schlug Grace vor, in der Hoffnung, ihn umzustimmen. Er lächelte nur, betrat einen Anzugladen und schloss die Tür hinter sich. Sie umarmte sich. Sie vermisste ihn bereits.

KAPITEL 31

Es war seltsam, von Vincente getrennt zu sein. Zuerst gefiel es ihr nicht, getrennt zu sein. Doch dann fand sie Gefallen daran und probierte ein Hochzeitskleid nach dem anderen an. Viele von ihnen waren zu spitzenbesetzt, zu prätentiös. Einige waren für die Größe Null gemacht und schmeichelten ihrer großen Figur nicht. Andere waren einfach zu kompliziert, um sie ganz alleine anzuziehen.

Als sie ein antikes weißes Kleid mit einer außergewöhnlich langen Schleppe im Regal fand, war sie sich nicht sicher, ob es ihr passen würde, geschweige denn, ob es ihr gefallen würde. Es hatte einen hohen Spitzenkragen und wurde mit einer passenden Tiara geliefert. Die Knöpfe des Kleides waren mit Perlen besetzt, darüber war eine Spitzenrüsche gestickt. Auf dem Preisschild stand 10.000,00 $, und Grace war unglaublich vorsichtig, als sie ihren Körper sanft in das Kleid hineinschlüpfte.

Sie hielt den Atem an und ging dann aus der Umkleidekabine, um sich im Ganzkörperspiegel zu betrachten. Tränen füllten ihre Augen und flossen über ihre Wangen. Sie konnte nicht glauben, dass sie jemals so schön aussehen könnte oder würde. Sie sah aus wie eine Prinzessin, die nur darauf wartete, dass ihr Prinz kam und sie heiratete.

Sie dachte an Vincente und wie er sich fühlen würde, wenn er sie in diesem spektakulären Kleid sehen würde. Sie strahlte ihn an. Sie schaute auf die Uhr und stellte fest, dass sie noch ein paar Accessoires wie Schuhe, ein paar Haarnadeln, ein bisschen Make-up und ein Paar Perlenohrringe besorgen musste.

Mission erfüllt! Sie hatte an alles gedacht, was sie brauchen könnte, und sie hatte noch ein paar Minuten Zeit. Grace ließ sich Zeit, um zu dem Ort zu gehen, an dem sie sich treffen wollten.

Vincente war noch nicht da. Merkwürdigerweise hatte sich ihr Fahrzeug bewegt.

Sie setzte sich auf den Bordstein, während die Taschen um sie herum auf den Bürgersteig fielen. Dann stand sie auf und holte sich eine Flasche Wasser aus dem Kühlschrank eines nahe gelegenen Tante-Emma-Ladens. Schließlich setzte sie sich hin, träumte von ihrem Hochzeitstag und wartete.

***

Als die Nacht hereinbrach, wartete Grace nicht mehr geduldig. Sie war müde und sie vermisste Vincente schrecklich.

Der Wind hatte aufgefrischt, und Grace spürte, wie ihr kalt wurde.

Sie ging in einen nahe gelegenen Laden und probierte einen schwarzen Kapuzenpullover an.

Sie zog den Reißverschluss zu, zog sich die Kapuze über den Kopf und setzte sich wieder hin.

Grace wartete auf Vincente.

Und sie wartete. Und wartete.

KAPITEL 32

GRACE WARTETE WEITER AUF Vincente, als die Sterne herauskamen. Das Bild von Albert Einstein blickte auf sie herab. Sie wünschte sich, sie hätte einen der Romane aus der Bücherei zum Lesen mitgenommen, aber das Licht war nicht gut genug, um an diesem Ort zu lesen.

Sie schaute die Straße hinunter, es gab so viele Geschäfte, aber sie war einfach nicht in der Stimmung. Sicherlich würde sie etwas finden, das sie ablenken würde, aber das würde ihre immer größer werdende Sorge über Vincents Abwesenheit nicht lindern.

Hatte einer der Bäume ihn zu einem Vincente Schaschlik gemacht? Und warum hatte er das Auto genommen? Wir hatten vereinbart, unsere Sachen zu holen und uns in einer Stunde zu treffen. Was war passiert? Wo um alles in der Welt war Vincente Marino?

Stunden vergingen.

Grace begann, an Vincentes Liebe zu ihr zu zweifeln.

Sie begann sich zu fragen, ob er seine Meinung über ihre Beziehung geändert hatte.

Dieser Gedanke machte sie zuerst wütend, aber dann drang er immer tiefer in ihr Unterbewusstsein ein.

Irgendwo entdeckte sie einen Teil von ihr, der erwartet hatte, dass er sie verlassen würde, dass er seine Meinung ändern würde. Ein Teil von ihr schien zu erwarten, dass er ihr wehtun würde, dass er sie von innen heraus zerreißen würde.

Sie beschloss, dass es unvermeidlich war, dass er sie verlassen würde, und dass sie den Ort, an dem sie sich verabredet hatten, auch verlassen konnte. Sie würde dorthin gehen, wohin ihr Herz begehrte, und in diesem Moment wünschte sich ihr Herz, im Opernhaus von Sydney zu sein.

Einen Moment lang überlegte sie, ob sie die Taschen einfach am Straßenrand stehen lassen sollte. Aber sie hatte das schönste Hochzeitskleid der Welt gefunden, und sie wollte es mitnehmen. Sie wollte es behalten.

Für einen Moment überlegte sie, ob sie das Kleid wieder anziehen sollte, aber die Schleppe würde sie nur aufhalten.

Als sie das Opernhaus erreichte, begrüßte es sie mit seiner Reinheit und seinem Weiß, das im Mondlicht schimmerte.

An seiner Seite entdeckte sie eine Leiter, die ihr vorher noch nie aufgefallen war, und sie kletterte höher und höher, bis sie auf dem Dach des Sydney Opera House saß.

Obwohl es sich unter ihr nicht weich anfühlte, hatte sie das Gefühl, auf einem riesigen Baiser zu sitzen.

***

Während sie ihren Verlobungsring an ihrem Finger hin und her drehte, dachte Grace darüber nach, wie ihr Leben ohne Vincente aussehen würde. Grace wollte auf keinen Fall ohne ihn leben.

Sie bemerkte ein einzelnes Licht auf der Sydney Harbour Bridge. Es schien ihr immer wieder zuzuzwinkern.

Es war ein Zeichen für sie. Eines, das ihr sagte, dass sie nicht mehr leben wollte, wenn Vincente nicht zu ihr zurückkehren würde.

Sie wollte nicht die einzige Überlebende sein.

Lieber würde sie auf die Spitze der Sydney Harbour Bridge klettern und sich vorwärts ins Meer stürzen. Wenn das passierte, würde sie das Hochzeitskleid wieder anziehen...

Dann würde sie Vincente an einem anderen Ort und zu einer anderen Zeit wiederfinden.

Gerade als die Sonne aufging, hörte sie, wie ihr Name im Wind gesungen wurde: "Grace! Grace!"

***

Als Vincente Grace ENDLICH fand, weigerte sie sich zunächst, vom Opernhaus herunterzukommen. Er kletterte die Leiter hoch und wollte sich verzweifelt erklären. Sie wollte keine Erklärung.

Sie wollte ihm nicht zuhören. Sie kletterte hinunter und lehnte sein Angebot ab, ihm mit den Taschen zu helfen.

Sie stolperte auf dem Bürgersteig. Lief von ihm weg.

Die ganze Zeit über versuchte er zu erklären. Er versuchte, ihr zu erklären, warum er so spät dran war.

Sie kletterte in das Auto. Knallte die Tür hinter sich zu.

Er setzte sich auf den Fahrersitz.

Sie sagte ihm, er solle mit der Hand sprechen.

Er fuhr vom Bordstein weg. Er war so wütend, dass er hätte spucken können.

Sie war wütend und froh und traurig und erleichtert.

Sie war in einem ziemlichen Zustand.

***

"Hast du eine Ahnung, wie lange du noch wütend auf mich sein wirst?" fragte Vincente.

"Ich bin nicht sauer auf dich!", kreischte sie. Sie liebte ihn so sehr, so sehr, dass sie sich nichts sehnlicher wünschte, als dass er sie in seine Arme nehmen und festhalten würde. Dass er ihr sagen würde, wie sehr er sie liebte. Dass er sie niemals gehen lassen würde.

Doch ein Teil von ihr wollte wütend auf ihn sein.

Ihm wehtun. Ihn dafür bezahlen lassen.

Der Schmerz, den sie fühlte, überwältigte ihr Herz in diesem Moment und sie weinte leise vor sich hin.

Vincente verfluchte sich selbst.

Er hatte sie doch nur überraschen wollen!

KAPITEL 33

ALS SIE WIEDER IM Hotel ankamen, stieg Vincente aus dem Auto und lief zu Grace. Er musste Grace im Auto halten. Sie mussten reden.

"Du wirst mir jetzt zuhören, und zwar sofort."

"Ich will nicht..."

"Das bist du mir schuldig. Du wirst mir zuhören."

Sie sah ihn mit so viel Misstrauen in den Augen an, so verletzt und schmerzhaft, dass er es nicht mehr ertragen konnte.

"Hör zu, wenn du kannst, vertrau mir einfach. Vertrau mir und geh sofort nach oben. Nimm eine Dusche. Kühl dich ab. Verbringe ein paar Minuten damit, über uns nachzudenken, darüber, wie sehr ich dich liebe. Und dann, wenn du fertig bist, ziehst du deine gekauften Hochzeitssachen an und kommst wieder hier runter; aber nicht sofort. Komm genau um 18 Uhr wieder hier runter."

"Du willst mich also wieder den ganzen Tag allein lassen", schmollte Grace.

"Ich glaube, die Zeit allein ist für uns beide gut. Sie gibt uns etwas Freiraum. Zeit, uns gegenseitig zu schätzen. Zeit zum Nachdenken. Und um genau 18 Uhr kommst du zu mir, dann reden wir." Er küsste sie sanft auf die Wange und nahm ihre Hand in seine. Er schaute ihr tief in die Augen und sagte: "Vertrau mir."

Etwas widerwillig stimmte sie zu und machte sich auf den Weg in den Aufzug, wo sie ihr Hochzeitskleid aufhängte und dann alles andere auf dem Bett auslegte.

Sie betrachtete sich im Spiegel. Sie sah furchtbar aus. Sie war die ganze Nacht wach gewesen und hatte sich solche Sorgen um Vincente gemacht. Es war eine schreckliche Nacht mit sehr dunklen Gedanken. Sie schämte sich für sich selbst und war sehr erschöpft.

Sie legte sich zurück auf das weiche Bett und schaute auf die Uhr. Es war erst Mittag, und sie brauchte dringend ein Nickerchen. Sie stellte den Wecker auf 4 Uhr, und dann begann sie, all den Schmerz und die Schmerzen des vergangenen Tages herauszuweinen. Als es keine Tränen mehr zu weinen gab, fiel Grace in den Schlaf.

KAPITEL 34

D ER ALARM GING LOS und erschreckte Grace. Sie sprang auf und vergaß erst einmal, wo sie war. Sie rannte durch das Zimmer und sah dabei aus wie eine Gans, die das Fliegen lernen will.

Als sie sich beruhigt hatte und auf den Aus-Knopf drückte, ließ sie die letzten 24 Stunden Revue passieren, was passiert war, wie sie vergessen und verlassen worden war.

Wie sie sich einsamer als je zuvor gefühlt hatte und wie Vincente zu ihr zurückgekehrt war und sie um Vergebung gebeten hatte.

Er war sich so sicher, dass sie es verstehen würde. Er war so zuversichtlich und so selbstsicher.

Sie schaute durch den Raum und fand ihr wunderschönes Hochzeitskleid, das auf sie wartete. Sie fühlte den Stoff, und es fühlte sich genauso schön an, wie es aussah.

Einen Moment später war sie aus der Dusche gestiegen, hatte sich abgetrocknet und steckte sich die Haare hoch. Sie bereitete sich auf den Moment vor, in dem sie sich das Hochzeitskleid über den Kopf ziehen würde. Sie hoffte nur, dass sie genug Stecknadeln hatte, um ihr Haar bis zum Aufsetzen des Diadems - dem letzten Schliff - in Position zu halten.

Nachdem sie ihr Make-up vorbereitet hatte und alles an ihr sagte, dass sie die zukünftige Braut sei, beurteilte sie ihr Aussehen und sagte sich selbst, was sie hören wollte: dass sie die schönste Frau der Welt sei. Sie hatte kein Problem mit diesem Titel, denn soweit sie wusste, war sie die einzige Frau auf der Welt, also gab es da keinen Wettbewerb, und es schien nicht eitel zu sein, sich so zu sehen.

Sie dachte daran, dass Vincente sie so gesehen hatte und fragte sich, ob es stimmte, was er über das Pech eines Bräutigams gesagt hatte, der das Brautkleid vor der Hochzeit sieht.

Als sie sich noch einmal im Ganzkörperspiegel betrachtete, zog sie ihre Schleppe nach vorne und machte sich auf den Weg aus dem Zimmer und den langen Flur entlang. Sie liebte das zischende Geräusch ihres Kleides, wenn es ihr über den Teppich folgte. Sie stellte sich vor, wie eine ihrer besten Freundinnen hinter ihr stand und es hielt. Aber dann lenkte sie ihre Gedanken ab. Schließlich war dies keine richtige Hochzeit, sondern nur eine Art Modenschau für Vincente.

Als die Aufzugsglocke ihre Ankunft im Erdgeschoss ankündigte, zischte Grace durch den Eingangsbereich, vorbei an den leeren Schreibtischen und verlassenen Computerterminals, am leeren Restaurant und der verlassenen Bar. Als sie den Zug durch die Drehtür hinein- und wieder herausfuhr - was übrigens keine leichte Aufgabe war -, stolperte sie auf die halbkreisförmige Taxispur hinaus und sah den Land Rover an seinem üblichen Platz stehen. Sie schaute sich nach Vincente um, aber er war nirgends zu sehen. Schon wieder. Es wurde langsam zur Gewohnheit.

Die Sonne war gerade dabei, sich für den Tag zu verabschieden und am Horizont unterzugehen. Der Himmel färbte sich in einem orange-roten Farbton. Es war die Art, von der Grace dachte, dass sie am nächsten Tag ein türkisches Vergnügen versprach. Oder war es ein "Fisherman's Delight"? Sie hatte keine Ahnung, welche Bedeutung der Ausdruck hatte, als er ihr in den Sinn kam. Sie überquerte die Straße und kam an der Steinmauer an, immer noch auf der Suche nach Vincente.

Dann wurde ihr Blick auf den Sand gelenkt. Dort lag eine einzelne getrocknete rote Rose. Sie hob sie auf und trug sie bei sich, als sie sich auf den Weg zu den Stufen machte. Dann entdeckte sie getrocknete Rosenblütenblätter. Sie lagen in einer Spur verstreut. Sie zeigten ihr den Weg. Eine weitere getrocknete Rose begegnete ihren Füßen, dieses Mal eine gelbe. Sie hob sie auf und ging die Treppe hinunter in den Sand.

Entlang des Weges standen Kerzen, die nach Rosen und Lavendel dufteten. In der Ferne hörte sie leise Musik.

Sie drehte ihren Kopf, um die Quelle zu finden, und was sie sah, war überwältigend. Sie stand wie festgeklebt auf der Stelle, während der Wind ihr Hochzeitskleid und ihre Schleppe hin und her wehte, hin und her. Das Bild war wie ein Akkordeon-Hochzeitskleid, und von dort, wo Vincente stand, hatte er noch nie einen so schönen Anblick gesehen.

KAPITEL 35

NACHDEM SIE SICH ZUSAMMENGERISSEN hatte, ging Grace auf ihn zu. Vor ihr lagen mehrere Schritte, die sie langsam machte, wobei sie bewusst in die neuen Absätze ihrer antiken weißen Schuhe grub und vorsichtig auftrat. Er beobachtete sie. Er wartete dort auf sie.

Sie fühlte sich so schön wie nie zuvor, als er ihr ein Lächeln zuwarf. Sein Gesicht sagte: "Siehst du! Und als sich die Sonne ganz aus dem Tag zurückzog, blieb nur noch der Mann im Mond - Albert Einstein, wie es schien - als Zeuge für das, was gleich geschehen würde.

Als sie die unterste Stufe erreichte und den Sand um sich herum sah, fragte sie sich, wie schwierig es wohl sein würde, mit hohen Absätzen über den Sand zu laufen, und doch wollte sie den Moment nicht unterbrechen, also zögerte sie kurz, bevor sie in den Sand trat.

Aus der Ferne sah es so aus, als würde sie ihr Diadem zurechtrücken, aber beide wussten, dass sie alles in sich aufnahm und den Moment auskostete. Ihr Herz war so voll, dass sie dachte, es würde überlaufen vor lauter Liebe und Schönheit.

Kein Wunder, dass er so spät dran war, dachte sie.

Für einen Moment sah sie, wie Vincente sich bewegte. Er drehte die Musik lauter. Er schenkte ihr ein weiteres Lächeln.

Sie trat in den Sand, um ihren Bräutigam zu treffen.

KAPITEL 36

Vincente hatte für sie einen Gang aus Lichterketten und Kerzen gebastelt, der sich um getrocknete Rosensträucher rankte. Es war atemberaubend schön. Sie nahm alles in sich auf und ging auf ihn zu, um die Lücke zu schließen.

Vincente trug ein weißes Smokingjackett ohne Hemd und eine schwarze Levi's-Jeans. Er rang nervös die Hände und fuhr sich mit den Fingern durch die Haare, während er in ihre Richtung lächelte.

Er war so umwerfend, dass sie ihn am liebsten verschlungen hätte.

Aber sie war in diesem Moment gefangen und wollte das Bild genießen, während die Lichterkette, die Kerzen und die Sterne über ihr im Gleichklang funkelten: Die Natur feierte ihre Liebe mit.

Grace schritt vorsichtig und versuchte, das fließende Erscheinungsbild der Schönheit, Eleganz und Würde aufrechtzuerhalten, das von einer Braut an ihrem besonderen Tag erwartet wurde. Aber schließlich konnte sie es nicht mehr abwarten, zu Vincente zu kommen, und so zog sie beide Schuhe aus, griff nach ihrer Schleppe und rannte zu ihm. Aus der Ferne sah es so aus, als würde sie fliegen, aber in Wirklichkeit hob sie nicht vom Boden ab.

Ihre Blicke trafen sich, während der Abstand zwischen ihnen immer geringer wurde, und schon bald standen sie Seite an Seite, hielten sich an den Händen und verloren sich ineinander. Verloren in diesem Moment. Verloren in ihrer Liebe.

Vincente sprach zuerst: "Es ist Zeit für mich, die schönste Frau der Welt zu heiraten."

"Danke", sagte Grace, "das ist mehr, als ich mir je hätte vorstellen können! Es ist perfekt!"

"Oh, aber eine Sache noch, bevor wir anfangen. Äh, zieh bitte dein Kleid hoch", sagte Vincente verlegen.

"Wie bitte?"

"Ich meine, ich habe etwas für dich", stellte Vincente klar. Als Grace das Kleid hochzog, sagte Vincente: "Höher, höher", bis ihr Oberschenkel ganz entblößt war und wahrscheinlich sogar Albert Einstein rot wurde.

Dann zog Vincente ein blaues Strumpfband aus seiner Jeanstasche und ritt damit Graces Bein bis zu ihrem Oberschenkel hinauf. Seine Berührung jagte ihr einen Schauer über den Rücken, und als er die Innenseite ihres Oberschenkels küsste, jagte er ihr ebenfalls einen Schauer über den ganzen Körper.

Er trat zurück, und ein Lied begann zu spielen. Ein Lied, das Grace sehr vertraut war.

Es war das Liebeslied, das aus ihrem Schmuckkästchen gespielt wurde.

Er war ins Haus zurückgekehrt, um es zu holen. Das war der Grund...

Die Braut und der Bräutigam waren ineinander versunken.

Sie reichten sich die Hände.

KAPITEL 37

"**D**U HAST DICH ERINNERT!" rief Grace aus.

"Natürlich habe ich mich erinnert."

Das Lied wiederholte die Worte des Refrains über die Liebe, die für immer und ewig währt.

Als alles still war oder nur noch das natürliche Rauschen der Wellen am Ufer zu hören war, blickte Vincente Grace tief in die Augen.

"Grace, du bist die schönste Frau, die ich je getroffen habe. Du bist innerlich und äußerlich wunderschön, aber heute bist du schöner, als du es je für mich gewesen bist. Ich liebe dich jeden Tag mehr, und ich möchte, dass wir den Rest unseres Lebens zusammen verbringen. Ich möchte dich glücklich machen. Ich möchte, dass unsere Liebe für immer ist."

Tränen liefen Grace über die Wangen, als sie sagte: "Vincente, ich habe dich vom ersten Moment an geliebt, als ich dich sah, aber damals nur aus der Ferne. Du warst nah genug, um mit dir zu reden, aber zu weit weg, um dich zu erreichen. Die Entfernung zwischen uns war zu groß. Aber etwas hat dich zu mir gebracht, etwas, das mehr ist, als ich mir je hätte träumen lassen, und dafür bin ich dir ewig dankbar. Ich schwöre, dich zu lieben, bis der letzte Atemzug aus meinem Körper weicht, und selbst dann wird meine Erinnerung dich noch mehr lieben."

Vincente rückte näher und steckte Grace den Ring an den Finger. Er küsste ihren Finger sanft, während er ihn hinunterschob, was Grace erneut erschaudern ließ, aber ihre Augen lösten sich nicht von ihrem Liebesschloss.

Grace schob den anderen Ring auf Vincentes Finger und folgte seinem Beispiel und küsste seinen Finger sanft. Er bot ihr seine anderen Finger an und sie küsste auch sie sanft, während sie beobachtete, wie sich die Haare an seinen Händen und Armen aufrichteten.

In diesem Moment rückten sie so nah zusammen, wie es nur möglich war, und küssten sich tief und leidenschaftlich: ein Ehekuss, der die Sache besiegelte.

"Sag Käse!" sagte Vincente. Er hatte eine Kamera auf ein Stativ gestellt, und er und Grace lächelten. Er bewegte die Kamera, so dass sie eine Aufnahme mit dem Strand im Rücken hatten. Dann machte er eine Aufnahme von Grace allein, die ihre Rosen hielt, und sie machte auch eine von ihm.

Als Nächstes ging Vincente zur Stereoanlage, die ein neues Lied abspielte. Es war ein sehr romantisches Lied. Gemeinsam begannen sie zu tanzen. Es war ihr erster Tanz als Ehepaar. Es war ihr allererster gemeinsamer Tanz, und ihr erster Tanz überhaupt. Gemeinsam bewegten sie sich wie eine Einheit und hielten sich so eng umschlungen, wie zwei Menschen nur sein können.

Vincente nahm Grace das Diadem ab und sie begannen, sich Stück für Stück zu entkleiden. Als sie beide vollständig entkleidet waren und nur noch ihre neuen Eheringe trugen, küssten sie sich, bis sie auf dem Sand lagen und einen ehelichen Abdruck darauf hinterließen.

Während die Wellen weiter an die Küste schlugen, liebten sie sich zum ersten Mal als Ehepaar, und dann fielen sie erschöpft in einen tiefen, tiefen Schlaf.

Grace träumte, dass sie aus dem Himmel stürzte, aber sie fiel nicht. Sie schwebte in der Luft und hatte die Arme weit ausgebreitet.

KAPITEL 38

"GNADE! GNADE! GRACE!" rief Vincente.

Als sie aufwachte, war ihr Körper zur Hälfte im Wasser versunken. Alles von ihrer Hochzeit war verschwunden.

"GNADE!" schrie Vincente noch einmal, als die Wellen ihn schoben und hin und her warfen, als wäre er so leicht wie eine Boje.

Auch Grace bewegte sich ins Wasser, als sie merkte, dass Vincente versuchte, ihre Sachen zu retten. Als sie ihn untergehen sah, schrie sie seinen Namen und wartete darauf, dass er wieder auftauchte.

"Vergiss die Sachen!" rief Grace. "Komm einfach zurück; alles kann ersetzt werden!"

Er hörte sie nicht, oder er hörte nicht zu, also machte sie sich auf den Weg zu ihm. Als sie gegen die Wellen ankämpfte, wurde sie von der wogenden Kraft der Strömung unter Wasser gezogen, und schon bald drang das brennende Gefühl von Salzwasser in ihre Lungen.

Grace musste an ihren Hochzeitstag zurückdenken, den schönsten Tag in ihrem Leben. Zurück zu den Gelübden, die sie und Vincente ausgetauscht hatten, während sie mit all ihrer Kraft ums Überleben kämpfte.

"Grace, du bist die schönste Frau, die ich je getroffen habe. Du bist innerlich und äußerlich schön, aber heute bist du noch schöner als je zuvor für mich. Ich liebe dich jeden Tag mehr, und ich möchte, dass wir den Rest unseres Lebens zusammen verbringen. Ich möchte dich glücklich machen. Ich möchte, dass unsere Liebe für immer ist", sagte er.

Tränen liefen Grace über die Wangen, als sie sagte: "Vincente, ich habe dich vom ersten Moment an geliebt, als ich dich sah, aber damals nur aus der Ferne. Du warst nah genug, um mit dir zu reden, aber zu weit weg, um dich zu erreichen. Die Entfernung zwischen uns war zu groß. Aber etwas hat dich zu mir gebracht, etwas, das mehr ist, als ich mir je hätte träumen lassen, und dafür bin ich dir ewig dankbar. Ich schwöre, dich zu lieben, bis der letzte Atemzug aus meinem Körper weicht, und selbst dann wird meine Erinnerung dich noch mehr lieben."

Vincente rückte näher und steckte Grace den Ring an den Finger. Er küsste ihren Finger sanft, als er ihn hinuntergleiten ließ, was Grace erneut erschauern ließ, aber ihre Augen blieben ineinander verschlungen.

KAPITEL 39

GRACE GING AUF DAS Wasser zu. Sie schaute nicht zurück. Als sie am Wasser war, nahm sie ihre Eheringe und Verlobungsringe ab und watete hinein. Als sie hüfttief war, küsste sie die Ringe zum Abschied und machte sich bereit, sie ins Nichts zu werfen.

Vincente beobachtete sie und wartete, unsicher hinter ihr. Als er erkannte, was sie vorhatte, schoss er hoch wie eine Rakete und rief: "Grace NEIN!"

Sie erstarrte und verfluchte sich für ihr Zögern, während sie die Ringe immer noch fest in ihrer Faust hielt.

"Komm zurück", sagte er. "Tu es nicht!"

Sie wollte nackt sein, nackt von allem, so wie Vincente es war. Sie brauchte ihre Ringe nicht, wenn er seine nicht hatte.

"Wir gehen zurück in den Antiquitätenladen, ich hole einen anderen Ring!", rief er. "Jetzt komm bitte zurück!"

Sie überlegte noch, ob sie sich von den Ringen trennen sollte, aber dann erreichten sie die strahlenden Sonnenstrahlen. Es war wie ein Zeichen von Mutter Natur, und sie schloss ihre Hand schützend um sie.

Grace stapfte aus dem Wasser und ärgerte sich ein bisschen über Vincente, weil er seine Ringe überhaupt abgenommen hatte. Sie hatte noch nie gesehen, wie er das Familienerbstück abnahm, warum also jetzt?

Als sie Vincente erreichte, steckte er ihr die Ringe wieder an den Finger und küsste ihn dann. "Na, das ist ja ein einzigartiger Start in unsere Flitterwochen!"

"Ja, ein echter Hingucker - ich meine etwas, von dem wir unseren Kindern und Enkeln erzählen können!"

Sie lächelten sich an, legten ihre Arme um die Taille des anderen und machten sich auf den Weg zurück zum Hotel.

Auf dem Weg dorthin beschlossen sie, dass es für sie an der Zeit war, weiterzuziehen.

KAPITEL 40

"**Z**UERST HALTEN WIR IN der Stadt und besorgen dir einen neuen Ring. Und dann..."

"Weißt du, Babe, ich würde lieber warten, wenn es für dich okay ist, und mich noch etwas umsehen. Ich möchte meinen zweiten Ring nicht im selben Laden kaufen - das wäre seltsam und würde sogar Unglück bringen. Lass uns nach etwas ganz anderem suchen. Und was meinen Familienring angeht, so ist es schon beschlossene Sache."

Gemeinsam packten sie ihre spärlichen Habseligkeiten im Hotelzimmer zusammen.

"Komm schon, Frau Marino", sagte Vincente und lächelte Grace an, "es wird Zeit, dass wir mit den Flitterwochen beginnen!"

"Sag das noch mal", sagte sie.

"Frau Marino, Frau Vincente Marino, Herr und Frau Vincente Marino, Grace und Vincente Marino", rief er. Sie fiel in Ohnmacht, als wären die Titel Musik, die gespielt wurde, und sie sammelten ihre Taschen ein und gingen hinaus. Sie schlossen die Tür fest hinter sich und fuhren den Aufzug hinunter in die Lobby, dann durch die Drehtüren hinaus und in das wartende Auto.

Aus heiterem Himmel fragte Grace: "Was bedeutet dein Familienname?"

"Äh, wenn er dir nicht gefällt, verlangst du dann Greenway zurück?", fragte er und grinste dabei frech.

"Auf keinen Fall! Greenway ist langweilig. Es bedeutet 'ein grüner Weg' - welch eine Überraschung. Aber Marino, das klingt fremd, exotisch - interessant."

"Vielen Dank, Frau Marino", sagte Vincente. "Es bedeutet 'am Meer'. Ich glaube, das ist der Grund, warum ich immer gerne hierher gekommen bin. Das Meer klingt für mich wie Musik. Es liegt mir im Blut."

"Nach dem, was gerade passiert ist, macht es mir nichts aus, eine Zeit lang vom Wasser weg zu sein", gestand Grace.

"Kein Witz!" sagte Vincente, "Aber wir kommen wieder."

KAPITEL 41

Als sie an der Küste entlang fuhren, vorbei an Neu- und Gebrauchtwagenläden, dachte Vincente: "Weißt du was, ich habe schon immer von einem zweisitzigen, kandisapfelroten Ferrari geträumt."

Als sie in einem der Läden genau das Fahrzeug sah, das Vincente beschrieben hatte, sagte sie: "Ein Hochzeitsgeschenk? Ich denke, das wäre toll, außer dass dieses Auto mehr Stauraum für Notwendigkeiten wie Waffen und Messer und so hat."

"Ja, du hast Recht", sagte Vincente, aber ganz konnte er sich die Gelegenheit nicht entgehen lassen und fuhr auf den Parkplatz des Ferrari-Autos. "Es ist, als wäre ich gestorben und in den Ferrari-Himmel gekommen!"

"Ganz ruhig, Mister Marino", warnte Grace und tat so, als ob sie ihn zurückhalten würde.

"Das hier", sagte er und streichelte es, "das ist das Baby, das ich will!"

Grace sah zu, wie er mit den Fingern über die geschwungenen Stoßstangen fuhr, das weiche weiße Leder im Innenraum berührte und liebevoll betrachtete, das Lenkrad zärtlich streichelte, dann die Motorhaube öffnete und fast hineinstieg, um mit ihm Liebe zu machen.

"Sollte ich eifersüchtig sein?", fragte sie mit einem Grinsen.

Er lachte und streichelte weiter die Scheinwerfer.

"Aber im Ernst", sagte Grace, "sollten wir uns nicht lieber nach einem richtigen Fahrzeug umsehen, du weißt schon, mit genug Platz, um unsere weltlichen Güter darin zu transportieren?"

"Nein", spottete er. "Das Leben ist zu kurz. Komm schon, spring rein!"

Nachdem sie ein paar Mal den Princess Highway hoch und runter gerauscht waren, kehrte Grace zum Land Rover zurück. Sie lächelte, als sie Vincente dabei beobachtete, wie er sich von dem roten Ferrari verabschiedete.

Nach ein paar Augenblicken kam er zu Grace zurück und forderte sie auf, "das Fenster zu öffnen".

"Warum?", fragte sie.

"Tu es einfach!"

"Nein, du steigst ein."

"Mach es auf, Grace."

"Sag mir, warum!"

"Komm schon!"

Sie ließ das Fenster herunter und Vincente schob seinen Kopf in den offenen Raum, nahm ihr Gesicht in beide Hände und küsste sie heftig, wobei er mit seiner Zunge über ihre Lippen fuhr und sie in ihrem Mund herumwirbelte, bis sie völlig vergaß zu atmen.

"Das hast du davon, dass du dachtest, ich würde den Ferrari küssen!" sagte Vincente, als er in den Land Rover sprang und die Reifen quietschen ließ.

Grace saß schweigend da und versuchte immer noch, Luft zu holen, während der rote Ferrari in ihrem Seitenspiegel immer kleiner wurde, während sie sich an Vincentes Mund auf ihrem erinnerte.

✷✷✷

"WEISST DU NOCH, ALS ich dir erzählt habe, dass meine Mutter eine Künstlerin ist?" Grace nickte, und Vincente fuhr fort. "Meine Mutter war eine Malerin, und eine ziemlich gute dazu. Mein Vater arbeitete bei einer Kommunikationsfirma und wurde im ganzen Land herumgeschickt, um zu arbeiten. Deshalb sind wir oft umgezogen, als ich ein Kind war. Meine Mutter liebte es, wenn wir umzogen, denn das war gut für sie - künstlerisch gesehen, meine ich. Sie hatte immer neue Landschaften, frische Szenerien, neue Bäume..."

Er hielt das Auto abrupt an und trat auf die Bremse. Dann machte er einen weiten U-Turn.

"Was gibt's? Ich liebe es, von deiner Familie zu hören. Erzähl mir mehr."

"Ich werde es dir nicht nur erzählen", sagte Vincente etwas atemlos. "Ich werde es dir zeigen! Ich meine, ich hatte es völlig vergessen, bis eben. Ich glaube, ich habe es vielleicht sogar verdrängt."

"Erzähl es mir", unterbrach Grace, aber Vincente redete einfach weiter.

"Nach dem, was bei meinen Großeltern und dann bei deinen Eltern passiert ist, ist das einfach ein zu großer Zufall."

"Was ist? Was ist ein Zufall?"

"Es ist einfach zu seltsam, als dass ich es erklären könnte, aber ich werde es dir zeigen und zwar bald", zitterte er und klammerte sich fester ans Lenkrad. "Bleib dran, okay? Wenn du es siehst, wirst du wissen, warum."

"Okay", sagte Grace und kuschelte sich zurück in den Sitz. Sie wollte noch mehr Fragen stellen, aber sie wusste, dass Vincente sie zu diesem Zeitpunkt nicht beantworten würde. Sie wechselte das Thema. "Hattest du als Kind irgendwelche Probleme damit, so viel herumzuziehen?"

"Ich hatte keine Probleme", sagte Vincente. "Wahrscheinlich, weil ich ziemlich gut im Sport war. Ich habe mich beworben, bin in ein Team gekommen und - voilà - hatte ich sofort Freunde."

"Ich wette, du hattest immer Mädchen, die sich in dich verliebt haben!"

"Oh, wer ist denn da eifersüchtig? Bist du eifersüchtig, Mrs. Marino?"

Grace antwortete nur mit einem leisen Grinsen.

KAPITEL 42

"Es ist nur noch ein paar Minuten entfernt", sagte Vincente.

"Sieht aus, als könnte es heute regnen", bemerkte Grace, während ein sichtbarer Schauer durch ihren ganzen Körper lief.

"Ich würde mich über ein richtiges Gewitter freuen", sagte Vincente. "Ich vermisse es, all die Vögel zu hören, besonders die Kookaburras."

Grace starrte aus dem Seitenfenster und schaute dann durch die Windschutzscheibe zurück.

Vincente schaltete die Scheibenwischer ein, als ein paar Tropfen vom Himmel fielen. Diesmal waren es normale Tropfen, nicht schwarze wie zuvor.

"Ich erinnere mich, dass in der Schule immer gesagt wurde, dass nach einem Atomkrieg einige Dinge überleben würden, wie Geier, Kakerlaken und Haie", sagte Vincente.

"Nichts davon wird in unserer Welt gebraucht."

"Nein, aber wenn dieses Ding sie auch erwischt hat, was bedeutet das dann für uns? Geier und Haie ernähren sich von menschlichen Kadavern oder anderen Kadavern. Da es also keine

Leichen gibt, wären sie auch verhungert. Kakerlaken fressen alles - Tiere, Gemüse, Papier - was auch immer. Von den dreien, und da sie hier in good old OZ fliegen, hätten wir schon mindestens eine von ihnen sehen müssen."

Grace zitterte wieder: "Warum fressen Kakerlaken Papier?"

"Es ist nicht unbedingt das Papier, hinter dem sie her sind. Es ist der Leim, der aus tierischen Nebenprodukten hergestellt wird."

"Ich kann dir sagen, dass ich Ungeziefer nicht vermisse", sagte Grace und ihr ganzer Körper zitterte wieder. Diesmal bemerkte es sogar Vincente.

"Willst du dir im nächsten Einkaufszentrum einen Kapuzenpulli holen, oder soll ich die Heizung anmachen? Du scheinst in letzter Zeit viel zu zittern. Ich hoffe, du hast dir nicht irgendetwas eingefangen."

"Mir ist nicht wirklich kalt. Ich fühle mich nur ein bisschen seltsam. Ich kann es nicht erklären", sagte Grace.

"Sag mir, wie du dich fühlst", bat Vincente. "Hast du das Gefühl, dass dich jemand beobachtet? Oder als ob etwas Schlimmes passieren wird?"

"Vielleicht beides, vielleicht auch nur eines. Ich weiß es wirklich nicht. Deshalb ist es auch so schwer zu erklären", sagte Grace, während sich die Gänsehaut auf ihren Unterarmen bildete.

"Wir sind fast da", sagte er. "Halte durch und vielleicht hilft dir eine heiße Dusche."

"Ja, oder ein schönes, langes Bad", sagte Grace. "Du kannst mich massieren."

"Ich massiere dich, wenn du mich massierst", sagte Vincente mit einem jungenhaften Grinsen.

Grace erschauderte unwillkürlich, als das Auto um die Kurve bog. Vincente hielt vor einem zweistöckigen Haus an, fuhr in die Einfahrt und parkte.

"Willkommen in meiner bescheidenen Behausung", sagte Vincente, winkte mit dem Arm und verbeugte sich wie ein Gentleman.

Grace kicherte und untersuchte dann den Garten. Alles darin war tot, aber einige der Blumen behielten noch ihre Farben. Vincente öffnete ihr die Tür, und sie ging auf ihn zu.

"Dieser Garten war früher der ganze Stolz meiner Mutter", sagte er, "sieh ihn dir jetzt nur an."

"Ich wette, er war damals atemberaubend", sagte Grace. "Ich meine, selbst jetzt, so wie er aussieht, kann ich noch erkennen, dass er vor nicht allzu langer Zeit geliebt und gepflegt wurde."

"Als ich in die Schule kam", sagte Vincente, "hat meine Mutter angefangen zu pflanzen. Sie machte sich Sorgen, wie sie ihre Tage ohne mich ausfüllen sollte. Malen ist ihre Leidenschaft, aber manchmal brauchte sie eine kleine Ablenkung, eine Inspiration. Dann entdeckte sie ein Talent dafür, Dinge wachsen zu lassen, und das wurde für sie sehr therapeutisch. Mum war in vielerlei Hinsicht eine Künstlerin", sagte er, nahm Grace' Hand und führte sie auf die Veranda. Sie folgte ihm, bis sie am Fuße einer umgestürzten Staffelei standen.

"Als ich am letzten Tag zur Schule ging, hat Mama hier draußen gemalt. Und jetzt...", er hielt sich die Hand vor den Mund.

"Was ist das?"

"Ihr Bild", rief er aus. "Es ist noch da! Und sieh mal, sie hat die Deckel von den Farben gelassen und ihr Pinsel ist knochentrocken." Er konnte nicht anders und ließ sich mit einem dumpfen Schlag auf den Stuhl fallen. "Mum hätte diese Sachen nicht so hier draußen liegen lassen. Jetzt weiß ich es mit Sicherheit, und ich muss mich der Tatsache stellen, dass meine Mutter tot ist."

Grace nahm seine Hand in ihre und rückte neben ihn, so dass sie auch das Bild sehen konnte. "Deine Mum ist wirklich etwas Besonderes."

"War. Sie war wirklich etwas Besonderes."

Grace betrachtete das Gemälde, lehnte sich über Vincentes Schulter und sagte: "Umwerfend."

"Aber sie hatte nie Zeit, es zu beenden!" Vincente bückte sich. Sorgfältig setzte er die Deckel wieder auf die geöffneten Farbdosen. Dann schüttete er etwas Terpentin aus der Flasche und ließ den Pinsel zum Reinigen hineinfallen. Er hob das unfertige Gemälde vom Boden auf, reichte Grace die Flaschen und sie folgte ihm ins Haus.

Das erste, was Grace draußen bemerkte, waren die Überreste des Gartens. Drinnen fielen ihr als Erstes die Blumen auf - alle Arten von Blumen, die in Vasen angeordnet waren. Blau. Rot. Lila, was immer du willst. Blumen standen in Kaffeekannen und leeren Gläsern. Blumen, überall. Sie waren jetzt alle getrocknet, genau wie die draußen, aber auch hier hatten viele ihre Farben und Düfte behalten.

Vincente's Mutter hatte ihr Haus mit Natur und Liebe gefüllt. In jedem Raum, den sie finden konnte, wusste Grace das mit Sicherheit. Jetzt, wo sie daran dachte, wünschte sie sich noch mehr, sie hätte sie getroffen. Sie bedauerte, dass sie sie jetzt nicht mehr treffen konnte. Eine Träne lief ihr über die Wange, als sie ein Paar aquablaue Gartenhandschuhe vom Beistelltisch aufhob. Grace hielt sie in der Hand, fast so, als würde sie die Hand von Vincentes Mutter halten, und sie trug sie bei sich, als sie Vincentes Spuren folgte.

"Warte hier, Grace", sagte er. "Ich gehe und hole es. Das Ding, das Ding, das du sehen sollst."

Sie setzte sich auf den Stuhl und bewunderte dabei ein großes Gemälde, das über dem Kamin hing. Es hatte etwas sehr Vertrautes an sich, fast etwas Tröstliches. Sie stand auf und ging näher an das Bild heran.

****

"I CAN'T BELIEVE IT! It's gone!" Vincente exclaimed as he approached Grace who didn't acknowledge his presence. In fact, she didn't move at all – it was like she hadn't heard him.

Grace didn't acknowledge his presence or move. It was like he wasn't even there at all.He looked at his wife, standing there holding a pair of his mother's gloves in her trembling hand and then he followed her line of sight.

When he realized what she was looking at, he put his hand over his mouth. There above the fireplace was the painting that he had been searching for. The exact painting, which he had brought Grace to the house to see.

"That's it!" he shouted and touched her on the arm.

Grace jumped at the sudden touch, but she could not take her eyes off the painting. She seemed to be transfixed by it.

In her head Grace was admiring the realistic qualities. She could smell the grass and hear the cow mooing. She felt a part of it. Somehow.

Vincente tried to turn Grace toward him, but she resisted. He stood in front of her, and she pushed him away.

"Look at me!" he exclaimed.

"I can't. It's just too beautiful! I feel like, I have been there."

"Look at me!" he commanded.

Grace looked at her husband, standing there beside her, wringing his hands, with perspiration streaming down his face.

"What is it Vincente?" Grace asked, as she tried not to look at the painting.

"That painting," he said turning her around and blotting out any view of the painting, "is the one. The one I brought you here to see."

"Ok," Grace said, "and I totally see why. It's the most amazing painting I have ever seen."

"No Grace," Vincente said, "Look at the tree. Look at the tree, Grace!" and then he shuddered as he pushed his trembling fists into his pockets and then pulled them back out again. He ran his fingers through his hair, and he couldn't keep still.

She looked at the picture once again and was filled with an inexplicable inner peace. She smiled.

"Can't you see it, Grace? Can't you see it?"

"Of course, I can see it. There is beauty and peace and serenity. I see your mum's heart in this painting. It's like...I have met her before. Like I have known her."

"Ok, maybe you can't see it. Maybe I need to point it out. See there," he went to the painting, and she too drew nearer. "See there, on the tree? Right there."

"Tell me what you see Vincente," Grace asked.

"It's a face."

She moved in closer, but she could not see what he saw.

"All I see is a field filled with sunflowers and a normal tree with a cow grazing under it," Grace said.

"No!" he exclaimed, growing exasperated. "Look closer. Look at the tree!" He turned to her, pleading to her with his eyes to see what he could see, but she was unable to.

She turned to him. "There is no face, Vincente. Darling, you're seeing something which isn't there."

Vincente threw his hands up in exasperation, turned tail and ran.

At first Grace wanted to follow him, but once again she was drawn to the painting. She stepped nearer, smiled; lost herself in it.

Wait a minute, Grace thought, Vincente was petrified, and he doesn't scare easily.

She closed her eyes and then opened them again. Still, she could not see a face. In fact, this time, the rays of sunlight seemed to be reaching out to her. Drawing her in. Making it almost impossible for her to look away.

The room became warmer somehow when she gazed at the picture. She felt like a piece of the sun had been captured by the artist and was now offering itself up to her. She wanted to walk into the picture and become a part of it—to embrace the light. And when she walked forwards, she seemed to be able to breathe in the fresh hay in the fields and to hear the cow mooing. Her heart rate quickened; her breathing became shallow.

She let it overpower her for a moment, forgot to breathe. Was soon gasping for air and more than a little frightened.

Grace took a quick step back. She ran calling Vincente's name.

KAPITEL 43

GRACE FAND VINCENTE IN seinem Zimmer auf seinem Bett. Obwohl schon einige Minuten vergangen waren, zitterte er immer noch und hatte die Arme vor dem Gesicht verschränkt. Sie stellte sich vor, wie er ausgesehen haben muss, als er noch ein kleiner Junge war.

"Erzähl mir davon. Das Bild", fragte sie, während sie auf und ab ging und versuchte, die Gefühle und die Energie zu vertreiben, die sie vorübergehend übermannt hatten. Sie wollte nicht erwähnen, was sie gefühlt hatte, zumindest nicht, bis Vincente ihr erzählte, was ihn erschreckt hatte.

"Hast du es endlich gesehen? Ich meine, das Gesicht?", fragte er, und für diesen Moment, in dem seine Erwartungen hoch waren, hörte sein Zittern auf.

Grace wollte nicht lügen, als sie den Kopf schüttelte. Sie versuchte lediglich, die Situation einzuschätzen.

Sofort erbebte Vincentes Körper.

"Sag mir, Vincente. Es ist egal, was ich sehe, aber ich kann sehen, dass du Angst hast, mein Schatz. Erzähl mir alles, bitte. Du weißt doch, dass du mir alles sagen kannst, oder?"

Seine Zähne klapperten, als er einen Moment zögerte, dann holte er tief Luft und begann zu erzählen.

"Als ich ein Kind war, malte meine Mutter diese Landschaft und präsentierte sie mir ganz stolz. Sie zog den Vorhang zurück und erwartete, dass ich sie lieben würde, aber stattdessen war ich völlig entsetzt und als Kind fehlten mir die Worte, um es auszudrücken. Meine Mutter verstand es nicht und mein Vater auch nicht. Wir versuchten es noch einmal, aber für mich war es immer das Gleiche. Ein kurzer Blick darauf und ich schrie in der Nacht auf. Die Albträume sprachen für mich. Also legten meine Eltern es weg und ich sah es nie wieder. Ich hatte es sogar ganz vergessen - bis heute Morgen. Wie ich schon sagte, ich glaube, ich habe es verdrängt."

"Warum hast du mich dann hierher zurückgebracht? Wolltest du mir oder dir selbst etwas beweisen? Wolltest du dich deinen Ängsten stellen?" fragte Grace.

"Ich dachte, es könnte ein Hinweis für mich sein - für uns. Aber du hast gesehen, wie ich mich verändert habe, obwohl du es nicht sehen konntest. Ich war wieder ein Kind und musste aus dem Zimmer rennen! Was hältst du jetzt von deinem starken Mann?", empörte er sich über das, was er für eine unmännliche Zurschaustellung von Feigheit hielt.

"Ich liebe ihn genauso sehr, nein, sogar noch mehr!" sagte Grace, während sie sich an ihn kuschelte.

Nach ein paar Momenten des Schweigens verriet Grace: "Ich habe das Gesicht nicht gesehen, aber ich habe etwas auf dem Bild gespürt, Vincente. Etwas Jenseitiges und Unerklärliches."

Vincente setzte sich auf, nahm die Arme vom Gesicht und sagte: "Als ich ein Kind war, hatte ich das Gefühl, dass ich in das Bild hineingehen wollte, wenn ich es genau betrachtete. Als ob ich aus diesem Leben fliehen wollte. Ich konnte das Heu riechen und die Kuh hören. Es war, als würde mich ein Licht anziehen, mich einlullen. Ich wusste, wenn ich mich darauf einlasse, in das Bild hineinzugehen, dann würde, würde, würde mich dieses Gesicht auf dem Baum verletzen - ich musste weg, ich musste davor fliehen!"

"Ich spürte auch, wie etwas Seltsames mich hineinzog, Vincente, aber ich konnte das Gesicht nicht sehen. Es war nicht wie das, das wir gesehen haben, weißt du. Das, das den Raben gefressen hat."

Sie kuschelten sich auf dem Bett zusammen, trösteten sich gegenseitig und dachten an das Bild, während sie gleichzeitig verzweifelt versuchten, nicht daran zu denken.

Nach einer Weile schliefen sie miteinander.

Als Grace erst später aufwachte, überlegte sie, was sie von dem Bild hielt. Es war eine herrliche Landschaft - daran bestand kein Zweifel. Aber das Licht und die Anziehungskraft des Bildes waren etwas Einzigartiges und vielleicht sogar, sie wagte es zu sagen, böse. Ja, das war es. Es war der Kontrast von Ruhe und Gelassenheit mit einem Hauch von etwas Schwarzem, Unbekanntem, vielleicht sogar Gefährlichem.

Sie schaute zu Vincente hinüber, der immer noch friedlich schlief. Er rührte sich ab und zu und murmelte. Sie fragte sich, ob er von dem Baum träumte, dem Baum mit dem Gesicht, den er sich als Teil genau dieser Landschaft vorgestellt hatte. Grace stieg leise aus dem Bett, und Vincente rückte heran, um die noch warme Lücke zu füllen.

Er schlief immer noch fest und friedlich.

Sie sah sich in seinem Zimmer um und bewunderte seine erstaunlichen Leistungen, für die er Trophäen vorweisen konnte: Bester Sportler, bester Schlagmann und Spieler des Jahres - diese Kategorie hatte er mehrere Jahre in Folge gewonnen.

Dann fiel ihr Blick auf mehrere Regale, die mit Holzschnitzereien gefüllt waren. Fasziniert ging sie auf sie zu und bewunderte die komplizierten Details. Jedes Stück hatte seine eigene Persönlichkeit. Da gab es eine Ballerina, die eine Pirouette drehte, einen Kricketspieler beim Schlag, einen Cowboy, der einen Gewehrgürtel um die Hüfte trug und sich gerade anschickte, zu ziehen, einen Bergsteiger, der seinem Gesichtsausdruck nach zu urteilen gerade sein Ziel erreicht hatte, und viele andere.

Grace ließ ihren Blick über die gesamte Sammlung schweifen und blieb bei der Schnitzerei eines Aborigine-Mannes stehen. Er starrte mit verlorenen Augen vor sich hin. Sie hob ihn auf und hielt ihn in ihrer Hand. Ihre Haut, die die Holzfigur berührte, brachte sie zum Pulsieren, ganz sanft. Oder hatte sie sich das nur eingebildet?

Sie trat einen Schritt zurück und wandte ihren Blick nach links. Sie war auf einen holzgerahmten Spiegel ausgerichtet und ihr Spiegelbild erschreckte sie so sehr, dass die Holzfigur in ihrer Hand zu Boden fiel und auf dem Teppich aufprallte. Sie bückte sich, hob sie auf und betrachtete sie genauer, gerade rechtzeitig, um zu sehen, wie eine Träne aus den Augen der Holzfigur fiel. Sie wischte sie mit ihrer Fingerspitze ab und schmeckte sie. Sie war salzig, genau wie eine menschliche Träne. Sie stand da und starrte ihm in die Augen. Sie fühlte sich ängstlich und ein bisschen mehr als neugierig. Sie fragte sich, ob das Gespräch über das Gemälde sie zu sehr beeinflusst hatte.

"Was hältst du von ihnen?" fragte Vincente, während er gähnte, sich streckte und dann den Raum durchquerte, um sich zu ihr zu setzen.

Grace war erschrocken und zuckte zunächst ein wenig zusammen. Sie drückte den Aborigine-Mann an ihre Brust. "Ich musste sie mir genauer ansehen, weil ihre Gesichtsausdrücke so lebensecht sind! Wo hast du sie gefunden?"

"Ich habe sie gemacht", gab er schüchtern zu. "Jede einzelne wurde von Kopf bis Fuß mit diesen beiden Händen geschnitzt."

"Du bist ein echter Künstler, Vincente! Warum hast du mir das nicht gesagt?"

"Ich habe niemandem davon erzählt, außer Mama, Papa und meinen Großeltern. Gefallen sie dir wirklich?"

"Ich finde sie unglaublich!"

"Ich würde gerne eines von dir schnitzen, Grace."

"Das wäre wunderbar, Vincente", wirbelte sie herum und tat so, als wäre sie eine Ballerina. "Mir ist aufgefallen, dass jedes Stück anders ist, nicht nur die Figuren, sondern auch die Art des Holzes. Wie wählst du aus?"

"Jede Schnitzerei braucht eine bestimmte Holzart, damit alles zusammenpasst. Ich gehe zwischen den Bäumen spazieren, entscheide, was ich schnitzen möchte und warte, bis ich sehe, welche Art von Baum mich geistig anspricht. Dann mache ich die Schnitzerei mit der Absicht, sie so lebensecht wie möglich und vor allem wahrheitsgetreu zu gestalten."

"Wie lange brauchst du für jede Schnitzerei?"

"Sobald ich das Holz gefunden habe - was am längsten dauert - kann ich das Motiv in zwei oder drei Tagen schnitzen. Das Gesicht dauert immer am längsten, und das mache ich als letztes. Wenn das Gesicht nicht stimmt, werfe ich alles weg und fange neu an. Manchmal liegt es daran, dass sich das Holz nicht richtig anfühlt, dann gehe ich zurück zu den Bäumen und suche von neuem nach dem richtigen Baum. Meistens ist der Baum richtig, ich habe nur noch nicht die Essenz des Motivs erfasst."

"Hast du ein spezielles Werkzeug, um das zu tun? Wenn ja, dann solltest du sie mitbringen. Und ich denke, du solltest auch das Bild deiner Mutter mitbringen. Auch wenn wir es abdecken müssen."

"Ah, das Bild schon wieder. Ich will wieder runtergehen und es mir noch einmal ansehen. Ich will mich meinen Ängsten direkt stellen. Kommst du mit mir?"

"Natürlich komme ich mit, Vincente." Sie folgte ihm und streckte die Hand aus, um den Aborigine wieder in das Regal zu stellen, aber er pulsierte wieder. Sie steckte es in ihre Tasche und sagte dann: "Aber ich muss dich daran erinnern, dass ich gespürt habe, wie das Bild mich angezogen hat - und der Sog war außerordentlich stark. Unheimlich stark."

"Wir halten uns an den Händen und stellen uns ihm gemeinsam."

"Okay, lass uns gehen."

"Können wir vorher noch eine Tasse Kaffee trinken, Vincente?"

"Abgemacht."

KAPITEL 44

NACHDEM SIE IHRE TASSEN ausgetrunken hatten und wieder im Wohnzimmer waren, hielten sich Grace und Vincente an den Händen und gingen auf das Gemälde zu.

Vincente redete sich ein, dass er nicht wirklich ein Gesicht auf dem Baumstamm sehen konnte, und Grace redete sich ein, dass sie die Kraft des Gemäldes, die sie nach vorne zog, nicht spürte.

Ihre Füße blieben fest an der gleichen Stelle, während sie die Hand des anderen fester umklammerten.

Grace steckte ihre andere Hand in ihre Tasche, in der sie Vincentes Schnitzerei des Aborigine-Mannes hielt. Als es wieder pulsierte, nahm sie es heraus und hielt es hoch, so dass seine Augen ebenfalls auf das Bild gerichtet waren.

Der Aborigine-Mann begann in ihrer Handfläche zu zucken. Dann rollte er sich von einer Seite zur anderen. Als sie hinunterschaute, verzog sich sein Mund zu einem Schrei, und er wurde aus ihrer Hand in das Gemälde gehoben.

Grace stand immer noch an der gleichen Stelle, hielt immer noch ihre Hände und konnte nun die Schnitzerei des

Aborigine-Mannes sehen, der oben im Baum saß. Über ihm saß ein Rabe auf einem Ast.

Vincente starrte weiterhin auf das Gemälde, aber er zitterte nicht mehr wie zuvor. Er drückte Grace' Hand zur Beruhigung.

"Fällt dir irgendetwas anderes auf?" fragte Grace.

"Anders? Inwiefern?"

"Irgendetwas Neues oder Ungewöhnliches?"

"Nein, alles sieht gleich aus, aber der Mund macht mir heute nicht so viel Angst. Vielleicht liegt es daran, dass wir uns an den Händen halten."

Gemeinsam traten sie von dem Gemälde weg und schlossen die Tür hinter sich.

Augenblicklich pulsierte der Aborigine-Mann. Er war in die Tasche von Grace zurückgekehrt. Sie öffnete den Mund, um Vincente zu erzählen, was passiert war, aber er schien weniger ängstlich zu sein, und sie fand keine Worte, um es zu erklären.

"Ich werde ein paar Sachen packen", sagte Vincente.

"Ich glaube, ich bleibe hier, wenn du nichts dagegen hast?" fragte Grace. Sie sah zu, wie Vincente um die Ecke verschwand, dann griff sie nach oben und nahm das Bild von der Wand. Sie wickelte es in eine Decke und verstaute es im Kofferraum des Autos. Dann kehrte sie ins Haus zurück und holte einige Decken und Kissen und legte sie sicher auf das Gemälde. Während sie das Auto belud, pulsierte die Schnitzerei in ihrer Tasche weiter. Jetzt machte sie sich auf den Weg zu Vincentes Zimmer. Der Aborigine-Mann verstummte.

Vincente packte seine Schnitzereien in eine große Tasche. Auch sein Werkzeug hatte er dabei. Bepackt gingen sie gemeinsam zurück nach unten. Vincente packte die Kunstsachen seiner Mutter ein, einschließlich Staffelei und Leinwand, und sie beluden das Auto.

"Ok, los geht's", sagte er.

"Bist du sicher, dass du alles dabei hast?" fragte Grace.

"Ich will das Ding nicht mitnehmen. Ich bin jetzt mit ihm im Reinen und will nur noch weg von hier. Im Moment glaube ich nicht, dass ich jemals hierher zurückkehren möchte."

Sie gingen zum Eingang, Vincente zog die Haustür auf und winkte Grace, als Erste hinauszugehen. Dann schloss er die Tür fest hinter sich und verriegelte sie.

Als sie wieder im Land Rover saßen und auf der Straße waren, brach Grace das Schweigen. "Wir sollten wirklich darüber reden."

"Ich sagte", rief er und beruhigte seine Stimme dann, "ich sagte, ich will nicht darüber reden. Nicht jetzt und niemals. Wenn ich darüber spreche, werde ich gezwungen sein, darüber nachzudenken, wie meine Mutter, meine eigene Mutter, so ein Bild erschaffen konnte. Meine Mutter war die liebste und netteste Frau, die je auf dieser Erde gelebt hat, und sie hätte niemals so etwas Schreckliches wie dieses Ding gemalt."

Grace beobachtete still, wie die Welt an ihr vorbeizog. Ein Sturm war im Anmarsch. Sie konnte ihn spüren. Alles um sie herum zitterte, pulsierte und pochte, auch der Aborigine-Mann in ihrer Tasche. Sie schlang die Arme um sich und beschloss, das Gespräch mit Vincente im Moment nicht weiterzuführen. Er würde mit ihr reden, wenn er bereit war. In der Zwischenzeit war das Gemälde in Sicherheit und konnte ihnen nichts anhaben.

Sie gingen schweigend weiter.

KAPITEL 45

VINCENTE STARRTE VOR SICH hin und konzentrierte seine Energie auf die Straße. Er versuchte, das Bild und seine Mutter zu vergessen, aber egal, was er tat, er konnte die beiden Dinge in seinem Kopf nicht trennen.

Er schaute zu seiner schönen Frau hinüber. Sie saß still und gedankenverloren da und hatte die Arme um sich gelegt. Sie schien nicht zu bemerken, dass er sie ansah. Er richtete seine Aufmerksamkeit wieder auf die Straße.

Grace dachte auch über die andere Frau Marino und das Gemälde nach. Es kam ihr seltsam vor, dass Vincente wegen etwas, das seine Mutter gemalt hatte, so am Boden zerstört sein konnte. Da kam ihr eine Idee: Sie könnten es verbrennen. Ein heilendes Ritual daraus machen.

Sie ließ ihre Gedanken schweifen und suchte in ihrem eigenen Kopf nach einem Anzeichen für eine ursprüngliche Erinnerung, aber nichts tauchte auf. Sie glaubte, wie Vincente, dass sie immer noch alles irgendwo in ihrem Gehirn gespeichert hatte und dass eines Tages alles wieder an die Oberfläche kommen würde und sie über diese Lücke lachen würde. Das Verbrennen des Bildes würde eine Lücke in Vincentes Erinnerungen hinterlassen. War es besser, gar keine Erinnerungen zu haben, als schlechte Erinnerungen zu haben?

Währenddessen dachte Vincente darüber nach, wie viel Glück er und Grace hatten, der Vergangenheit zu entkommen und nur in der Gegenwart zu leben. Alles hinter sich zu lassen und noch einmal von vorne anzufangen. Neue Erinnerungen zu schaffen - gemeinsam. Aus allem, was sie sahen, einen neuen Eindruck zu gewinnen. Jeder neue Ort, den sie besuchten, würde ein Teil von ihnen werden. Das Leben würde immer mit Neuem gefüllt sein.

Nach einigem Überlegen, ob sie das Bild verbrennen sollte, beschloss Grace, dass es das Schlimmste wäre, Vincentes Erinnerungen zu zerstören. Sie wollte, dass er das hat, was sie nicht mehr hat.

Diese Gedanken und Erinnerungen waren zu wertvoll, um sie zu verlieren - nicht, dass Vincente sie durch die Zerstörung des Objekts, das er fürchtete, verlieren würde, sondern dass er sie mit der Zeit vergessen würde. Sie wollte, dass er die beste Chance hat, seine Vergangenheit für immer bei sich zu behalten. Das Gute, das Schlechte und das Hässliche.

Grace brach schließlich das Schweigen, indem sie sagte: "Ich denke, wir sollten zurück nach Manly fahren." Sie wusste, dass Vincente dort viele Erinnerungen hatte, alte und neue. In Manly könnten sie neu anfangen, frisch, aber mit einer Verbindung zur Vergangenheit.

"So soll es sein", sagte Vincente, als er das Auto wendete, "wir können uns jedes Haus aussuchen, das wir wollen und es zu unserem eigenen machen."

"Wir wollen kein Haus", sagte Grace, "wir wollen ein Zuhause."

Die Frischvermählten lächelten, glücklich über ihre Entscheidung und ihre gemeinsame Zukunft.

BUCH ZWEI:

PROLOG

D AS PUZZLE IN GRACES Kopf war unvollständig. Es war, als ob ein gewaltiger Windstoß durch sie hindurchgefegt wäre und alles auf den Kopf gestellt hätte.

Sie konnte sich nicht auf eine Sache konzentrieren: Nichts war fokussierbar.

Farben wirbelten durcheinander: Rot-, Schwarz- und Blautöne liefen ineinander, drehten und wälzten sich, überfielen Sonnenblumengelb, wirbelten herum und übergaben sich in ein tiefes Grasgrün.

Dann wirbelten all die Farben ihren Magen in die Luft und brachten ihn wieder dorthin zurück, wo er vorher gewesen war, während sie sich trockenen Fußes der Angst entgegenwarf, die sie unfähig machte, sich zu bewegen. Alles spielte sich in ihrem Kopf ab, aber manchmal zuckte ihr Körper im Fluss des Geschehens.

Sie klammerte sich an ihre Mitte und versuchte, sich wieder zu sammeln, um das Strudeln und Wirbeln zu stoppen. Aber die Blitze pulsierten in ihrem Kopf und rissen sie in Flieder, Veilchen und Glockenblumen.

Orange spritzte auf die Leinwand in ihrem Kopf.

Grace verlor alles.

***

"WIR MÜSSEN SIE SOFORT in den OP bringen!", rief ein großer Mann mit einem weißen Kittel. Er stand zwischen anderen weißgekleideten Personen, die auf dem Krankenhausflur verstreut waren.

Alle rannten, als stünde das Haus in Flammen. Ein paar von ihnen machten den Weg frei. Einige schoben. Einige hielten sich an der Infusion fest. Einige hielten sich an den anderen Maschinen fest. Ein paar standen mit offenem Mund, leeren Händen und geballten Fäusten. Andere beteten, als Grace Greenway auf einer Trage vorbeifuhr.

Sie war bewusstlos.

Tot für die Welt.

Aber nicht ganz tot.

Zumindest nicht du

***

IN GRACES KRANKENZIMMER SASS eine Frau, die weinte und ihre Hände rang. Es war Helen Greenway, die Mutter von Grace. Sie konnte nicht glauben, was passiert war.

Ihrer Tochter ging es doch so gut. Sie erholte sich nun schon seit einigen Wochen. Dann begann Grace zu zittern, zu schütteln und zu zucken, bis sie das Bewusstsein verlor.

Das medizinische Team hatte sie von der Schwelle des Todes zurückgeholt. Als sie zurückkam, war sie nicht mehr Grace Greenway. Stattdessen sabberte sie und sprach in fremden Zungen. Sie zerriss sich selbst von außen nach innen.

Es schien, als wüsste niemand, was zu tun war, wie man es aufhalten konnte. Selbst die Nadeln in ihrem Arm beruhigten sie nicht. Nichts funktionierte. Sie fesselten sie.

Helen stieß einen Schluchzer aus, als sie sich an alles erinnerte. Vor allem daran, wie hilflos sie sich damals fühlte und jetzt noch mehr. Sie warf sich auf das leere Bett ihrer Tochter.

Helens gequältes Schluchzen hallte in den Fluren wider.

***

Als Schwester Burns in Graces Zimmer zurückkehrte, fand sie Helen in der Fötusstellung auf dem Bett zusammengerollt vor.

Sie sah friedlich aus, als sie dort schlief. Die Krankenschwester hielt es für das Beste, sie nicht zu stören. Außerdem gab es keine Neuigkeiten zu berichten, und wenn jemand Ruhe brauchte, dann Grace Greenways Mutter.

Schwester Burns räumte Graces Nachttisch auf und ordnete ihre Schulbücher neu. Als sie sie durchblätterte, war sie unglaublich traurig. Grace Greenway hatte noch gar nicht richtig Fuß gefasst. Sie war erst sechzehn Jahre alt.

Schwester Burns schaute auf Graces schlafende Mutter.

Sie legte eine Decke über Helen und schaltete dann das Licht aus.

***

Einige Stunden später machte sich Schwester Burns bereit, ihre Schicht für den Tag zu beenden. Sie schaute durch das runde Fenster in der Tür und bemerkte, dass Helen nicht mehr im Bett war. Sie drückte gegen die Tür, aber es passierte nichts. Sie drückte noch einmal kräftiger dagegen, so dass Helen Greenway nach vorne fiel.

Helen stolperte und begann, ihre Hände zu ringen. Sie schluchzte leise vor sich hin.

Schwester Burns kam auf sie zu und fragte sie mit einer unglaublich sanften und freundlichen Stimme, ob sie eine Tasse Tee wolle.

"Meine Tochter!" rief Helen aus. "Gibt es irgendwelche Neuigkeiten? Ich muss wissen, wie es ihr geht! Keiner hat mir etwas gesagt!"

"Du hast geschlafen", sagte Schwester Burns, als sie Helens Hand tätschelte. "Wenn du mir versprichst, dich zu setzen, werde ich sehen, was ich für dich herausfinden kann."

Helen setzte sich hin und wartete auf die Neuigkeiten.

KAPITEL 1

A m Ende des Flurs traf Schwester Burns auf Dr. Christiansson, der seine OP-Maske abnahm, als er durch die OP-Türen eilte.

"Ich brauche etwas frische Luft", sagte er. Er ging zum Ende des Korridors und stieß die Tür zum Dachzugang weit auf.

Krankenschwester Burns folgte ihm.

Er zündete sich eine Zigarette an. Fragte sie, ob sie eine wolle. Sie lehnte ab.

Nachdem er einen Zug genommen hatte, sagte er: "Grace, das Greenway-Mädchen, hatte sich so gut geschlagen. Aber jetzt, wo die Gerinnsel geplatzt sind, steht es auf der Kippe."

"Ich bin mir sicher, dass sie in bester Obhut ist."

"Das ist sie jetzt!" sagte Christiansson. "Jetzt, wo das Expertenteam eingetroffen ist und die Situation unter Kontrolle gebracht hat! Ich bin da drin, seit es passiert ist. Es war ein unerbittlicher Abend. Wir dachten schon, wir hätten sie fast verloren."

Schwester Burns schnappte nach Luft. "Ich nehme eine davon", sagte sie. Sie beschloss, doch eine Zigarette zu nehmen. Sie zündete sie an, nahm einen langen Zug und hustete dann.

"Aber wir haben noch nicht aufgegeben. Sie hat wieder das Bewusstsein verloren. Das ist wahrscheinlich auch gut so. Wir müssen die Blutung stoppen. Wir hoffen, dass ihr Verstand intakt bleibt."

Schwester Burns und Doktor Christiansson begannen, auf dem Dach herumzulaufen. Unter ihnen heulten Sirenen und blitzten Lichter auf.

"Ihre Mutter, Helen, kommt nicht gut damit zurecht."

"Ich kann dir nur sagen", er trat auf seine Zigarettenkippe und öffnete die Tür. "Ihre Tochter ist in den besten Händen."

"Nichts weiter?"

"Nicht zu diesem Zeitpunkt, Schwester Burns. Ich möchte nicht, dass du es übertreibst."

"Das ist aber nicht viel, was du ihr sagen kannst. Es ist überhaupt nicht viel, was du ihr sagen kannst."

"Sag ihr, dass sie zu dem beten soll, an den sie glaubt, wenn sie diesem Glaubenssystem folgt. Und wenn nicht, dann sag ihr, dass sie all die positive Energie, die sie in ihrem Herzen hat, aussenden soll. Sie soll sie an das Universum senden. Positiv und ohne Zweifel zu denken. Sie soll daran glauben, dass ihre Tochter das durchstehen wird", sagte Christiansson.

Sie machten sich auf den Weg zurück nach unten.

"Danke, Doktor."

"Jetzt muss ich wieder da rein." Die OP-Türen schwangen hinter ihm zu.

KAPITEL 2

Schwester Burns kehrte in Graces Zimmer zurück und fand Helen genau an der Stelle vor, an der sie sie verlassen hatte. Sie füllte ihr Glas Wasser nach und kniete sich dann an Helens Seite.

"Ich war gerade bei Doktor Christiansson und er sagte, dass es Grace gut geht. Sie hält sich wacker da drin."

"Meine Tochter hält sich wacker?"

"Ja."

"Hat er dir gesagt, was passiert ist?"

"Ja, es war so, wie sie es vorausgesagt haben. Die Gerinnsel sind geplatzt."

Helen legte ihre Hand auf ihren Mund. Sie schluchzte.

"Doktor Christiansson hat gesagt, das Beste, was du für deine Tochter tun kannst, ist zu beten, wenn du an das Gebet glaubst. Außerdem sollst du dich um dich selbst kümmern. Ruh dich ein bisschen aus. Es war eine furchtbar lange Nacht. Warum kletterst du nicht zurück in Graces Bett und machst ein kleines Nickerchen? Ich werde dich wecken, wenn sich etwas ändert, versprochen."

"Ich bin erschöpft", gab Helen zu.

Helen kuschelte sich in das Bett ihrer Tochter. Sie stellte sich vor, dass sie immer noch den warmen Abdruck spüren konnte, den ihre Tochter vor kurzem dort hinterlassen hatte. Sie schlang ihre Arme um sich und schluchzte. Zuerst kamen die Tränen langsam, aber dann vermehrten sie sich zu mehr Tränen. Schluchzen und Tränen, immer schneller und schneller - fast wie Wehen.

Erst vor sechzehn Jahren war Helens Tochter genau hier in diesem Krankenhaus geboren worden. Grace war ihr zweites Kind, ihr einziges Mädchen. Grace war ihr ganzer Stolz und ihre Freude.

Bei ihrem ersten Kind, Daryl, hatte sie sechsundvierzig Stunden lang in den Wehen gelegen. Manchmal dachte sie, er käme nie wieder heraus. Nicht so Grace. Sie war aufgesprungen und hatte die Welt zum ersten Mal betreten, als wollte sie keinen Moment davon verpassen.

Helen erinnerte sich, dass Grace schon als kleines Kind nicht viel schlief. Ihre Tochter hatte Angst, etwas vom Leben zu verpassen. Von Anfang an war sie voller Ehrfurcht vor allem, dem Licht und den Farben. Ihre wahre Bestimmung fand Grace jedoch erst, als sie anfing, ihre Zahlen zu lernen. Als sie die Symmetrie in der natürlichen Welt um sie herum entdeckte, begann Grace' Leidenschaft erst richtig zu entflammen.

Helen dachte an die Familie, die sie einst hatte. Einen liebevollen Ehemann, Benjamin. Einen tapferen und mutigen Sohn, Daryl. Eine sehr wertvolle Tochter, Grace. Sie erinnerte sich an die schöne Zeit, die sie gemeinsam im Taronga Zoo verbracht hatten. Sie besuchten das Powerhouse Museum. Filme mit Popcorn anzuschauen. Abends gemeinsam zu essen. Einfache, aber glückliche Tage. Wie sehr Helen sie vermisste.

Sie summte vor sich hin und versuchte, wieder einzuschlafen, aber die Erinnerungen waren noch zu frisch, zu lebendig und zu roh.

Sie setzte sich auf und erinnerte sich an den Tag zuvor, als sie und ihre Tochter gelacht und sich unterhalten hatten.

Es war, als hätte sich etwas in Grace' Kopf ausgeschaltet. Als wäre bei ihr eine Sicherung durchgebrannt. In einem Moment war sie lebhaft, voller Leben, dann war sie katatonisch und dann war es, als ob sie nicht mehr Grace wäre. Es war alles so schnell passiert.

Aber so ist das Leben: In einem Moment hast du eine Familie. Dann kamen zwei Männer in blauen Uniformen. Sie sagten, ein betrunkener Fahrer habe meinen Mann und meinen Sohn getötet.

Helen erinnerte sich, wie sie die beiden Männer in dieser schrecklichen Nacht fragte, was die Pointe sei. Sie war sich sicher, dass es eine geben musste. Es muss ein Scherz gewesen sein. Es war kein Scherz. Das wurde bestätigt, als die beiden Särge den Gang in der Kirche hinaufgetragen wurden. Dann wurden sie unter der Erde begraben. Das war wirklich kein Scherz.

Das war damals und das ist jetzt. Jetzt kämpfte ihre Tochter dort unten um ihr Leben und wo war sie? Im Bett und versuchte zu schlafen!

Helen warf die Decke zurück und begann, im Zimmer auf und ab zu gehen. Sie dachte darüber nach, wer die Schuld daran trug: Vincente Marino.

Helen dachte an seinen Egoismus und seine Arroganz. Es war seine Schuld und nur seine Schuld, und wenn ihre Tochter daran sterben würde, dann würde sie ihn eines Tages dafür bezahlen lassen.

Helen dachte an seinen Egoismus und seine Arroganz. Es war seine Schuld und nur seine Schuld, und wenn ihre Tochter daran sterben würde, dann würde sie ihn eines Tages dafür bezahlen lassen.

***

Der Morgen brach an und Schwester Burns war wieder im Dienst. Sie kümmerte sich zuerst um die Patienten, die sofortige Hilfe brauchten. Dann ging sie in das Zimmer von Grace Greenway, um nach Graces Mutter Helen zu sehen.

Im Zimmer war es ganz still, obwohl die Jalousien geöffnet waren. Als sie eintrat, bemerkte sie Helen, die auf einem Stuhl kniete und aus dem Fenster starrte.

Als sie sich der Krankenschwester zuwandte, lief ihre schwarze Wimperntusche in Spuren über ihr Gesicht. Sie sah aus wie Marilyn Manson.

Helen richtete ihre Aufmerksamkeit sofort wieder auf das, was draußen vor dem Fenster geschah. Sie starrte auf einen Baum in der Ferne. Vor allem einen schwarzen Raben, der auf einem Ast saß und seinen Schnabel öffnete und schloss, als würde er mit einem imaginären Freund sprechen.

Helen war neidisch auf den Vogel. Ein Vogel, der frei wegfliegen kann. Er konnte nach Belieben abheben, blieb aber freiwillig. Sie beneidete ihn auch um die fehlende emotionale Bindung.

Bindung bedeutete am Ende Schmerz. Man verlor immer die, die man am meisten liebte.

Sie drehte sich um und sah Schwester Burns wieder an. Sie fragte mit leiser, weit entfernter Stimme: "Gibt es etwas Neues?"

✳✳✳

"WAR DR. ACKERMAN HEUTE Morgen nicht bei dir?" fragte Krankenschwester Burns. Dr. Ackerman, der neue Spezialist für Graces Fall, hatte versprochen, Helen Greenway als Erstes zu besuchen, um sie auf den neuesten Stand zu bringen.

Helens ausdrucksloser Blick sagte alles.

"Ich bin sicher, dass der Spezialist Dr. Ackerman bald vorbeikommt. Warum gehe ich nicht zu ihm und frage nach?"

"Das wäre sehr nett", sagte Helen und verschränkte die Arme vor sich. Sie wandte ihre Aufmerksamkeit wieder dem Raben zu. Er sprang ein paar Äste höher in den Baum.

Schwester Burns drehte sich um, um wegzugehen. Sie blieb stehen und fragte Helen, ob sie jemanden anrufen solle - jemanden, der sich zu ihr setzen könne. Vielleicht einen Freund oder einen Seelsorger oder Pastor. Helen schüttelte den Kopf und starrte dann weiter aus dem Fenster auf die Bewegungen des Raben.

Als sich die Tür hinter ihr schloss, konnte Schwester Burns hören, wie Helen Greenway leise weinte.

Helen dachte an ihren Mann und ihren Sohn, die sie verloren hatte. Und auch an die Tochter, von der sie befürchtete, sie könnte sie verlieren. Sie schluchzte und bedeckte ihr Gesicht mit den Händen, wie ein Kind es bei dem Spiel "Jetzt siehst du mich, jetzt nicht" tun würde.

Nur der Rabe bemerkte, dass sie spielte.

✳✳✳

Als Schwester Burns an der OP-Tür ankam und versuchte, hineinzugehen, wurde ihr der Weg versperrt. Die Anweisungen der Chefärzte Dr. Ash und Dr. Ackerman deuteten darauf hin, dass sich Graces Zustand verschlechtern könnte.

Sie kehrte zu Helen Greenway zurück, ohne eine konkrete Nachricht zu erhalten. Sie versuchte, ihr zu versichern, dass alles in Ordnung sein würde. Dann wechselte sie das Thema.

"Möchtest du etwas essen?" fragte Schwester Burns, während sie Helen eine Tasse heißen Tee von dem gerade eingetroffenen Tablett einschenkte. Der Tee war für Grace' Frühstück geschickt worden. Offensichtlich hatten die Ärzte ihre Krankenakte noch nicht aktualisiert. Schwester Burns würde aus Kostengründen überprüfen müssen, wer diesen Fehler gemacht hatte, aber im Moment diente das als kleine Ermutigung, Helen Greenway etwas zu essen zu geben.

"Ich bin weder hungrig noch durstig", betonte sie. "Ich will meine Tochter sehen. Ich will Grace sehen." Sie stieß einen schrillen Schluchzer aus.

Schwester Burns war gerade dabei, das Zimmer aufzuräumen, als Doktor Smith, der neueste Chirurg des Krankenhauses, mit einem verwirrten Gesichtsausdruck eintrat. Er war groß, dunkelhaarig und gut aussehend, so dass selbst ein verwirrter Blick ihn für die meisten Frauen noch attraktiver erscheinen ließ; Helen Greenway bemerkte das jedoch nicht.

Helen erinnerte sich an Grace. Wie sie einst unter einem großen Regenschirm saß und über Einsteins Relativitätstheorie oder Fibonaccis Liber Abaci las. Sie stellte sich ihre Tochter auf einem weichen Bett aus Plüschgras vor, beschattet und geschützt in den Armen eines Baumes.

Doktor Smith trat vorsichtig an sie heran, schaute erst zu Schwester Burns und dann wieder zu Helen Greenway. Helen rührte sich nicht und nahm seine Anwesenheit nicht einmal zur Kenntnis.

"Darf ich Sie einen Moment draußen sprechen?" fragte Doktor Smith.

"Ja, Doktor", antwortete sie.

Sie verließen den Raum wieder. Helen Greenway bemerkte es nicht einmal.

✳✳✳

"WAS IST DENN MIT ihr los?" fragte Doktor Smith. Krankenschwester Burns brachte ihn ins Bild.

"Sie muss sich abregen", sagte er, "denn sie stört die anderen Patienten. Ich habe gerade erst meinen Dienst angetreten, und es gab schon mehrere Beschwerden. Das muss aufhören. Entweder wir bringen einen der Ärzte dazu, eine Sedierung zu genehmigen, oder wir ermutigen sie, sich für eine Weile von der Station zu entfernen."

"Ich tue mein Bestes", sagte Schwester Burns ein wenig zu defensiv.

Doktor Smith nahm ihre Hand und sah ihr in die Augen. Er hatte diese Bewegung gelernt, als er sich die Wiederholungen von E.R. ansah. Sowohl das Personal als auch die Herzen der Patientinnen und Patienten schmolzen in der Serie dahin, was George Clooneys Popularität sicherte.

"Ich weiß, dass du es bist", schimpfte er, "und ich weiß zu schätzen, was du getan hast. Alles, was du tun wirst, um mir und den anderen Patienten auf der Station zu helfen."

Sie lächelte ihn an, aber innerlich dachte sie, er sei so falsch wie ein Zwei-Dollar-Schein.

Sie drehte sich um und machte sich auf den Weg zurück zu Helen Greenways Zimmer.

Leider war Helen nicht mehr im Zimmer.

KAPITEL 3

"Ich muss raus aus diesem Zimmer, raus an die frische Luft", flüsterte Helen zu sich selbst, als sie sich an den Ärzten und Schwestern vorbeischlich. Sie machte sich auf den Weg zum Aufzug und war sicher, dass sie niemand vermissen würde.

Als sich die Türen schlossen, beobachtete Helen die Bahren, die geschoben, gezogen oder durch die Gänge eskortiert wurden. Sie hielt sich die Ohren zu, wenn sie die quietschenden oder schabenden Räder hörte, die sich in Bewegung setzten. Sie zuckte zusammen, als eine Bahre fehlgeleitet wurde und gegen die Wand schrammte. Das Krankenhauspersonal schien das Tohuwabohu nicht zu bemerken.

Sie fühlte sich entspannt, als die Türen fest hinter ihr geschlossen waren. Das Einzige, was sie ablenkte, war die Musik im Aufzug. Eine vertraute Melodie aus einem Musical weckte Erinnerungen an sie und Grace, die als Mutter und Tochter zusammen waren. Früher, bevor der mathematische Unterschied und die Teenagerjahre sie trennten.

Als sie im Erdgeschoss ankam, trat Helen mit einem starken Gefühl von Ziel und Bestimmung heraus. Sie wollte die Brise auf ihrem Gesicht spüren. Sie wollte draußen sein, in der ruhigen, frischen, nach Eukalyptus duftenden Luft.

Niemand hielt sie auf, stellte sie in Frage oder schien sie überhaupt zu bemerken. Sie trat durch die Drehtüren und ließ sich vom Strom nach draußen treiben.

Im selben Moment hielt ein kreischender Krankenwagen mit heulenden Sirenen und blinkenden Lichtern neben ihr an.

Der Lärm war ohrenbetäubend und ganz und gar nicht die Art von Frieden und Einsamkeit, die Helen sich vorgestellt hatte. Sie wollte weg, dem Lärm entfliehen. Aber der Lärm schien an ihr zu zerren und ihr die Energie zu rauben. Ihre Füße schienen fest im Beton verankert zu sein.

Unfähig, sich zu bewegen oder wegzulaufen, drückte sie sich mit dem Rücken an die Wand und hielt sich die Ohren zu. Überall um sie herum herrschte Chaos, ein Schieben und Ziehen und Kratzen statt der Ruhe und Gelassenheit, nach der sie sich so sehr sehnte.

Überwältigt wurde Helen ohnmächtig und fiel zu Boden.

Boden.

KAPITEL 4

"VINCENTE?" GRACE SCHLUCHZTE. "VINCENTE, bist du da?"

Graces Augen waren weit aufgerissen und sie suchte in dem kalten, metallischen Raum nach ihm, aber er war nirgends zu sehen.

Die Männer und Frauen mit Masken starrten auf sie herab.

Das helle Licht über ihr pulsierte vor Hitze und Energie und zwang sie, die Augen wieder zu schließen.

"Vincente?", flüsterte sie immer wieder.

Ein einsamer Stern leuchtete hell auf. Er tanzte vor ihren Augen. Zuerst sanft und warm, brannte er sich bald in ihre Haut.

Dann wurde alles wieder schwarz.

KAPITEL 5

"WIR SIND MIT EINEM Patienten im Krankenhaus angekommen und haben einen weiteren auf dem Bürgersteig gefunden!", rief der Krankenwagenfahrer, als das Team die Situation beurteilte.

"Zwei für einen Notfall", sagte sein Kollege mit einem Schmunzeln.

"Unser Mann im Krankenwagen ist zuerst dran", sagte der erste Mann. Er und sein Kollege schoben die Trage auf dem Bürgersteig hin und her. "Wir kommen", sagten sie, als sie sich durch die Türen schoben.

"Da draußen ist noch einer", sagte der zweite Mann zur Empfangsdame.

Zu diesem Zeitpunkt war Helen bereits zu sich gekommen und versuchte, aufzustehen. Kleine weiße Sterne flackerten und funkelten in ihrem Kopf herum. Es war, als wäre sie in einem dieser Wile E. Coyote-Cartoons. Nachdem der Roadrunner dem pelzigen Biest einen Vorschlaghammer in den Kopf gerammt hatte. Sie versuchte, sich aufzurichten, aber ihre Beine wurden ganz schwach und sie fiel wieder zu Boden.

"Weiß jemand, wer sie ist?", erkundigte sich eine Frau. Besucher und das Krankenhauspersonal, das gerade seinen Dienst angetreten hatte, hatten sich um Helen versammelt. Ein Mitarbeiter sprach in ein Funkgerät und forderte eine Trage und einen Unfallchirurgen an, die sich sofort in der Notaufnahme melden sollten.

Helen öffnete ihre Augen und sah auf. Eine Gruppe von Fremden starrte sie an. Sie versuchte, wieder aufzustehen, aber die Fremden ermunterten sie, unten zu bleiben.

"Kannst du uns sagen, wer du bist? Erinnerst du dich an deinen Namen?", fragte die Frau, die in das Funkgerät gesprochen hatte.

"Ja, mein Name ist Helen, Helen Greenway."

Die Frau sprach wieder in das Funkgerät. "Auf dem Boden hier im Eingangsbereich liegt eine kaukasische Frau. Ungefähr sechzig Jahre alt, Name: Helen, Helen Greenway. Kennt sie jemand? Ist sie eine Patientin? Ist sie aus der Psychiatrie geflohen? Sie trägt Straßenkleidung, ich wiederhole, sie trägt Straßenkleidung."

Ein junger Arzt kam mit seiner medizinischen Tasche im Schlepptau. Er kniete sich neben Helen hin und fragte sie, ob sie verletzt sei. Als sie den Kopf schüttelte, überprüfte er ihre Lebenszeichen.

"Mir geht es gut", sagte Helen. "Es ist meine Tochter, die krank ist!" Erneut versuchte sie aufzustehen.

"Helen", sagte der Arzt, "du musst liegen bleiben, bis ich sicher bin, dass deine Lebenszeichen normal sind."

Helen nickte sanftmütig, wie ein gescholtenes Kind.

Nachdem Helens Vitalwerte als akzeptabel eingestuft wurden, wurde sie aufgefordert, aufzustehen. Ein Rollstuhl wurde hervorgeholt.

"Jetzt", sagte der Arzt, "setzt du dich hin und wir gehen zu deiner Tochter."

"Ich kann gehen", schimpfte sie.

"Ich werde schieben", beharrte er.

***

A LS SIE AUF GRACES Etage ankamen, rannte Schwester Burns auf sie zu. "Gott sei Dank geht es dir gut, Helen!"

"Du kennst sie?", fragte der Arzt.

"Ja, wir sind so etwas wie alte Freunde", lächelte Schwester Burns.

"Nun, sie wurde vor dem Gebäude ohnmächtig, deshalb sitzt sie in einem Rollstuhl. Ich habe ihre Vitalwerte überprüft. Es scheint ihr gut zu gehen, auch wenn sie vielleicht ein bisschen zu wenig Schlaf bekommen hat. Außerdem ist sie ausgehungert und dehydriert."

"Ja, sie war so auf die Gesundheit ihrer Tochter konzentriert, dass es schwierig war, etwas in sie hineinzubekommen."

"Dann sprich mit ihrem Arzt. Vielleicht kann man sie an einen Tropf hängen, wenn es nötig ist, aber wir können nicht zulassen, dass sie in diesem Zustand herumläuft. Sie braucht Nahrung und Wasser, und zwar sofort. Wer ist der Arzt ihrer Tochter?"

"Ihre Tochter hat ein Team von Ärzten - Christiansson, Ash und Ackerman."

Der Arzt zögerte. Er hatte von der Operation gehört und davon, dass die Chirurgen als Notfall angefordert worden waren. Einer wurde über Nacht eingeflogen. Es war in der Tat eine schlimme Situation. Er fühlte sich jetzt noch mehr in die Frau im Rollstuhl hineinversetzt.

"Wenn das so ist, sehen Sie zu, was Sie tun können", sagte er zu Schwester Burns. Dann zu Helen: "Du musst essen, trinken und dich dann ausruhen, wenn deine Tochter aufwacht. Du musst außerordentlich stark für sie sein."

Seine Worte erreichten Helen nicht, denn sie saß bereits tief schlafend im Rollstuhl.

KAPITEL 6

Helen wachte fünfzehn Minuten später wieder in Graces Bett auf. Sie hatte keine Erinnerung daran, wie sie dorthin gekommen war. Sie drückte den Knopf am Bett. Wenige Augenblicke später kam Schwester Burns mit einem Tablett voller heißer Speisen und frischem Kaffee.

"Ich fürchte, ich kann nichts essen", sagte Helen.

"Entweder so oder intravenös. Du entscheidest, Helen. Ich habe bald Feierabend und habe dem Notarzt versprochen, dass ich dafür sorge, dass du etwas isst, bevor ich nach Hause gehe. Wenn du dich nicht daran hältst, wird er mit deinem Arzt vereinbaren, dass du an einen Tropf gehst und auf diese Weise gefüttert und getränkt wirst."

"Ich weigere mich in beiden Fällen. Ich habe sogar eine Phobie vor Krankenhausessen. Ich will hier raus und etwas anderes zu essen bekommen. Weg von hier."

"Ja, verständlich. Ich denke, das können wir machen", sagte Schwester Burns, als sie sich umdrehte und ging.

Gleich kam sie mit ihrem Mantel zurück und verließ gemeinsam mit Helen das Krankenhaus. Sie wollten in ein kleines Café am Ende der Straße gehen.

Das würde für beide eine willkommene Abwechslung sein.

KAPITEL 7

"IHR BLUTDRUCK SINKT. ER ist nicht mehr messbar! Wenn wir jetzt nichts tun, wenn wir die Blutung nicht stoppen können, werden wir sie verlieren", sagte Doktor Ash.

Alle Anwesenden im Operationssaal drängten sich zusammen und kamen näher.

"Tupfen Sie es ab, verdammt noch mal!" befahl Doktor Ackerman.

Es strömte so viel Blut aus. Selbst wenn sie alle Hände voll zu tun hatten, konnten sie nicht schnell genug handeln. Die Herzmaschine hatte einen Herzstillstand.

Es schrie.

"Wir müssen sie zurückholen! Wir müssen es einfach tun!" rief Doktor Christiansson aus.

KAPITEL 8

IM CAFÉ GRUB HELEN Greenway ihre Gabel in einen Haufen Kartoffelbrei. Sie schnitt ein Stück Steak ab und schob es zwischen ihre Zähne. Sie kaute und kaute und versuchte zu schlucken, aber es wollte nicht runtergehen.

"So ist es gut", sagte Schwester Burns, "du wirst dich gleich besser fühlen."

Helen spürte, wie ein Schauer durch ihren Körper lief, als hätte jemand an einem kalten Wintertag die Tür geöffnet. Die Tür blieb geschlossen, aber auf ihren Armen bildete sich eine Gänsehaut. Sie kroch in sich zusammen und versuchte, sich warm zu halten. Von irgendwoher hörte sie, wie Grace ihren Namen rief. Sekunden später läutete das Telefon der Krankenschwester.

"Hier ist Doktor Christiansson. Ich rufe an, weil ich gehört habe, dass Sie mit Grace Greenways Mutter Helen dort sind. Ist das richtig?"

Schwester Burns nickte, sagte aber nichts, da sie ein Pokerface aufsetzte.

"Grace hat gerade wieder einen Herzstillstand erlitten. Ich bin mir nicht sicher..." Er brach ab und ließ die schlimme Aussage unvollständig. Er war erschöpft.

"Ich verstehe", sagte sie. "Wir kommen gleich wieder."

Helen Greenway ließ ihre Gabel fallen und Tränen strömten ihr aus den Augen. Mit dem Klang der Stimme ihrer Tochter in den Ohren rannte Helen in Richtung Krankenhaus.

KAPITEL 9

"GRACE, DU MUSST DURCHHALTEN!", sagte eine Stimme.

Es war eine Stimme, die Grace als die von Vincente erkannte. Er war weggegangen. Er war von ihrer Seite gewichen und jetzt war er zurück. Er war zurückgekehrt.

"Wo bist du gewesen?", fragte sie und suchte die ganze Zeit im Zimmer nach ihm. Sie suchte nach seinen kobaltblauen Augen.

"Ich bin hier", sagte er, als er ihre Hand ergriff. "Ich war schon immer hier."

"Aber warum kann ich dich nicht sehen? Ich hatte solche Angst." Sie hielt inne und spürte, wie sich seine Hand um ihre schloss. "Und dann gingen die Lichter aus." Sie hielt inne. "Ich glaube nicht, dass ich durchhalten kann, Vincente. Ich glaube nicht, dass ich es schaffen werde."

"Doch, das wirst du", sagte er, während ihm die Tränen über die Wangen und auf ihre verschränkten Hände liefen. "Ich habe dich gerade erst gefunden! Wir sind frisch verheiratet und du hast mir versprochen, dass du mich immer lieben wirst.

"Ich werde dich immer lieben, Vincente. Für immer."

"Dann musst du einen Weg finden, zu bleiben", sagte er. "Ich bin nichts, nichts, ohne dich!" Er fiel auf die Knie, als ob er von einem Blitz ins Herz getroffen worden wäre.

"Ich versuche es ja, Liebes", sagte sie. "Aber es ist so dunkel, so dunkel hier drinnen. Ich muss dich sehen!"

"Ich bin hier", sagte Vincente und drückte ihre Hand ganz fest.

"Ich kann dich hören. Ich kann dich spüren. Aber wo bist du?"

Er trat ins Licht.

"Ich kann dich nicht sehen! Warum kann ich dich nicht sehen?"

"Es ist Nacht, Liebes", sagte er. "Und das Licht könnte deinen Augen schaden. Aber vertrau mir, ich bin hier. Ich war schon die ganze Zeit hier. Ich habe versprochen, dich nie zu verlassen und ich halte meine Versprechen immer."

"Sing mir etwas vor."

Er sang das Lied aus ihrem Schmuckkästchen, das Lied, das zu ihrem Lied geworden war.

Im Operationssaal wimmelte es nur so von medizinischen Geräten und medizinischem Personal, das herumlief und sich gegenseitig anrempelte. Als das Geräusch der flachen Linie aufhörte und der normale Ton für ihren Herzschlag wieder einsetzte, ertönte ein kleiner Jubel im OP.

"Wir haben es geschafft!" rief Doktor Ash aus.

"Wir haben noch eine Menge Arbeit vor uns", erinnerte ihn Doktor Ackerman. "Grace hat eine Menge Blut verloren. Sie wird wahrscheinlich mehrere Bluttransfusionen brauchen und wir kämpfen immer noch gegen die Zeit mit der Gerinnung."

"Ich werde mit ihrer Mutter sprechen", sagte Doktor Christiansson. "Vielleicht kann sie noch mehr Blut spenden. Es ist immer besser, wenn ein Familienmitglied spendet."

Er klopfte den beiden leitenden Chirurgen sanft auf den Rücken und sah Grace an. Er beobachtete den Herzmonitor für ein paar Sekunden und nahm alles in sich auf. Alles schien normal zu sein, zumindest so normal, wie es für ein junges Mädchen sein konnte, das in weniger als 24 Stunden zweimal einen Herzstillstand erlitten hatte.

✳✳✳

"D**U MACHST DAS GROSSARTIG**", sagte Vincente, während er ihre Stirn streichelte.

"Ich würde gerne bleiben, aber ich bin einfach sooooo müde."

"Erinnerst du dich an unseren Hochzeitstag? Erinnerst du dich an unser Haus in Manly? Wie wir es gemeinsam dekoriert haben? Weißt du noch, wie du mir versprochen hast, für immer zu bleiben, Mrs. Marino?"

"Ja, ich erinnere mich", sagte sie. Dann blickte sie auf und das Licht, das einst weit über ihr gewesen war, schien sich bewegt zu haben und ihr nun näher zu kommen. Es war wie ein Stern, der sie an sich zog und gleichzeitig um sein eigenes Leben kämpfte. Grace war sehr müde und sie sehnte sich danach, sich auszuruhen und in Frieden zu sein. Sie sehnte sich danach, in den Sternenschein zu gehen.

Es war eine Kugel aus Sternenlicht, die sich drehte und wendete, nach innen und außen drängte und Grace zuwinkte, um sich ihr anzuschließen. Es war ein Fibonacci-Stern, ein Teil der Milchstraße, und das einzige, was sie zurückhielt, war ihre eigene Goldene Mitte, Vincente.

"Grace", sagte Vincente.

Seine Stimme schien so weit weg zu sein und sie fühlte sich sehr kalt und sehr allein. Die sengende Hitze im Kern des Sterns hauchte sie an und wärmte sie aus der Ferne. Sich mit ihr zu vereinen, wäre nur einen Atemzug entfernt. Es wäre so einfach.

"Oh nein!" rief Doktor Ash. "Nicht schon wieder! Nicht so schnell! Wir verlieren sie!"

"Sie hat zu viel Blut verloren!" rief Dr. Ackerman aus. "Wo ist Dr. Christiansson mit den Neuigkeiten über die Bluttransfusion? Wir müssen ihr sofort mehr Blut geben! Wir können nicht auf ihre Mutter warten. Beginne sofort mit der Transfusion."

Sekunden später wurde fremdes Blut in den schlaffen Körper von Grace gepumpt.

Zuerst schien ihr Körper es zu akzeptieren. Er trank es gierig. Es dauerte jedoch nicht lange, bis das neue Blut das alte abstieß.

Dann begann der Kampf erst richtig.

"Vincente?"

"Ja, Liebes."

"Ich habe Angst vor dem Sterben."

"Es ist nicht deine Zeit", sagte er. "Es kann nicht deine Zeit sein."

"Woher weißt du das?", fragte sie, während die Hitze in ihrem Körper tobte. Sie glühte und dann wurde ihr eiskalt. Die ganze Zeit über winkte das Sternenlicht.

"Weil ich nur für dich lebe."

"Aber das fühlt sich schlecht an, sehr schlecht, Vincente."

"Wie fühlt es sich an, Liebes? Sag es mir."

"Es fühlt sich an, als wäre ich über dem Boden und würde auf die Bahre im OP hinunterschauen. Ich kann sehen, wie sie an mir herumstochern und herumkrabbeln."

"Sie helfen dir, Liebes."

"Ja, aber es tut mir so weh."

"Kannst du bleiben? Du musst bleiben. Bitte! Tu es für mich. Für deinen Mann."

"Ich kann den Schmerz nicht ertragen. Ich will... ich will..."

"Ich weiß, was du willst, Grace", sagte er. "Ich wette, du würdest deine Mutter gerne sehen."

"Aber Vincente, meine Mum ist tot."

"Nein, sie lebt und sie ist auf dem Weg hierher. Warte mal."

"Aber wie kann sie das sein? Eben waren wir noch in Manly, und es gab niemanden auf der Welt, nur dich und mich - und jetzt das. Viele Menschen überall. Und extreme Schmerzen, unerbittliche Schmerzen."

"Erinnerst du dich an die Gerinnsel, Grace?"

"Die Gerinnsel, ja."

"Da war mehr als eins. Sie sind geplatzt. Wir kämpfen alle für dich. Lass nicht los, Grace. Du musst auch kämpfen. Ich liebe dich. Ich kann dich nicht gehen lassen. Bitte lass nicht los!"

"Vincente, ich bin sooooo müde! Vielleicht ist es an der Zeit, dass du mich gehen lässt."

"Niemals!", rief er. Er beobachtete, wie ihre Augenlider flatterten und sich schlossen. Schließlich flüsterte er ihr ins Ohr: "Dann ruh dich aus, meine Liebe. Ja, schließe deine Augen und ruhe dich aus. Ich werde dir ein Schlaflied singen, aber bitte verlass mich nicht."

Sie atmete weiter ein und aus. Vincente sang noch mehr von ihrem besonderen Lied, während ihm die Tränen über die Wangen liefen.

KAPITEL 10

HELEN UND KRANKENSCHWESTER BURNS kehrten ins Krankenhaus zurück, wo Doktor Christiansson wartete. "Wie fühlst du dich, Helen?", fragte er, während er sie in den OP führte.

"Mir geht es gut, ich mache mir nur Sorgen um meine Tochter!"

"Ich habe gehört, dass du dich vorhin unwohl gefühlt hast und ohnmächtig geworden bist? Ist das richtig?" Er schaute Schwester Burns an und sie nickte.

"Ich bin ohnmächtig geworden, aber was hat das mit der Sache zu tun? Was ist mit meiner Tochter los?"

"Ich befürchte, dass wir dir Blut abnehmen müssen, um eine Transfusion zu machen. Es ist immer am besten, wenn es von jemandem kommt, der direkt mit dem Patienten verwandt ist."

Helen nickte und fuhr sich mit den Händen über das Gesicht. Sie fühlte sich unglaublich erschöpft, aber sie wollte helfen können. Sie musste in der Lage sein zu helfen.

"Bringen wir dich nach oben in den Blutraum zur Beobachtung." Dann zu Schwester Burns: "Hat Helen in letzter Zeit etwas gegessen?"

Schwester Burns nickte und zeigte ihm, wie viel. Es war nicht einmal genug, um einen Vogel am Leben zu erhalten.

"So, so", sagte Schwester Burns zu Helen, während sie den Korridor entlanggingen.

Der Pager von Doktor Christiansson ertönte. "Einen Moment bitte", sagte er. Er entfernte sich von ihnen. "Planänderung. Ich muss dich zu deiner Tochter bringen - sofort. Kommen Sie mit und machen Sie sich frisch."

Schwester Burns machte Anstalten, zu ihrem Platz zurückzukehren, aber Doktor Christiansson bat sie zu bleiben.

"Bevor wir reingehen", warnte er, "muss ich Ihnen sagen, Mrs. Greenway-Helen, dass wir Ihre Tochter schon ein paar Mal verloren haben."

"Sie verloren?"

"Ja. Das heißt, dass sie einen Herzstillstand hatte. Ihr Herz hat aufgehört zu schlagen, aber nur für ein paar Augenblicke."

Helen unterdrückte ein Schluchzen.

Sie betraten den Operationssaal.

Grace lag bewusstlos auf dem Operationstisch.

"Mama!" rief Grace.

Helen ging an ihre Seite und nahm ihre Hand in die ihre. Sie schaute ihrer Tochter in die Augen.

"Das ist die Mutter von Grace, Helen", erklärte Doktor Ackerman den anderen Mitgliedern des Ärzteteams.

"Danke, dass Sie so schnell gekommen sind", sagte Dr. Ash. "Es freut mich, Sie kennenzulernen. Grace ist wirklich ein sehr tapferes Mädchen."

"Wie geht es ihr, ich meine wirklich?" fragte Helen.

"Es stand auf der Kippe, aber ihre Lebenszeichen haben sich stabilisiert. Wir behalten sie im Auge und sie hält sich wacker."

"Danke", sagte Helen. "Ich danke Ihnen allen", und sie spürte einen dicken Kloß im Hals.

"Äh, entschuldigen Sie, Doktor Ash", meldete sich eine der Krankenschwestern zu Wort, die Grace' Vitalwerte im Auge behalten hatte. "Könnten Sie bitte einen Moment zu uns kommen?"

Er ging zu ihr und seine Augen richteten sich sofort auf den Bildschirm.

"Mama! Ich bin's, Grace, Mama!"

"Sie kann dich nicht hören", sagte Vincente.

"Was? Was meinst du damit, sie kann mich nicht hören? Sie steht doch genau da! Natürlich kann sie mich hören! Mama, ich bin's, Grace ... Vincente und ich. Wir sind jetzt verheiratet und wir lieben uns, Mama. Mum!"

"Liebe, sie kann dich nicht hören", wiederholte Vincente, während er ihre Hand streichelte. Er reichte ihr die Hand und küsste sie auf die Stirn.

"Sie kann mich nicht hören, aber sie kann mich sehen. Da - sie hält meine Hand. Warte mal - sie kann dich nicht sehen, oder? Warum kann sie dich nicht sehen oder hören, Vincente?"

"Ich weiß es nicht."

"Vincente, bist du tot?"

Vincente lachte und fuhr sich mit den Fingern durch die Haare: "Natürlich bin ich nicht tot. Ich bin genau hier neben dir und halte deine Hand."

"Aber die anderen können dich nicht sehen, weder die Ärzte noch meine Mutter. Sie bewegen sich um dich herum, durch dich hindurch. Warum können sie dich nicht sehen oder hören? Warum bin ich die Einzige, die weiß, dass du hier bist? Bin ich tot? Sind wir beide tot?"

"Wir sind immer zusammen, weil wir uns lieben. Unsere Liebe ist stärker als alle und alles."

Graces Geist war zuvor durch den Raum geschwebt, aber jetzt trat sie wieder in ihren Körper ein.

Drinnen versuchte sie zunächst, den Schmerz zu bekämpfen. Dann versuchte sie, den Schmerz zu leben, mit ihm zu leben, aber es war zu viel für sie. Sie konnte sich nicht mehr halten. Sie brach zusammen.

"Ihre Lebenszeichen werden schwächer! Wir verlieren sie schon wieder!" rief Doktor Ash. Alle rückten näher an Graces Seite und drängten Helen aus dem Weg.

"Die Blutung hat völlig aufgehört", bestätigte Doktor Ackerman. "Es ging ihr so gut. Ich kann keinen anderen Grund für diesen plötzlichen Rückfall finden als..." Er zögerte und sah zu Helen Greenway hinüber, die vom Tisch wegstand und mit den Händen rang wie Lady Macbeth.

"Schafft sie hier raus!" rief Doktor Ash.

"Was sagen sie jetzt, Vincente?" fragte Grace.

"Sie machen deine Mutter für deinen Rückfall verantwortlich. Als du in deinen Körper zurückgekehrt bist und wieder herauskamst, ist etwas passiert. Sie glauben, dass du stirbst."

"Aber ich sterbe nicht! Ich will leben!"

"Wir verlieren sie!" rief Doktor Ackerman. "Macht die Decks frei!", rief er, während er mit der Herz-Lungen-Wiederbelebung begann.

"Nein, ich werde sie nicht verlassen!" rief Helen, als sie durch die Schwingtüren in den Korridor geschoben wurde.

"Mama", rief Grace, "Mama!"

"Sie blutet wieder", bestätigte Doktor Ash. "Wir haben hier noch mehr Gerinnsel. Ich kann nicht zählen, wie viele es sind. Ich weiß nicht, wie lange sie noch durchhalten kann!"

"Wir tun alles für sie, was wir können."

Grace' Geist glitt zurück in ihren Körper. Sie versuchte, sich aufzurichten. In ihrem Kopf begann sich ein Kaleidoskop von Farben zu drehen, bis sie Vincente nicht mehr sehen und hören konnte. Sie schrie: "Vincente, verlass mich nicht!", und dann sagte sie gar nichts mehr.

***

"V INCENTE?" FRAGTE DOKTOR ASH. "Wer ist Vincente?"

"Er ist der Junge, der sie ins Krankenhaus gebracht hat", antwortete Doktor Christiansson.

"Vielleicht sollten wir ihn kontaktieren und ihn bitten, ins Krankenhaus zu kommen?"

"Es ist mitten in der Nacht? Es ist vielleicht nicht möglich, ihn hierher zu holen."

"Tu es einfach!" rief Doktor Ash. "Wir brauchen jede Hilfe, die wir bekommen können!"

"Grace, hör mir zu", sagte Doktor Ash und beugte sich näher zu ihr. "Wir tun alles für dich, was wir können. Ich hoffe, du kannst mich hören. Wir haben dich gehört. Wir rufen Vincente an. Er wird bald hier sein und dir zur Seite stehen. Also halte bitte durch. Sei stark."

Grace konnte ihn nicht hören. Sie war irgendwo in der Dunkelheit ganz allein.

KAPITEL 11

Draussen in der Lobby flüsterte Helen Greenway ins Telefon: "Hallo, Vincente, tut mir leid, dass ich dich so spät störe."

"Wer ist da?"

"Tut mir leid", zögerte sie und fuhr dann fort, nachdem sie sich identifiziert hatte. "Ich bin's, Grace. Grace ist der Grund, warum ich dich so spät anrufe. Hier ist ihre Mutter, Helen Greenway."

"Geht es ihr gut? Sie ist doch nicht...?", unterbrach er sich und seine Stimme versagte. Er hatte Angst vor dem, was als Nächstes kommen würde. Hatte er sie umgebracht? Er konnte es nicht ertragen, wenn das der Fall war, obwohl er wusste, dass es nicht seine Schuld war. Er konnte es nicht wissen. Seine Gedanken kehrten in die Gegenwart zurück. Er war sich ziemlich sicher, dass Helen Greenway bereits abgenommen hatte. Am anderen Ende des Telefons herrschte absolute Stille.

"Bist du da, Vincente?", fragte sie, während sie auf seine Antwort wartete. Sie hatte alles erklärt und ihren Fall dargelegt. Er war still. Zögerte er, ins Krankenhaus zu kommen? Sicherlich nicht. Nein, er war wahrscheinlich nur noch nicht ganz aufgewacht. Als er immer noch nicht antwortete, drängte sie: "Grace, meine Grace, braucht dich, Vincente."

Mit einem Gefühl der Erleichterung, dass sie noch lebte und atmete, riss er den Kopf zurück: "Ich bin gleich morgen früh da."

"Nein, bitte komm sofort. Grace braucht dich jetzt. Sie ruft nach dir. Die Ärzte sagen, du musst sofort ins Krankenhaus kommen, bevor es zu spät ist."

Vincente war ganz durcheinander, weil er mitten in der Nacht geweckt worden war und überlegte, wie er ins Krankenhaus kommen sollte. Er würde seine Mutter wecken und sie bitten müssen, ihn dorthin zu fahren, und dann würde sie mit allen möglichen Fragen bombardiert werden. Ganz zu schweigen davon, wie er nach Hause kommen würde?

"Bitte sag ja, dann schicke ich dir ein Taxi rüber. Einen Moment", Helen hielt ihre Hand über das Telefon. Eine Krankenschwester bestätigte, dass ein Wagen zu Vincentes Haus geschickt würde, um ihn abzuholen und nach Hause zu bringen. "Ein Wagen wird dich abholen, Vincente. Bitte bestätige, dass du ins Krankenhaus kommen wirst, um meine Tochter zu besuchen. Sie fragt nach dir. Bitte."

"Okay, aber gib mir ein paar Minuten Zeit, um mich anzuziehen und meiner Mutter eine Nachricht zu hinterlassen."

"Ich muss Ihre Adresse bestätigen", fragte die Empfangsdame am Telefon, nachdem sie die Daten des Krankenhauses überprüft hatte.

"Ja, das ist richtig", sagte Vincente.

"Der Wagen ist auf dem Weg, bitte warte."

"Das werde ich", sagte Vincente, während er sich abmeldete und seine schwarze Jeans und sein weißes T-Shirt anzog. Er kämmte sein Haar und warf sich dann einen roten Kapuzenpulli über den Kopf, der alles wieder durcheinander brachte.

Dann ging er zwei Stufen auf einmal die Treppe hinunter. Er schrieb einen kurzen Zettel an seine Mutter und klebte ihn an den Kühlschrank. Sekunden später traf das Fahrzeug ein.

Er saß im Auto, angeschnallt und auf dem Weg ins Krankenhaus. Er stützte seinen Kopf auf seinen Arm und sah zu, wie die Dunkelheit an ihm vorbeiflog.

Ab und zu schien ihm das Gesicht im Mond zuzuwinken. Der Mann im Mond kam ihm seltsam bekannt vor, eine Art Kreuzung aus Mark Twain und Albert Einstein.

Er konzentrierte seine Gedanken auf den Mond und die Sterne und versuchte, nicht einzuschlafen.

Er wollte hellwach sein. Er wollte...

✳✳✳

HELEN WAR STOLZ AUF sich, denn sie hatte Vincente überzeugt, ins Krankenhaus zu kommen.

Allerdings war Helen etwas verwirrt, warum ihre Tochter seinen Namen rief. Wie sehr hatte er ihr Herz erobert, dass sie so nach ihm rief? Vielleicht hatte sie ihn unterschätzt. Oder bedeutete er ihrer Tochter vielleicht mehr, als Helen dachte? Er war nur ein Highschool-Junge, ein Klassenkamerad, ein Schwarm. Andererseits: Hatte sie nicht selbst ihre Highschool-Liebe geheiratet?

Helen schritt im Flur auf und ab. Als Krankenschwester Burns herauskam, sagte sie: "Ich halte es nicht aus! Nicht zu wissen, was da drinnen mit meiner Tochter passiert! Das ist alles zu viel!"'

Schwester Burns verstand die Belastung, unter der Helen Greenway stand, aber ihre Überreaktion und ihr allgemeiner Drang zur Panik wirkten sich auch auf die anderen Patienten und die Familienmitglieder aus, die auf Neuigkeiten über ihre Angehörigen warteten.

Schwester Burns führte Helen an der festen Stelle in ihrem Rücken weg in eine ruhige Ecke, wo sie im Flüsterton zu ihr sprach: "Deine Tochter ist in den besten Händen. Ich weiß, es ist schwer, aber du musst versuchen, ruhig zu bleiben."

"Wenn ich doch nur bei ihr bleiben könnte, um sie zu unterstützen", sagte Helen.

"Die Ärzte denken nur an sie und daran, was sie will und was sie braucht. Das Überleben deiner Tochter hat für das Krankenhaus oberste Priorität."

"Ja, aber ich bin ihre Mutter! Bin ich keine Erklärungen schuldig? Habe ich hier keine Rechte?"

"Doch, du hast Rechte, aber du hast eine wichtige Aufgabe bekommen: Du sollst Vincente hierher bringen. Ich habe gehört, dass er auf dem Weg ist?"

"Ja, das ist er. Aber ich hätte meiner Tochter vielleicht helfen können, wenn du mich nicht aus dem Zimmer gedrängt hättest."

"Helen", sagte Schwester Burns etwas verärgert, "der Zustand deiner Tochter veränderte sich, als du bei ihr warst. Du schienst ihr in diesen Momenten nichts als Kummer zu bereiten." Sie zögerte. "Die Ärzte haben diese Veränderung in der Stabilität deiner Tochter bemerkt. Deshalb haben sie dich aus dem Operationssaal geholt. Es war um Graces willen."

"Aber es gibt keinen Grund für Grace, sich meinetwegen zu verschlechtern. Ich liebe sie. Sie ist mein Leben."

"Nun, die Beweise sprachen für sich selbst."

"Wenn ich hier nicht gebraucht werde", sagte sie schmollend. "Ich kann genauso gut nach unten gehen und auf den Marino-Jungen warten. Ich muss noch etwas erledigen."

"Das klingt nach einer sehr guten Idee", sagte Schwester Burns. Sie klopfte Helen auf den Handrücken, aber dieses Mal zog Helen ihre Hand weg. Sie steckte beide Hände in ihre Taschen und schlenderte den Flur entlang. Das Geräusch ihrer Stiefelabsätze hallte nach, als sie ging.

"Bitte sagen Sie der Rezeption, dass sie uns hochrufen soll, wenn er kommt", rief Schwester Burns, als sich die Aufzugstüren schlossen.

"Wird gemacht", antwortete Helen.

 ✳✳✳

ALS DIE FAHRSTUHLTÜREN IM Erdgeschoss aufschwangen, trat Helen in den Empfangsbereich. Sofort entdeckte sie Vincente. Er bewegte sich in den Drehtüren, die Hände in die Jeanstaschen geklemmt und die Schultern gekrümmt.

Helen blieb einen Moment lang stehen und betrachtete den Jungen, der ihre Tochter ins Krankenhaus gebracht hatte. Er sah zerzaust aus und war nicht in seiner Komfortzone. Trotzdem sah er in seinem roten Kapuzenpulli sehr gut aus, was seine blauen Augen noch blauer erscheinen ließ. Er sah aus wie eine Kreuzung aus James Dean und Robert Redford.

Sie ging auf ihn zu. Er hatte sie noch nicht bemerkt.

Als er mit seinen Augen in ihre Richtung blitzte, war sie unvorbereitet. Einen Moment lang konnte sie nicht atmen. Er war kein gewöhnlicher Junge. Irgendetwas war ganz anders an ihm.

"Hi Vincente", sagte Helen und streckte ihre Hand aus, um seine zu schütteln. Sie war ein bisschen überwältigt und stellte sich ihm vor, als ob sie sich noch nie zuvor gesehen hätten.

Vincente fand die Vorstellung etwas seltsam, da sie sich erst vor kurzem kennengelernt hatten. Er ließ sie gewähren, denn sie hatte große Tränensäcke unter den Augen und sah aus, als hätte sie in ihren Kleidern geschlafen.

Er nahm ihre angebotene Hand an und schüttelte sie fest. Er erlaubte ihr, ihren Arm unter seinen zu legen und ihn zur Rezeption zu führen. Helen bat die Empfangsdame, seine Ankunft zu bestätigen und ihn in den achten Stock zu bringen.

Dann führte Helen ihn zum Aufzug. Sie standen Seite an Seite vor den Türen, eng umschlungen, aber immer noch wie Fremde, während sie sich auf den Weg nach oben machten.

Nach ein paar Stockwerken hatte Vincente das Bedürfnis, sich nach Grace zu erkundigen, wie es ihr ging, und das tat er auch. Helen erklärte, dass sie nicht über den Zustand ihrer Tochter informiert worden war. Sie konnte aber bestätigen, dass Grace nach Vincente gefragt hatte.

"Ich helfe ihr gerne, wo ich kann", sagte Vincente. Es stimmte - er war froh, ihr zu helfen - aber er konnte sich immer noch nicht erklären, warum sie ihn mitten in der Nacht ins Krankenhaus rief. Irgendwie tat sie ihm leid, wenn sie ein so trauriges und einsames Leben hatte, dass sie niemanden hatte, den sie um Hilfe bitten konnte.

Vincente schaute geradeaus auf sein Spiegelbild in den Aufzugstüren. Er fuhr sich mit den Fingern durch sein zerzaustes Haar, in der Hoffnung, es zu bändigen, aber sein Versuch war erfolglos.

"Hast du eine Ahnung, Vincente, warum meine Tochter so nach dir fragen würde?"

"Um ehrlich zu sein, ist es mir ein Rätsel. Vielleicht hat sie sich vorgemacht, dass..."

"Verblendet von was?"

"Ich weiß es nicht. Wir kennen uns ja kaum. Außerdem ist sie einfach nicht mein Typ."

"Damit meinst du, dass meine Tochter nicht beliebt oder hübsch genug für dich ist?" fragte Helen mit einem bösen Unterton in der Stimme, der Vincente nicht entging.

Er war in einem Aufzug mit einer Frau gefangen, die ihren Arm um ihn geschlungen hatte. Ihre Fingernägel krallten sich nun wie Krallen in seine Ärmel.

"Autsch. Äh, nein, so habe ich das nicht gemeint", sagte Vincente, als die Glocke läutete, die anzeigte, dass sie im achten Stock angekommen waren. Die Türen sprangen auf. Vincente löste sich von Helen, trat hinaus und ging auf den Empfangsbereich zu. Dort gab es noch andere Leute und vor allem Zeugen - für den Fall, dass Helen Greenway völlig ausflippte.

Helen blieb vor dem Aufzug wie erstarrt stehen, aber sie fixierte Vincente immer noch mit einem starren Blick.

Vincente sah zu Helen hinüber und merkte, dass er nicht gerade einen guten Eindruck gemacht hatte. Aber es war mitten in der Nacht, er schlief noch halb und er hatte keine Ahnung, warum er hier war. Sicher, er wusste, dass Grace Greenway in ihn verknallt war, aber das taten auch die Hälfte der Mädchen an der Schule. Wenn man als Allround-Sportstar gefeiert wurde, war das ganz normal.

Wenige Augenblicke später wurde Vincente von einem der Ärzte durch den Korridor geführt. Helen folgte ihm, den Blick fest auf Vincentes Hinterkopf gerichtet.

Ackerman stellte sich vor. Er klärte Vincente über die Einzelheiten auf, dann wuschen sie sich und zogen die notwendigen medizinischen Kleidungsstücke an.

"Ich habe gehört, dass du ein sehr guter Freund von Grace bist?

"Äh, irgendwie schon."

Doktor Ackerman ignorierte die unverbindliche Antwort. "Grace hat schon seit geraumer Zeit nach dir gefragt. Sie wird unglaublich glücklich sein, zu wissen, dass du für sie da bist."

"Äh, ich bin froh, dass ich dir helfen kann."

"Mein Sohn", fuhr Doktor Ackerman fort, "Graces Zustand ist jetzt stabil. Sie hatte eine harte Zeit dort, eine sehr harte Zeit. Und, na ja..."

"Wie schwer?"

"Das ist vertraulich, aber sagen wir einfach, es stand auf der Kippe."

"Du willst mir sagen, dass sie fast gestorben wäre?"

"Ich meine, dass die Dinge nicht gut gelaufen sind. Und bitte sag oder tu nichts, was sie aufregt oder beunruhigt. Denk heute nur an das Gute, okay?"

"Glückliche Gedanken?"

"Ja", sagte Doktor Ackerman. "Und jetzt folge mir

$$\textbf{*\,*\,*}$$

SIE BETRATEN DEN OPERATIONSSAAL Seite an Seite durch die Schwingtüren. Das medizinische Team machte Vincente den Weg frei, als wäre er ein Rockstar.

Er konzentrierte sich sofort auf Grace. Sie lag in der Mitte eines Tisches mit mehreren Maschinen, die wie Tentakel an ihr befestigt waren.

Er holte tief Luft und ging näher an den Tisch heran. Er hatte Angst, obwohl er nicht genau wusste, warum. Vielleicht lag es daran, dass ihn ein Paar stechende Augen beobachtete. Was erwarteten sie von ihm - ein Wunder?

Er schaute auf Grace' liegenden Körper. Er sah, wie sich ihr Brustkorb auf und ab bewegte.

Grace atmete. Sie war am Leben. Er sah, wie ihr kastanienbraunes Haar über ihre Schultern fiel. Er sah, wie ihre Augenlider flatterten, wie eine nervöse Zecke. Sie lebte irgendwo da drinnen hinter den Fensterläden.

Er trat näher heran und stieß mit seinem Körper gegen ihre Hand. Sie lag an ihrer Seite und war offen.

Vincente nahm die Hand von Grace in seine.

Er sagte ihren Namen.

Ihre Hand war kühl und reagierte nicht auf seine Berührung. Er schloss seine Hand um ihre und sagte: "Grace." Er wartete, aber nichts geschah. Sie war bewusstlos. Sie konnte ihn weder spüren noch hören, also was machte er hier? Was sollte er jetzt tun? Er schaute sich im Raum um und betrachtete die leeren Gesichter. Sie waren keine Hilfe. Überhaupt keine Hilfe.

Doch alle Augen waren immer noch auf ihn gerichtet. Was sollte er sagen? Was sollte er tun? Am liebsten wäre er aus dem Zimmer gerannt.

Vincente wünschte sich nichts sehnlicher, als in die Wärme seines eigenen Bettes zurückzukehren.

KAPITEL 12

G RACE WAR WIEDER IN ihrem Körper, aber ihre Sinne waren wie betäubt. Sie konnte nicht spüren, dass Vincente ihre Hand hielt, obwohl sie sehen konnte, dass er es tat.

"Grace, ich bin es, Vincente", sagte er und hoffte, dass sie seine Anwesenheit auf irgendeine Weise anerkennen würde.

Grace hörte ihn, aber seine Stimme klang anders. Entfernt.

"Sprich mit ihr", forderte Doktor Ash sie auf. "Sprich mit ihr über alles!"

Das medizinische Team rückte näher. Die einzigen Geräusche, die zu hören waren, waren die Maschinen.

Auf Vincentes Stirn bildeten sich Schweißperlen. Er sagte: "Wir vermissen dich, Grace. Wir vermissen dich in der Schule. Du warst schon zu lange weg." Vincente merkte, dass dieser Dialog lahm war, aber er machte einfach mit. Er versuchte, ein normales Gespräch zu führen; leider war es sehr einseitig.

Grace stellte seine Identität in Frage. Wer war dieser seltsame Junge mit den kurzen blonden Haaren, den dunklen Augen und dem roten Sweatshirt? Wenn er ihr Vincente wäre, würde er nicht mit ihr über die Schule reden. Schule!? Dort standen sie dem rabenfressenden Baum gegenüber!

"Wir haben neulich das Kricketspiel gewonnen!" sagte Vincente, übermäßig enthusiastisch. Er fuhr sich wieder mit den Fingern durch die Haare. Er versuchte, seine Fäuste in die Taschen zu stopfen, aber mit dem OP-Zeug war das nicht möglich. Aber allein der Versuch, seinen normalen Bewältigungsmechanismus zu nutzen, ließ ihn entspannter werden.

Grace fragte sich, ob ihr jemand einen Streich spielen wollte. Sie schaute in all die unbekannten Gesichter, die starrenden Augen. Sie kannte die meisten von ihnen nicht, aber sie waren in der Lage, diesen Vincente zu sehen. Sie beobachteten ihn.

Grace löste sich von ihrem Körper und begann, durch den Raum zu schweben.

Von oben beobachtete sie diesen Vincente. Er schien überhaupt nicht er selbst zu sein. Er war kalt. Sie konnte seine Berührung nicht spüren, aber sie wollte es so gerne. Als sie merkte, dass er ihre Hand festhielt, fing ihr Herz an zu pochen und zu schlagen. Zu schnell sprang sie zurück in ihren Körper.

Die Herzmaschine meldete sich mit einer weiteren flachen Linie.

***

Grace schaute zum Licht, während ihr die Tränen über das Gesicht liefen. Unter ihr rannten die Krankenhausangestellten durch den OP, als ginge die Welt unter. Sie wusste, dass das Einzige, was endete, ihr eigenes Leben war.

Sie hatte gegen das Sternenlicht angekämpft, das ihr zuwinkte. Es rief nach ihr.

Jetzt blinzelte und nickte es, und sie erkannte, dass es an der Zeit war, zu gehen. Es war an der Zeit, sich auf sie zuzubewegen. Es war endlich an der Zeit, mit dem Fibonacci-Stern zu brennen.

"Sag ihr, dass du sie liebst!", rief jemand.

"Aber das tue ich nicht!" erwiderte Vincente kleinlaut.

Bald wurde das Sternenlicht heißer und heißer und heißer. Es wartete nicht mehr darauf, dass sie zu ihm kam. Es kam auf sie z u.

"Ich liebe dich, Grace!", rief er.

Zu spät.

***

Als sie Vincente aus dem Zimmer führten, rief er immer noch die Worte. Für ihn waren es bedeutungslose, unwahre Empfindungen. Worte, die er nur sagte, um nett zu sein, um sie vor dem Abgrund zu retten.

Er schrie sie noch einmal heraus. Diesmal hallte seine Stimme durch die Gänge und hinaus ins Universum: "Ich liebe dich, Grace Greenway!"

"Ich liebe dich auch, Vincente!", rief sie ihm zurück. In dem Chaos und dem Tohuwabohu, mit dem sie versuchten, ihr Leben zu retten, hörte er sie nicht.

Plötzlich fing der heiße Stern an, sich zu drehen und zu rotieren. Bald kam er nicht mehr auf sie zu und verbrannte sie mit seiner Hitze. Stattdessen stieß er pulsierende Wellen aus und wurde zu einem Neutronenstern.

"Ich will leben", sagte Grace Greenway zu sich selbst. "Ich will leben."

KAPITEL 13

ZWEI TAGE SPÄTER WACHTE Grace Greenway gerinnungsfrei auf und war nicht mehr in Gefahr. Sie würde die nächste Zeit noch engmaschig überwacht werden müssen, aber bald würde sie nach Hause gehen können.

"Vincente, Mama", sagte sie schläfrig, während ihr die Tränen über die Wangen liefen. Es waren Tränen des reinen Glücks, am Leben zu sein. Tränen der Dankbarkeit, dass sie diesen Moment mit den beiden Menschen teilen konnte, die sie am meisten liebte.

Sie streckte ihre Arme aus, um die beiden zu umarmen. Sie schmiegten sich an sie, an sie. Sie spürte die Wärme und Stärke ihrer Körper, fast so, als würde sie durch ihre gemeinsame Energie an Kraft gewinnen.

Vincente und Helen sahen sich an und warteten darauf, dass Grace sie losließ.

"Hast du irgendwelche Schmerzen?" fragte Helen.

"Ich bin müde, das ist alles, Mama."

"Ich bin froh, dass es dir besser geht", sagte Vincente. "Ich werde die Ärzte holen und ihnen sagen, dass du wach bist."

Er drehte sich um und ging aus dem Zimmer. Er stand noch einen Moment da und war dankbar, dass sie sich vollständig erholt hatte. Er dachte, dass er jetzt vielleicht seine Pflicht getan hatte und nach Hause gehen konnte. Er hoffte, dass sie vergessen hatte oder nicht gehört hatte, was er ihr im Operationssaal hatte sagen müssen. Er war froh, dass Helen Greenway nicht anwesend gewesen war, um seine erzwungene und falsche Erklärung zu hören.

Er akzeptierte die Tatsache, dass er das Richtige getan hatte, um ihr zu helfen. Jetzt hoffte er nur noch, dass dies das Ende sein würde. Er wollte sein altes Leben zurückhaben. Und zu diesem Leben gehörte Grace Greenway nicht.

***

"Also, Mum, magst du ihn?" fragte Grace.

"Er ist ein netter Junge", sagte Helen. "Ich verstehe, warum du dich zu ihm hingezogen fühlst."

"Zu ihm hingezogen?" rief Grace aus. "Ich fühle mich mehr als nur zu ihm hingezogen, Mum. Wir sind verheiratet! Siehst du!", sagte sie und schob ihren Ringfinger in Richtung ihrer Mutter. Da waren keine Ringe.

"Ist schon gut, Grace", gurrte Helen und bemerkte die Verzweiflung ihrer Tochter. "Es ist okay, wenn du ein bisschen neben der Spur bist. Du hast in den letzten Tagen sehr viel durchgemacht."

"Mama, es ist wahr! Du glaubst mir nicht, oder?"

"Jetzt reg dich nicht auf, Liebes", sagte Helen und tätschelte ihrer Tochter die Hand.

"Wir sind verheiratet, Mum. Verheiratet!" sagte Grace erneut. Die Türen schwangen auf und Helen flüchtete in den Flur und ließ ihre Tochter verzweifelt und ganz allein zurück.

Seltsam, dachte Grace. Sehr seltsam. Wo sind meine Ringe?

***

Im Korridor stieß Helen Greenway frontal mit Doktor Ackerman zusammen. Er war auf dem Weg, nachdem er von Vincente die gute Nachricht erhalten hatte, dass sie wach und bei klarem Verstand war.

"Oh. Doktor Ackerman!" rief Helen aus.

"Oh je, was ist denn passiert? Soll ich gleich reingehen? Hat sie einen Rückfall erlitten? Vincente sagte, es ginge ihr gut. Sie ist wach und spricht. Völlig wach."

"Das ist sie auch, Doktor Ackerman. Sie ist wach und spricht, aber sie scheint in dem Wahn zu leben, mit Vincente Marino verheiratet zu sein!"

"Oh je, wie kann das sein?"

"Sie hat mir gesagt, dass sie verheiratet sind. Sie und Vincente. Außerdem hat sie versucht, mir ihre Ringe zu zeigen. Sie war sehr verzweifelt, weil sie nicht mehr da waren."

Vincente trat aus dem offenen Aufzug und trug ein Tablett mit Cappuccino. Er machte sich auf den Weg zu ihnen.

Doktor Ackerman sah Vincente an und hielt ihn mit einer Handbewegung auf. Dann führte er Vincente zum Sitzbereich, wo er ihn bat, zu bleiben. Ackerman kehrte zu Helen zurück.

Vincente setzte sich und trank einen Schluck aus einer der Tassen.

"Ich würde gerne mit Grace sprechen - allein - für ein paar Augenblicke", sagte Doktor Ackerman. "Bitte warte hier mit Vincente, Helen, ich werde mich danach mit euch beiden unterhalten."

Helen setzte sich neben Vincente. Er bot ihr eine Tasse Tee an. Sie lehnte höflich ab und verschränkte dann die Arme um sich.

Vincente wusste, dass etwas los war, aber er hatte keine Ahnung, was. Er trank noch einen Schluck Kaffee und hoffte, dass sie ihn bald nach Hause gehen lassen würden. Er war erschöpft und ziemlich sicher, dass Helen ihre Tochter ganz für sich allein haben wollte.

Schließlich war das seiner Meinung nach eine Familienangelegenheit.

***

Als Doktor Ackerman das Zimmer von Grace verließ, sagte sein besorgter Gesichtsausdruck alles.

Helen stand sofort auf und ging an seine Seite.

Auch Vincente bemerkte sofort den düsteren Gesichtsausdruck des Arztes. Was auch immer in Graces Zimmer vor sich ging, es waren definitiv keine guten Nachrichten. Er fragte sich, ob er jemals nach Hause zurückkehren würde.

"Helen", sagte Doktor Ackerman, "wir müssen reden - unter vier Augen. Bitte komm in mein Büro."

"Worüber?" Helen wandte ihren Blick von dem Ort ab, an dem Vincente saß.

"Bis wir zurückkommen, bleibt er, wo er ist", sagte Doktor Ackerman. Dann wandte er sich an Vincente: "Wenn du bitte warten könntest, wir werden dich gleich ins Bild setzen."

Vincente nickte und begann an seinem zweiten Cappuccino zu nippen - Helens Getränk. Schließlich hatte sie ihn nicht gewollt und er hatte ihn bezahlt. Warum ihn also kalt werden lassen? Außerdem brauchte er das Koffein, um wach zu bleiben. Er holte sein Handy heraus und spielte eine Partie Bejeweled Blitz, dann scannte er Facebook. Er hatte eine Nachricht von Missy Malone.

Sie wollte sich später mit ihm treffen. Er hoffte, dass er nicht zu müde von der ganzen Grace-Greenway-Sache sein würde.

Neugierig ging er zu Grace' Tür und schaute durch die Scheibe hinein. Grace schlief tief und fest. Seltsam, dachte er, denn sie war gerade erst aufgewacht. Vincente setzte sich wieder auf seinen Platz. Während er über Grace nachdachte, nahm er noch einen Schluck von Helens Kaffee. Er trank auch die Tasse von Grace, bevor sie zurückkamen, um ihn zu holen.

KAPITEL 14

"HELEN, WIR HATTEN GEHOFFT, dass Grace' Gedächtnisverlust behoben wäre. Aber es sieht so aus, als ob wir jetzt zusätzliche Sorgen haben."

"Sie hat es dir also auch erzählt? Dass sie mit Vincente verheiratet ist?"

"Ja, und sie hat mir nicht nur gesagt, dass sie verheiratet sind, sondern sie hat alles sehr detailliert beschrieben. Es war fast so, als ob sie es noch einmal erleben würde. Es war so real, so ein vollständiges Bild. Ich konnte fast das romantische Lied im Hintergrund hören."

"Welches romantische Lied?" fragte Helen.

"Sie sagte, es sei ein Lied aus einer alten Schmuckschatulle."

"Ja, ich erinnere mich an das Lied. Graces Vater und ich haben es ihr zu Weihnachten geschenkt, als sie noch ein kleines Mädchen war."

"Ah, ein Kindheitsgeschenk, das sie sich jetzt als ihr Hochzeitslied vorgestellt hat. Deine Tochter hat definitiv eine sehr lebhafte Fantasie", sagte Doktor Ackerman.

"Was sollen wir also tun, Doktor? Ihr die Wahrheit sagen? Wir müssen ihr die Wahrheit sagen."

"Der Verstand ist eine sehr zerbrechliche Sache. Vielleicht hat Grace, als sie um ihr Leben kämpfte, diese Situation als Überlebensmechanismus geschaffen. Um sich selbst etwas zu geben, wofür es sich zu leben und zu kämpfen lohnt. Das ist eine uralte Technik. Wenn wir dem Tod nahe sind, schaffen wir uns manchmal eine alternative Realität."

"Aber meine Tochter hatte schon so viel, wofür es sich zu leben lohnt!" sagte Helen.

"Ja, das denkst du, und ich denke es auch, aber würde Grace dem zustimmen?"

"Also, was sagen Sie, Doktor? Was sollen wir tun?"

Es klopfte an der Tür. Doktor Christiansson steckte seinen Kopf herein. "Verzeihen Sie, wenn ich störe. Doktor Ackerman, Sie wollten mich sprechen?"

"Ja, wenn du uns bitte einen Moment Zeit lassen würdest, Helen", sagte Ackerman. Er gab ihr ein Zeichen, sich zu setzen, und dann gingen er und Doktor Christiansson.

Helen blätterte gedankenlos in ein oder zwei Zeitschriften. Die Ärzte besprachen unter vier Augen die prekäre Situation von Grace.

"Ich fürchte, wir haben keine andere Wahl", sagte Doktor Christiansson. "Wir müssen uns auf Grace' Fantasie einlassen. Sie ist noch nicht stark genug, um sich der Wahrheit zu stellen. Wenn wir sie zu sehr unter Druck setzen, könnte das schlimme Folgen haben."

"Ich stimme zu", sagte Doktor Ackerman. "Das Beste, was wir für Grace tun können, bis sie bereit ist, die Wahrheit zu hören, ist, ihre eigenen Wahnvorstellungen zu verstärken. Die Sache ist die, dass wir sicherstellen müssen, dass Vincente mit an Bord ist. Wir müssen ihm alles sagen, was Grace uns erzählt hat. Wir müssen ihn dazu bringen, bei der List mitzumachen, bis Grace bereit ist, ich meine, geistig und körperlich stark genug, um die Wahrheit zu verkraften."

"Ja, der Marino-Junge hat Grace schon einmal geholfen, und ich hoffe, dass er ihr auch jetzt wieder helfen kann", sagte Christiansson.

"Und wenn sie gesund und stark genug ist, werden wir ihr die Wahrheit sagen", bestätigte Doktor Ackerman.

"Das gefällt mir nicht", sagte Helen, als die Ärzte sie über ihren Plan aufklärten. "Wir werden ihre Fantasie anregen und ihr Lügen und noch mehr Lügen auftischen.

"Aber für Grace sind das keine Lügen. Sie glaubt jedes einzelne Wort davon und sie ist diejenige, die wir hier an die erste Stelle setzen müssen", sagte Doktor Ackerman.

"Und was ist, wenn der Junge nicht damit einverstanden ist?" fragte Helen.

"Das muss er", sagte Ackerman. "Es gibt keine Alternative. Grace ist schon so weit gekommen und sie ist auf dem Weg, ihre Gesundheit wiederzuerlangen. Einen weiteren Rückfall wird ihr Körper vielleicht nicht überleben. Grace' geistige Stabilität ist in dieser Zeit entscheidend.

"Grace hat diesen Traum erschaffen, und Vincente ist ein großer Teil davon. Er muss zustimmen, ihr zu helfen. Wir müssen ihn davon überzeugen, wie wichtig er für sie ist", sagte Doktor Christiansson.

"Wie lange werden wir dieses Spiel noch spielen müssen?" fragte Helen.

"Wir werden so lange spielen, bis sie bereit ist", sagte Dr. Christiansson, "und keinen Augenblick länger."

"Was soll ich dem Jungen dann sagen?" fragte Helen. "Wie kann ich es ihm verständlich machen, wenn ich es selbst nicht einmal ganz verstehe? Ich mag den Gedanken nicht, meine eigene Tochter zu betrügen."

"Er wird uns vertrauen müssen, Grace vertrauen müssen. Wenn sie bereit ist, sich der Realität zu stellen und die Wahrheit zu hören, dann und nur dann werden die Dinge wieder so werden, wie sie vorher waren", sagte Ackerman.

"Ich werde mein Bestes tun, um ihn zu überzeugen."

"Viel Glück", sagte Doktor Ackerman.

"Wenn du meine Hilfe brauchst..." warf Dr. Christiansson ein, "...wenn du willst, dass ich mit ihm spreche, um etwas zu klären, dann schick den Jungen zu mir."

"Danke", sagte Helen.

KAPITEL 15

HELEN GING IN DIE Damentoilette und wusch sich die Hände. Da sie sich rund um die Uhr im Krankenhaus aufhielt, schien sie eine Paranoia vor Keimen zu haben.

Sie streckte ihre rechte Hand aus und bemerkte, dass sie zitterte. Sie hatte keine Ahnung, wie sie den Jungen davon überzeugen sollte, sich auf ein so seltsames Lügenpaket einzulassen. Jeder, der Erfahrung im Leben hat, weiß, dass die Wahrheit immer das Beste ist. Doch hier war sie gezwungen, Vincente davon zu überzeugen, ein Komplize bei der Unterstützung von Graces Wahnvorstellungen zu sein.

Sie griff in ihre Handtasche, tastete herum und fand zwei Lippenstifte. Sie trug einen davon auf und irgendwie fühlte sie sich dadurch ein bisschen besser. Sie griff erneut in ihre Handtasche und holte etwas Parfüm hervor, das sie sich hinter die Ohren sprühte. Jetzt war sie bereit, hinauszugehen und mit Vincente zu sprechen und ihn hoffentlich an Bord zu bringen.

Helen schloss die Tür hinter sich und betrat den belebten Korridor. Sie wurde für ein paar Sekunden gegen die Wand gedrückt, als das Krankenhauspersonal eine Trage hindurch schob. Sie atmete tief durch, beruhigte sich und ging dann in Richtung des Warteraums.

Sie entdeckte Vincente und er entdeckte sie. Sie winkte ihm zu und fragte sich dann, ob sie nicht ein bisschen zu vertraut war. Sie zügelte es, indem sie ihre Hand auf den Lederriemen ihrer Tasche legte. Jetzt sah sie aus wie jemand, der Angst hat, ausgeraubt zu werden.

Vincente sah, wie Helen Greenway eine schnelle Bewegung auf ihn zu machte. Er sah sie kurz an und blickte dann auf seine Füße. Er bemerkte sofort, dass sie sich herausgeputzt hatte und fragte sich, warum. Vielleicht hatte sie ein Auge auf einen der Ärzte geworfen? War es nicht ein bisschen früh nach dem Tod ihres Mannes? Er war sich nicht sicher, aber er verurteilte weder das, was die Leute sagten, noch das, was sie taten.

Helen nahm gegenüber von Vincente Platz und sagte seinen Namen. Er sah auf und wartete darauf, dass sie noch etwas sagte, aber sie tat es nicht. Er blickte wieder auf seine Füße hinunter. Er war so müde, todmüde, aber die drei großen Kaffees hatten ihm den Kopf verdreht.

Sie sagte noch einmal seinen Namen und lehnte sich vor, die Ellbogen auf die Knie gestützt.

Vincente lehnte sich in seinem Stuhl zurück und tat so, als müsste er sich strecken und gähnen. Die Stille wurde immer unangenehmer.

Helen wartete, bis er seine Bewegung beendet hatte, und ging dann direkt darauf ein. "Vincente, ich brauche deine Hilfe bei etwas, etwas sehr Persönlichem."

Er zögerte und lehnte sich neugierig vor.

"Darf ich frei und offen mit dir sprechen?", flüsterte sie.

Vincente war jetzt wirklich neugierig. Er war schon öfter von älteren Frauen angemacht worden, aber normalerweise nicht von Frauen, die so alt waren, und auch nicht von Frauen, die die Mütter seiner Schulkameraden waren.

Er fühlte sich plötzlich unwohl. Im ersten Moment wollte er sie am liebsten sofort abwimmeln und ganz offen zu ihr sein. Doch obwohl er nicht im Geringsten daran interessiert war, war er doch neugierig, was sie sagen würde. Wie sie es anstellen wollte. Und er fragte sich, ob der Schock über das, was Grace durchgemacht hatte, vielleicht auch bei ihr Spuren hinterlassen hatte. Anstatt etwas zu sagen, blieb er still sitzen und wartete ab.

Helen lehnte sich näher heran: "Was ich dich fragen muss, ist ziemlich peinlich", zögerte sie und kicherte nervös. "Ich meine, es ist lächerlich! Aber ich hoffe, du sagst ja und erklärst dich bereit, mir trotzdem zu helfen."

Helen klimperte mit den Wimpern und zögerte. Sie richtete sich auf und lehnte sich dann wieder zurück. Diesmal noch näher an Vincente, so sehr, dass sich ihre Knie fast berührten. Dann schien sie mit der Hand zu winken, so dass ein Spalt zwischen ihnen entstand, und ließ ihre Hand ganz leicht über sein Knie streichen.

Sie war ihm so nah, dass er ihren Atem auf seinem Gesicht spüren konnte.

Vincente lehnte sich unbeholfen in seinem Stuhl zurück. Er schob seine Füße unter den Sitz. Er verschränkte die Arme vor der Brust. Er richtete seine Aufmerksamkeit auf den Boden. Er kämpfte gegen den Drang an, sein Handy herauszuholen, um sich von diesem verrückten Szenario abzulenken.

"Es geht um Grace, Vincente. Sie scheint es zu haben. Nun, es fällt mir schwer, das zu sagen. Vor allem zu jemandem, der so jung ist wie du und der vermutlich schon eine Freundin hat. Oder vielleicht sogar mehr als eine Freundin?" Helen zögerte, bevor sie die Bombe platzen ließ und sah ihm direkt in die Augen. Sie versuchte, eine Beziehung zu ihm aufzubauen, sich auf seine Art zu verständigen. Wenn sie den Altersunterschied zwischen ihnen überbrücken könnte, würde er es vielleicht verstehen. Vielleicht würde er zustimmen.

Vincente fand, dass das langsam peinlich wurde. Er wollte sie aus ihrem Elend befreien: "Ich habe eine Freundin, äh, Mrs. Greenway. Wir sind nicht exklusiv, aber wir haben eine Abmachung, wenn du verstehst, was ich meine?"

Hat er gerade gezwinkert? Helen war sich sicher, dass sie ihn zwinkern gesehen hatte! Und das gefiel ihr ganz und gar nicht.

Vincente hoffte, dass er sie abgewimmelt hatte. Er war wirklich müde und wollte einfach nur noch nach Hause. Ungeduldig und angewidert stand er auf.

"Ja, ich äh-verstehe, was du meinst, Vincente", sagte Helen unbeholfen, "Bitte setz dich."

Vincente tat es. Er verschränkte wieder die Arme und schuf damit eine physische Barriere zwischen ihnen.

"Vincente, meine Tochter ist in dich verknallt. Das weißt du doch, oder?"

"Ja, ich weiß, dass sie mich mag. Grace ist großartig! Sie hat mir das Leben gerettet, indem sie mir in Mathe geholfen hat. Ohne sie wäre ich schon längst aus dem Team geflogen."

"Hat sie das? Das wusste ich gar nicht. Du kennst sie also schon länger, sozusagen eins zu eins?"

"Nicht so eng wie Freund und Freundin, nein. Aber wir waren Kumpel. Freunde."

"Aber du bist ein Cricket-Star und du siehst gut aus. Ich kann verstehen, warum sie in dich vernarrt war. Aber was ich dich fragen muss, ist..." Sie hielt inne und stammelte, weil es ihr schwer fiel, auf den Punkt zu kommen.

"Tut mir leid, Mrs. Greenway, aber ich muss auf den Punkt kommen. Es war eine sehr lange Nacht und ich bin müde. Ich muss dir sagen, dass ich mich geschmeichelt fühle von der Aufmerksamkeit, die du mir entgegenbringst, aber wie ich schon sagte, haben meine Freundin Missy und ich eine Art Abmachung."

"Ich bin mir sicher, dass es ihr unter diesen Umständen nichts ausmacht, weil du jemandem hilfst, der in Not ist. Schließlich geht es hier um Leben und Tod", sagte Helen.

"Sie sind jetzt ein bisschen melodramatisch, nicht wahr, Mrs. Greenway?" Vincente verschränkte seine Arme und rückte näher an sie heran. "Ich fühle mich geschmeichelt und so, aber kannst du nicht jemanden finden, der näher an deinem Alter ist? Vielleicht einen von den Ärzten?"

"Was!" rief Helen aus und bewegte ihren ganzen Körper so weit wie möglich von Vincente Marino weg, während sie ihm immer noch gegenübersaß. Dann stand sie auf und bewegte sich mit dem Rücken zu ihm noch weiter weg. Sie atmete tief durch und kam gerade wieder zu sich, als Vincente ihr sanft auf den Po klopfte. Sie zuckte zusammen und kämpfte gegen den Drang an, ihn zu ohrfeigen.

"Zu deiner Information", korrigierte sie nun wütend, "ich finde dich kein bisschen attraktiv, du dummer, dummer Junge!"

"Klar, klar, ich weise dich zurück, und dann wirst du ganz frech - ich weiß, was du jetzt vorhast. Aber spiel nicht zu sehr mit mir, vielleicht gefällt es mir ja", sagte er und rückte noch näher zu ihr.

"Jetzt hörst du aber auf!" sagte Helen mit zitternder Stimme, als Vincente Marino immer näher an sie heranrückte. Sie wurde nun mit dem Rücken fest gegen die Vorderseite des Stuhls gedrückt - und gezwungen, sich zu setzen. Ihr Gesicht war gerötet, und ihr ganzer Körper zitterte.

"Ich habe genug von diesem Blödsinn", sagte Vincente. "Ich bin mitten in der Nacht hierher gekommen, um deiner Tochter zu helfen... gut. Aber jetzt ist sie wieder auf der Station, und ich hänge hier rum, wozu? Ich weiß es nicht. Um nicht von ihrer Mutter angemacht zu werden!"

Helens Gesicht hatte die Farbe von roter Beete. "Vincente, du musst mir einen Gefallen tun, also werde ich dieses Missverständnis einfach ignorieren und es direkt aussprechen. Um den heißen Brei herumzureden, war keine gute Idee!"

Vincente nickte ungeduldig, hörte aber weiter zu.

"Grace ist der Meinung, dass du und sie verheiratet seid."

"Was?"

"Es ist wahr. Sie ist aufgewacht und steckt in dieser Vorstellung von euch beiden fest. Sie hat eine Fantasie in ihrem Kopf."

"Verheiratet? Grace Greenway und ich, verheiratet?"

"Ja, das ist es, was sie glaubt."

"Dann sag ihr die Wahrheit. Warum erzählst du mir das?"

"Weil die Ärzte der Meinung sind, dass wir uns damit abfinden müssen, vorerst."

"Mit 'wir' meinst du mich, oder? Du erwartest von mir, dass ich mit Grace Mann und Frau spiele?"

"Ich weiß, dass das viel von dir verlangt wird, Vincente. Aber wenn du es irgendwo in deinem Herzen findest, ihr zu helfen, könnte es für sie eine Frage von Leben und Tod sein.

"Das ist zu viel verlangt", sagte Vincente, stand auf und wollte den Warteraum verlassen, "viel zu viel."

Helen fing ihn auf und hielt ihn am Arm fest.

"Das ist das Mindeste, was du tun kannst! Du hast sie hierher gebracht, mit dem Schlag auf den Kopf. Du hast das getan! Du musst doch irgendwo in dir einen moralischen Kompass haben, ein Gewissen. Ohne dich wäre Grace nicht hier drin! Und wie du gesagt hast, hat Grace dir geholfen, deinen Platz im Cricket-Team zu sichern."

Vincente wusste, dass das alles stimmte, auch wenn der Treffer ein Unfall gewesen war. "Was genau soll ich denn tun?"

"Verhalte dich so, wie es ein Ehemann tun würde. Sei für sie da. Sprich mit ihr. Halte ihre Hand. Meine Tochter ist ein kluges Mädchen; sie wird dir sagen, was sie braucht."

"Aber was ist, wenn sie will, dass wir die Dinge tun, die verheiratete Menschen tun?" Er grinste. "Was dann?"

"Ich bin mir sicher, bevor es so weit ist, wird sie sich entweder an die Wahrheit erinnern oder ich werde es ihr sagen."

"Warum sparst du dir das Drama nicht und sagst ihr jetzt die Wahrheit?"

"Das würde ich natürlich gerne tun, aber die Ärzte haben mir davon abgeraten", sagte Helen. "Sie sind der Meinung, dass Grace in einem zu heiklen Zustand ist, um sie zu diesem Zeitpunkt mit so viel Realität zu schockieren."

Vincente hatte das Gefühl, dass er keine Wahl hatte, er musste sich damit abfinden. Obwohl er mit den Ärzten absolut nicht einverstanden war, würde er mitspielen. "Was ist mit der Schule?", fragte er. "Ich habe morgen ein Spiel - ich meine heute."

"Grace wird daran denken, dass du in der Schule bist. Vielleicht kannst du in der Zwischenzeit einige Mitschülerinnen und Mitschüler aus der Schule einladen, sie zu besuchen. Bekannte Gesichter könnten ihrem Gedächtnis auf die Sprünge helfen."

"Mir fällt auf Anhieb niemand ein, mit dem sie befreundet ist, aber ich werde es versuchen. Kann ich jetzt nach Hause gehen?"

"Nicht, bevor du mit ihr gesprochen hast. Und vergiss nicht, sie hat mir gerade die Neuigkeit erzählt, dass ihr beide vor kurzem geheiratet habt, und ich habe ihr nicht geglaubt. Ich bin aus dem Zimmer gerannt und habe ihren Arzt gefunden. Ich gehe also davon aus, dass meine Tochter sehr froh sein wird, dich zu sehen und ziemlich sauer, mich zu sehen. Vielleicht will sie dich mir auch als ihren Ehemann vorstellen."

"Ich werde mein Bestes tun, aber ich bin kein guter Schauspieler und ein guter Lügner war ich noch nie."

"Gut, dann lass uns eine preisgekrönte Darbietung daraus machen!" sagte Helen, als sie zum Zimmer von Grace gingen.

"Los geht's!" sagte Vincente, als er die Tür aufstieß und sie für seine neue fiktive Schwiegermutter aufhielt.

KAPITEL 16

G RACE SCHAUTE AUF UND sah, wie ihre Mutter ihr Zimmer betrat, gefolgt von Vincente! Sie setzte sich auf, lächelte von einem Ohr zum anderen und öffnete ihre Arme für ihn. Er bewegte sich so langsam auf sie zu, dass sie intuitiv wusste, dass etwas nicht stimmte.

"Liebling", sagte Helen in einem munteren Tonfall, der Vincente erschreckte. "Ich habe mit Vincente gesprochen, und er hat mir alles erzählt. Alles über eure Hochzeit. Stimmt's, Vincente?"

Vincente sah erst Grace und dann Helen an. Sie warf ihn den Wölfen zum Fraß vor und zwang ihn zu lügen. Er hatte keine andere Wahl. "Ja, ich habe deiner Mutter alles über uns erzählt", sagte er. Er rückte ein wenig näher an Grace heran, die ihn herzlich umarmte.

Während sie ihn festhielt, spürte Grace eine Distanz, die sie noch nie zuvor gespürt hatte. Sie fühlte sich, als würde sie sich an einem Holzbrett festhalten.

Sie trennten sich und Grace schaute Vincente tief in die Augen. Er verbarg etwas. Oder vielleicht war es ihm einfach nur peinlich?

Vielleicht lag es auch nur daran, dass sie vor einem anderen Menschen zu zärtlich war. Sie waren bisher allein gewesen, also war das etwas, woran sie sich gewöhnen mussten, wenn andere Menschen ihre Liebe miterlebten.

Grace nahm seine Hand in ihre und sagte: "Unter diesen Umständen kann ich deine Gefühle gut verstehen. Wir sind es nicht gewohnt, so zärtlich zu sein - vor anderen."

Vincente fühlte sich mies. Er wurde dazu gezwungen und Grace tat ihm leid, denn sie hatte keine Ahnung, dass er nur schauspielerte. Aber so wie es sich anhörte, ließ seine Leistung sehr zu wünschen übrig. "Ja, das ist es", sagte Vincente. "Du warst schon immer sehr empfänglich für meine Gefühle."

Grace beobachtete weiterhin sein Unbehagen. Vincente, der spürte, dass sie ihn sehr genau beobachtete und befürchtete, dass sie in Bedrängnis geraten könnte, hob ihre Hand zu seinen Lippen und küsste sie. Als er aufsah, blickte er seiner angeblichen Frau tief in die Augen. Angeblich, aber er sah nur Grace Greenway - eine schlichte Jane mit einer überdurchschnittlichen, fast genialen mathematischen Begabung. Sie waren totale Gegensätze. Er würde sie niemals heiraten, nicht einmal, wenn er und sie die letzten beiden Menschen auf diesem Planeten wären.

Grace richtete ihre Aufmerksamkeit auf ihre Mutter, die im Hintergrund stand und die beiden beobachtete. Ja, das war es. Ihre Mutter hatte jetzt alles bestätigt, aber sie war mit ihrer Entscheidung nicht einverstanden. Schließlich waren sie erst sechzehn Jahre alt, und ohne die Erlaubnis eines Elternteils war ihre Ehe ihrer Meinung nach vielleicht nicht rechtmäßig. Ganz zu schweigen davon, dass weder ein Pfarrer, noch ein Priester oder gar ein Friedensrichter sie offiziell gemacht hatte. Sie hatten Gelübde und Ringe ausgetauscht. Es war keine richtige Hochzeit und ihre Mutter hätte sie nur annullieren müssen. Vielleicht war das der Grund, warum Vincente so ausgeflippt aussah?

Grace sah Helen an, die mit Tränen in den Augen dastand.

"Freust du dich nicht für uns, Mum?" fragte Grace.

"Natürlich freue ich mich für euch beide, Schatz", sagte Helen und umarmte die beiden gemeinsam.

Grace schaute Vincente in die Augen und er wandte den Blick ab. "Ich weiß, dass ich wahrscheinlich hässlich aussehe", sagte sie, während ihr eine Träne über die Wange lief. "Es war eine lange Tortur, mit der Operation und allem." Sie holte tief Luft und riss sich zusammen. Vincente versuchte, sie mit einem Lächeln zu ermutigen, und fuhr dann fort: "Ich kann es kaum erwarten, bis wir wieder normal leben können. Bis wir wieder in unser Haus gehen und am Strand schwimmen können, wie früher."

Vincente schaute wieder weg. Wie eine eingesperrte Ratte huschten seine Augen nervös hin und her.

"Ich bin mir sicher, dass Vincente diesen Moment nicht abwarten kann, Schatz", stupste Helen ihn an.

Vincente stieß ein "Humph" aus, das er eigentlich nur als Echo in seinem eigenen Kopf hören wollte. Leider wurde das Geräusch von allen Anwesenden gehört und wahrgenommen. Helen starrte Vincente an, als hätte er gerade einen Mord begangen. Grace sah so verletzt aus, dass ihr noch mehr Tränen aus den Augen flossen.

"Willst du nicht dorthin zurückgehen? Nach Manly? Um wieder glücklich zu sein?" Grace war sich sicher, dass Vincente sich verändert hatte. Irgendetwas in ihm hatte seine Liebe zu ihr verändert, und diese Erkenntnis brach ihr das Herz entzwei.

Helen stieß Vincente mit dem Ellbogen in die Seite. Er lachte und schnappte nach Luft, bevor er sagte: "Nicht bevor du wieder gesund bist, Gracie."

"Du weißt, wie sehr ich das hasse!"

"Was? Was hasst du?" fragte Vincente. Er war völlig verwirrt und machte seine Sache als Schauspieler nicht gerade gut. Er hatte Helen gewarnt, dass er kein guter Lügner war, und jetzt machte er ein Chaos daraus. Er brachte Grace in Schwierigkeiten. Das arme Mädchen.

"Du weißt, was ich meine!" rief Grace. "Du weißt, was ich hasse. Das macht mir eine Gänsehaut."

"Oh", sagte Vincente und erinnerte sich endlich. Ja, er hatte sie schon einmal "Gracie" genannt, und sie war daraufhin ausgerastet. Jetzt hatte er dasselbe noch einmal getan. Was für ein Idiot er doch war! "Es tut mir so leid, Grace, das ist mir total entfallen. Ich bin so müde; ich habe nicht geschlafen. Mein Fehler - es war nur ein Hirnfurz."

Das Trio lachte und das Lachen ging weiter, bis Grace es mit den Worten unterbrach: "Wenn du müde bist, Liebes, dann geh nach Hause. Wir können das morgen nachholen."

Vincente überlegte es sich. Seine Flucht war so nah, dass er sie schmecken konnte. Er wollte unbedingt da raus, um diese erbärmliche Scharade zu beenden. "Ich habe heute Nachmittag ein Spiel, also kann ich erst heute Abend wieder vorbeikommen.

"Das ist schon okay. Du musst dich für das große Spiel ausruhen", sagte Grace.

"Vincente", sagte Helen, "Grace und ich wissen es zu schätzen, dass du alles getan hast, um zu helfen. Wir verstehen, wenn du jetzt nach Hause gehen musst. Ich werde ein Taxi für dich organisieren."

"Nicht nötig", sagte Vincente, "Mama hat vorhin angerufen und gesagt, sie würde draußen auf mich warten. Sie hat den Zettel gesehen, den ich hinterlassen habe und war besorgt."

"Ich würde sie gerne mal kennenlernen", sagte Helen.

"Ja, ich auch!" Grace stimmte zu. "Ich habe das Gefühl, dass ich sie schon kenne, seit du mir ihre Bilder gezeigt hast. Vor allem die Landschaft mit dem Baum und den Kühen ist für uns beide zu einem Gesprächsthema geworden."

"Das mit... was?" stotterte Vincente heraus. Er war völlig verwirrt über das, was Grace gerade gesagt hatte. Er hatte das Bild weder Grace noch sonst jemandem außer seinen Eltern und Großeltern gezeigt. Tatsächlich hatte es seit seiner Kindheit im Lager gelegen. "Wann habe ich dir Mamas Gemälde gezeigt?", fragte er.

"Es hing über dem Kaminsims im Haus deiner Eltern."

Vincente stolperte rückwärts. Helen fing ihn auf. Sie hatte keine Ahnung, worum es bei diesem Wortwechsel ging, aber Vincente schien das noch mehr zu beunruhigen als Grace.

"Geht es dir gut?" fragte Helen zu Recht besorgt.

"Mir geht es gut", sagte er, aber ihm ging es ganz sicher nicht gut. Er wollte fliehen, aber gleichzeitig musste er sicher sein, dass sie über das gleiche Bild sprachen. Vielleicht war Grace einfach nur verwirrt: "Und gab es irgendetwas Besonderes an dem Gemälde? Irgendetwas Besonderes, das ich dir darüber erzählt habe?"

"Ja", sagte Grace ganz sachlich. "Du hast mir erzählt, dass du als Kind Angst vor dem Bild hattest, weil du dachtest, der Baum hätte ein Gesicht. Deshalb haben deine Eltern es aufbewahrt. Aber als wir das Haus deiner Eltern besuchten, hing es genau dort - über dem Kaminsims.

Vincente war mehr als verblüfft. Das mit dem Bild war die Wahrheit, aber nicht, dass es über dem Kaminsims hing. Das wäre nie passiert. Er fragte sich, wie sie überhaupt von dem Gemälde wissen konnte.

Sie fuhr fort: "Aber jetzt ist das Gemälde in unserem Haus, in unserem Haus in Manly. Es ist immer noch im Lager. Wir haben beide gedacht, dass es das Beste wäre, es wegzustellen. Du musst mit deiner Mutter abklären, ob sie es zurückhaben möchte."

Vincente stolperte durch den Raum zu Grace und murmelte etwas von "ja, das würde er tun". Abgelenkt flüsterte er etwas zu sich selbst und dann zu Helen. Er hatte keine Ahnung, wie Grace die Dinge wissen konnte, die sie zu wissen schien.

"Mama", sagte Grace, "ich glaube, du würdest dich gut mit Vincentes Mutter verstehen, weil ihr beide die gleichen Dinge liebt, zum Beispiel Sonnenblumen. Vincentes Mutter hat Sonnenblumen auf den meisten ihrer Bilder und du hast überall im Haus Sonnenblumen."

"Das ist schön, Schatz", sagte Helen.

"Und du solltest die tollen Figuren sehen, die Vincente schnitzt!"

Vincente setzte sich hart auf den Stuhl. Sein Gesicht war jetzt geisterhaft weiß.

Grace fuhr fort: "Er ist viel begabter, als er in anderen Dingen als dem Sport zugibt. Er ist auf seine Art ein erstaunlicher Künstler. Das muss ihm im Blut liegen."

"Wie kannst du das wissen?", fragte Vincente. fragte Vincente, "Sie sind in meinem Schlafzimmer."

"Dein Schlafzimmer!" Helen kreischte.

"Und niemand hat sie gesehen - niemand - außer meiner Mutter, meinem Vater und meinen Großeltern."

"Du hast sie mir gezeigt, Dummerchen, und wir haben sie mit zu unserem Haus in Manly genommen. Wow! Du musst sehr, sehr müde sein, wenn du so viel vergessen hast. Du solltest wirklich nach Hause gehen und etwas schlafen, Vincente."

Vincente fühlte sich, als hätte man ihm das Blut aus dem Körper gepresst, und er sah auch so aus.

"Soll ich dich zum Auto deiner Mutter begleiten?" fragte Helen. Sie war wirklich besorgt, denn er sah aus, als würde er gleich in Ohnmacht fallen. "Musst du einen Arzt aufsuchen?"

Vincente hatte den Drang, sich umzudrehen und wegzulaufen, aber ein Teil von ihm wollte auch die Hand ausstrecken und Grace Greenway küssen.

Grace Greenway küssen!?

Es war ein Bedürfnis, ein Verlangen, das er in den letzten Momenten bekämpft hatte. Er hielt sich gefühlsmäßig zurück. Er dachte, dass er vielleicht eine Anziehung von ihr verspürte, ein Bedürfnis von ihr. Vielleicht, weil sie wollte, dass er sie küsst?

Vincente stand auf und ging auf das Bett zu. Grace sah ihn an, aber ihre Augen waren ruhig und voller Liebe. Liebe für ihn.

Er beugte sich vor und küsste sie sanft auf die Stirn.

Aber Grace hatte andere Pläne.

Sie bewegte ihren Kopf, weil sie spürte, dass er sich vor ihrer Mutter schämte, und küsste sie ganz auf die Lippen. Dann zog sie ihn zu sich heran, klammerte sich an ihn, und er entspannte sich in der Umarmung. Sie hielt ihn so fest, dass er nicht mehr loslassen konnte und es auch bald nicht mehr wollte.

Irgendwie erreichte sie ihn tief in seinem Inneren. Er war verloren, verloren in ihr. Als er wieder zu Atem kam und sich zurückzog, stand er da und starrte sie an, als hätte sich gerade ein Fenster in seinem Herzen geöffnet.

Er wusste nicht, woher sie die Dinge wusste, die sie wusste. Er hatte ihr nichts davon erzählt, und trotzdem wusste sie es irgendwie. Er war gleichzeitig erregt und verängstigt. Er wollte und musste von dort weg.

Und doch wollte ein Teil von ihm sie immer wieder küssen. Ein anderer Teil wollte weglaufen, und zwar immer weiter und weiter und weiter.

"Liebling", sagte Helen, "ich glaube, Vincente sollte jetzt wirklich gehen." Sie bemerkte sein roboterhaftes Verhalten. Es war, als stünde er unter einem Bann.

"Gute Nacht, Mr. Marino", rief Grace.

"Äh, gute Nacht, Frau Marino", sagte Vincente spontan. Sie lächelte so strahlend, als ob der Himmel sich geöffnet hätte und goldenen Sonnenschein über ihn ausschüttete. Er fuhr sich mit den Fingern durch die Haare und machte sich dann auf den Weg nach draußen.

Als er durch die Tür war, begann er zu rennen.

Er rannte acht Stockwerke hinunter.

Und hinaus auf die Straße.

Er wäre den ganzen Weg nach Hause gerannt, wenn seine Mutter ihn nicht vorher angehalten hätte.

KAPITEL 17

"Ist alles in Ordnung, Vincente?" fragte Ellen Marino ihren Sohn. Vincentes Wangen waren gerötet und er murmelte etwas vor sich hin, als sie auf ihn zuging. Sie öffnete ihre Arme für ihn und er fiel mit einem hörbaren Seufzer in sie. Sie streichelte seinen Kopf, wie sie es immer tat, wenn er ein kleiner Junge war. Diese emotionale Verbindung brachte ihn dazu, unkontrolliert zu schluchzen.

"So, so", sagte sie.

Obwohl Vincente sich warm und sicher fühlte, konnte er nicht aufhören, an Grace zu denken. Er versuchte, sich auf den Moment zu konzentrieren, aber auch die beruhigenden Worte seiner Mutter konnten ihn nicht beruhigen.

Während er sich in die Umarmung seiner Mutter kuschelte, spielte sein Gehirn immer wieder ein Kinderlied in seinem Kopf: "Vincente und Gracie, sitzen auf einem Baum k-i-s-s-i-n-g."

Er konnte seiner Mutter nicht erklären, wie er sich fühlte. Er konnte es nicht einmal selbst verstehen.

Trotzdem ging ihm der Kuss nicht aus dem Kopf. Und es war ein wunderschöner Kuss. Ein tiefer, unvergesslicher Kuss als jeder andere Kuss, den er je erlebt hatte, und trotzdem - warum weinte er wie ein Baby?

Vincente wich von seiner Mutter zurück. Er versuchte, sich zusammenzureißen.

Ellen schaute ihrem Sohn in die Augen und nahm sein Kinn zwischen ihre Finger. Sie küsste ihn auf die Stirn. Er verlor die Kontrolle und fing wieder an zu schluchzen!

"Sag mir, Vincente, was ist los? Ist das Mädchen, deine Freundin ... Ist sie gestorben?"

"Nein!", schrie Vincente lauter, als er es erwartet hatte. Er trat zur Seite und landete mit dem Rücken an der Wand. Seine Fäuste waren geballt und er fühlte sich wütend, traurig und glücklich, als ob alle möglichen Gefühle wie ein Tsunami über ihn hereingebrochen wären.

"Sprich mit mir!" redete Ellen auf ihn ein.

"Ich will nach Hause, Mum. Ich will einfach nur nach Hause." sagte Vincente, während er seine Tränen zurückschluckte. Er kam sich wie ein Narr vor.

Ellen nahm die Hand ihres Sohnes in die ihre, wie sie es immer getan hatte, als er ein kleiner Junge war. Bis zu dem Tag, an dem er neun war und sie seine Hand nicht mehr halten durfte. Aber heute Abend widersprach er ihr nicht, als ihre Finger sich um die seinen legten und ihren Griff fester machten. Was auch immer ihren Sohn beunruhigte, es war schlimm. So schlimm, dass er seine Gefühle nicht mehr unter Kontrolle hatte.

Vincente Marino war kein Junge, der weinte, selbst wenn er als kleiner Junge verletzt wurde. Er versuchte immer, ein tapferes

Gesicht aufzusetzen. Vor allem, wenn andere dabei zusahen. Wenn sie alleine waren, war das normalerweise anders. Zumindest war es so, bis heute.

Als sie angeschnallt waren, ließ Vincente seine Gedanken wieder zu Grace zurückwandern. Diesmal aber nicht an den Kuss. Stattdessen dachte er darüber nach, woher sie die Dinge wusste, die sie wusste. Wie zum Beispiel das Gemälde - wie konnte sie von diesem speziellen Gemälde wissen? Es war unmöglich, dass sie es sich ausdachte oder die Dinge, die sie zu wissen schien, erraten konnte.

"Rate mal, was gestern passiert ist?" fragte Ellen.

"Ich weiß es nicht, Mum."

"Nun, ich habe wieder ein Bild verkauft!""

"Tolle Neuigkeiten, Mum! Welches war es denn dieses Mal?"

"Ich bin mir nicht einmal sicher, ob du dich daran erinnern würdest. Ich habe es vor langer, langer Zeit gemalt."

"Ich bin mir sicher, dass ich mich daran erinnern würde, Mum. Ich wette, ich kann erraten, welches es war. Ich wette, es war das mit dem Feld voller Wildblumen, so realistisch, dass man sie fast riechen konnte!"

"Oh, du bist ein reizender Sohn, danke. Aber nein, es war eines, das ich vor ein paar Jahren gemalt habe, als du noch ein kleiner Junge warst. Ich habe es eingelagert, weil es dir Angst gemacht hat."

Vincente setzte sich aufrecht hin. Er hörte jetzt ganz genau zu. Das konnte nicht sein.

Sie fuhr fort und bemerkte nicht, dass Vincente immer angespannter wurde: "Es ist auf einem Feld, mit einem großen Baum und einer Kuh."

Es war das gleiche Bild. Genau das gleiche Gemälde, über das er zuvor mit Grace Greenway gesprochen hatte. Vielleicht war der Verkauf bekannt gemacht worden? Das würde erklären, warum Grace das Bild kannte. Er schlug sich an die Stirn. Ja, das würde alles erklären!

"Es ist erst gestern Abend passiert. Ein privater Händler hat davon gehört und es sich angesehen und dann sofort für seinen Kunden gekauft. Er ist gerade auf dem Weg nach Europa und wird es bei seiner Rückkehr abholen."

"Der Verkauf wurde also in keiner Weise publik gemacht?"

"Nein, ich habe noch nicht einmal deinem Vater davon erzählt!"

Grace konnte nur davon erfahren haben, wenn sie den Mann kannte. Nein, in ihrem Zustand konnte das nicht sein.

Als sie durch die Straßen der Stadt fuhren, war Vincente fest entschlossen, an nichts zu denken. Nicht an das Bild. Nicht an Grace. Nicht an den Kuss. Vor allem nicht an den Kuss.

KAPITEL 18

ALS SIE NACH HAUSE kamen, fragte Ellen Vincente, ob es ihm besser ginge. Seine Antwort war ein vages Grunzen, was bedeutete, dass er sich wieder mehr wie sein altes Selbst fühlte. Sie bot ihm Essen an, aber er sagte, er habe keinen Hunger.

"Ich bin erschöpft, Mum", gestand er. "Ich möchte etwas schlafen."

"Ich muss dich fragen, bevor du gehst: Ist das Mädchen, das du besucht hast..."

"Grace?"

"Ja, geht es Grace wieder besser?"

"Ja, es geht ihr schon besser", sagte Vincente, als er um die Ecke bog und seinen Fuß auf die Stufe setzte. Er drehte sich um und sah Ellen an: "Aber ich könnte wirklich einen Gefallen gebrauchen."

"Möchtest du, dass ich bei Grace vorbeischaue?"

"Nein, aber danke. Was ich wirklich möchte, ist, dass du den Coach anrufst. Sag ihm, dass es mir nicht gut geht, damit ich mich vor dem Spiel noch ein paar Stunden ausruhen kann."

"Vincente, du weißt, was wir - dein Vater und ich - über Sport denken. Du musst zur Schule gehen und einen normalen Schultag einlegen, sonst kannst du nicht spielen."

"Aber das war doch kein normaler Tag, Mama!", protestierte er, "ich war die ganze Nacht im Krankenhaus und bin total müde."

"Okay, Schatz", sagte sie, "dieses eine Mal lasse ich es durchgehen. Und jetzt ab ins Bett mit dir!"

Oben in seinem Zimmer suchte Vincente vergeblich nach seinem Pyjama. Zu müde, kletterte er nur mit seiner schwarzen Unterwäsche ins Bett.

Vincente wälzte sich hin und her und stellte schnell fest, dass er fast zu müde zum Schlafen war. Außerdem war er durch den Kaffee und die nicht gerade oscarprämierte Vorstellung vorhin ziemlich aufgedreht.

Das Problem war nur: Grace hatte nicht geschauspielert. Sie glaubte jedes Wort, das sie sagte, und er spürte es in ihrem Kuss. Sie schüttete ihr Herz und ihre Seele in ihn.

Er schlug die Vorhänge zurück und beobachtete den Baum vor seinem Fenster, der sich nach Lust und Laune des Windes hin und her bewegte. Die Tropfen fielen gegen das Fenster und flossen wie Perlentränen an der Scheibe herunter.

Während die Tropfen einer nach dem anderen fielen, schienen das Schwanken des Baumes, die Geräusche und die Bewegungen Vincente wie ein Schlaflied zu begleiten. In wenigen Augenblicken war er fest eingeschlafen.

KAPITEL 19

"GRACE? GRACE, WO BIST du?" rief Vincente, als er die Stufen zum Opernhaus von Sydney hinauflief. Als er sie fast erreicht hatte, rief er weiter nach ihr, als ob er sie oben auf den riesigen weißen, baiserähnlichen Segeln sitzend finden wollte.

Nachdem er sich in der Gegend um die Rocks umgesehen hatte, rannte er die George Street hinunter in Richtung Parramatta Road. Er rief Graces Namen immer wieder, bis er von der heißen Sonne Sydneys so erschöpft war, dass auch die Möwen, Kakadus und Raben zu schreien schienen.

Er musste Grace finden. Er musste es einfach.

In der Parramatta Road, auf einem Neuwagenparkplatz, fiel ihm ein roter Ferrari ins Auge. Es war ein Cabrio mit offenem Verdeck, und er kletterte hinein. Die Reifen quietschten, als er den Parkplatz verließ. Wo um alles in der Welt war Grace? Er hupte. Wo bist du, Grace?

Vincente schaltete die Stereoanlage ein und ein Lied, das er nicht kannte, ein rührseliges Liebeslied, lief. Zuerst wollte er den Titel ändern, aber irgendetwas an dem Lied brachte ihn dazu, es anzulassen.

Als das Lied zu Ende war, zeigte das Display der Stereoanlage, dass es sich um ein Duett zweier Popsänger handelte. Das Lied begann erneut zu spielen. Vincente wechselte sofort den Titel, nur um festzustellen, dass dasselbe Lied noch einmal gespielt wurde, diesmal aber von zwei Rhythm and Blues-Sängern. Er legte den Schalter erneut um, und wieder ertönte dasselbe Lied, diesmal gesungen von zwei Country-Sängern. Was für eine CD war das? Jeder Titel spielte dasselbe Lied! Er versuchte, die CD auszuwerfen, aber das Symbol zeigte an, dass der Slot leer war. Was z um...?

Vincente trat auf die Bremse, woraufhin der Wagen eine 180-Grad-Drehung machte und dann zum Stehen kam. "Grace", rief er, "Grace Marino, wo zum Teufel bist du?" Er lehnte seinen Kopf verzweifelt auf das Lenkrad, als die Stimmen der beiden Popsängerinnen wieder die Nachtluft erfüllten. Doch Grace war nirgends zu finden.

Vincente saß ganz allein in einem Sportwagen, dem Auto seiner Träume - seinem Traumauto -, aber ohne Grace an seiner Seite bedeutete es ihm nichts. "Sie ist gar nicht mein Typ!", rief er, als er ausstieg. Diesmal schaltete er die Stereoanlage aus, aber das verdammte Lied lief immer noch in seinem Kopf.

Als die Räder in einen Kreisverkehr flogen, verlor Vincente die Kontrolle über den Wagen und krachte mit voller Wucht gegen einen Baum. Die Motorhaube war eingedrückt, aber er lebte noch. Er atmete schwer. Rauch quoll unter der Motorhaube hervor, als er in die Luft flüsterte: "Grace".

Sein Flüstern wurde erwidert: "Vincente?"

"Grace!", wiederholte er. Vincente setzte sich wach auf und sagte in die Luft: "Grace, wo zum Teufel bist du?"

In seiner Faust hielt er etwas. Es war ein zusammengeknülltes Stück von seinem Hemd. Es war jetzt rot, rot von seinem dicken, warmen Blut. Und als er seine Faust öffnete, formte sie sich zu einem Herz.

Und als er seine Faust schloss und laut den Refrain des romantischen Liedes sang und sie dann wieder öffnete, hatte sie wieder die Form eines Herzens.

Dann fing der Schmerz an, ihn zu stechen, und er bemerkte die Flecken. Große Blutstropfen tropften auf den Boden und bedeckten auch langsam den Sitz und den Boden. Tröpfchen hingen am Rückspiegel und an der Innenseite der Windschutzscheibe.

Das Blut war überall, auf dem Boden, an den Wänden und an der Decke. "Grace!", rief er ein letztes Mal, bevor er seine Augen schloss und in der Dunkelheit verschwand.

KAPITEL 20

ALS VINCENTE AUFWACHTE, SCHAUTE die Sonne durch einen Spalt in den Vorhängen in sein Zimmer. Zuerst wusste er nicht mehr, wo er war. Er lag zwar in seinem eigenen Bett, aber außerhalb der Bettdecke. Er war in Sicherheit. Das war alles nur ein verrückter Traum gewesen! Er lachte bei dem Gedanken, dass es auch etwas anderes hätte sein können.

Er warf einen kurzen Blick auf seine Sportpreise, bevor er sich die geschnitzten Figuren ansah. Er bemerkte, dass eine von ihnen fehlte. Die erste, die er je geschaffen hatte: Der Aborigine. Er suchte überall nach ihr, aber sie war weg.

Ein Kookaburra rief und sein Lachen erfüllte die Luft, während Vincente über die fehlende Figur nachdachte. Eine Fliege schwirrte um ihn herum, die er wegwinkte.

Vincente schaute auf die Uhr und merkte, dass er zu spät dran war. Er hatte den Schultag verschlafen und jetzt würde er auch noch zu spät zum Spiel kommen, wenn er seinen Hintern nicht in Bewegung setzte. Er durfte die Mannschaft nicht im Stich lassen.

Vincente eilte ins Bad, spritzte sich Wasser ins Gesicht, putzte sich die Zähne und streckte die Zunge heraus. Er sah aus, als hätte er seit Wochen nicht mehr geschlafen.

Er fühlte die Stoppeln an seinem Kinn und schaute wieder auf seine Uhr. Er hatte nicht genug Zeit, um sich zu rasieren, also trug er etwas Aftershave auf und sprühte etwas Deo auf. Dann warf er sich eine schwarze Jeans und ein T-Shirt über und sprang die meisten Treppen in einem Rutsch hinunter.

Vincente fühlte sich nicht besser, wenn er wusste, wie sehr das Team ihn brauchte. Er war nicht stolz darauf, dass es die absolute Wahrheit war. Aber die anderen Spieler - seine Mannschaftskameraden - schienen ihm das nicht übel zu nehmen. Sie wussten, dass er eine Begabung hatte, aber manchmal wünschte er sich, dass der Druck auf den Schultern von jemand anderem lasten würde, nicht nur auf seinen.

Unten angekommen, holte er sich eine Flasche Wasser aus dem Kühlschrank und rief nach seiner Mutter. Als sie nicht antwortete, machte er sich keine Sorgen. Er wusste, wo er sie am ehesten finden würde - draußen auf der Veranda beim Malen.

Natürlich war sie da und arbeitete, versunken in ihrer Welt der Kreativität. Er stand da und beobachtete sie einen Moment lang, um ihren kreativen Geist auf sich wirken zu lassen, bevor sie spürte, dass er da war. Als sie ihn bemerkte, war es, als wäre eine Kette kreativer Gedanken unterbrochen worden, aber sie drehte sich unglaublich glücklich um, als sie ihn sah.

"Ah, du bist wach, wie geht es dir, Liebes?", fragte sie, als Vincente sich zu ihr beugte, um sie auf die Stirn zu küssen. Dann sprang Vincente über das Geländer und landete wie eine Katze im Garten. "Pass auf die Blumen auf!", rief sie aus. Dann schaute sie in den düsteren Himmel und sagte: "Warte, ich hole einen Regenschirm für dich."

"Nicht nötig", antwortete Vincente. "Ich werde rennen, und keiner der Regentropfen wird mich erwischen!" Vincente begann zu rennen, schnell, und drehte sich nur einmal kurz um, um zum Abschied zu winken.

KAPITEL 21

Z urück im Krankenhaus vermisste Grace Vincente. Sie wollte allein sein - mit ihrem Mann. Sie wollte, dass alles wieder so ist wie früher, dass sie beide allein auf der Welt sind.

Sie schloss ihre Augen und erinnerte sich an ihren letzten gemeinsamen Kuss. Er hatte sich zurückgehalten - nein, er hatte gezögert.

Helen stöhnte im Schlaf, dann regte sie sich und gähnte auffallend laut. Sie streckte sich, setzte sich aufrecht hin und schaute direkt durch das Zimmer, nur um zu entdecken, dass ihre Tochter sie beobachtet hatte. "Tut mir leid, dass ich verschlafen habe", sagte sie. "Wie geht es dir heute?"

"Mir geht's gut. Ich bin schon seit Stunden wach. Ich habe nachgedacht."

"Worüber nachgedacht? An Vincente, nehme ich an", sagte Helen.

"Ja, ich habe an ihn gedacht, seit ich aufgewacht bin."

Helen streckte sich wieder und gähnte.

"Du hast geschnarcht, Mama."

"Ich schnarche nicht!", sagte sie.

"Doch, das tust du, und das nächste Mal werde ich dich dabei aufnehmen, damit du weißt, wie laut es ist!"

"Ich habe von deinem Vater geträumt; ich vermisse ihn."

"Ich vermisse ihn auch, Mama", sagte Grace und merkte, dass dies der perfekte Zeitpunkt war, um sie um Hilfe zu bitten.

Grace atmete tief durch und kreuzte ihre Finger.

KAPITEL 22

"Mama, ich vermisse es, Zeit mit meinem Mann zu verbringen."

"Ich weiß, dass du ihn liebst, aber Vincente hat immer noch Verpflichtungen gegenüber seiner Familie und er hat Schularbeiten und Sport. Ihr beide seid jung. Ihr habt eine Menge Zeit."

"Aber wir sind frisch verheiratet und sollten mehr Zeit miteinander verbringen."

"Du musst erst einmal gesund werden", sagte Helen, nachdem sie aufgestanden war, zum Bett ihrer Tochter ging und ihre Hände in die ihren nahm. "Du musst deine Energie auf die Heilung konzentrieren, damit wir nach Hause gehen können."

"Ich will ja nach Hause, Mama, aber ich will in unser Zuhause."

"Ja, genau das meine ich, Liebes."

"Nein, nicht zu dir nach Hause, sondern zu uns nach Hause - ich meine zu mir und Vincente."

Helen atmete tief ein. Sie wusste, dass Grace phantasierte und sie musste mitspielen, aber das Lügen wurde immer schwieriger. Helen sagte: "Es sind noch keine zweiundsiebzig Stunden seit deiner Operation vergangen. Dir ist vielleicht nicht klar, wie nah du an einer Katastrophe warst, aber ich weiß, wie nah es war, und ich will kein Risiko mit dir eingehen. Du stehst hier immer noch unter strenger Beobachtung. Auf Anweisung des Arztes."

"Werden sie mich dann jemals nach Hause lassen?" fragte Grace.

"Ja, wenn du dich vollständig erholt hast."

"Aber wie lange? Wie lange wird es dauern?"

"Doktor Ackerman sagte, dass sie heute ein paar neue Blutproben nehmen müssen. Vielleicht müssen sie auch deine Medikamente ändern. Du bist hier in den besten Händen."

"Ich weiß, aber ich möchte bei meinem Mann sein."

Helen versuchte, das Thema zu wechseln. "Erzähl mir ein bisschen von deinem Haus. Wo war das?"

"Unser Haus steht in Manly, direkt am Strand."

"Am Strand, sagst du?" Helen wusste, dass Immobilien in dieser Gegend Millionen wert waren. Sie fragte, ob sie im Lotto gewonnen hätten.

"Natürlich nicht, Mum. Geld war kein Thema. Vor diesem Haus sind wir herumgezogen und haben in Hotels gewohnt."

"Und wie habt ihr eure Brötchen verdient? Habt ihr gearbeitet? Wie habt ihr euren Lebensunterhalt bestritten? Habt ihr Essen und Kleidung für euch selbst gekauft?"

"Weil Geld nichts bedeutete, sind wir einfach in die Welt hinausgezogen und haben uns alles genommen, was wir brauchten. Damals waren wir nur zu zweit, da brauchten wir kein Geld. Wir haben von allem im Überfluss gelebt, auch von unserer Liebe füreinander."

Das führte schnell zu nichts mehr. Helen sagte: "Ich gehe nach Hause, um mich umzuziehen und habe mich gefragt, ob ich dir noch etwas mitbringen soll - wie deinen Laptop? Oder irgendwelche anderen Bücher?"

"Mir geht's gut, Mum. Ich will nichts außer meinem Mann. Außerdem habe ich hier diesen Stapel Bücher, die ich gelesen habe. Ich habe immer noch Probleme, mich über längere Zeiträume zu konzentrieren. Ich kann mich einfach nicht konzentrieren. Was ich wirklich brauche, Mama, ist deine Hilfe, um die Ärzte davon zu überzeugen, dass Vincente die Nacht hier bei mir verbringen darf. Das ist es, was ich mehr als alles andere brauche.

"Ehrlich, Grace, man könnte meinen, dass es das Leben vor Vincente Marino nie gegeben hat!"

"Es fühlt sich an, als wären wir ein Leben lang zusammen gewesen und jetzt sind wir ohne eigenes Verschulden getrennt", sagte Grace. "Ich vermisse ihn so sehr. Es ist anders, wenn du hier bist oder wenn die Ärzte da sind. Er ist nicht er selbst. Wir müssen allein sein, so wie es sich für ein frisch verheiratetes Paar gehört."

"Grace, er wird bald hier sein, wenn das Spiel vorbei ist. Aber es ist nicht gut, wenn du dich so aufregst und aufregst. Versuche, deine Energie darauf zu konzentrieren, gesund zu werden. Überlass das mir und ich werde sehen, was ich für dich tun kann, wenn du jetzt brav bist und deine Augen schließt."

Grace lehnte sich zurück ins Kissen und Helen küsste ihr beide Augen zu, so wie sie es getan hatte, als Grace noch ein kleines Mädchen war. Ihre Augenlider flatterten unter ihrer Berührung, wie zwei Schmetterlinge. Sie sagte: "Vincente wird wieder hier sein, bevor du es merkst."

"Bitte frag die Ärzte, ob er die Nacht hier mit mir in diesem Zimmer verbringen kann, Mama. Bitte! Nur eine Nacht. Alles, worum ich bitte, ist eine Nacht."

"Ich werde fragen", sagte Helen, während sie aus dem Zimmer ging. Im Grunde ihres Herzens wusste sie, dass es nie passieren würde.

Vincente Marino würde auf keinen Fall die ganze Nacht mit ihrer Tochter allein in einem Zimmer verbringen. Schon gar nicht, wenn Grace glaubte, sie seien Mann und Frau.

"Nur über meine Leiche!" sagte Helen zu sich selbst, als sie die Tür zu Graces Zimmer schloss.

KAPITEL 23

DIE BEIDEN VERLIEBTEN SPAZIERTEN Hand in Hand am Strand entlang und waren ganz ineinander versunken. Ab und zu hielten sie für einen Kuss an. Dann liefen sie noch ein Stück weiter und lauschten dem Rauschen der Wellen, die an den Strand schlugen.

"Ich habe meine Ringe verloren!" rief Grace aus.

Vincente sagte ihr, sie solle sich keine Sorgen machen. Er sagte, sie würden sie finden, und wenn sie sie nicht finden könnten, würde er ihr neue Ringe kaufen. Er sagte, dass die Ringe zwar einen sentimentalen Wert hätten, aber man sie ersetzen könne. Die Ringe waren leere Kreise, während ihre Liebe voll und rund war und sich tief in ihrem Herzen befand.

"Ich hatte sie vorher, aber jetzt sind sie weg! Vielleicht hat eine der Krankenschwestern sie mir gestohlen? Vielleicht haben sie sie entfernt, als ich operiert wurde?"

"Grace, warum regst du dich so auf? Mach dir keine Sorgen. Wir werden sie finden", beruhigte Vincente.

"Die Ringe sind verschwunden - und ich werde in diesem Krankenhaus wie eine Gefangene gehalten. Es kommt mir vor, als ob ich schon ewig hier wäre."

"Du kannst kommen und gehen, wie du willst, meine Liebe", sagte Vincente.

Er ging vor ihr her, mit dem Rücken abgewandt und mit der Vorderseite zu Grace gewandt. Er streckte ihr seine offenen Handflächen entgegen und sie nahm seine Hände in ihre. Wieder miteinander verbunden, gingen sie weiter den Strand entlang. Auf diese Weise hielten sie Blickkontakt und tauschten wortlose Gedanken aus.

"Auch wenn du mir sagst, dass ich gehen kann, kann ich es nicht. Sie werden mich nicht gehen lassen."

"Hast du einen schlechten Traum, meine Liebe?" fragte Vincente. "Wach jetzt auf und alles wird wieder gut. Ich verspreche es."

"Nein", sagte Grace. "Es ist genau andersherum. Es ist genau umgekehrt. Wenn ich aufwache, bist du anders. Wir sind nicht mehr dieselben. "

"Was sind wir dann, Liebe?" fragte Vincente.

Aber es kam keine Antwort.

KAPITEL 24

Helen gelang es, Dr. Ackerman ausfindig zu machen - oder ihn in die Enge zu treiben - je nachdem, wer die Geschichte erzählte. Sie erklärte ihm, dass Grace die Nacht allein mit ihrem angeblichen Ehemann in ihrem Zimmer verbringen wollte.

Doktor Ackerman reagierte nicht so, als ob dieser Vorschlag eine Überraschung wäre. Im Gegenteil, er hatte mit einer solchen Bitte gerechnet.

"Warum hast du mich dann nicht gewarnt?" fragte Helen.

"Es wäre vielleicht nie passiert", erklärte Doktor Ackerman. "Und du wärst besorgt gewesen und deine Reaktion auf Grace wäre dir unnatürlich vorgekommen.

"Was sollen wir also tun? Wir können sie doch nicht die ganze Nacht mit diesem Jungen allein in dem Zimmer lassen! Er ist so eingebildet; er könnte sie und die Situation ausnutzen."

"Helen, deine Tochter befindet sich noch im frühen Genesungsprozess. Ich muss sagen, dass es das Beste wäre, wenn du mit dieser Wahnvorstellung weiter spielst. Es sogar bis zum Äußersten zu treiben, denn das ist vielleicht die einzige

Möglichkeit für Grace, sich von der Fantasie zu befreien und die Realität zu wählen."

"Du meinst also, er bleibt bei ihr und sie merkt, dass er nicht der ist, für den sie ihn hält?"

"Ja, du hast es erfasst. Wenn er nicht der ist, für den sie ihn hält, wenn sein Bild im Spiegel ihres Verstandes zerbricht, dann und nur dann kann sie die Realität akzeptieren, das Fiktive widerlegen und wieder zu Grace werden."

"Und der Junge? Wer wird ihn überzeugen? Vor allem, wenn er Grace nicht auf die gleiche Weise sieht wie sie ihn. Er hat nichts zu riskieren, und so zu tun, als wären sie ein echtes Ehepaar, ist vielleicht zu viel verlangt."

"Vincente hat nichts zu riskieren, aber er hat alles zu gewinnen. Wenn diese Episode zu Ende ist, kann er zu seinem alten Leben zurückkehren. Er braucht nicht mehr zu schauspielern, ins Krankenhaus zu kommen und so zu tun, als wäre er etwas, das er nicht ist. Das wird doch sicher genug Anreiz für ihn sein, uns zu helfen?" schlug Ackerman vor.

"Stimmt, so hatte ich das noch gar nicht gesehen", sagte Helen. "Jetzt, wo du es so formulierst, will ich es unbedingt machen - je eher, desto besser. Es gibt nur ein Problem. Was ist, wenn Grace sich in Vincente verliebt und mit ihm das Ehebett teilen will?"

"Ja, das könnte ein Problem sein", bestätigte Doktor Ackerman.

"Nun, der Junge muss gewarnt werden, dass Grace in ihrem derzeitigen geistigen Zustand bestimmte Erwartungen an den Abend haben könnte, die er unter keinen Umständen erwidern sollte", sagte Helen.

"Ich bin mir sicher, dass wir ihn überzeugen können, 'mitzuspielen', ohne zu weit zu gehen.

"Aber er ist ein Mann", sagte Helen. "Nichts für ungut. Er ist daran gewöhnt, dass die Mädchen sich auf ihn stürzen und ihm alles geben, was er will."

"Schick den Jungen zu mir zu einem Gespräch, nachdem du mit ihm gesprochen hast. Ich werde ihm die Dinge von Mann zu Mann erklären."

"Welchen Grund soll ich ihm geben?", fragte Helen. "Welchen Grund für dich, mit ihm zu sprechen?"

"Schick ihn einfach nach eurem Gespräch zu mir, Helen. Ich werde den Rest erledigen."

Helen schaute auf ihre Uhr. "Vincente wird jeden Moment bei Grace erwartet. Ich werde das Thema mit ihm ansprechen und ihn dann zu dir schicken."

"Und wie willst du deiner Tochter euer Tête-à-Tête erklären, ganz zu schweigen von seinem plötzlichen Verschwinden?"

"Ich werde Grace hinhalten. Sie hat mich gebeten, einen Aufenthalt für ihn zu arrangieren, und ich werde ihr sagen, dass ich daran arbeite."

"Klingt nach einem guten Plan", sagte Doktor Ackerman.

"Dann schicken wir Vincente heute Abend nach Hause, um seine Kleidung zu holen und so weiter, und die große Nacht ist dann morgen Abend."

"Ja."

"Ich verlasse mich darauf, dass du meine Tochter beschützt."

"Keine Sorge, ich kümmere mich darum", sagte Doktor Ackerman.

Helen stand einen Moment lang vor dem Zimmer ihrer Tochter, während sie ihre Gedanken zusammenfasste. Als sie endlich bereit war, holte sie tief Luft und spähte durch das Fenster, bevor sie die Tür öffnete.

KAPITEL 25

GRACE ÖFFNETE SCHUBLADEN UND schloss sie wieder. Als Helen das Zimmer betrat, sagte Grace: "Gott sei Dank, dass du hier bist, Mum! Gott sei Dank!"

"Ich bin nie weit weg", sagte Helen, während sie ihren Arm um die Taille ihrer Tochter legte und sie zurück zum Bett führte. Helen blickte in das Gesicht ihrer Tochter. Eine Sache fiel ihr auf - etwas, das sie vorher nicht bemerkt hatte - Grace war kein kleines Mädchen mehr.

"Mum, ich kann meine Eheringe nicht finden!"

"Schatz, du hast sie doch schon mal erwähnt, weißt du noch?" erwiderte Helen. "Sie können doch nicht zu weit weg sein, oder?" In diesem Moment fühlte sie sich unglaublich traurig. Ihre Tochter war immer noch auf der Suche nach Dingen, die es nicht gab. Sie schniefte ein wenig, aber dann beruhigte sie sich wieder, bevor Grace ihren Stimmungsumschwung bemerken konnte.

"Ich habe mir geschworen, sie nie zu entfernen, und jetzt sind sie weg!" rief Grace aus.

Einen Moment lang stellte sich Helen vor, wie sie ihre Tochter schütteln würde, um sie zu zwingen, sich der Wahrheit zu stellen.

Aber das war ein Kampf, den Helen nicht alleine führen konnte. Sie brauchte die Unterstützung des medizinischen Personals, bevor sie die Fantasien ihrer Tochter auffliegen lassen konnte.

Auf der anderen Seite des Zimmers schimpfte Grace: "Verstehst du nicht, du musst mir einfach helfen, Mama! Vielleicht sind sie hier drunter gefallen?", fragte sie, während sie sich über den Boden beugte und in jedem Winkel suchte.

Als sie allein war, ging Grace jeden einzelnen Grund durch, warum sich Vincentes Verhalten ihr gegenüber geändert haben könnte. Sie kam zu dem Schluss, dass es daran lag, dass sie die Ringe verloren hatte. In ihrer Niederlage setzte sie sich auf den Boden und begann zu weinen.

Helen kniete sich neben sie und nahm ihre Hände in ihre eigenen. Sie wollte etwas sagen, aber Grace öffnete ihren Mund zuerst und rief: "Ich muss sie unbedingt finden, bevor Vincente zurückkommt. Wenn ich sie finde, wird er wieder so sein, wie er vorher war. Dann wird er wieder mein Vincente sein."

"Liebling", sagte Helen und hob das Kinn ihrer Tochter an, so dass ihre Augen auf gleicher Höhe waren. "Deine Ringe können nicht weit weg sein. Vielleicht wurden sie entfernt, als du operiert wurdest? Ja, das würde alles erklären", schimpfte Helen, während sie ihre Tochter hochhob. Als sie einen Funken der Möglichkeit in ihren Augen sah, fuhr sie fort. "Ja, ich wette, sie warten darauf, dass du entlassen wirst."

"Aber können sie mir nicht jetzt zurückgegeben werden?" fragte Grace. "Ich bin ja nicht im Gefängnis!"

"Stimmt, du bist nicht im Gefängnis, aber manchmal haben Krankenhäuser Regeln, um die Sachen ihrer Patienten zu schützen", sagte Helen. "Möchtest du, dass ich mich danach erkundige? Soll ich fragen, ob sie für dich eine Ausnahme von der Regel machen können?"

"Ja, Mama! Ja, bitte!"

Helen überlegte, wie sie nach Ringen fragen sollte, die es gar nicht gab. Es war klar, dass ihre Tochter die Ringe nicht vergessen würde. Sie musste entweder mit einer Antwort zurückkommen - oder mit den Ringen.

"Grace, ich habe nachgedacht. Weißt du noch, als du das erste Mal ins Krankenhaus kamst? Hattest du damals die Ringe an?"

"Natürlich nicht!" rief Grace aus. "Da waren wir noch nicht verheiratet."

"Also hat dich Vincente erst später, nachdem ihr verheiratet wart, wieder ins Krankenhaus gebracht?"

"Ja", sagte Grace.

"Vielleicht kannst du sie mir beschreiben, falls ich sie identifizieren muss."

"Ja, clevere Idee. Oder vielleicht haben sie sie unter dem falschen Patientennamen in den Tresor gelegt und jemand anderes hat meine Ringe! Oh, ich hoffe nicht!"

"Mach dir darüber keine Gedanken, sag mir, wie sie aussehen. Ich wette, sie waren wunderschön!" beruhigte Helen sie.

"Ja, Vincente hat einen wunderbaren Geschmack. Mein Verlobungsring hat die Form eines Herzens mit Diamanten rundherum. Mein Ehering hat goldene Sterne rundherum und in jedem Stern ist ein Diamant. Ich muss sie einfach finden, Mum."

Helen trat einen Schritt zurück. Sie hielt inne, bevor sie fragte: "Und wo hast du diese Ringe gekauft? Sie hören sich teuer an. Wir sollten sie vielleicht versichern."

"Bei einem kleinen Juwelier in der George Street, der sich auf einzigartige Einzelstücke spezialisiert hat."

"An welchem Ende der George Street? Das ist eine sehr lange Straße", fragte Helen.

"Am Ende des Circular Quay, in der Nähe von The Rocks."

"Okay, Grace", sagte Helen. "Ich werde mich um deine Ringe kümmern. Ich drücke dir die Daumen, dass du sie bald wieder an deinen Fingern hast."

Helen hatte keine Wahl, sie musste sich auf den Weg zu dem Juwelier machen und dem Juwelier die Ringe beschreiben. Sie musste herausfinden, ob er solche Ringe kannte oder ob er etwas Ähnliches im Laden hatte.

Helen schloss die Tür hinter sich. Sie stand still mit dem Rücken zur Wand und dachte nach. Ein paar Dinge waren Helen Greenway jetzt klar. Eines davon war, dass ihre Tochter glaubte, sie sei schon sehr lange im Krankenhaus gewesen, viel länger als ihr tatsächlicher Aufenthalt.

Zweitens glaubte Grace, dass sie und Vincente sich ineinander verliebt und das Krankenhaus gemeinsam verlassen hatten. Sie hatten geheiratet und kehrten einige Zeit später zurück. Irgendwann, nachdem sie eine Weile zusammen gelebt hatten und genug Zeit hatten, ein Haus einzurichten.

Und schließlich hatte sie herausgefunden, dass die angeblichen Ringe vor Ort gekauft worden waren. Bei einem Juwelier, mit dem Helen vertraut war. Ein Juwelier, bei dem es als bescheiden galt, Tausende von Dollar für ein einziges Stück zu bezahlen. Wenn es tatsächlich derselbe Juwelier war, wie hatten Grace und Vincente dann so teure Ringe gekauft?

Helen holte tief Luft und kämpfte gegen einen Zusammenbruch an. Am liebsten wäre sie weggelaufen. Sie fühlte sich schuldig, weil sie weglaufen wollte, und sie fühlte sich schuldig, weil sie nicht wusste, was sie tun sollte. Sie gab sich selbst die Erlaubnis, abzuhauen.

"Taxi!" Helen winkte nach draußen und ein Taxi hielt vor ihr an der Bordsteinkante. "Nimm mich mit nach The Rocks und lass mich irgendwo in der Nähe der George Street raus", sagte Helen. "Ich suche einen Juwelier, einen sehr exklusiven und teuren Juwelier. Ich weiß die Adresse nicht, aber er ist in der George Street."

"Ja, den kenne ich", bestätigte der Fahrer, als er losfuhr.

Helen saß auf dem Rücksitz und fragte sich, warum sie sich so in etwas hineinziehen ließ, von dem sie wusste, dass es nicht wahr war.

Während sie im Stau saß und dem Hupen und Sirenengeheul lauschte, konnte sie ihre eigene Frage beim besten Willen nicht beantworten.

KAPITEL 26

Ein Jubel ertönte, als Vincente Marino auf den Schultern seiner Mannschaftskameraden vom Feld getragen wurde. Wieder einmal hatte Vincente sein Team zum Sieg geführt. Um ihre Anerkennung zu zeigen, skandierten sie seinen Namen.

Vincente war überglücklich. Seine Leistung hatte sogar seine eigenen Erwartungen übertroffen.

Als er in die Luft geworfen wurde, drehte er kurz den Kopf und erblickte Missy Malone. Sie hüpfte auf und ab. Er bewunderte, wie niedlich sie aussah, wenn alles im Takt hüpfte. Sie warf ihm einen Kuss zu und er nickte zum Dank.

Als er auf dem Spielfeld ankam, rannte Missy an seine Seite. Er hatte gesehen, wie sie mit gespitzten Lippen auf ihn zuging. Er ließ zu, dass sie ihn packte. Er ließ zu, dass sie ihn mit allem, was sie hatte, küsste - aber er empfand nichts für sie.

Der Kuss von Grace Greenway übertraf alle Küsse von Missy Malone zusammen. Diese Wahrheit würde sie in einer Million Jahren nicht glauben. Er konnte es selbst kaum glauben.

Doch egal, was er für sie empfand, Vincente wusste, dass Missy an ihm hängen würde, auch wenn er nicht darauf reagierte. Und warum? Weil Missy Malone sich als Komplizin von Vincente sah. Für sie gehörten sie zusammen wie Lamingtons und Kokosnuss, wie Vegemite und Toast, wie Kuchen und Chips.

Wenn er sie gehen lassen wollte, musste er brutal sein. Er würde ihr direkt sagen müssen, dass er sie nicht mehr wollte. Er würde ihr sagen müssen, dass sie verschwinden soll.

Vincente sah sie jetzt an, wie hübsch sie war. Wie süß und voller Erwartungen. Dann sah er zu seinen Teamkollegen hinunter, die immer noch seinen Namen riefen und ihn in die Luft warfen, und jeder Gedanke an Missy verschwand aus seinem Kopf. Sie bedeutete ihm nichts.

Für einen Moment schweiften Vincentes Gedanken zurück zum Krankenhaus und er schaute auf seine Uhr. Die Besuchszeit war zu Ende. Er musste Grace sehen. Er hatte versprochen, sie zu besuchen.

Das Schlimmste war, dass er jetzt sogar von ihr träumte! Er überlegte, ob er sein Versprechen brechen sollte. Sie im Stich lassen. Dann könnte er vielleicht versuchen, sie zu vergessen. Vielleicht würde sie dann auch versuchen, ihn zu vergessen.

Aber das würde nichts bringen, denn Grace Greenway war in einer romantischen Fantasie gefangen. Sie steckte in einem Traum fest, den sie in diesem Moment für real hielt. Die Kraft ihres Traums war durch den Kuss in ihm aufgestiegen. Einen Moment lang glaubte er sogar, dass es real war. Dass er sie liebte und sie ihn liebte. Es fühlte sich echt an. Nur für einen Moment.

Vincente zitterte, so dass seine Kameraden ihn fast auf den Asphalt fallen ließen. Sie hoben ihn hoch und fuhren mit ihrer Rezitation fort.

Gelangweilt kehrte Vincente zu Grace zurück, wohl wissend, dass dieser Gedanke nichts bewirken konnte. Egal, was zwischen ihnen passierte, Grace Greenway war einfach nichts für ihn. Sie war einfach nicht sein Typ.

Die Menge stimmte in die Sprechchöre ein und drängte nach vorne. Vincente löste sich nun und bat darum, abgesetzt zu werden. Er erzählte den Jungs, dass er für ein paar Stunden weg musste, um ein Versprechen an einen Freund einzuhalten.

Enttäuscht über diese Nachricht, skandierten sie seinen Namen noch lauter. Vincente winkte und versprach, dass er später wiederkommen würde.

Sie baten ihn zu bleiben. Sie drängten sich um ihn. Sie schlossen ihn ein. Fingen ihn ein.

Auch Missy Malone rückte näher heran. Sie und die anderen versperrten ihm den Weg.

Vincente hatte das Gefühl, dass er Missy eine Erklärung schuldete, aber er konnte sich die Dinge im Moment nicht einmal selbst erklären. Er wusste, dass es Probleme geben würde, wenn Missy das mit Grace herausfindet. Nicht, dass sie eifersüchtig wäre, im Gegenteil. Sie würde niemals glauben, dass er Grace ihr vorziehen würde. Ganz zu schweigen von den Jungs - die würden denken, er hätte den Verstand verloren!

Vincente erinnerte sich wieder an den Kuss, den er mit Grace geteilt hatte.

Er zitterte. "Das ist alles nur eine Fantasie. Und sogar ich werde darin gefangen."

Er stellte sich vor, was passieren würde, wenn er der Bande erzählen würde, dass Grace Greenway glaubte, er und sie seien verheiratet.

Sie würde sich zum Gespött machen und er gleich mit. Sie würden ihn diesen mathematischen Zustand von Grace nie vergessen lassen.

"Wir sehen uns später!" rief Vincente, als er sich an der widerstrebenden Menge vorbeidrängte und sich vom Schulgelände entfernte.

Sobald er das Tor passiert hatte, rannte und rannte und rannte er und weigerte sich, seinen Schritt zu verlangsamen.

Missy sah ihm hinterher. Sie verschränkte ihre Arme und war sich sicher, dass Vincente Marino zurückkommen würde. Zurück zu ihr - denn sie wusste, dass Vincente Marino nie genug von ihr bekommen konnte.

KAPITEL 27

ELEN KEHRTE OHNE RING ins Krankenhaus zurück.

Grace saß mit verschränkten Händen im Bett, die Augen auf die Tür gerichtet und wartete auf Helens Rückkehr.

Als Helen durch das Bullauge einen Blick auf ihre Tochter warf, sah es so aus, als würde sie den Atem anhalten. Da ihre Haut aber nicht blau war, musste sie geatmet haben. Es waren nur sehr flache Atemzüge.

Helen überlegte, was sie Grace sagen wollte, aber das war nichts. Sie hatte vor, die Aufmerksamkeit ihrer Tochter auf andere Dinge zu lenken.

Der Juwelier war sehr hilfsbereit gewesen. Als Helen die Ringe beschrieb, wusste er genau, welche Ringe sie meinte. Er sagte, sie seien vor einigen Wochen verschwunden. Er und der Besitzer hatten sich die Aufnahmen des Überwachungsvideos wiederholt angesehen. Die Ringe waren in einem Moment da und im nächsten weg. POOF. Keine Erklärung. Sehr seltsam.

"Sieh dir deine Haare an, Grace!" rief Helen aus. "Vincente wird bald zu Besuch kommen und du musst für deinen Mann schön aussehen".

Grace betrachtete sich im Spiegel. Als sie feststellte, dass ihre Mutter Recht hatte, setzte sie sich hin und Helen begann, die Haare ihrer Tochter zu kämmen und zu stylen, wie sie es schon oft getan hatte.

Grace entspannte sich. Helen holte ihre Schminktasche und trug eine leichte Grundierung aus Puder auf, gefolgt von ein wenig Rouge. Grace lächelte und freute sich, an diesen Momenten zwischen Mutter und Tochter teilhaben zu können.

Bald machte Vincente seine Anwesenheit durch das Scheuern seiner Schuhe bekannt.

Er entdeckte Grace, die bei Helen saß und ihr Haar streichelte, und die Szene, die sich ihm bot, brachte ihn zum Lächeln. Er beschloss kurzerhand, dass er diesen Moment in Holz schnitzen würde. Er strahlte in Grace' Richtung und lächelte.

Grace sprang auf und verbarg sofort ihre Hände. Sie wollte nicht, dass er sie berührte. Sie wollte nicht, dass er die verlorenen Ringe bemerkt.

Er fing sie mit seinem Lächeln ein und zog sie wie ein Magnet zu sich. Widerstand war zwecklos.

Als sich ihre Lippen zu einem Begrüßungskuss trafen, flogen die Funken - auf beiden Seiten. Grace kam näher, um den Kuss auf eine andere Ebene zu bringen, aber Vincente zog sich zurück, weil er Helen Greenways Anwesenheit scheute.

Vincente bestätigte Helens Anwesenheit als nächstes und drückte ihr einen kleinen Kuss auf die Wange. Er hatte Helen noch nie zur Begrüßung auf die Wange geküsst. Er hatte keine Ahnung, was er da tat. Es war, als stünde er unter einem Bann.

Vincente, der sich noch an den Ruck erinnerte, den er von Grace bekommen hatte, trat in den Hintergrund und steckte beide Hände tief in seine Jeanstaschen. Er lehnte mit dem Rücken an der Wand, den linken Fuß auf dem Boden und den rechten Fuß an die Wand gelehnt, als ob er für GQ posieren würde.

"Mama, würdest du Vincente und mich bitte einen Moment allein lassen?"

Du wirfst mich raus?" fragte Helen und tat so, als wäre sie äußerlich beleidigt, obwohl sie innerlich wirklich beleidigt war. Tatsächlich war sie zutiefst beleidigt, aber sie wollte auch mit Dr. Ackerman sprechen, und das wäre die perfekte Gelegenheit, ihn aufzusuchen.

Sie war besorgt über die Art und Weise, wie sie sich küssten - wie die Funken zu fliegen schienen. Selbst Helen wich ihnen metaphorisch aus und spürte, wie die Temperatur im Raum stieg. Oder bildete sie sich das nur ein?

Nein, es schien echt zu sein. Das war die Entscheidung, die beiden über Nacht zusammen in dem Zimmer zu lassen. Irgendwie fühlte sich diese Fantasie nicht so einseitig an.

Allerdings hatte Vincente wiederholt gesagt, dass ihre Tochter nicht sein Typ sei.

Helen beschloss, dass sie sich die Verbindung nur eingebildet haben musste - dass ihre Fantasie mit der ihrer Tochter durchging. Vielleicht war dieser Zustand ansteckend.

"Ich gehe spazieren", sagte Helen und drehte sich dann um und flüsterte so, dass nur Vincente sie hören konnte: "Kann ich dir vertrauen?" Er nickte, und sein Gesicht strahlte Aufrichtigkeit aus.

Helen traute ihm nicht so weit, wie sie ihn werfen konnte. "Ich bin bald wieder da", sagte sie.

Nachdem sie den Raum verlassen hatte, blieb Helen vor der Tür stehen. Vincente konnte sehen, wie sie durch das runde Fenster spähte und die beiden im Auge behielt. Er versuchte, cool zu bleiben und sich natürlich zu verhalten.

Grace hatte nicht bemerkt, dass ihre Mutter sie belauschte. Sie trat an den ahnungslosen Vincente heran und drückte ihm einen heißen Kuss auf die Lippen.

Vincentes letzter Blick galt Helens Gesicht, das sich in einem Rot verfärbte, das er noch nie gesehen hatte. Dann verlor er sich für einen Moment in dem Kuss und ließ sich gehen.

Grace beendete den Kuss abrupt, trat einen Schritt zurück und sagte: "Du liebst mich nicht mehr. Oder, Vincente?"

In seinem Kopf hörte Vincente seine eigene Stimme widerhallen und sagen: "WOW-WOW-WOW-WOW-WOW-WOW-WOW-WOW".

Seine Hände steckten immer noch tief in seinen Jeanstaschen und waren jetzt zu Fäusten geballt. Er konnte nicht hören, was sie sagte, was sie gefragt hatte. Alles, worauf er sich konzentrieren konnte, war der WOW-Faktor dieses Kusses.

"Was? Was hast du gesagt?", fragte er, als er langsam wieder zu Sinnen kam.

"Soll ich es wiederholen?", fragte sie, während eine Träne über ihre Wange kullerte.

Die WOWs in Vincentes Kopf prallten gegen die Wand seines Verstandes und zerschellten, um sich dann in die Worte zu verwandeln, die sie gesagt hatte. Er hatte sie gehört, aber die Botschaft hatte sein Gehirn noch nicht erreicht. Jetzt hallten ihre Worte wieder: "Du liebst mich nicht mehr." Sein Magen krampfte sich zusammen.

Vincente schaute in ihre haselnussbraunen Augen und reiste tief in sie hinein. Es war, als würde er in ein Schwimmbad springen, so einladend, so lebendig.

Doch irgendwie sah sie verloren aus, und das Schlimmste war, dass er sie dazu gebracht hatte, sich so zu fühlen, wenn auch unabsichtlich.

Wenn er sie so sah, sehnte er sich danach, sie zu trösten, sie zu ihm zurückzubringen. In diesem Bestreben rückte er näher, so dass sich ihre Körper berührten, und begann einen Kuss.

Diesmal war er noch intensiver. So sehr, dass er sich wünschte, die Zeit bliebe stehen. Er wollte, dass alles aufhört, und doch wollte er, dass es weitergeht. Er wollte alles mit diesem Mädchen, alles mit ihr teilen - dabei war sie nicht einmal sein Typ. Er wollte ihr die Welt schenken und sie glücklich machen. Er wollte sich mit ihr teilen. Ihre Welt werden.

Und er wollte das alles jetzt.

Vincente blieb still. Er hatte Angst zu sprechen. Er hatte Angst vor dem, was er fühlte. Angst vor dem, was er sagen und tun könnte. Stattdessen schwamm er weiter im Pool von Grace' Augen und verlor sich in ihren Tiefen.

Sein Schweigen und seine Verwirrung brachen Grace das Herz. Sie brach zusammen, zerbrach in Stücke und weinte Wasserlachen aus diesen haselnussbraunen Augen. Große, dicke, salzige Tränen liefen herunter und fielen.

Er griff nach oben und fing eine mit seiner Fingerspitze auf. Behutsam führte er sie zu seinem Mund und legte sie auf seine Zungenspitze, wo die Salzigkeit der Tränen explodierte. Er fing noch eine und noch eine, die alle auf seiner Zunge zerplatzten. Die ganze Zeit über weinte Grace und weinte und weinte, ungläubig über Vincents seltsames Verhalten und sein Schweigen.

Er liebte sie, und doch wusste er, dass er sie nicht lieben konnte. Sie liebte ihn nicht einmal, nicht wirklich. Sie liebte ihn nur in ihrer Fantasie. Aber er liebte sie, im Hier und Jetzt. Seine Liebe war echt.

Er drehte sich um und lief davon.

KAPITEL 28

Im Korridor, mit dem Rücken zu Graces Tür, wurde Vincente klar, dass er sie in einem verzweifelten Zustand zurückgelassen hatte. Er wusste, dass er das Zimmer untersuchen sollte, um nachzusehen, wie es ihr ging. Er erkannte, dass er sich wie ein Barbar verhalten hatte. Er schämte sich für sich selbst.

"Ah, genau der Junge, den ich gesucht habe", sagte Doktor Ackerman und bemerkte, dass Vincente atemlos war und fast keuchte. Er klopfte ihm väterlich auf den Rücken und fragte: "Ist alles in Ordnung?"

"Ich, ich weiß nicht. Ich weiß gar nichts mehr!" erklärte Vincente mit zittriger Stimme.

"Komm mit mir, junger Mann", sagte Doktor Ackerman. "Wir können in meinem Büro unter vier Augen reden, und du kannst zu Atem kommen."

"Ja", lenkte Vincente ein. "Aber ich will nicht darüber reden."

"Nun, ich möchte mit dir über Grace sprechen."

"Grace?" sagte Vincente und begann zu zittern.

"Ja, komm mit. Mein Büro ist gleich um die Ecke."

Wenige Augenblicke später kamen sie an. Doktor Ackerman lud Vincente ein, Platz zu nehmen, und schenkte ihm ein Glas eiskaltes Wasser ein. Vincentes Hände zitterten, als er das Glas an seine Lippen hob.

Vincente erinnerte sich an die salzigen Tränen. An die explodierenden salzigen Tränen.

"Bist du jetzt ruhiger?" fragte Ackermann.

Vincente nickte.

"Na gut, dann lass uns über Grace sprechen. Du verstehst die gegenwärtige Situation, oder? Grace Greenway hat sich vorgemacht, dass ihr beide eine Beziehung habt und in Wirklichkeit ein frisch verheiratetes Paar seid?"

"Ja, ich verstehe, dass sie so denkt, aber ich verstehe nicht, warum. Warum ich?"

"Nur sie kann diese Frage beantworten, Vincente. Vielleicht ist es etwas, das wir nie erfahren werden. Sie wird es nie wissen. Aber in dokumentierten Fällen wie diesem liegt der Grund für eine Fantasie in der Verleugnung einer bestimmten Realität. Möglicherweise etwas, das gar nichts mit dir zu tun hat. Aus welchem Grund auch immer, sie hat sich eine Welt geschaffen, in der du und sie alles füreinander bedeuten. Es ist, als wärt du und sie die Hauptfiguren in einem Roman, und ihr kämpft gemeinsam gegen die Welt."

"Charaktere in einem Roman? Oh, so habe ich das noch nie gesehen", meinte Vincente. "Aber manchmal, wenn sie diese Fantasie spinnt und mich in ihre Fantasie mit einbezieht, fühlt es sich sogar echt an. Für mich." Vincente schaute auf den Boden.

Er konnte es nicht ertragen, Doktor Ackerman in die Augen zu sehen. Nicht, nachdem er zugegeben hatte, dass er in das Netz hineingezogen worden war.

Ackerman sah den Jungen an, der ihm gegenüber saß. Plötzlich wurde ihm klar, dass dies ein ganz anderer Junge war als der, den er zum ersten Mal getroffen hatte. "Liebst du sie?", fragte er.

"Ich glaube nicht. Ich weiß es nicht. Sie ist nicht mein Typ. Ich kenne sie nicht einmal, nicht wirklich, und doch weiß sie Dinge über mich. Sie weiß Dinge, die niemand wissen kann, es sei denn, ich habe es ihr selbst gesagt - was ich aber nicht getan habe." Vincente schlang die Hände um seinen Kopf. Wenn er darüber sprach, fühlte er sich körperlich krank. Der Raum drehte sich.

"Steck deinen Kopf zwischen die Knie, Junge", sagte Ackermann. "Du färbst dich in ein paar neue Grüntöne, die selbst ich noch nicht gesehen habe."

Vincente befolgte die Anweisungen sofort und ohne zu fragen. Der Raum hörte bald auf, sich zu drehen, aber jetzt funkelten überall an der Decke Sterne. Sterne, die nur Vincente sehen konnte.

Ackerman fuhr fort: "Ich bin mir nicht sicher, wie sie so persönliche Dinge über dich wissen konnte. Vielleicht hat sich ihr Geist, als sie zwischen der Erde und dem Ort, an den die Geister gehen, wenn sie zwischen den Welten reisen, auf irgendeine Weise mit deinem Geist verbunden. Ich weiß, das klingt unmöglich. Aber ich habe Geschichten über Nahtoderfahrungen gehört, die selbst für mich als Wissenschaftler schwer von der Hand zu weisen sind."

"Gerade eben hat sie mich gefragt, ob ich sie liebe, und ich konnte ihr nicht antworten. Sie denkt, dass sie mich liebt, aber das tut sie nicht. Nicht in Wirklichkeit. Ich wollte ja sagen, ein verrückter Teil von mir wollte ja sagen, aber wie sollte ich? Ich verstehe sie nicht. Ich verstehe überhaupt nichts mehr! Manchmal denke ich, dass sie eine Hexe sein muss, um die Dinge zu wissen, die sie weiß."

"Du glaubst an Hexen?"

"Nicht wirklich."

"Ich glaube, du hast zu viel Fernsehen geschaut. Grace Greenway ist keine Hexe. Sie ist ein beeinflussbares, junges Mädchen. Sie ist sechzehn Jahre alt und hat vor kurzem sowohl ihren Vater als auch ihren Bruder bei einem tragischen Unfall verloren. Ein Mädchen, das dich, aus welchen Gründen auch immer, zu einem Teil ihrer Fantasie gemacht hat. Sie hat dich als ihren Ehemann auserkoren. Sie braucht dich jetzt in der Rolle ihres Ehemanns, solange sie noch nicht bereit ist, sich der Wahrheit zu stellen."

"Du sagst also, dass es ihr geistig nicht gut geht und dass ich diese Farce mitmachen soll, egal was es mich kostet?"

"Grace ist keineswegs außer Gefahr. Wir überwachen ihre Vitalwerte. Wir behalten sie im Auge. Deshalb ist sie auch noch nicht entlassen worden. Sie steht unter unserer Obhut. Vincente, du stehst im Mittelpunkt dieser Situation. Du bist der Katalysator. Wenn du sie jetzt im Stich lässt..."

"Wenn ich weggehe, bin ich verantwortlich für das, was als nächstes passiert. Ist es das, was du mir sagen willst?"

"Sie ist jetzt sehr verletzlich. Sie braucht etwas von dir und wenn du es ihr gibst, ihr diesen Wunsch erfüllst, kann sie vielleicht der Realität ins Auge sehen und dich aufgeben. Sie braucht jemanden, an den sie glauben kann, etwas, auf das sie sich freuen kann, und sie hat dich gewählt. Alle Wege führen zu dir. Ich weiß nicht warum, vielleicht liegt es daran, dass du sie hierher ins Krankenhaus gebracht hast."

"Ich habe sie verletzt, aber es war ein Unfall, Doc, ich schwöre es."

"Ja, du hast ihr in gewisser Weise wehgetan, aber du hast ihr auch das Leben gerettet, weil sie hierher gebracht wurde, wo man sich um sie kümmerte, als das Gerinnsel schließlich aufbrach. Wäre sie zu Hause oder in der Schule gewesen, als das passierte, hätte sie vielleicht nicht überlebt."

Vincente saß einen Moment lang schweigend da und erkannte, wie viel Einfluss er bereits auf Grace' Leben genommen hatte. Er sehnte sich danach, zu ihr zurückzukehren, um alles wieder in Ordnung zu bringen. Er stand auf: "Ich muss zu ihr zurückkehren. Sie hat mich gefragt, ob ich sie liebe, und ich habe mich umgedreht und bin weggelaufen wie ein Feigling."

"Ja, geh jetzt zu ihr zurück und sag ihr nicht, dass du sie liebst, wenn du es nicht wirklich ernst meinst. Es sei denn, du bist bereit, ihr dein Herz zu schenken und an ihrer Seite zu sein, sobald sie die Wahrheit über dich kennt und der Bann gebrochen ist."

"Kein Druck!" spottete Vincente, als er sich auf den Weg zur Tür machte.

"Komm jederzeit hierher zurück, um mit mir zu reden, Vincente", sagte Ackermann. "Und vergiss nicht, wie wichtig du für sie bist. Vergiss nicht, was du ihr bedeutest."

Vincente nickte, dann drehte er sich um und lief zurück in Graces Zimmer.

✳✳✳

IN IHREM ZIMMER SCHLIEF Grace tief und fest. Er beugte sich über das Bett und küsste sie auf die Stirn. Sie hatte immer noch Tränen auf den Wangen und er wischte sie sanft weg.

Er setzte sich neben sie auf das Bett, aber sie rührte sich nicht. Er beobachtete sie beim Schlafen. Er beobachtete, wie sich ihr Brustkorb bei jedem Atemzug hob und senkte. Als sie im Schlaf wimmerte, nahm er ihre Hände in seine und versicherte ihr, dass alles gut werden würde. In der Dunkelheit, allein mit ihr, sagte er ihr, dass er sie liebte. Und dann küsste er sie wieder auf die Stirn.

Grace rührte sich kurz im Schlaf, fast so, als hätten die Worte, die er gesprochen hatte, ihren Traum auf irgendeine Weise berührt, und dann fiel sie wieder in einen tiefen Schlaf.

Vincente ließ Grace dort liegen, wo sie sicher und fest schlief. Er kehrte zurück, um sich bei Doktor Ackerman für seine Hilfe und seinen Rat zu bedanken, bevor er sich für den Abend auf den Heimweg machte. Er war erschöpft ... so müde, und doch auf eine Weise gestärkt, wie er es noch nie zuvor gewesen war.

Nie zuvor hatte sich Vincente Marino so lebendig gefühlt.

***

Als er vor dem Büro von Doktor Ackerman stand, hörte Vincente laute Stimmen. Er zögerte, bevor er anklopfte. Als die Stimmen etwas leiser wurden, klopfte er und wurde hereingebeten.

"Du solltest dich schämen!" schrie Helen, als sie sich auf ihn stürzte und begann, ihre Fäuste in seine Brust zu schlagen.

"Beruhige dich", befahl Doktor Ackermann.

Helen hämmerte weiter auf Vincentes Brust.

Vincente atmete tief durch und hoffte, dass sie das, was sie bedrückte, herausprügeln würde. Es tat ihm nicht weh. Als er merkte, dass sich ihre Wut nicht von selbst verflüchtigen würde, packte er ihre beiden Handgelenke und hielt sie fest, bis sie gezwungen war, sich zu beruhigen. Sie zischte ihm weiter ins Gesicht.

Vincente hielt sich noch fester und fragte: "Was zum...?", während er in die Richtung von Doktor Ackerman schaute, der versuchte, nicht die Beherrschung zu verlieren.

"Vincente, als du vorhin hierher kamst, nachdem du Grace verlassen hattest, fand Helen sie in einem ziemlichen Zustand vor. Sie war verzweifelt. Am Boden zerstört. Sie war unfähig zu kommunizieren. Alles, was sie tun konnte, war schluchzen und weinen.

"Ich kann verstehen, woher sie das hat!" sagte Vincente und sah Helen in die Augen.

Sie knurrte ihn an.

"Mach es nicht noch schlimmer, Junge", flehte Doktor Ackerman. "Um Grace zu beruhigen, mussten sie sie betäuben."

"Ich war gerade da drin und Grace schlief. Sie sah sehr friedlich aus."

"Was hast du zu ihr gesagt, um sie in so einen Zustand zu versetzen?" verlangte Helen.

"Ich habe einen Fehler gemacht. Ich bin weggelaufen, aber ich bin zurückgegangen. Ich bin zurückgegangen."

"Zu wenig, zu spät!" rief Helen aus.

"Hör zu, ich habe das alles nicht gewollt!" Vincente wies darauf hin und hob die Hände zur Kapitulation.

"Setzt euch hin und beruhigt euch", wies Doktor Ackerman an, "und lasst uns mit dem Drama aufhören. Wir müssen uns auf Grace konzentrieren. Grace und nur Grace."

"Einverstanden", sagte Vincente.

"Einverstanden", schnaubte Helen.

KAPITEL 29

WENIGE AUGENBLICKE SPÄTER, IMMER noch in Dr. Ackermans Büro, nippten die drei in aller Ruhe an ihrem Tee. "Helen, du kannst bleiben und wir drei können darüber reden, wie es weitergeht, oder du kannst zu deiner Tochter zurückkehren und mich mit Vincente alleine sprechen lassen. Es liegt ganz bei dir", sagte Ackerman.

"Ich wollte mit dir darüber reden, aber ich bin mir nicht sicher, ob es das Beste ist", sagte Helen. "Es gab einige zusätzliche Wahnvorstellungen. Heute Morgen hat meine Tochter eine ganze Weile nach ihren Hochzeits- und Verlobungsringen gesucht. Sie fügt dieser Fantasie immer mehr Details hinzu. Sie war besorgt, dass Vincente merken könnte, dass sie fehlen."

"Es ist normal, dass man der Fantasie neue Illusionen hinzufügt, um sie aufrechtzuerhalten", sagte Doktor Ackerman. "Willst du damit sagen, dass du unseren Plan nicht mehr weiterverfolgen willst?"

Helen sah Vincente an. Er schaute auf den Boden und sie sagte: "Ich traue ihm nicht. Ich bin mir nicht sicher."

"Willst du damit sagen, Helen, dass du dich gegen die Wünsche deiner Tochter stellst und dich über die Meinung unserer gesamten medizinischen Abteilung hinwegsetzt?" fragte Ackerman ungläubig. "Du bist ihre Mutter. Du kannst für sie sprechen, aber ich glaube, dass diese unpassende Entscheidung ernste Folgen haben wird."

"Wie kannst du wissen, ob wir ihm vertrauen können, wenn ich zustimme? Wie können wir sicher sein, dass er ein Gentleman sein wird?" sagte Helen und sah Vincente von oben bis unten an.

"Hallo, ich bin noch im Zimmer mit dir!" sagte Vincente.

"Überlass das mir, Helen", sagte Doktor Ackerman. "Vertrau mir."

Helen stand auf: "Sie sind sich also sicher, Doktor, und ich kann meiner Tochter sagen, wenn sie aufwacht, dass sie in Sicherheit sein wird, dass es ihr gut gehen wird und dass ihr Wunsch erfüllt wird?"

"Hundertfünfzig Prozent", bestätigte Doktor Ackerman.

Helen spottete und verließ den Raum.

Doktor Ackerman drehte sich zu Vincente um, sah ihm in die Augen und sagte: "Natürlich nur, wenn du einverstanden bist."

KAPITEL 30

D OKTOR ACKERMAN FRAGTE: "WIE hast du dich gefühlt, als du Grace wiedersahst?"

"Ich hatte das starke Bedürfnis, mich um sie zu kümmern, sie zu lieben, sie zu beschützen und sie mir zu eigen zu machen. Gott, ich bin so verwirrt. Warum fühle ich so?"

"Ja, lass uns das untersuchen, Vincente", sagte Doktor Ackerman. "Die Gnade lässt dich etwas anderes, etwas Neues fühlen. Richtig? Anders als bei den anderen Mädchen in deinem Leben?"

"Ja, sie ist nicht meine Freundin. Ich habe eine Freundin in der Schule - sie würde alles für mich tun", sagte Vincente.

"Aber würdest du auch alles für sie tun?"

"Ich, sie ist pflegeleicht - wenn du weißt, was ich meine."

"Gut, dann lass es mich anders ausdrücken", sagte Doktor Ackerman. "Braucht deine Freundin dich?"

"Sie ist beliebt, und ich bin beliebt. Wir sind füreinander bestimmt. Das Schicksal. Alle sagen das. Jeder erwartet es."

"Erwartungen? Was haben die Erwartungen anderer Leute mit wahrer Liebe zu tun? Liebe, wahre Liebe, findet zwischen zwei Menschen statt. Nur zwei Menschen. Denk darüber nach, Vincente, denk darüber nach, bevor du antwortest. Was empfindest du wirklich für Grace Greenway?"

Vincente schlurfte mit den Füßen, zappelte. "Genug von diesem psychoanalytischen Blödsinn. Es geht nicht um mich. Es geht darum, dass Grace wieder gesund wird. Was soll ich denn jetzt tun? Sie heiraten?"

"Nein, ich möchte nicht, dass du etwas tust, was dir Unbehagen bereitet. Aber Grace hat um deine Anwesenheit gebeten. Sie hat uns gebeten, dich zu fragen, ob du die Nacht mit ihr in ihrem Zimmer verbringen würdest."

"Was? Ist das euer Ernst?"

"Sie meint es ernst, also müssen wir ihre Bitte sehr ernst nehmen."

"Und ihre Mutter, die Drachenlady, ist einverstanden?"

"Widerwillig, wie du wahrscheinlich schon vermutet hast. Du hast gehört, wie ich sagte, dass ich mit dir sprechen werde. Dass ich dir zu verstehen geben werde, dass Grace nicht verletzt oder ausgenutzt werden darf."

"Du glaubst, ich würde sie überrumpeln? Eher würde sie über meine herfallen!"

"Wenn sie dir wirklich am Herzen liegt und sie dir, wie du sagst, 'auf die Nerven geht', dann musst du einen Weg finden, sie sanft fallen zu lassen, ohne sie rundheraus zurückzuweisen."

"Ich verstehe immer noch nicht, wie es helfen soll, die Nacht mit ihr im Zimmer zu verbringen."

"Das ist ihr Wunsch, Vincente."

"Aber es gibt keine Garantien, richtig?"

"Es gibt keine Garantien, Vincente, aber Grace wird gesund werden. Das ist unser oberstes Ziel."

"Ich bin dafür", sagte Vincente.

"Also, Helen wird Grace sagen, dass du nach Hause gehen musst, um ein paar Sachen zu holen. Du wirst morgen Abend zurückkommen und in ihrem Zimmer übernachten. Wie du weißt, gibt es zwei Betten. Die Betten werden auf keinen Fall zusammengeschoben, verstanden?"

"Ja, Doc", sagte Vincente. "Ich werde jetzt gehen und ein bisschen schlafen, denn morgen Nacht werde ich nicht viel bekommen!"

"Ich hoffe sehr, dass du das nicht so meinst, wie es geklungen hat!" rief Ackermann aus.

"Ich meinte; oh, du weißt, was ich meinte."

"Gut, dann komm morgen zu mir oder wann immer du reden willst. Ich bleibe den ganzen Abend im Dienst und stehe dir sozusagen zur Verfügung."

"Danke, Doktor Ackerman."

"Gute Nacht Vincente."

"Nacht Doc."

KAPITEL 31

I N DEN FRÜHEN MORGENSTUNDEN wachte Grace auf und vergaß einen Moment lang, wo sie war. Sie erinnerte sich vage daran, dass Vincente in ihrem Zimmer war. In der einen Minute war er noch da und in der nächsten war er verschwunden. Warum war er so plötzlich verschwunden? Hatte sie etwas getan, was ihn verärgert hatte? Hatte sie etwas gesagt?

Sie hoffte, ihn irgendwo in ihrem Zimmer zu finden und darauf zu warten, dass sie aufwacht. Nur Helen war noch da, und sie schlief.

Grace stand vom Bett auf und machte sich auf den Weg zur Toilette. Sie zog ihren Krankenhauskittel aus und stieg unter die Dusche. Als das Wasser fast kochend heiß war, schloss sie ihre Augen. Sie sehnte sich nach Vinzenz' Berührung.

Sie stellte das Wasser ab und holte einen neuen Kittel aus dem Regal. Sie schlüpfte hinein und stellte fest, dass niemand in einem solchen Kleid attraktiv aussehen konnte.

Als sie zu ihrem Bett zurückkehrte, wuselte Helen im Zimmer herum.

"Ich habe gute Nachrichten für dich!"

"Wirklich? Ich träume doch nicht immer noch, Mama?"

"Ja, Vincente wird die Nacht mit dir verbringen."

"Heute Nacht? Noch heute Nacht?"

"Ja."

"Ich brauche meine Sachen, mein schönes Nachthemd und mein Parfüm."

"Du findest die Sachen, die du brauchst, in der Tasche im Badezimmerschrank."

"Ich kann es kaum erwarten!"

"Vincente wird natürlich in diesem Bett schlafen."

Grace stellte sich schon vor, wie sie die beiden Betten zusammenschieben und ein Bett daraus machen würde. Ein gemeinsames Bett mit ihrem Mann. Zwei Betten zur Schau, ja, aber sie würden nur eines brauchen. Grace umarmte sich selbst, während sich eine Gänsehaut auf ihren Armen bildete.

"Ich werde gegen Mittag gehen, aber wenn du Hilfe brauchst, steht dir Doktor Ackerman zur Verfügung."

"Wir sind verheiratet, Mum!" rief Grace aus.

Grace rannte auf sie zu und warf ihre Arme um ihre Mutter. Helen freute sich, dass ihre Tochter glücklich war - das wäre jede Mutter, aber es waren die Lügen, die sie beunruhigten. Die Lügen und die Scharade, über die sie nicht glücklich war. Sie fühlte sich wie eine Betrügerin. Doppelzüngig.

Grace ging an den Schrank im Badezimmer und holte die Reisetasche heraus. Darin befand sich das schönste, jungfräulichste weiße Leinennachthemd, das sie je gesehen hatte, mit einer roten Schnürung auf der Vorderseite.

"Mama, es ist wunderschön", rief sie aus.

Schwester Burns kam und bemerkte, dass Grace ein wenig errötet aussah.

"Fühlst du dich gut, Grace?"

Grace war zum Bersten gespannt auf die Nacht mit Vincente. Sie wollte, dass die Zeit wie im Flug vergeht, damit er jetzt neben ihr sein kann.

"Versuch, etwas zu essen", schlug Schwester Burns vor. "Ich habe gehört, dass du über Nacht Besuch bekommst, da brauchst du deine ganze Kraft."

"Ja, du solltest etwas essen, Liebes", stimmte Helen zu.

Grace nahm einen Bissen Toast und einen Schluck Kaffee zu sich und dann knurrte ihr Magen. "Vielleicht später", sagte sie. Der Geruch von Kaffee machte sie krank. "Nein, nimm ihn weg", sagte Grace.

"War Vincente glücklich, als du ihm gesagt hast, dass er bleiben kann, Grace?" fragte Krankenschwester Burns.

"Ich habe es ihm nicht gesagt, aber ich bin mir sicher, dass er glücklich war", sagte Grace. Dann zog sie ihr Nachthemd an und machte sich für Vincentes Ankunft bereit.

KAPITEL 32

Um 18:15 Uhr kam Vincente Marino im Krankenhaus an, in der Hand eine Schachtel mit einem Dutzend langstieliger roter Rosen. Sie waren mit einem karmesinroten Band verschnürt.

Als er Graces Zimmer betrat, machte sich Helen etwas unwillig aus dem Staub.

Vincente ging sofort an Grace' Seite und küsste sie auf beide Wangen. Er überreichte ihr die Schachtel und beobachtete dann, wie ihre Augen immer größer wurden, als sie das blutrote Band öffnete.

Er war nervös, aber sie war es auch. Es lag ein starkes Gefühl der Entschlossenheit in der Luft.

Nachdem sie sich bei Vincente mit einem Kuss auf die Wange für die schönen Rosen bedankt hatte, bat Grace die diensthabende Krankenschwester um eine Vase. Sie kam mit einer Vase zurück, und Vincente machte sich daran, die Blumen darin zu arrangieren. Er hatte schon hunderte Male gesehen, wie seine Mutter Vasen mit Blumen arrangierte.

Er begann damit, eine Rose aus der Schachtel zu ziehen und sie lässig zu streicheln, bevor er sie ins Wasser stellte.

Grace beobachtete ihn aufmerksam und bemerkte den Kontrast zwischen seinen starken, athletischen Fingern und den dünnen, dornigen Stielen der Rosen. Als er die Rose streichelte, jagte er ihr einen Schauer über den Rücken.

Sie beobachtete, wie er eine Rose, zwei Rosen, drei Rosen aufhob. Ohne sich dessen bewusst zu sein, streichelte er leicht den Stiel, spürte für eine Sekunde den Schmerz des Dorns in seinem Finger und stellte die Blume dann sanft in die Vase.

Jede Bewegung raubte Grace den Atem. Ihr Herz schlug ihr bis in den Hals. Es war fast so, als würde er ihr Herz zwischen seinen Fingerspitzen halten.

Vincente bemühte sich, keinen Spritzer zu machen, als er eine Rose nach der anderen in die durchsichtige Glasvase legte.

Ab und zu warf er einen Blick auf Grace. Ihr Blick war wie gebannt auf ihn gerichtet. Er war froh, dass er Rosen ausgewählt hatte - sie liebte sie offensichtlich.

Plötzlich fühlte er sich ziemlich verunsichert. Er griff wieder in die Schachtel und zog die nächste Rose heraus, wobei er Graces Atemlosigkeit beobachtete. Er stellte die Rose ins Wasser und griff dann in die Schachtel nach einer weiteren. Sie schien wieder außer Atem zu sein, nur dieses Mal sah sie auch schwach aus.

"Geht es dir gut?" fragte Vincente.

Graces Wangen waren scharlachrot und sie schien zunehmend Schwierigkeiten zu haben, zu Atem zu kommen. Er überlegte, ob er jemanden rufen sollte, der ihr hilft. Er wollte nicht, dass sie jetzt einen Rückfall erleidet, vor allem, wenn es so aussah, als würde sich die Lage zuspitzen.

"Mir geht es gut", sagte Grace, während sie mit dem roten Band an ihrem Nachthemd spielte. "Lass uns über etwas reden, während du mit den Blumen fertig bist."

"Woran hast du gedacht?", fragte er, während er den Stiel einer anderen Rose streichelte.

"Oh", sagte Grace, als sie ihm dabei zusah, wie er den Stängel ins Wasser stellte, dann konnte sie sprechen. "Wie wäre es, wenn wir uns gegenseitig etwas erzählen, was die andere Person nicht weiß? Vielleicht ein Missverständnis, das du über mich hast, und ich erzähle dir ein Missverständnis, das ich über dich habe."

"Okay", stimmte Vincente zu, als eine weitere Rose ins Wasser gestellt wurde. "Du fängst an", sagte er, während Wassertropfen aus der Vase spritzten und auf seinem Handrücken landeten.

Grace beobachtete die Wassertropfen, während er eine weitere Rose aus der Kiste holte. Er hob die Blume nach oben und das Wasser lief an seinem Unterarm hinunter.

Er hob die nächste Rose auf und sah sie an. Ihr blieb der Atem im Hals stecken. Die Zeit schien stehen zu bleiben.

KAPITEL 33

"ICH HATTE MAL EINEN besonderen Namen für dich, bevor ich dich wirklich kannte", verriet Grace.

Vincente rollte die aktuelle Rose zwischen seinen Fingern. Er legte sie ins Wasser. Er bemerkte, dass Grace jetzt normaler atmete und ihre Wangen nicht mehr so gerötet waren. Er nickte und ermutigte sie, weiterzumachen.

"Ich habe dich immer meine goldene Mitte genannt."

"Warum?" fragte Vincente.

"Weißt du noch, wie wir im Matheunterricht über den Goldenen Schnitt von Fibonacci gelernt haben? Nun, du warst mein Goldener Schnitt."

"Du meinst, du hast schon damals so für mich empfunden?" Jetzt war er wirklich verwirrt. Sie sagte, sie habe ihn damals geliebt, bevor das alles passiert ist. Er wusste, dass sie in ihn verknallt war, aber es war keine Liebe, es war eine Verliebtheit. Viele Mädchen waren in ihn vernarrt. "Hilf mir, mich an Fibonacci zu erinnern", sagte er.

"Das ist das Konzept, bei dem sich die erste Zahl und die zweite Zahl addieren, um die Summe der dritten Zahl zu erreichen, wie eins, zwei, drei, fünf, acht, dreizehn und so weiter."

"Oh ja, daran kann ich mich erinnern und an etwas aus der Natur, wie Wellen und Blumen?"

"Ja, genau! Siehst du, du erinnerst dich doch!" sagte Grace, als er eine weitere Rose ins Wasser warf. "Es gibt eine Symmetrie in der Natur, mit Wellen, Schneeflocken und Blumen, die alle Fibonaccis Theorie des Goldenen Schnitts verstärken. Du warst also mein goldener Mittelweg."

"Danke", sagte Vincente, der nicht wusste, was er sonst sagen sollte. "Es ist erstaunlich, dass du dich noch an einen Namen erinnern kannst, den du für mich hattest, wenn man bedenkt, was du durchgemacht hast. Wie du dein Gedächtnis verloren hast."

"Er ist mir vor kurzem wieder eingefallen. Ich hatte es vergessen, aber als ich von dir geträumt habe, von uns, kam alles wieder zurück."

Vincente fuhr mit den Rosen fort, und Grace sprach weiter. "Als ich dachte, dass du mich nicht mehr liebst, habe ich von dir geträumt, und in meinem Traum hast du mir versprochen, dass du mich nie verlassen wirst."

"Es tut mir leid, Grace, verzeih mir", sagte Vincente, als er die letzte Rose in die Vase stellte.

"Dieses Mal glaube ich dir."

Vincente hob die Vase hoch und stellte sie auf den Nachttisch neben Graces Bett und sagte: "Ich bin zurückgekommen, weißt du?

"Wann?"

"Letzte Nacht."

"Das kannst du nicht gewesen sein. Ich hätte es gemerkt."

"Du hast fest geschlafen, als ich kam. Ich habe dich so auf die Stirn geküsst", beugte er sich über sie.

"Tu das nicht", sagte Grace. "Tu es nicht ... es sei denn, du meinst es wirklich so."

Er atmete tief durch und trat einen Schritt zurück. Er ging zu seinem Bett, zog seine Schuhe aus und ließ seine Beine über den Rand des Bettes baumeln. Er kickte sie hin und her, wie ein kleiner Junge es tun würde.

"Jetzt bist du dran", sagte Grace.

"Hmm, mal sehen", überlegte Vincente einen Moment lang. "Ich dachte, du wärst schüchtern, vor allem bei Männern, aber bei mir scheinst du nicht sehr schüchtern zu sein."

"Ist das alles? Ist das das Beste, was du kannst?"

"Hey, das ist neu für mich - denk dran, es war deine Idee. Ich wette, dir fällt keine andere für mich ein?"

"Doch!", sagte sie. "Das wird dich zum Lachen bringen, aber vor langer Zeit dachte ich einmal, du wärst ein Vampir."

"Ich? Ein Vampir?"

"Ja, ich weiß, es ist verrückt, aber ich bin sogar so weit gegangen, mich über dich zu beugen und dir meinen Hals zu zeigen, um zu sehen, ob du mich beißen würdest. Es war das allererste Mal, dass wir uns geküsst haben - erinnerst du dich? Ich beugte mich so vor und wartete darauf, dass du deine Zähne hineinsteckst."

"Das ist seltsam!", sagte er, als er ihren weißen, entblößten Hals betrachtete und das Verlangen verspürte, ihn zu küssen.

Grace zitterte und ihre Brustwarzen kribbelten bei dem bloßen Gedanken daran.

"Ich muss also eine echte Enttäuschung für dich gewesen sein, als dir klar wurde, dass du einen Sterblichen geheiratet hast?"

"Das ist lustig. Du könntest mich nie enttäuschen", lächelte sie. "Jetzt bist du dran."

"Nun, vorher dachte ich, du wärst schwach, ein schwacher Mensch. Aber jetzt..."

Grace unterbrach sich und fragte: "Schwach, in welcher Hinsicht?"

"Schwach, wie in lahm", sagte er und suchte in ihrem Gesicht nach einer Reaktion, dass er das Falsche gesagt hatte, aber sie schien damit einverstanden zu sein. "Es lag wahrscheinlich daran, dass du mich immer so komisch angeschaut hast, wenn du mich gesehen hast, oder wenn ich dich gesehen habe. Wenn ich so darüber nachdenke, dann hast du mich vielleicht deshalb so angesehen, weil du dachtest, ich sei ein Vampir. Wie auch immer, du bist nicht schwach oder lahm - du bist eine starke Frau. Und du scheinst noch stärker zu werden."

"Das ist besser als das erste Mal", sagte Grace, während sie sich in ihr Kissen zurücklehnte und die Augen schloss.

Beide sprachen einen Moment lang nicht, jeder war in seine Gedanken versunken.

"Können wir darüber reden?" fragte Grace. "Können wir darüber reden, was sich für dich an mir geändert hat?"

"Grace, es hat sich nichts geändert, es ist nur so, dass..."

"Du fühlst dich gefangen?"

"Irgendwie schon. Vielleicht, aber es ist nicht deine Schuld. Es ist absolut nicht deine Schuld." Er holte tief Luft und fuhr dann fort: "Darf ich dich etwas fragen, was mich beschäftigt?"

"Sicher, Vincente. Du kannst mich alles fragen, wirklich alles."

"Wer hat dir wirklich von dem Bild meiner Mutter erzählt?"

"Das warst du."

"Wirklich Grace, du kannst mir die Wahrheit sagen. Wer hat es dir erzählt? Hast du im Internet darüber gelesen?"

"Ich erzähle keine Lügen, Vincente. Wie ich schon sagte, hast du mir davon erzählt und du hast mir das Bild gezeigt, als wir bei deinen Eltern waren."

"Aber warum sollte ich dir das Bild zeigen wollen?"

"Wegen der Bäume!"

"Die Bäume?"

"Mal ehrlich, wer von uns beiden hat hier den Gedächtnisverlust erlebt?" Grace verdrehte die Augen. "Die Bäume - wie der, der den Raben aufgespießt und gefressen hat, der, in dem ich gefangen gehalten wurde?" Grace wartete darauf, dass Vincente ein Zeichen des Erkennens geben würde, aber es kam keins. Sie schnaubte ihn ungeduldig an.

Vincente war sich ziemlich sicher, dass Grace durchdrehte. Er wusste nicht, ob er ihr zustimmen oder widersprechen sollte, also blieb er still.

Einige Augenblicke vergingen. Grace verschränkte und entschränkte ihre Arme und weigerte sich, aufzugeben. "Und wegen dieser Bäume wolltest du, dass ich das Gemälde deiner Mutter sehe."

"Aber ich verstehe es immer noch nicht - warum sollte ich dir das Bild meiner Mutter zeigen wollen?"

"Weil du immer Angst vor dem Gemälde hattest. Du hast gesagt, dass du als Kind ein Gesicht im Baumstamm gesehen hast und das hat dir Angst gemacht."

"Meine Mutter hat das Bild neulich verkauft. Es hatte jahrelang auf dem Dachboden gelagert. Es stimmt, dass mir etwas daran unheimlich war, aber ich habe es nie jemandem erzählt."

"Du hast es mir gesagt und gezeigt."

Vincente bewegte sich quer durch den Raum. Er setzte sich an Grace' Seite. "Was habe ich dir noch erzählt?"

"Eine ganze Menge! Ich meine, wir haben jeden Tag zusammen verbracht, rund um die Uhr."

"Erzähl es mir", sagte er.

"Willst du das wirklich?"

"Ja."

"Lass mich mal sehen. Du hast immer davon geträumt, einen Ferrari zu besitzen, einen roten Ferrari, und wir haben ihn auf dem Princess Highway vom Parkplatz gefahren. Du warst im siebten Himmel, als du ihn gefahren bist und ich war ein bisschen neidisch."

Vincente dachte an den Traum zurück, in dem er einen roten Ferrari fuhr und nach Grace suchte. Seltsam. Er beschloss, das Thema zu wechseln. "Habe ich dir noch etwas über meine Mutter erzählt?"

"Du hast mir ihr Atelier gezeigt, und sie war gerade dabei, ein neues Werk zu malen. Es war ein Bild von ihrem Garten, aber es war noch nicht fertig."

Vincente atmete tief ein. Es war das gleiche Bild, an dem seine Mutter heute Morgen gearbeitet hatte. Er kam wieder auf die Idee, dass Grace eine Hexe sein musste. Er wartete darauf, dass sie mit der Nase zuckte wie Samantha Stevens in Bewitched, aber nichts geschah.

Grace zog ihn an sich und küsste ihn leidenschaftlich auf den Mund.

Vincente lag jetzt auf ihr und küsste sie. Er versuchte, sich wegzubewegen, aber er wollte sich an sie schmiegen, während alle aufgestauten Gefühle in seinem Kopf explodierten. Sie küsste ihn weiter, bis er atemlos war.

"Du bist aus der Übung, nicht wahr?" fragte Grace, als sie Vincente Zeit gab, wieder zu Atem zu kommen.

Er stolperte von der Seite des Bettes.

"Endlich habe ich es geschafft!", rief sie aus. "Ich habe dir endlich Spaghetti-Beine gegeben! Das wurde auch Zeit - du hast sie mir immer gegeben!"

"Wo hast du gelernt, so zu küssen?"

"Sehr lustig, Vincente, du hast mir alles beigebracht, was ich weiß."

"Willst du damit sagen, dass ich der einzige Mann bin, den du je geküsst hast?"

"Ja, du bist mein einziger. Mein einziger."

Er wechselte wieder das Thema. "Was hast du noch bei mir zu Hause gesehen?"

"Du hast mir deine schönen Holzschnitzereien gezeigt, und diese hier habe ich noch." Grace griff in eine Schublade und holte den Aborigine-Mann heraus.

Vincentes Gedanken rasten unaufhörlich. Er musste fliehen. Er musste aus diesem Raum verschwinden - sofort.

"Woher hast du das?", fragte er.

"Ich habe es aus deinem Zimmer genommen."

"Du hast es genommen, aber wann?"

"Als wir bei dir zu Hause waren. Ich hatte es in meiner Tasche und in einem Moment war es noch da und im nächsten lag es im Gemälde deiner Mutter."

"In dem Gemälde? In deiner Tasche?", rief er aus.

"Ja, tut mir leid, dass ich dir nicht gesagt habe, dass es hier war. Es hat mich auch irgendwie schockiert - in einem Moment im Gemälde, im nächsten Moment wieder in meiner Tasche."

"Äh, ich habe ein bisschen Durst, ich hole mir eine Cola. Kann ich dir etwas bringen?" fragte Vincente. Er zitterte. Sein ganzer Körper zitterte. Er musste da jetzt rauskommen. Weggehen. Weglaufen.

"Holst du dir etwas zu trinken? Jetzt?"

"Ja, ich brauche einen Drink."

"Okay, aber komm schnell zurück", sagte Grace. Sie warf ihm einen Kuss zu und legte den Aborigine-Mann zurück in die Schublade.

Draußen wollte Vincente abhauen. Stattdessen ging er den Korridor entlang, um mit Doktor Ackerman zu sprechen.

KAPITEL 34

"D OC!" RIEF VINCENTE, ALS er wiederholt an Ackermans Tür hämmerte. "Doc, ich muss mit Ihnen sprechen!"

Doktor Ackerman legte den Telefonhörer auf, als Vincente sein Büro betrat.

"Doc, Sie müssen mich hier rausholen! Ich kann nicht über Nacht bleiben. Ich ertrinke da drinnen und sie ist so verrückt, dass ich langsam begreife, was sie vorhat!"

"Was meinst du damit? Atme tief durch, Vincente. Beruhige dich!"

"Sie hat mir von einem Gespräch erzählt. Na ja, nicht von einem Gespräch an sich, aber sie hat mir von etwas erzählt, das erst gestern passiert ist. Sie weiß Dinge, die niemand sonst wissen kann und dann..."

"Was dann? Wollte sie nicht, dass ihr zwei...? Dass...?"

"Nein, Doc, aber sie ist sehr interessiert und sie geht mir auf die Nerven."

"Willst du mir sagen, dass du dich in sie verliebt hast? Wirklich?"

"Ich war noch nie verliebt, aber ich habe schon mit ein paar Mädchen geknutscht. Kein Mädchen hat mich je so geküsst wie sie und trotzdem sagt sie mir, dass ich der einzige Mann bin, den sie je geküsst hat!"

"Du bist also emotional überlastet und willst nach Hause gehen? Um wegzulaufen. Hast du Angst, die Kontrolle zu verlieren?"

"Ich sage, dass sie mich mit einem Bann belegt hat. Sie ist nicht einmal mein Typ! Es muss ein Fluch sein!"

"Ja, das hast du schon mal gesagt, Kumpel, und es hat damals genauso wenig Sinn gemacht wie heute. Soll ich ihr also sagen, dass du nach Hause gegangen bist? Dass es einen Notfall gibt und du nicht bleiben kannst?"

"Vielleicht kannst du reingehen und ihr eine Schlaftablette geben, dann gehe ich wieder rein und schlafe. Es wird schon bald Morgen sein."

"Ich kann ihr keine Schlaftablette geben, weil du es verlangt hast."

"Aber Doc, sie erzählt mir Geschichten über uns. Über Dinge, die wir zusammen gesehen und getan haben. Dinge, die nie passiert sind. Sie spricht mit dem Herzen in der Hand über uns, als wären wir eine Person, und sie ist überzeugend. Es ist fast so, als ob ich wüsste, wovon sie spricht."

"Also", sagte Ackerman, "das ist ernst. Du willst mir sagen, dass du ohne Zweifel in diese Fantasie hineingezogen wirst? Dass ihre Beschreibungen dir manchmal sogar real vorkommen?"

"Gott steh mir bei, ja."

"Okay Vincente, ich höre dich. Du bist nicht mein Patient, aber du hilfst Grace, die mein Patient ist. Unter diesen Umständen musst du nach Hause gehen. Ich werde dir ein Rezept geben, damit du schlafen kannst und vielleicht wäre es in Zukunft besser, wenn du wegbleibst."

"Aber ich kann nicht!"

"Du musst, Vincente. In diesem Zustand bist du für niemanden von Nutzen."

"Ich kann nicht gehen, ohne es ihr selbst zu sagen, ohne ihr gute Nacht zu sagen. Ich habe ihr versprochen, dass ich sie nie wieder allein lassen werde.

"Du liebst sie doch, Vincente."

Vincente nickte, als er die Tür hinter sich schloss.

Er ging langsam den Korridor entlang, vorbei an Graces Zimmer, in den Aufzug. Als er im Erdgeschoss ankam, verließ er das Krankenhaus in die dunkle Nacht. Er schlenderte über das Rollfeld und fand einen Baum, der einsam stand. Er lehnte sich mit dem Rücken an ihn und weinte.

KAPITEL 35

G RACE WARTETE ÄNGSTLICH AUF die Rückkehr ihres Mannes. Als die Tür aufschwang, kam Doktor Ackerman herein.

"Wo ist Vincente?"

"Wie geht es dir, Grace?"

"Wo ist Vincente? Was hast du mit ihm gemacht?"

Er lächelte. "Ich freue mich, dass du diese zusätzliche Zeit mit ihm verbringen konntest, aber einige deiner Tests sind zurückgekommen und die Ergebnisse sind fragwürdig. Ich muss eine weitere Blutprobe nehmen. Nur um zu überprüfen, ob alles in Ordnung ist. Ich habe Vincente gebeten, seine Übernachtung zu verschieben, während diese Tests durchgeführt werden."

Grace setzte ihr traurigstes Gesicht auf und hielt ihm ihren Arm hin, damit er eine Vene finden konnte. Er stach die Nadel mühelos hinein. Sie zuckte nicht zusammen und spürte keinen Schmerz, denn der Schmerz in ihrem Herzen war bereits unerträglich.

Doktor Ackerman legte die Blutprobe weg. "Vincente war enttäuscht, genau wie du, aber wir werden es für eine andere Nacht arrangieren. Es lässt sich nicht ändern, Grace. Deine Gesundheit ist das Wichtigste."

"Ich will Vincente!" rief Grace und begann, sich im Bett zu winden und zu drehen. Sie warf die Decke weg und zog das Pflaster ab, das er ihr auf den Arm geklebt hatte. Die Ader öffnete sich wieder und Blut spritzte heraus.

Doktor Ackerman hielt sie fest. Er drückte den Notfallknopf, um eine Krankenschwester zu holen. "Es tut mir leid", sagte er, während er sie betäubte.

KAPITEL 36

DOKTOR ACKERMAN BRAUCHTE ETWAS frische Luft und ging über das Rollfeld. Dort entdeckte er Vincente, der an einem Baum lehnte.

"Hast du sie gesehen?", fragte er.

"Ja, das habe ich, und ich habe ihr alles erklärt."

"Und wie hat sie es aufgenommen?"

"Sie hat es nicht gut verkraftet. Ich musste sie betäuben."

Vincente ballte seine Fäuste und stand auf. Sein Gesicht war nur wenige Zentimeter von Ackermanns Gesicht entfernt. "Ich sagte, ich würde wiederkommen. Das hättest du nicht tun müssen. Ich brauchte Zeit. Zeit war alles, was ich brauchte."

"Du brauchst mehr als Zeit, Vincente. Du brauchst Abstand. Ich weiß nicht, was mit dem Mädchen passieren wird, wenn du dich in sie verliebst und die Fantasie, die sie erschaffen hat, mit der Realität kollidiert. Ich weiß nicht, was dann passieren wird."

"Wenn sie es geträumt hat und es dann wahr wird, dann würde sie doch sofort wieder gesund werden, oder?"

"Vincente, das könnte passieren, aber es könnte auch andersherum sein."

"Was heißt das?"

"Grace steht am Rande einer Klippe. Die Wahrheit könnte sie hinunterstoßen. Sie könnte erkennen, dass alles um sie herum eine Lüge ist. Dass wir alle mit ihren Fantasien mitgespielt haben und wo wird sie dann stehen?"

"Obwohl ich sie jetzt liebe, soll ich mich also zurückziehen, sie in Ruhe lassen, zurück zur Schule gehen - zu dem Mädchen, von dem alle erwarten, dass es mit mir zusammen ist - und einfach hoffen, dass Grace Greenway irgendwann über mich hinwegkommt? Ich will nicht, dass sie über mich hinwegkommt! Und sie wird denken, dass ich sie wieder verlassen habe; sie wird denken, dass ich mein Versprechen gebrochen habe - schon wieder."

"Wir müssen deine Gefühle berücksichtigen, wenn wir mit dieser Sache weitermachen, egal was es ist. Wir müssen neu nachdenken, uns neu formieren. Geh jetzt nach Hause. Komm morgen früh wieder. Grace wird mindestens acht Stunden lang schlafen. Komm zu mir, wenn du zurückkommst, und ich werde dich auf den neuesten Stand bringen. Geh nicht gleich rein und besuche Grace. Komm erst zu mir."

"Abgemacht."

Vincente und Doktor Ackerman überquerten den Parkplatz, wo eine Reihe von Taxis auf Fahrgäste wartete. Vincente kletterte auf den Rücksitz eines Taxis und war bald auf dem Weg nach Hause.

Nach Hause, wo er hoffte, ohne Träume zu schlafen.

KAPITEL 37

AM MORGEN WACHTE GRACE in einem leeren Zimmer auf. Sie fühlte sich allein und betrogen, als eine der Krankenschwestern ihr Kissen aufschüttelte und ein Frühstückstablett vor sie stellte. Sie schob es weg. Schon der Geruch machte sie krank.

"Ich bin nicht hungrig", sagte Grace.

Als ihr Zimmer wieder menschenleer war, lehnte sich Grace auf ihr Kissen zurück und schloss die Augen. In Gedanken spielte sie immer wieder ihren Hochzeitstag durch, bis sie wieder in den Schlaf sank.

KAPITEL 38

Am nächsten Tag rief Doktor Ackerman Helen in sein Büro. Er drängte sie, sich zu setzen, und sah sie dabei sehr verwirrt an.

Helen wusste, dass er schlechte Nachrichten zu überbringen hatte. Sie wusste auch, dass sie ihre Tochter nicht mit diesem Jungen hätte allein lassen dürfen.

Doktor Ackerman setzte sich Helen gegenüber, so dass sich ihre Knie fast berührten.

Er schaute ihr direkt in die Augen und sagte: "Grace ist schwanger."

Helen lachte.

"Grace ist schwanger", wiederholte er.

"Was?"

"Wir haben neulich einen Bluttest gemacht, der positiv ausgefallen ist. Gestern Abend habe ich noch mehr Blut abgenommen und es ist bestätigt - deine Tochter ist schwanger."

"Das kann nicht sein! Ich werde den kleinen Bastard umbringen!"

"Und was soll das bringen?", fragte er. "Du musst dich beruhigen und mir zuhören. Hör mir gut zu."

Sie holte tief Luft. Sie ballte die Fäuste.

"Es ist noch zu früh und deine Überreaktionen werden weder dir noch Grace helfen."

"Weiß sie es?"

"Nein, du bist die Erste, die es erfährt. Ich hielt es für angemessen. Wir müssen besprechen, wie wir weiter vorgehen."

"Wie es weitergehen soll? Es hat keinen Sinn, darüber zu diskutieren. Wir müssen es loswerden."

"Grace ist sechzehn, sie hat Rechte."

"Es muss Marinos sein!"

"Nicht unbedingt. Sie war jeden Tag hier, mit Personal und Besuchern um sie herum. Bis gestern Abend war er nicht mit ihr allein, und übrigens ist er nur ein paar Stunden geblieben, bevor ich ihn nach Hause geschickt habe."

"Meine Tochter geht zur Schule und kommt nach Hause. Abends arbeitet sie an Mathe und macht Experimente. Andere Jungs kennt sie nicht. Es muss Marino gewesen sein!"

"Aber wir müssen sicher sein, bevor wir jemanden beschuldigen. Und das Wichtigste ist, dass wir Grace davon erzählen."

"Zuerst müssen wir bestätigen, dass er der Vater ist und dann können wir es ihr sagen", sagte Helen.

"Vincente sorgt sich sehr um deine Tochter. Er ist verwirrt und hat mir gesagt, dass die beiden nicht mehr getan haben als sich zu küssen. Grace glaubt jedoch, dass die beiden ein verheiratetes Paar sind. Wenn wir es ihr also sagen, wird sie zu 100 % sicher sein, dass sie Vincentes Kind in sich trägt."

"Wenn es nicht von ihm ist, was dann? Eine unbefleckte Empfängnis?"

"Alles, was ich sicher weiß, ist, dass wir es Grace sagen müssen. Sie wird deine Hilfe brauchen, um zu entscheiden, was sie tun soll", sagte Ackerman.

"Wenn es nicht von ihm ist, dann ist der Beweis offensichtlich, dass wir mit ihr grausam gespielt haben, indem wir ihren Fantasien nachgegeben haben", sagte Helen. "Das könnte zu viel für sie sein."

"Wir brauchen so schnell wie möglich eine Bestätigung. Ich werde Vincente fragen, ob er mit ein paar Tests einverstanden ist, wenn er mich heute noch besucht.

"Und wenn es nicht von ihm ist, dann wird sie höchstwahrscheinlich zustimmen, es zu beseitigen."

"Willst du ihr jetzt sagen, dass sie schwanger ist? Sobald Vincentes Tests vorliegen, können wir mit ihr darüber sprechen, wer der Vater sein könnte, vorausgesetzt, er ist es nicht", sagte Ackerman.

"Ja, ich denke, wir sollten es ihr sagen. Je früher, desto besser."

"Lass uns jetzt in ihr Zimmer gehen und sehen, wie es ihr geht. Wir können die Situation einschätzen und dann entscheiden, was zu tun ist."

"Sie muss es wissen. Meine Tochter muss es wissen."

***

Vincente kam genau in dem Moment auf Grace' Etage an, als Helen und Doktor Ackerman aus seinem Büro kamen.

"Doktor Ackerman, ich wollte mit Ihnen sprechen", sagte Vincente. Und dann: "Hallo Helen."

Sie sah ihn mit stechenden Augen an.

"Wir müssen reingehen und mit Grace sprechen, aber bitte warte in meinem Büro auf mich. Ich bin gleich zurück und dann können wir reden."

Vincente fuhr sich mit den Fingern durch sein Haar. Er sah zu, wie Helen und Doktor Ackerman davon schlenderten. Als sie an der Tür von Grace ankamen, zögerten sie kurz und traten dann ein. Er fragte sich, was es mit dem Zögern auf sich hatte.

Er fühlte sich schuldig, weil er Grace allein gelassen hatte. Er wollte sie sehen und die Dinge zwischen ihnen in Ordnung bringen.

In Dr. Ackermans Büro angekommen, schloss er die Tür hinter sich und schenkte sich eine Tasse Wasser ein. Vincente setzte sich hin und nahm eine Sportzeitschrift zur Hand. Er blätterte darin, während er wartete, aber seine Gedanken waren zu sehr abgelenkt. Er konnte nicht sitzen bleiben, also stand er wieder auf und ging auf und ab. Er steckte die Fäuste in seine Taschen. Und er wartete.

***

"Ich bin so glücklich!" rief Grace aus. "Das ist die beste Nachricht, die es für Vincente und mich geben kann. Wir bekommen ein Baby!"

Helen umarmte ihre Tochter, die vor Aufregung zitterte.

"Grace, du musst bei Kräften bleiben und du musst essen. Was habe ich da gehört, dass du das Frühstück auslässt?" sagte Dr. Ackerman.

"Damals war mir nicht danach, aber jetzt werde ich etwas essen. Los geht's! Ich bin so aufgeregt!" rief Grace aus. Nachdem sie ein paar Mal tief durchgeatmet hatte, bat sie: "Bitte sag Vincente, dass er zu mir kommen soll. Ich kann es kaum erwarten, ihm die Neuigkeiten zu erzählen!"

KAPITEL 39

"DANKE, DASS DU GEWARTET hast, Vincente", sagte Doktor Ackerman.

"Wie geht es Grace heute Morgen?"

"Sie strahlt! Der Schlaf hat ihr sehr gut getan, und du siehst auch ausgeruht aus. Hast du gut geschlafen?"

"Ja, ich habe durchgeschlafen."

"Ich weiß, dass du nicht zu meinen regelmäßigen Patienten gehörst, aber ich möchte dich um die Erlaubnis bitten, einen Bluttest zu machen.

"Ein Bluttest. Warum?"

"Du schienst gestern Abend übermüdet zu sein und ich dachte, es wäre gut, dich zu untersuchen, um sicherzugehen, dass du in Topform bist.

"Ich habe mich sehr müde gefühlt."

"Das ist auch gut so, dann untersuchen wir dich eben", sagte Ackerman. "Bitte krempeln Sie Ihren Ärmel hoch, damit ich die Probe sofort entnehmen kann."

Nachdem die Probe entnommen und das Fläschchen aufbewahrt worden war, überreichte Dr. Ackerman Vincente ein Freigabeformular zur Unterschrift. Es erlaubte ihm, die Blutproben für alle notwendigen Tests zu verwenden.

"Darf ich sie sehen?" fragte Vincente.

"Heute nicht, aber komm morgen zu mir. Vielleicht kannst du sie dann sehen."

"Aber du sagtest, sie sei strahlend und ausgeruht."

"Ja, und wir wollen, dass sie so bleibt! Du gehst nach Hause und kommst morgen wieder. Lass ihr etwas Freiraum, etwas Zeit. Sie ist jetzt bei ihrer Mutter."

"Okay Doc. Wir sehen uns dann morgen."

"Danke, Vincente", sagte Dr. Ackerman, als er mit den Blutproben nach draußen eilte. Er konnte es kaum erwarten, sie ins Labor zu bringen.

***

Vierundzwanzig Stunden später waren sie alle in Graces Zimmer versammelt.

Als Doktor Ackerman endlich eintraf, lächelte er nicht. Er sprach nicht und nahm mit keinem der drei Anwesenden

Augenkontakt auf. Er hielt die Ergebnisse auf einem Klemmbrett dicht vor seiner Brust.

Grace war ganz aus dem Häuschen vor Aufregung.

Helen hatte die Fäuste geballt und den Kiefer zusammen gepresst. Sie sah aus wie jemand, der dringend auf die Toilette musste.

Vincente war ahnungslos.

"Guten Morgen, alle zusammen", begann Doktor Ackerman. "Die Blutuntersuchungen haben ergeben, dass Grace und Vincente ein Baby erwarten.

Grace brach in Jubel aus und öffnete ihre Arme für Vincente.

Vincente stand da und sah Grace an. Er war weißer als die Laken auf dem Bett. "Wie kann das sein?", fragte er sich und dann sagte er laut: "Wie kann das sein, wo wir uns doch nur geküsst haben?"

Helen wurde ohnmächtig und fiel mit einem dumpfen Schlag zu Boden.

KAPITEL 40

"GRACE? WACH AUF, GRACE. Es ist Zeit für uns zu gehen", flüsterte eine Kinderstimme.

Grace zitterte. Der Raum war sehr kalt und dunkel. Sie beobachtete, wie die Jalousien auf der anderen Seite des Raumes mit dem Wind hin und her zu schwingen schienen. Es schien, als sei das Fenster weit geöffnet.

Krankenhausfenster lassen sich nicht öffnen, dachte sie.

Eine winzige Hand ergriff Grace' Hand und zog sie aus dem Bett.

Grace, die noch halb schlief und halb wach war, ging neben dem Kind her. Gemeinsam liefen sie wie in Trance auf das offene Fenster zu.

Das kleine Mädchen trug ebenfalls ein weißes Leinennachthemd mit einer roten Krawatte. "Halt dich gut fest", sagte sie, während sie Grace eine weiche Decke in die Arme legte.

Grace kuschelte sich instinktiv in die Decke und schloss ihre Arme um sie.

Ihre Nachthemden wehten und flüsterten, als sie sich auf den Weg zum Fenster machten.

Im Licht des Mondes erkannte Grace das kleine Mädchen, das sich schon zweimal gezeigt hatte. Einmal, als sie mitten auf der Straße stand, und das zweite Mal, als Grace in einem riesigen Baum gestrandet war. Sie zitterte, als das Nachthemd des kleinen Mädchens im Mondlicht schimmerte.

Die Kleine kletterte auf den Fenstersims und hielt dabei immer noch Grace' Hand in der ihren. Sie zog, aber Grace' Füße ließen sich nicht bewegen.

"Wohin gehen wir?" erkundigte sich Grace.

"Ins Herz der Welt", erklärte die Kleine.

Grace drückte die Decke fest an ihre Brust und schaute auf ihre Füße. Sie versuchte, die Sache zu verdrängen, die beim letzten Mal passiert war, als sie aus dem Fenster in die Nacht gezogen worden war.

Die Kleine beobachtete Grace weiterhin ungeduldig. "Ich bin der Akkord", sagte sie. "Du musst jetzt mit mir kommen. Sie warten schon."

"Wer, wer wartet?" erkundigte sich Grace.

"Du wirst schon sehen", sagte die Kleine. "Komm."

Mit der einen Hand hielt Grace die Decke fest und mit der anderen drehte sie die rote Krawatte herum und herum und herum. Sie wollte keine Zeit verlieren - sie wollte nicht auf dem Fenstersims sitzen. Sie wollte nicht in die Nacht hinausgehen. Dieses Mal musste sie nicht gehen. Sie wollte nicht gehen.

"Beeil dich, Grace. Sie warten schon ewig auf dich", erklärte das kleine Mädchen.

Grace wich zurück.

Als Grace ihr nicht folgen wollte, kletterte das kleine Mädchen von der Fensterbank herunter. Sie nahm Grace' Hand noch einmal in die ihre. Sie hielt ihre Hand fest und führte sie zum Fenster. Für ein paar Sekunden hoben sich ihre Füße vom Boden ab und bald saßen sie nebeneinander auf der Fensterbank.

Gemeinsam saßen sie da und schauten in das Gesicht des Mondes.

"Atme tief ein", sagte das kleine Mädchen und zählte dann leise herunter: "5, 4, 3, 2, 1!" Und gemeinsam fielen sie nach vorne in die cimmerische Nacht.

KAPITEL 41

Nachdem sie viele Minuten lang gefallen waren, was ihnen wie Stunden vorkam, landeten sie auf dem Rücken eines wartenden Tieres.

Dieses Tier war nicht dasselbe, das Grace vor einiger Zeit getragen und sie hoch oben in einem Baum abgesetzt hatte.

Dieses Tier war weder pelzig noch gefiedert. Stattdessen hatte es Flügel aus Metall, die das Mondlicht und das Licht der Sterne reflektierten, als es über den geschwärzten Himmel schwebte.

Grace hatte so viele Fragen, die sie stellen wollte, aber der Wind heulte und das Tier stieß ab und zu ein donnerndes Brüllen aus. Grace klammerte sich an die Decke und wünschte sich die ganze Zeit, es wäre Vincente, an dem sie sich festhalten würde.

Das kleine Mädchen warf ihr dunkles Haar zurück und hob ihr Gesicht zum Mond. Sie schloss ihre Augen und begann, ein beruhigendes Schlaflied zu summen. Grace erkannte die Melodie; es war ihr Lied, ihres und das von Vincente. Grace schloss ihre Augen und versank in einen tiefen Traum.

KAPITEL 42

SIE FLOGEN AUSSERGEWÖHNLICH LANGE, bis Mutter Sonne begann, einen neuen Tag zu gebären.

Das war ihr Stichwort, um mit dem Abstieg zu beginnen. Grace und das kleine Mädchen hielten sich an dem Metalltier fest, während das Sonnenlicht von seinem Körper reflektiert wurde und Blitze in alle Richtungen schoss. Der Himmel war wie ein Feuerwerk am Tag erleuchtet, als sie durch die Wolken fielen.

Dann begannen sich die Wolken zu teilen und sie stürzten auf das Herz der Erde zu.

In der Ferne konnte Grace einen riesigen roten Stein sehen, der im Sonnenlicht brannte. Er war von Sand umgeben.

Doch als sie ihre Augen ein paar Mal auf- und zublinzelte, begann und endete das Meer an den Rändern des Steins. Die Wellen schlugen und rollten, aber sie brachen nie über den Rand des Monolithen hinaus. Es war, als würde der Ozean hier am Felsen beginnen und enden.

Als sie näher kam, konnte Grace ein Muster aus konzentrischen Kreisen erkennen. Aus der Luft sah das, was sie unten sah, wie eine riesige Dartscheibe aus.

Jetzt, da sie das Muster erkannte, konnte Grace den Abstand zwischen den einzelnen Ringen einteilen und eine Region von der anderen unterscheiden.

Auf der Außenseite atmete der rote Sand, der sich sporadisch wie die Erde erhob, ein und aus. Der nächste Kreis war, wie wir bereits erklärt haben, das Meer, das begann und endete, als die Wellen den roten Felsen küssten, ohne überzulaufen. Der rote Felsen bildete einen Ring und aus ihm wuchs ein Kreis von Bäumen.

Die Bäume streckten ihre Äste zueinander, aber ein Baum überragte alle anderen: ein Olivenbaum. Er reichte bis in die Wolken, weit über den Metallvogel, auf dem Grace ritt. Neben dem Olivenbaum standen normal große Ahornbäume, Palmen und Eukalyptusbäume - um nur einige zu nennen. Dieser Abschnitt begann und endete mit Bäumen und dann war wieder ein Trennkreis aus rotem Sand zu sehen.

Innerhalb der Bäume gab es einen weiteren Abschnitt mit Blumen. Er bestand aus Sonnenblumen, Goldregen, Tulpen, Rosen und vielen, vielen mehr.

Dann wieder roter Sand, gefolgt von sehr großen Tieren wie Dinosauriern, Giraffen, Elefanten und Bären.

Wo dieser Abschnitt endete, begann ein anderer. Roter Sand, dann weitere Kreise mit Wassertieren wie Walen, Haien und Quallen. Das Wasser rauschte über sie hinweg und um sie herum, ohne die anderen Bereiche zu berühren, da sie geschützt und eingegrenzt waren.

In einem Kreis waren alle fliegenden und gleitenden Tiere. Es gab Raben, Füchse, Schmetterlinge und Kakadus. Sie hoben und senkten sich, als ob ein imaginärer Puppenspieler sie festhalten würde. Das Tier, auf dessen Rücken Grace und das kleine Mädchen gereist waren, würde seinen Platz in diesem Kreis einnehmen.

Nach einem weiteren Sandkreis folgte eine Abteilung mit Reptilien, Beuteltieren und zahlreichen anderen Tierabteilungen, so dass jeder Stamm und jede Art in einer Art vertreten war.

Es gab viel zu viele Abteilungen, als dass Grace sie alle hätte zählen können. Die Geräusche, die von ihnen ausgingen, stiegen von der Erde auf, als würden sie mit einer Stimme sprechen.

Als sie näher und näher kamen, konnte Grace auch Kreise von Menschen sehen.

Männer und Frauen, junge und alte, wurden in Gruppen eingeteilt. Sie kamen aus der ganzen Welt und repräsentierten alle Kulturen der Aborigines und der Ureinwohner. Einige waren in traditionellen Gewändern gekleidet. Einige trugen Speere. Einige trugen Bumerangs. Andere waren mit Fellen und Federn geschmückt, und einige hatten bemalte Gesichter. Wieder andere machten Musik mit Regenstöcken und Trommeln.

Je näher sie kamen, desto deutlicher spürten alle Kreisbewohner/innen Graces Anwesenheit. Synchron dazu begann jedes Segment zu schwanken. Der rote Sand hob und senkte sich innerhalb seiner Kreisgrenze.

Näher und näher flogen sie und für einen Moment glaubte sie, Vincente zu sehen. Es war tatsächlich so. Er stand in einem

Kreis mit anderen Jungen, die im gleichen Alter wie er waren. Jeder Junge hatte blondes Haar und trug ein langes, bodenlanges Gewand, wie es ein Mönch tragen könnte.

Vincentes Augen trafen sich mit denen von Grace. Er winkte mit seinem geschnitzten Aborigine-Mann in der Luft, um ihre Anwesenheit zu bestätigen.

Im Sonnenlicht bemerkte Grace, dass er den Ring seines Familienerbstücks wieder am Finger trug. Gemeinsam hoben die Jungen ihre Arme in ihre Richtung. Grace war einen Moment lang geblendet, als das Sonnenlicht jeden ihrer Ringe gleichzeitig traf. Sie trugen alle genau denselben Ring wie Vincente.

Grace blinzelte zurück in die Realität und sah, wie jeder der Jungen seinen Ring abnahm und ihn vor sich auf ein kleines Stoffquadrat legte.

Innerhalb der Gruppe der Jungen befand sich ein Kreis von Mädchen. Auch hier waren es wieder Tausende, ein Mädchen für jeden der Jungen. Die Mädchen trugen alle weiße Leinennachthemden mit roten Bändern an den Kragen. Jedes Mädchen hielt eine Decke in ihren Armen.

Als sie fast gelandet waren, beobachtete Grace, wie die roten Bänder im Wind auf- und abgingen, dann stillstanden und sich wieder hoben und senkten.

Vincentes Augen fixierten die von Grace. Fast wäre sie vom Rücken des Tieres gesprungen, aber Vincente sah weg, als wäre sie für ihn tot. Ihre Füße berührten den Sand. Sie wäre zu ihm gelaufen, wenn das kleine Mädchen sie nicht daran gehindert hätte, indem es ihre Hand ergriff.

Grace setzte sich in den Kreis, in dem die Mädchen schweigend warteten. Grace hatte viele, viele Fragen, die sie stellen wollte und auf die sie Antworten brauchte. Das kleine Mädchen legte den Finger an die Lippen und sagte: "Schhhh."

Graces rote Krawatte hob und senkte sich nun im Takt mit den anderen Mädchen, während die warme Brise sie streichelte. Obwohl sie warm war, fröstelte Grace.

"Leg die Decke vor dir auf den Boden", forderte das kleine Mädchen.

Die anderen Mädchen im Kreis folgten dem Beispiel von Grace.

Wieder versuchte Grace, eine Frage zu stellen, aber wie zuvor sagte das kleine Mädchen nur: "Schhh

KAPITEL 43

JETZT WAREN VIER NEUE Abschnitte hinzugekommen. Ein Kreis aus rotem Sand, gefolgt von einem Kreis aus Stoff mit einem Ring darauf vor den Jungen. Es folgten ein weiterer Kreis aus Sand und ein Kreis aus Decken vor den Mädchen.

Dann begann der Sprechgesang. Er begann an der Außenseite und bewegte sich von Abschnitt zu Abschnitt. Jedes Segment hatte einen Klang zu erzeugen, der sich zu einem Lied zusammenfügte. Gemeinsam ritten sie auf den Flügeln der Melodie, während sich die Sonne immer höher in den neu geborenen Tag schob.

So schnell wie es begonnen hatte, hörte der Gesang auf.

Einen Moment lang herrschte absolute Stille. Dann brüllten sie gemeinsam mit einer Stimme, ein Lied.

Es war ein wunderschöner Klang, beruhigend und besänftigend, ganz und gar nicht das, was man sich vorstellt, aber er war so laut, dass Grace sich die Ohren zuhielt.

Das kleine Mädchen sah die Angst von Grace und flüsterte ihr ins Ohr: "Der Schmerz wurde so lange von der Erde ertragen. Jetzt gibt die Erde den Schmerz frei. Ihr Überleben hängt davon ab. Hab keine Angst. Du bist Zeuge der Heilung."

Grace senkte ihre Hände und schloss die Augen. Als sie keine Angst mehr hatte, konnte sie alles fühlen und schätzen.

Mutter Sonne goss ihre Strahlen in die Herzen aller Anwesenden. Es schien, als würde sie die Herzschläge herausziehen und sie synchronisieren. Sie ließ sie als den einzigen Herzschlag des Universums widerhallen.

"Sag es jetzt", sagte das kleine Mädchen. "Grace, sprich die Worte."

Grace zuckte verwirrt mit den Schultern. Sie hatte keine Ahnung, was das kleine Mädchen von ihr wollte.

"Sag es jetzt. Sag die Worte, die Worte. Die Worte, die man dir beigebracht hat. Du bist die Letzte. Du musst sie jetzt sagen. Wir alle warten."

Grace musste an das Lied denken, das das kleine Mädchen vor einiger Zeit zu ihr gesagt hatte. Sie war sich nicht sicher, ob sie sich an den Text erinnern konnte. Doch irgendwie wusste sie instinktiv, dass sie sich an sie erinnerte.

Alle waren still. Alle warteten.

Grace holte tief Luft, aber sie brachte keinen einzigen Ton heraus.

"Sprich aus deinem Herzen", sagte das kleine Mädchen. "Und die Worte werden fließen."

Grace beruhigte ihren Atem und schloss ihre Augen. Die Worte strömten wie ein Geschenk aus ihrem Mund ins Freie:

"Ich bin die Frau, die schreit,

Ich bin der Schrei;

Ich bin die geheime Stimme,

Ich bin der Seufzer;

Ich bin das, was gehört wird

Tief in der Dämmerung;

Die Vögel antworten mit einem Ton,

Die Blumen im Moschus;

Ich bin die traurige Pflanze,

Die ruft, wo sie ruft

Ein einsamer Vogel, der durch

Düsteren Wasserfällen;

Ich bin die Schubladenfrau,

Geh nicht an mir vorbei;

Ich bin die geheime Stimme,

Hört meinen Schrei;

Ich bin die Kraft, die die Nacht

in die Ferne vertreibt;

Ich bin die Wurzel des Lebens;

Ich bin der Akkord." *

Die Mädchen der Gruppe begannen zu singen. Ein Lied für eine, ein Lied für alle. Dann reichten sie sich die Hände und wiegten sich in der Wärme von Mutter Sonne.

Das kleine Mädchen lächelte Grace an und verwandelte sich dann wieder in einen Raben. Sie flog in Richtung der Sektion, wo sie vom Klang der Flügelschläge begrüßt wurde.

Während sie sangen, begannen sich Männer und Frauen außerhalb des Kreises zu versammeln. Sie trugen traditionelle

Gewänder und waren aus vielen, vielen fernen Ländern zum roten Felsen gekommen. Sie standen in Paaren zusammen und hielten sich an den Händen. Bald wurden die Hände getrennt, und die Männer stellten sich in der Reihe vor dem Kreis der Männer auf und die Mädchen in der Reihe vor dem Kreis der Mädchen.

Ein Aborigine-Junge stellte sich vor den ersten blonden Jungen, und sie umarmten sich. Dann nahm der blonde Junge seinen Ring und das Stoffquadrat auf und legte es in die offene Hand des Aborigine-Jungen. Der Aborigine-Junge steckte den Ring auf seinen Finger. Sie umarmten sich wieder und der Aborigine-Junge wartete.

Die Partnerin des Jungen stand vor dem ersten Mädchen, das ein weißes Leinenkleid trug. Die beiden Mädchen umarmten sich, wie es die Jungen getan hatten. Das Mädchen gab dem Aborigine-Mädchen die rote Schleife, mit der sie ihr Kleid zusammengebunden hatte. Sie umarmten sich erneut und dann bückte sie sich, hob die Decke auf und ging mit ihrer Partnerin in Richtung Sonne. Als das Paar ins Licht ging, verschwanden sie.

Dieses Ereignis wiederholte sich viele, viele Stunden lang. Gemeinsam überbrückten die Männer und Frauen die Zeitspanne. Es wurde viel geweint und sich umarmt. Bald waren nur noch Vincente und Grace und ein Paar außerhalb des Kreises übrig.

Der letzte Aborigine-Mann betrat den Bereich und er und Vincente tauschten sich aus.

Und dann begann das Bündel zu Graces Füßen zu weinen.

Es war nicht nur eine Decke. Es war auch kein leeres Bündel. Es war ein Kind. Das Kind von Grace und Vincente.

Grace beugte sich vor, um die Decke zu streicheln, aber die Aborigine-Frau war schon da, und die Zeremonie hatte bereits begonnen.

Das Baby weinte weiter zu Grace' Füßen.

Sie schaute auf die Hand der Frau und sah, dass sie zitterte.

Die Frau umarmte Grace.

Grace warf einen Blick über ihre Schulter, um sich zu vergewissern, dass der Partner der Frau jetzt Vincentes Ring trug. Er trug ihn, was bedeutete, dass Vincente seine Erlaubnis gegeben hatte.

Eine trotzige Träne kullerte über Grace' Wange.

Der nächste Schritt in der Zeremonie war das Geschenk der roten Krawatte. Wenn Grace sich weigerte, sie auszuhändigen, würde das Geschäft nicht zustande kommen. Sie wollte ihr Baby sehen, ihr Baby trösten.

Die Frau umarmte Grace noch einmal.

Und dann geschah es.

KAPITEL 44

DIE WELLEN, DIE DEN roten Monolithen umgaben, stiegen höher und höher und höher, bis sie sich um den roten Felsen schlängelten und sich zu einem neuen Abschnitt mit kreisrunden Ginormous-Max-Filmleinwänden formten.

Als der neue Kreis aus Leinwänden vollständig war, begann der Boden unter Graces Füßen zu beben und zu zittern, als er auseinanderbrach. Die Plattform hob Grace und ihr Kind höher und höher und höher.

Vor ihr begann die Geschichte der Aborigines und indigenen Völker der Welt auf den Bildschirmen aufzublitzen. Sie sah, wie Babys entführt, gestohlen und an Fremde übergeben wurden und wie Eltern über Tage, Jahre und Jahrhunderte hinweg immer wieder weinten.

Und mit jedem Kind, das entführt wurde, verdrehte sich der Olivenbaum und schlug eine Wunde in Grace' Körper. Zuerst schrie sie wegen des Stachels auf, aber als sie in die verwundeten Augen der Babys blickte, die ihren Familien entrissen wurden, öffnete sie ihre Arme und hieß den Schmerz willkommen und nahm ihn als einen Teil ihres Wesens an. Sie erkannte nun, dass der

Olivenbaum die Konstante war. Die Verbindung zwischen hier und dort, zwischen ihnen und uns, zwischen den Welten.

Als sie den Schmerz in ihrem Körper akzeptiert hatte, blickte sie in die Richtung von Vincente. Er hatte versucht, zu ihr zu laufen, aber seine Füße ließen es nicht zu. Es war, als wären sie in den Boden einbetoniert worden.

Sie wirbelte herum, das Blut tropfte aus ihren klaffenden Wunden und sie rief nach Mutter Erde, die die Schirme herunterließ und Grace wieder auf ebenen Boden zurückbrachte, wo das Aborigine-Mädchen wartete.

Sobald sie wieder auf festem Boden stand, zögerte Grace nicht lange und umarmte die Aborigine, flüsterte ihr eine Entschuldigung ins Ohr und überreichte ihr das rote Fesselband.

Die Aborigine-Frau hob ihr eigenes Baby auf. Sie winkte und schaute nicht zurück, während sie ihr Kind tröstete, und sie bewegten sich in Richtung der warmen Sonnenstrahlen.

Zuerst weinte das Baby wieder, aber bald war es getröstet, und die Luft war ruhig, ganz still und auffallend still.

Dann brach ein Höllenlärm aus, als alle Bäume und Tiere synchron brüllten.

Ein Rabe flog dorthin, wo die letzten beiden, Grace und Vincente, standen. Er verwandelte sich zurück in das kleine Mädchen und griff nach Vincentes Hand und dann nach Graces Hand.

Das Gleichgewicht von Mutter Erde war wiederhergestellt und das Trio ging ins Sonnenlicht.

"Eine Sache noch", flüsterte das kleine Mädchen und ließ dann ihre Hände los.

KAPITEL 45

Dıe Erde begann unter ihren Füßen zu beben und zu beben.

Grace und Vincente hielten sich aneinander fest, als die Kräfte sie zusammen und auseinander drückten, zusammen und auseinander.

Sie hielten sich an den Händen, als sie sich vom Boden abhoben.

Sie wirbelten und wirbelten in einem schwarzen Tunnel, fast so, als wären sie in einem wirbelnden schwarzen Regenschirm.

Sie hielten zusammen. Sie küssten sich.

Ein gemeinsamer Ruf ertönte.

In einem Wimpernschlag brachte Mutter Erde alles und jeden wieder dorthin zurück, wo sie hingehören.

Und wieder stand der rote Monolith allein.

EPILOG

EIN JUNGER MANN SPREIZTE sein Surfbrett am Manly Quay.

Er wartete auf die große Welle.

In der Ferne entdeckte er etwas, das flackerte und wippte.

Er paddelte darauf zu. Es war eine Kamera.

Er legte sich den Riemen um den Hals, und als die große Welle endlich kam, ritt er mit der Brandung ans Ufer.

Später lief er eine ganze Weile am Strand auf und ab und fragte, ob jemand eine Kamera verloren hatte. Niemand beanspruchte sie für sich.

Neugierig geworden, brachte er sie in den örtlichen Fotoladen. Der Film darin war weder beschädigt noch nass. Er bat darum, ihn entwickeln zu lassen.

Ein paar Stunden später, als der Film fertig war, kehrte der Surfer in den Fotoladen zurück. Die junge Frau hinter dem Tresen entschuldigte sich, weil nur ein einziges Foto auf dem Film war.

Er öffnete den Umschlag.

Ein junger Mann mit blonden Haaren, der eine schwarze Smokingjacke, ein Hemd und eine schwarze Jeans trug, stand

Arm in Arm mit einer Frau mit kastanienbraunen Haaren, die eine Tiara und ein Hochzeitskleid aus Spitze trug. Sie sahen sehr glücklich aus. Hinter ihnen hatten Lichterketten, der Mond und das Meer die perfekte Kulisse für ihre Hochzeit geschaffen.

Da er keinen der beiden erkannte, warf er das Foto und die Kamera in den Mülleimer.

In der Ferne krächzten drei Raben.

QUOTE

Wie es war

Und wie es immer sein wird...

Kinder zahlen den Preis,

für die Geschichte.

DANKSAGUNGEN

*DAME MARY GILMORE (1865-1962)

Das Gedicht von Dame Mary Gilmore mit dem Titel "The Song of The Woman-Drawer".

ist mit freundlicher Genehmigung des Verlags ETT Imprint, Sydney, Australien, in diesem Buch enthalten.

Um mehr über Marys Arbeit zu erfahren, folge bitte den unten aufgeführten Pfaden, die zum Zeitpunkt der Veröffentlichung aktiv waren:

http://lib.unsw.adfa.edu.au/speccoll/finding_aids/gilmore

_mary.html

http://adb.anu.edu.au/biography/gilmore-dame-mary

-jean-6391

http://banknotes.rba.gov.au/australias-banknotes/

menschen-auf-den-banknoten/dame-mary-gilmore/

http://www.civicsandcitizenship.edu.au/cce/gilmore,9133.htm

l

http://www.portrait.gov.au/portraitofanation/

gilmore-biographie.html

http://trove.nla.gov.au/people/463377?c

=Leute

LESEN

Alle Links waren zum Zeitpunkt der Veröffentlichung aktiv:

GADIGAL DER EORA NATION & INDIGENE AUSTRALIER

http://www.sydneybarani.com.au/sites/aboriginal-

menschen-und-ort/

http://www.australia.gov.au/about-australia/

australische-geschichte/

austn-indigenous-cultural-heritage

http://lib.unsw.adfa.edu.au/speccoll/finding_aids/

gilmore_mary.html

BIOGRAPHIEN VON MATHEMATIKERINNEN

http://www.ams.org/women-mathematicians

http://womenshistory.about.com/od/

sciencemath1/ss/

Frauen-in-Mathematik-Geschichte.htm

WISSENSCHAFTLERINNEN:

http://womenshistory.about.com/od/airspacesciencemath

/tp/Famous-Women-Scientists.htm

http://www.smithsonianmag.com/science-nature

/zehn-historische-

Wissenschaftlerinnen-die-man-kennen-sollte-84028788/?no-ist

LEONARDO FIBONACCI (1175-1250)

https://www.mathsisfun.com/numbers

/fibonacci-sequenz.html

http://www2.stetson.edu/~efriedma/

periodictable/html/F.html

ALBERT EINSTEIN (1879-1955)

http://www.nobelprize.org/nobel_prizes/

physik/laureates/1921/einstein-bio.html

ÜBER DEN AUTOR:

Die mehrfach preisgekrönte Autorin Cathy McGough

lebt und schreibt in Ontario, Kanada,

mit ihrem Mann, ihrem Sohn, ihren zwei Katzen und einem Hund.

Wenn du mit Cathy sprechen möchtest, schick ihr bitte eine E-Mail an:

cathy@cathymcgough.com.

Sie freut sich, von ihren Lesern zu hören.

AUCH VON:

JUGENDLITERATUR (12+)

E-Z Dickens Superhelden Buch 1 und 2: TATTOO ANGEL, DIE DREI

E-Z Dickens Superhelden Buch 3: RED ROOM

E-Z Dickens Superhelden Buch 4: ON ICE

NON-FICTION

103 Fundraising-Ideen für ehrenamtlich tätige Eltern mit Schulen und Teams (3. PLATZ BESTE REFERENZ 2016 METAMORPH PUBLISHING

www.ingramcontent.com/pod-product-compliance
Lightning Source LLC
Chambersburg PA
CBHW070150310726
48976CB00001B/50